Verfolgt und gejagt

Karin Franke

Verfolgt und gejagt

Impressum

Copyright: Karin Franke 2021

Lektorat: Tobias Franke

Covergestaltung: Ralf B. Franke
Foto: 123rf.com/ ra2studio

Alle Rechte vorbehalten

Herstellung und Verlag:
BoD - Books on Demand, Norderstedt

ISBN: **9783755741367**

Prolog

Ulrich Pickard schaute erstaunt auf, als sein Kollege früh am Morgen das Büro betrat. „Du? Ich dachte, du arbeitest im Homeoffice?"

„Bin auch gleich wieder weg", gab dieser zurück und ließ sich auf seinen Drehstuhl hinter dem Schreibtisch fallen. „Muss kurz was mit dem Chef abklären und brauche dazu ein paar Unterlagen." Er griff in eines der offenen Fächer und zog einen großen Stapel Papiere hervor, die er in der mitgebrachten Aktentasche verstaute.

„Woran recherchierst du?", heuchelte Ulrich Interesse. Eigentlich war er eher froh, dass der Kollege die meiste Zeit durch Abwesenheit glänzte. Über seine Allüren wurde im gesamten Büro gespottet. Er seufzte innerlich. Ja, die anderen hatten gut lachen. Sie konnten auf Abstand bleiben und mussten Hugo nicht jeden Tag ertragen. Seitdem der durch diese Story mit der Bombendrohung einen gewaltigen Sprung auf der Karriereleiter hingelegt hatte, waren seine selbstverliebten Sprüche noch ätzender geworden.

„An einem Riesending!" Hugo lehnte sich zurück, seine Augen funkelten. „Das wird der Brüller, sag ich dir."

Mehr würde Ulrich nicht erfahren. Der Kollege behielt sein Wissen wie immer für sich. Er wachte geradezu eifersüchtig darüber, dass ihm keiner in die Parade fahren konnte. Wenn er einen Knüller landete, dann sollte jedem klar sein, dass er der Urheber war und nur ihm Lob und Anerkennung zustanden.

Er wandte sich wieder seinem eigenen Artikel zu, der spätestens in einer halben Stunde fertig sein musste, ein Überfall auf eine Tankstelle, bei dem die Polizei auf der Suche nach dem Täter einen Hubschrauber eingesetzt hatte. Viele Fakten dazu gab es nicht, eine entsprechende Festnahme auch nicht. Kein Wunder, dass ihm noch sechs Zeilen fehlten! Wie sollte er die bloß füllen?

Er wurde aus seiner Konzentration gerissen, als Hugo zu sprechen begann. „Guten Tag, Herr Grahl."

Ulrich beugte den Kopf tiefer und spitzte die Ohren. Das gab's doch gar nicht! Der rief tatsächlich seinen Erzfeind an! Er durfte sich kein Wort entgehen lassen.

„Ich bin da an einer Sache dran, die Sie auch interessieren wird. Dazu hätte ich ein paar Fragen an Sie. Können wir uns kurzfristig treffen?"

Was sein Gesprächspartner erwiderte, konnte Ulrich nicht verstehen, aber anscheinend war der von dieser Bitte nicht allzu begeistert.

„Es handelt sich nur um ein kurzes Gespräch", änderte Hugo seine Taktik. „Ich bräuchte eine Information von Ihnen, die nur Sie mir geben können. Nein, nicht am Telefon. Ich würde es lieber persönlich abklären."

Herr Grahl schien immer noch nicht bereit zu kooperieren. Ulrich beugte den Kopf noch tiefer und grinste. Kein Wunder, nach dem, wie der Reporter mit ihm umgegangen war. An dessen Büchern hatte er kein gutes Haar gelassen, seine Rolle bei den gelösten Fällen heruntergespielt oder ganz unter den Tisch fallen lassen. Und jetzt sollte dieser ihn freiwillig unterstützen?

„Tja, Herr Grahl", hörte er Hugo sagen. Obwohl er nicht aufblickte, erkannte er schon an dessen Stimme, dass dieser das Gespräch genoss. „Es wäre für Sie eindeutig von Vorteil, wenn Sie sich auf das Treffen einließen. Sonst werden unsere Leser in meinem nächsten Artikel erfahren, dass ausgerechnet Sie nicht kooperieren wollten, um diesen schlimmen Fall aufzuklären."

Fast sanft legte Hugo den Hörer zurück in die Station. „Weggedrückt!", erklärte er grinsend, wohl wissend, dass sein Kollege dem Gespräch gelauscht hatte.

Ulrich ließ lediglich ein Brummen hören und tat, als sei er mit seiner eigenen Arbeit vollauf beschäftigt.

Ohne weiter auf ihn zu achten, wirbelte sein Gegenüber mehrfach mit seinem Drehstuhl herum und reckte triumphierend die Faust in die Höhe. „Ich hab ihn!", jubelte er. „Jetzt lass ich ihn richtig alt aussehen!"

1

Dienstag, 6. April 2021

Alex

Heute war so ein Tag, an dem ich mich zu nichts aufraffen konnte. Gestern hatte ich das Manuskript des neuen Fantasyromans beendet, jetzt fühlte ich mich, als sei ich in ein großes Loch gefallen. Tag für Tag hatte ich mehr oder weniger in der Geschichte gelebt, hatte in jeder Stunde, die ich für andere Dinge aufwenden musste, danach gelechzt weiterzuschreiben, mein letzter Gedanke beim Zubettgehen und mein erster beim Aufstehen hatten sich um die Handlung gedreht. Die Story zu schreiben, war wie ein Rausch gewesen, nicht einmal geriet ich ins Stocken. Obwohl die Personen wie immer ein gewisses Eigenleben entwickelten, fügte sich alles nahtlos ineinander. Ich fühlte gleichermaßen Stolz und Enttäuschung, als ich zum Ende kam, Stolz, weil ich genau das umgesetzt hatte, was mir vorschwebte, Enttäuschung, weil plötzlich all die Personen, die mich über Monate begleitet hatten, aus meinem Leben verschwanden – und ich mir eine neue Aufgabe suchen musste.

Du könntest all die liegen gebliebenen Dinge erledigen, versuchte ich mich zu animieren. Vergebens, das Gefühl der inneren Leere überwog. Ich hatte überhaupt keine Lust, irgendetwas davon anzupacken, vor allem, da es sich eher um Nebensächlichkeiten handelte. Meine Freundin Felicitas hatte schon dafür gesorgt, dass Wichtiges nicht auf die lange Bank geschoben wurde.

Arme Feli! Ich glaube, für sie war das Zusammenleben mit mir während meines Schreibrausches nicht ganz so angenehm gewesen wie gedacht. Selbst am Wochenende hatte sie mich kaum von meinem Computer loseisen können – es ist schwer zu beschreiben, es war, als hätte mich die Story vollkommen in Beschlag genommen.

Ein Gedanke durchzuckte mich: Vielleicht sollte ich sie am Wochenende mit einem aufwendigen Essen entschädigen, von mir selbst gekocht, etwas, was sie besonders liebte, als eine Art Entschuldigung für die letzten Wochen, na ja, eher Monate.

Ja, das war eine gute Idee. Ich sprang auf, um mir ein Blatt und einen Stift für den zu schreibenden Einkaufszettel zu holen, da klingelte mein Handy. Eine unbekannte Nummer, trotzdem nahm ich den Anruf an.

„Guten Tag, Herr Grahl!", tönte es mir entgegen.

Das gab's doch nicht! Herr Stankowski, der Reporter! Was wollte der denn von mir?

Richtig zu Potte kam er nicht, sagte was von einem Austausch von Informationen und dass ich ihm bei einer wichtigen Sache helfen müsse. Was das war, dazu äußerte er sich nicht. Daher lehnte ich seinen Vorschlag, mich mit ihm zu treffen, ab. Wenn er meine Mitarbeit benötigte, musste er schon ein wenig konkreter werden.

Ganz schön frech, der Kerl, dachte ich kopfschüttelnd und machte mich wieder auf die Suche nach den Schreibutensilien. Wir hatten ein mehr als zwiespältiges Verhältnis zueinander, und da rief er einfach so an und bat um meine Hilfe? Erst in der dritten Schublade wurde ich fündig. Kurz nach ihrem Einzug bei mir hatte Felicitas ein anderes Ordnungssystem geschaffen – ich musste gestehen, das zuvor konnte man kaum so nennen -, trotzdem war es nach wie vor gewöhnungsbedürftig für mich. Irgendwie weigerte sich mein Gehirn, die festen Plätze abzuspeichern.

Stift und Zettel schon in der Hand hielt ich inne. Was vergab ich mir denn, wenn ich mich mit dem Reporter traf? Vielleicht war die Sache, die er entdeckt hatte, ja wirklich wichtig. Natürlich spielten bei der Ablehnung gerade eben meine Vorbehalte gegen ihn eine wichtige Rolle. Er und ich, das war wie

Feuer und Wasser. Er hatte mich von Anfang an nicht gemocht und mir dies auch deutlich zu verstehen gegeben. Andererseits - außer meiner bestehenden Abneigung fand sich nichts, was mich hinderte. Und ehrlich gesagt war ich doch neugierig, warum er sich ausgerechnet an mich wandte.

Kurzentschlossen griff ich zum Handy und drückte den Rückruf.

Seine Reaktion war gelinde gesagt enttäuschend. Weder schien er sich über meine Zusage zu freuen noch teilte er mir nähere Einzelheiten mit. Immerhin verabredete er sich gleich für heute mit mir, sogar schon um zehn.

Das hieß, Felicitas, die schon auf der Arbeit war, würde von diesem Ausflug nichts mitbekommen. Obwohl ich zugesagt hatte, mich nicht mehr als Detektiv zu betätigen, hielt sich mein schlechtes Gewissen in Grenzen. Bisher war nur die Rede von einem Gespräch, ob und inwieweit ich mich einbringen würde, stand noch gar nicht fest. Und diese Ablenkung kam mir persönlich entgegen. Mich gleich hinzusetzen und die nächste Geschichte zu beginnen, lag mir nicht. Ich musste erst zu der davor Abstand gewinnen, bevor ich gedanklich in ein neues Abenteuer eintauchen konnte.

Mit neuer Energie räumte ich die Wohnung auf, sortierte die Wäsche und startete die erste Maschine, dann wurde es Zeit aufzubrechen.

Die Strecke von Körne nach Brünninghausen zum Rombergpark, unserem Treffpunkt, betrug rund sieben Kilometer, führte allerdings über die B1 und die B54, da musste ich wegen der immer wieder drohenden Staus ein wenig mehr Zeit einplanen. Deshalb fuhr ich bereits um halb zehn los.

Ich kam erstaunlich gut durch und drehte vorsichtshalber die Heizung einen Kilometer vor meinem Ziel auf die höchste Stufe, weil ich nun wahrscheinlich eine Weile auf den Reporter würde warten müssen. Das typische Aprilwetter bescherte uns Schneeschauer und eisige Temperaturen, eigentlich ein Wahnsinn, dass wir uns draußen auf einem Parkplatz trafen.

Nur hatte Herr Stankowski mir erzählt, er habe vorher hier in der Ecke zu tun und außerdem gebe es ja die verschärften Corona-Regeln, einkehren konnten wir sowieso nirgendwo. Immerhin war es so möglich, ein paar Schritte im Park zu laufen, statt die ganze Zeit über unbeweglich auf einem Fleck zu stehen. An einem Dienstagvormittag würden wohl wenige andere Besucher unterwegs sein.

Dann erwischte es mich auf den letzten paar Metern doch noch: Zwei Autos waren ineinander gekracht, dermaßen heftig, dass die beiden Insassen gleich in die gerade ankommenden Rettungswagen verladen wurden. Die Straße war vollständig gesperrt, es dauerte fast eine Viertelstunde, bis auch die Abschleppwagen ihre Last aufgenommen hatten und wir weiterfahren konnten. Ein Blick auf die Uhr, ich würde so gerade eben pünktlich sein.

Auf dem obersten Parkplatz, hatte Herr Stankowski in weiser Voraussicht gesagt. Denn die unteren waren voller als gedacht. Klar, Osterferien! Das hatte ich total vergessen.

Hier oben gab es Stellplätze zur Genüge. Ich erkannte das Auto des Reporters auf Anhieb, da er immer noch diesen alten, grünen Ford mit dem verbeulten Heck fuhr, und parkte rechts neben ihm ein, bevor ich mich hinüberlehnte und ins Innere schaute. Hm, verlassen! Vielleicht hatte sein anderer Termin länger gedauert und er war es nun, der zu spät kam.

Ich lehnte mich zurück, aussteigen konnte ich später, wenn die angenehme Wärme im Inneren des Autos nachließ. Bis dahin würde der Reporter wohl auftauchen.

Stattdessen klingelte nach knapp fünf Minuten mein Handy. Ob er mich versetzen wollte?

Mehr als ein Rauschen, Knistern und Knattern war nicht zu hören, die zwei, drei abgehackten Sprechversuche nicht zu verstehen. Widerwillig verließ ich das warme Auto und sah mich um. Nein, niemand in der Nähe! Ich blieb neben seinem Auto stehen und versuchte einen Rückruf, bekam jedoch keine Verbindung. Ob er vielleicht unten am Eingang vom

Rombergpark stand und dort auf mich wartete? Einen Versuch war es wert, ich setzte mich in Bewegung.

Kaum hatte ich die ersten Meter zurückgelegt, gesellten sich zu dem schneidenden Wind die ersten Schneeflocken. Ich schritt rascher aus, musste aber auf dem schmalen Weg zum Tor mehreren Familien ausweichen, die ihren Spaziergang beendet hatten und nun angesichts der stärker wirbelnden weißen Pracht so schnell wie möglich zu ihren Autos gelangen wollten.

Endlich am Torhaus angekommen sah ich in der Ferne einen Mann auftauchen und raschen Schrittes zum Ausgang eilen. Mittlerweile war ein richtiger Schneesturm aufgekommen, sodass ich nur seine Umrisse erkannte. Entgegengehen konnte ich ihm nicht, wie immer hatte ich völlig vergessen, meine Maske einzustecken und im Park herrschte jetzt ebenfalls Maskenpflicht, wie ich dem aufgestellten Schild entnahm. Daher suchte ich notdürftigen Schutz unter einem Baum und ließ meine Blicke schweifen.

Gerade in dieser Zeit, in der man auf Aktivitäten vor der eigenen Haustür angewiesen war, bot sich der riesige, für jeden kostenlos zugängliche botanische Garten mit einer Größe von fünfundsechzig Hektar besonders an. Selbst wenn es voller wurde, gab es genügend Ausweichmöglichkeiten, um relativ ungestört zu bleiben – es sei denn, man nahm den beliebten Rundweg um den Teich. In meiner Kindheit war dieser ein Anziehungspunkt für mich gewesen, ich hätte stundenlang den Enten und Gänsen zuschauen können. Im Winter durfte ich sogar einmal darauf Schlittschuhlaufen, ein Erlebnis, von dem ich noch lange zehrte.

Im Gegensatz zu Felicitas, deren Eltern gerade am Wochenende mit ihrem Restaurant genug zu tun hatten, kannte ich mich bestens aus. Trotzdem entdeckte auch ich immer wieder Neues oder blieb weiterhin fasziniert von Altem, wie zum Beispiel den eisenhaltigen Quellen oder dem Skulpturenweg, dessen Werke zum großen Teil aus Holz bestanden.

Der sich nähernde Mann riss mich aus meinen Erinnerungen, ich trat einen Schritt vor und stellte enttäuscht fest, dass es sich dabei um einen Fremden handelte.

Keine weitere Person auf weiter Flur zu entdecken, vermutlich hatten sich die verbliebenen Besucher unter die dichter stehenden Bäume zurückgezogen, um das Ende des Unwetters abzuwarten. Herr Stankowski vielleicht auch? Ein weiteres Mal versuchte ich ihn über sein Handy zu erreichen, es meldete sich nur die Mailbox.

Langsam kam ich mir richtig blöd vor, wie bestellt und nicht abgeholt. Zurück zum Auto, beschloss ich. Ist der Reporter nicht dort, fährst du nach Hause. Du bist durch und durch nass.

Der Schneesturm, der mittlerweile in sanft und vereinzelt fallende Flocken übergegangen war, hatte den geparkten Autos kleine Schneehauben aufgesetzt, die sich auch über die Front- und Heckscheiben zogen. Trotzdem erkannte ich schon im Näherkommen, dass Herr Stankowski nicht in seinem Gefährt Schutz gesucht hatte.

Ein letzter Rundumblick, nein, weit und breit keine Spur von ihm. Ich steuerte mein eigenes Auto an, wobei ich an seinem vorbeimusste. Erst jetzt entdeckte ich den kleinen Zettel, der von innen an der rückwärtigen Scheibe angebracht war. Konnte es sein, dass ich diesen bei meiner Ankunft übersehen hatte?

Nein, er wäre mir aufgefallen, ganz bestimmt. Neugierig trat ich heran, um ihn zu lesen. Die Schrift war so winzig, dass ich mich auf dem schneeigen Kofferraumdeckel abstützen und so weit wie möglich vorbeugen musste, um die Worte zu lesen. *Keine Zeit, melde mich später*, stand in winzigen Buchstaben darauf. Na, toll! Diesen Ausflug hätte ich mir schenken können!

2

Mittwoch, 7. April

Heute gehst du wirklich einkaufen, beschloss ich. Davon wird dich auch kein noch so dringender Anruf abhalten. Bis jetzt hatte sich Herr Stankowski nicht wieder gemeldet und ich verspürte keinerlei Ambitionen, meinerseits bei ihm anzurufen. Wenn er etwas wirklich Wichtiges wollte, würde er bestimmt bald von sich hören lassen. Dann musste er sich allerdings meinen Bedingungen anpassen. Noch einmal würde ich mich bei dem Wetter nicht so weit hinauswagen. Bei der Rückfahrt war ich prompt in dem schon früher befürchteten Stau gelandet. Zwei Stunden vertan für nichts und wieder nichts!

Felicitas hatte ich den Anruf und das geplante Treffen verschwiegen. Eher aus Selbstschutz, wie ich zugeben musste. Sie hatte mir nach unserem letzten Fall das Versprechen abgerungen, nicht mehr als Detektiv zu arbeiten. Zweimal war ich nur haarscharf dem Tod entkommen, das reichte für unser gesamtes weiteres Leben, wie sie meinte. Also warum sie mit der Nase darauf stoßen, dass ich nicht abgeneigt war, wieder zu ermitteln? Irgendwie vermisste ich diese Tätigkeit ein wenig. Ich sah es als nette Abwechslung zu meiner Schriftstellerei, außerdem war sie lukrativ. Die Krimis brachten zusätzliches Geld, die ersten beiden hatten beachtliche Erfolge erzielt.

Dieser Gedanke brachte mich auf eine Idee. Warum nicht auch mal einen Krimi im Fantasybereich schreiben? Ich setzte mich an den Computer, um mir einige Stichworte zu notieren, daraus wurden schnell mehrere Seiten mit entsprechenden Anmerkungen.

Als ich das nächste Mal auf die Uhr sah, war es bereits nach vier. Ich musste mich sputen, um vor Felicitas' Rückkehr alles besorgt zu haben.

Schwer bepackt steuerte ich eine gute Stunde später wieder unser Haus an. Man sollte eben niemals hungrig einkaufen gehen. Ich hatte noch so viel Leckeres entdeckt, dass ich mit den mitgebrachten Tüten kaum auskam. Da ich wie so häufig über meine Arbeit das Mittagessen vergessen hatte, waren auch eine große Thunfischpizza und eine Familienpackung Eis als Nachtisch in den Einkaufskorb gewandert. Nur gut, dass die Temperaturen weiterhin niedrig waren, an eine Kühltasche hatte ich natürlich nicht gedacht.

Zwei Häuser war ich noch von meinem entfernt, als mir Tom, mein Nachbar, entgegengerannt kam. „Stopp!", rief er, noch bevor er vor mir stand.

Was sollte das denn? Gerade als ich etwas unwirsch nachfragen wollte – trotz der kurzen Strecke hatten die Riemen der Stofftaschen schon tief in meine Hände eingeschnitten –, sprudelte er hervor: „Geh lieber nicht rein! Der Janzen ist da. Sah nicht so aus, als wäre es ein reiner Höflichkeitsbesuch."

Ich blickte seinem Auftauchen eher freudig entgegen. Der Hauptkommissar und ich hatten dank der drei Fälle, in die ich involviert gewesen war, ein super Verhältnis zueinander entwickelt.

„Nein", widersprach Tom, obwohl ich noch gar nichts gesagt hatte. „Der war total ernst und", er zögerte. „Der wirkte irgendwie unnachgiebig, besser kann ich es nicht erklären. Ich glaube kaum, dass er dir wohlgesonnen ist. Was hast du bloß angestellt?"

„Nichts." Das entsprach vollkommen der Wahrheit. Ich war mir keiner Schuld bewusst.

„Felicitas wollte ihn abwimmeln. Er bestand darauf, in der Wohnung auf dich zu warten."

Seltsam! Umso sinnvoller, ihn direkt zu treffen.

„Sag mal", Tom musterte mich aufmerksam, während er weitersprach. „Du hast nicht zufällig was mit diesem Stankowski am Laufen gehabt?"

„Beinahe", gab ich zu. „Nur ist der nicht zum vereinbarten Treffpunkt gekommen."

Mein Nachbar warf einen nervösen Blick hinter sich und zerrte mich wortlos in die andere Richtung.

„He!", protestierte ich und begann mich gegen seinen festen Griff zu wehren. War er völlig paranoid geworden?

Jetzt gab er mir sogar noch einen kräftigen Schubs. „Dein Reporter ist heute Morgen ermordet aufgefunden worden. Hörst du denn keine Nachrichten?"

Ich war so perplex, dass ich beinahe meine Taschen fallen gelassen hätte. Er entwand mir zwei der vier und setzte sich energischen Schrittes in Bewegung – weiter von unserem Wohnhaus weg. „Wo hast du dich mit ihm treffen wollen? Und wann war das?"

„Ermordet? Was ist genau passiert?" Ich stand echt neben mir. Das war das Letzte, womit ich gerechnet hatte.

Tom zog mich über die Straße und um die Ecke, ohne zu antworten. „Wir suchen uns erst mal ein Plätzchen, an dem wir in Ruhe reden können", bestimmte er.

Bei dem Tempo, das er anschlug, wäre es sowieso kaum möglich gewesen, sich vernünftig zu unterhalten. Wir hetzten die Berliner Straße hoch, überquerten den Körner Platz und steuerten auf den kleinen Park zu, der hoch zur Langen Reihe führte und für viele Bewohner als Abkürzung auf ihrem Weg nach Körne diente. Außerdem war er sehr beliebt bei den Hundebesitzern, die gerne ihre Tiere von der Leine befreit über die Wiesen laufen ließen – obwohl es einen extra abgesperrten Bereich gab, wo sich diese tummeln konnten.

An der ersten Bank angekommen blieb Tom stehen, stellte die Taschen ab und setzte sich. „So, jetzt noch mal von vorn. Wann und wo wollte er sich mit dir treffen?"

„Erzähl erst du!", wehrte ich ab.

16

„Sein Auto wurde auf dem Parkplatz vom Rombergpark gefunden", gab Tom willig Auskunft. „Die Leiche entdeckten die Polizisten dann kurz darauf im Kofferraum. Er ist hinterrücks erschossen worden, wohl gestern schon, mehr Informationen gibt die Polizei noch nicht raus."

Und deine Fingerabdrücke sind auf dem Deckel! Plötzlich war ich mir sicher, dass die Leiche schon zu diesem Zeitpunkt im Wagen gelegen hatte. Dieser kleine Zettel hinter der Scheibe, ob den der Mörder absichtlich dort platziert hatte? Die Zeilen ließen sich nur lesen, wenn man sehr nah heranrückte. „Haben die irgendwas von einer Nachricht an der rückwärtigen Scheibe gesagt?", platzte ich heraus.

Tom schüttelte langsam den Kopf. „Es wurden gar keine näheren Einzelheiten mitgeteilt. Jetzt erzähl, was genau passiert ist!"

Ich gab ihm einen ausführlichen Bericht, dem er schweigend lauschte. „Waren andere Fahrzeuge auf dem Parkplatz, als du ankamst?"

Ich schloss die Augen und rief mir die genaue Situation in Erinnerung. „Links neben Herrn Stankowskis Ford stand ein weißer Transporter ohne Aufschrift. Rechts habe ich mich hingestellt. Schräg gegenüber parkten noch drei Autos, ein älterer Mercedes, ein Geländewagen und irgendwas Kleineres, so genau habe ich nicht hingeschaut. Aber es waren keine Personen in der Nähe, da bin ich mir sicher." Ich hatte mich ja gründlich umgesehen, weil ich jeden Moment mit dem Auftauchen des Reporters rechnete.

„Und als du später zurückkehrtest?"

„War die Lage unverändert. Der Täter muss mich angerufen haben", fiel es mir wie Schuppen von den Augen. „Ist das Handy von dem Stankowski sichergestellt worden?"

Tom seufzte. „Ich sagte doch schon, die halten das Wesentliche bisher zurück." Er sah mich mit deutlicher Sorge in den Augen an. „Im Moment bist du der Verdächtige Nummer eins, das sollte dir klar sein. Kommissar Janzen will dich vernehmen. Anscheinend weiß er, dass du dich mit dem Reporter treffen wolltest."

„Der Täter hat mich vom Parkplatz weggelockt, um den Zettel zu platzieren", sinnierte ich. „Aber warum sollte ich nach begangener Tat zum Eingang des Parks marschieren und mich in aller Öffentlichkeit zeigen?"

„Um deine spätere Aussage, du hättest nach Herrn Stankowski Ausschau gehalten, zu untermauern", winkte Tom ab. „Nein, es ist besser, wenn du dich erst mal bedeckt hältst und dem Kommissar aus dem Weg gehst." Er versuchte sich an einem Lächeln. „Mag an mir liegen, aber ich traue denen nicht. Wenn alle Spuren auf dich hindeuteten, knasten die dich eher ein, als du es dir vorstellen kannst."

Das sah ich ein wenig anders. Nur wollte ich es wirklich riskieren, auf meine Einschätzung von Herrn Janzen zu vertrauen? Vor allem, da ich nicht wusste, was für falsche Spuren der Täter eventuell noch gelegt hatte?

Bevor ich zu einem Entschluss gekommen war, klingelte mein Handy. Felicitas! „Du, ich habe beim Einkaufen einen Kumpel von früher getroffen", ließ ich sie gar nicht zu Wort kommen. „Wir wollen noch ein wenig quatschen. Was?" Ich hielt die Sprechmuschel zu und zählte langsam bis drei. „Das ist echt verrückt, gerade treffen wir einen weiteren. Bis später."

Tom schüttelte tadelnd den Kopf. „Das war reichlich übertrieben. Meinst du, der Janzen nimmt dir das ab?"

Ich zuckte die Schultern. „Ist eh egal. Ich warte so lange, bis er weg ist, bevor ich zurückkehre. Lieber erst einmal sämtliche bekannten Fakten zu dem Mord checken." Wieder klingelte mein Handy. Dieses Mal wandte ich genau den gleichen Trick an, den der Täter bei mir benutzt hatte. Ich machte allerhand seltsame Geräusche, nur auf die abgehackten Sprechversuche verzichtete ich. Anschließend schaltete ich das Telefon ab und sah auf die Uhr. „Sehr lange wird er bestimmt nicht mehr durchhalten – wenn er überhaupt noch bei Felicitas ist."

Ganz einverstanden schien Tom mit meiner Erklärung nicht. Er stand auf und packte sich alle vier Taschen. „Du wartest hier! Ich gehe zurück und gucke nach, wie der Stand der Dinge ist."

Ich griff schnell zu und nahm mir zwei Brötchen aus der Tüte vom Bäcker. Nach dem Schreck meldete sich der Hunger wieder. Immerhin hatte ich heute noch nicht zu Mittag gegessen.

„Sonst noch was?" Tom hielt mir grinsend die Taschen vor die Nase.

Ich lehnte mich zurück und biss kräftig in das erste hinein.

„Danke, nein. Das reicht bis später."

Ohne ein weiteres Wort machte sich mein Nachbar auf den Weg, sichtlich langsamer als zuvor. Die schweren Taschen drückten ihn regelrecht zu Boden. Ich musste es ihm echt hoch anrechnen, dass er diese Strapazen auf sich nahm.

3

Felicitas

Ich kam in eine leere Wohnung. Anscheinend war Alex einkaufen, denn die Stofftaschen, die sonst an der Garderobe hingen, fehlten. Sehr schön, dann konnte ich mir diesen Weg heute sparen.

Als es fünf Minuten später klingelte, drückte ich in der Erwartung, er sei es, auf, ohne wie sonst üblich nachzufragen, blieb aber in der offenen Tür stehen, um ihm zu helfen. Stattdessen erschien jedoch Hauptkommissar Janzen, zusammen mit einem jüngeren Kollegen, den ich noch nicht kannte. Sofort beschlich mich ein ungutes Gefühl. Alex hatte mir versprochen, sich nicht mehr an irgendwelchen Kriminalfällen zu beteiligen. Hatte er sein Versprechen gebrochen?

Im gleichen Moment tauchte Tom auf, unser Nachbar von gegenüber und wollte sich uns nähern. Doch der Kommissar gab ihm deutlich zu verstehen, dass seine Anwesenheit nicht erwünscht war. Er wartete sogar, bis dieser in seiner Wohnung verschwunden war, bevor er mich begrüßte.

„Guten Tag, Frau Nierhoff." Der Kommissar blieb trotz der üblichen Maske zwei Meter von mir entfernt stehen. „Wir würden gern mit Herrn Grahl sprechen. Ist er da?"

„Nein, er ist unterwegs, ich erwarte ihn jeden Moment zurück." Warum hätte ich lügen sollen? „Kommen Sie bitte rein. Sie können drinnen auf ihn warten." Vielleicht erfuhr ich gleich von ihm, was Alex hinter meinem Rücken wieder unternommen hatte.

Ich trat zurück und zog einladend die Tür weiter auf. Der Kommissar nickte seinem Kollegen zu und trat vor ihm ein. „Ins Wohnzimmer?", fragte er.

„Ja, genau." Ich folgte ihnen und nickte zur Couch und dem neu angeschafften Sessel hinüber. „Nehmen Sie Platz."

Kurz überlegte ich, ob ich ebenfalls meine Maske aufsetzen sollte. Andererseits konnte er mich darum bitten, wenn er es für nötig hielt. Ich hatte das Ding schon stundenlang auf der Arbeit vor der Nase, das war unangenehm genug. Außerdem betrug der Abstand zwischen uns mehrere Meter, da ich mich in Alex' Computersessel gesetzt hatte. „Worum geht es denn?", erkundigte ich mich. „Kann ich Ihnen vielleicht weiterhelfen?"

„Wissen Sie, wann sich Ihr Lebensgefährte gestern mit Herrn Stankowski treffen wollte?"

Mit dieser Frage erwischte er mich eiskalt. Nach meinem Wissen hatten die beiden seit Alex' letztem Fall, über den der Reporter natürlich berichtete, nichts mehr miteinander zu tun gehabt. Mir brach der Schweiß aus. Hieß das etwa, er hatte sich in neue Recherchen reinziehen lassen? Oh, nein, nicht schon wieder!

Mein Mienenspiel musste mich wohl verraten haben, vielleicht hätte ich doch besser die Maske aufgesetzt. So war Herr Janzen eindeutig im Vorteil, denn ich sah ja nur sein halbes Gesicht, zudem hatte er sich gut unter Kontrolle. Als er sagte: „Sie wussten nichts davon?", hörte ich nur an seinem Tonfall, dass die Lage anscheinend ernst war. Dieses Mal schien es sich nicht um einen Freundschaftsbesuch zu handeln, bei dem er Alex ob seines erneuten Einbringens in einen Fall ermahnen wollte. „Nein, ich hatte keine Ahnung", gab ich zu, während ich fieberhaft überlegte, was das Auftauchen der beiden Polizisten zu bedeuten hatte.

„Dann werden wir wohl auf Herrn Grahl warten müssen." Mehr Auskünfte wollte er mir offensichtlich nicht geben.

Wir saßen uns schweigend gegenüber und horchten auf die Geräusche im Hausflur. Alex ließ sich nicht blicken. Konnte sein Einkauf derart lange dauern?

Das Gleiche schien sich auch Herr Janzen zu fragen. Wiederholt sah er auf die Uhr.

„Soll ich ihn anrufen?" Warum war ich nicht viel eher darauf gekommen? Er hatte bestimmt sein Handy bei sich. Auf sein Nicken hin stellte ich die Verbindung her. Mein Herz klopfte wie rasend. Natürlich hoffe ich, dass er sich melden und meine Sorge mit einem Lachen abtun würde. Richtig daran glauben konnte ich nicht. Irgendetwas an der Haltung der Kriminalbeamten sagte mir, dass etwas Schlimmes passiert sein musste.

„Du, ich habe beim Einkaufen einen Kumpel von früher getroffen", ließ er mich gar nicht zu Wort kommen. „Wir wollen noch ein wenig quatschen."

„Alex, du …"

„Was?" Eine kurze Pause entstand „Das ist echt verrückt, gerade treffen wir einen weiteren. Bis später." Zack, hatte er das Gespräch beendet.

„Er ist mit Freunden unterwegs", erklärte ich an Herrn Janzen gewandt. Da er nun ebenfalls sein Handy zückte, fackelte ich nicht lange und rief Alex erneut an. Ich wollte unbedingt zuerst mit ihm reden. Dieses Mal bekam ich überhaupt keine richtige Verbindung. Ich hielt dem Kommissar das Telefon hin, damit er ebenfalls die seltsamen Geräusche hören konnte, ein Knattern und Pfeifen, dazwischen so etwas wie lautes Atmen, nicht ein vernünftiges Wort war zu verstehen. Er hob die Augenbrauen. Das Ganze kam ihm wohl ausnehmend seltsam vor. Genauso wie ich glaubte er nicht an eine gestörte Leitung, das konnte ich trotz Maske erkennen. Er gab seinem schweigsamen Kollegen, der bisher nicht ein Wort gesprochen hatte, einen Wink. Sie erhoben sich fast synchron. „Ich werde es weiter versuchen. Falls ich ihn nicht erreichen sollte, richten Sie ihm bitte bei seiner Rückkehr aus, er möchte sich umgehend bei mir melden", trug er mir auf.

„Sie wollen nur mit ihm sprechen?", vergewisserte ich mich, als ich die beiden Ermittler zur Tür brachte.

„Er hat uns einiges zu erklären", nickte er grimmig.

Puh! Das klang gar nicht gut. Was hatte Alex bloß angestellt?

Am meisten ärgerte mich, dass er mir die Geschichte mit Herrn Stankowski verschwiegen hatte. Wie an jedem normalen Tag setzten wir uns, nachdem ich von der Arbeit zurück war, zusammen und berichteten uns gegenseitig unsere Neuigkeiten. Die einzige, die er zu verkünden hatte, war, dass seine Mutter kurz angerufen hatte, um ihn darüber zu informieren, dass eine seiner Schwestern wieder schwanger war – wir legten unsere Besuche bei den Eltern immer so, dass wir nicht mit dem Rest der Familie zusammentrafen, und das hatte nichts mit Corona zu tun. Üblicherweise trafen wir uns mindestens einmal im Monat und telefonierten auch regelmäßig miteinander. Im Gegensatz zu meiner Mutter ist seine ein echter Schatz, die sich für alles, was ihren Sohn – und mittlerweile auch mich – betrifft, interessiert, und zwar auf eine nette, anteilnehmende Art.

So weit war ich gekommen, als es erneut schellte. Von der vorherigen Aktion vorgewarnt betätigte ich die Sprechanlage. „Ja, bitte?"

„Pickard, von der hiesigen Zeitung, ich würde gern mit Herrn Alexander Grahl sprechen."

„Der ist nicht da." Kurz und knapp, das musste reichen. Obwohl ich natürlich schon gern gewusst hätte, wie der Reporter an diese relevante Nachricht über Alex' Verwicklung in den neuen Fall gekommen war. Vielleicht hätte sogar er mich aufklären können.

Trotzdem hütete ich mich davor, diesem Impuls nachzugeben, und gab ihm ein kategorisches Nein auf seine Frage, ob er dann mit mir reden könne. Anschließend hängte ich den Hörer der Gegensprechanlage sofort ein und reagierte auch nicht auf sein mehrmaliges Klingeln. Stattdessen griff ich erneut zum Handy und drückte auf Alex' Nummer.

„Der Teilnehmer ist zurzeit nicht zu erreichen", teilte mir eine Stimme mit. Das hieß, er hatte das Telefon ausgeschaltet. Dass er sich tatsächlich in einem Funkloch befand, schloss ich angesichts der seltsamen Vorgänge aus.

Ich begann wie ein angestochener Eber in der Wohnung auf und ab zu wandern. Meine Besorgnis wuchs mit jeder Minute, in der er sich nicht meldete. Was, verdammt noch mal, hatte er mir dieses Mal verschwiegen?

Das Internet! Vielleicht fand ich da etwas, das mir Aufschluss gab. Ich startete meinen Laptop. Der Artikel stammte von heute Vormittag und war nicht besonders lang. Allerdings klang die Überschrift ziemlich reißerisch: *Reporter während seiner Recherche brutal ermordet! Heute, in den frühen Morgenstunden, wurde unser Reporter H. Stankowski tot aufgefunden. Einem Mitarbeiter des Rombergparks war aufgefallen, dass das Auto bereits seit gestern dort stand, unverschlossen, wie er kurz darauf bemerkte. Da alles darauf hinzudeuten schien, dass das Innere durchwühlt wurde, rief er die Polizei. Die Beamten machten eine grausige Entdeckung: Im Kofferraum lag die Leiche des Mannes, mit einem einzelnen Schuss in den Rücken ermordet.*

Die Tat muss sich bereits am Vormittag des Vortags ereignet haben, zuvor war Herr Stankowski noch in unserer Redaktion und sprach dort mit mehreren Kollegen. Wie er erwähnte, wollte er sich auf dem Parkplatz mit einem Informanten treffen, einem Mann, mit dem er schon mehrfach zu tun hatte. Ob es zu dieser Zusammenkunft kam, ist uns nicht bekannt. Wir bitten all diejenigen, die den gestrigen Tag zu einem Ausflug in den Rombergpark nutzten, sich zu melden, falls sie zum entsprechenden Zeitpunkt eine Beobachtung gemacht haben. Jede Kleinigkeit kann wichtig sein und helfen, den Täter zu ermitteln.

Herr Stankowski war tot? Ermordet worden? Wie erschlagen starrte ich minutenlang auf den Bildschirm, unfähig, einen klaren Gedanken zu fassen.

Dann, nachdem ich mich erholt hatte, überschlugen sie sich fast. War Alex etwa der Informant? Hatte er mit dem Reporter zusammengearbeitet? Oder hatte er sogar das Treffen vorgeschlagen?

Eigentlich konnte ich an eine Partnerschaft der beiden nicht glauben. Jedes Mal, wenn die Sprache auf Herrn Stankowski kam, hatte Alex deutlich zu verstehen gegeben, dass er den

Mann nicht mochte. Was konnte ihn bewogen haben, sich mit ihm zu treffen?

Die Türklingel unterbrach meine Grübelei. Unschlüssig erhob ich mich und trat in die Diele. Sollte ich öffnen?

Ein lautes Klopfen und gleichzeitiges Rufen erlöste mich aus meinem Dilemma – ich hatte die Stimme von Tom erkannt.

4

Tom

Eigentlich war es Opa, der mich aufscheuchte. „Da ist gerade dieser Kommissar vorgefahren!", rief er aufgeregt ins Telefon. „Ist irgendetwas passiert?"

Wie so viele alte Menschen verbrachte er einen Großteil seiner Zeit damit, aus dem Fenster zu schauen und das Geschehen um sich herum zu beobachten. Irgendwas war immer los – und viel besser als Fernsehen, hatte er mal zu mir gesagt. Die Leute, die hier regelmäßig vorbeikamen, wurden zu so was wie Bekannten, auch wenn diese das nicht mal ahnten. Die Frau, die jeden Tag ihren Dackel ausführte, die junge Mutter, die ihre Kinder in die Kita brachte, der Mann, der schräg gegenüber arbeitete und immer erst einen Abstecher zum Bäcker machte, sie alle und viele weitere erblickte er täglich, genauso wie die Bewohner unseres Hauses. Er wusste mittlerweile mehr über jeden Einzelnen, als ich jemals wissen würde.

Klar, Tim, mein Bruder, und ich belächelten sein Hobby, andererseits, was sollte er denn auch sonst machen? Er war über achtzig, schwer herzkrank und auch sonst nicht mehr der Fitteste. Wenn er sich mit Corona ansteckte … Schon seit Monaten erledigte ich seine Einkäufe, sein Hausarzt kam ins Haus, regelmäßige Spaziergänge waren im Winter wetterabhängig und daher nicht immer möglich. Kein Wunder, dass er seine Zeiten am Fenster ausdehnte. Nur gut, dass er nächstes Wochenende die erste Impfung bekam!

Ich bin nämlich gar nicht der Corona-Leugner, als den mich viele Leute hinstellen. Dass das Virus für Ältere eine Gefahr bedeutet, ist auch mir klar – genauso übrigens wie eine Influenza oder ein ähnlich schwerer Infekt. Im Prinzip stellen viele Erkrankungen für diese Altersgruppe ein Risiko dar, weil sie oft schwer und komplikationsreich verlaufen. Das wusste auch Opas Arzt und sorgte für die entsprechenden Impfungen.

Natürlich versprach ich ihm, sofort nachzuschauen, und machte mich innerlich seufzend auf den Weg. Echt peinlich, wenn ich so unseren Bekannten hinterherspionieren musste! Dieses eine Mal stellte es sich als vollkommen richtig heraus. Als ich genau in dem Moment meine Tür öffnete und nähertrat, als Herr Janzen sich Alex' Freundin Felicitas zuwandte, schüttelte er abwehrend den Kopf. „Sie können jetzt nicht zu Herrn Grahl. Ich muss ihn allein befragen."

Diese Aussage und sein Gesichtsausdruck, den ich trotz der Maske deutlich erkennen konnte, ließen meine innere Alarmanlage schrill aufheulen. Ich bemühte mich, mir nichts anmerken zu lassen, nickte und zog mich wieder in meine eigene Wohnung zurück, blieb allerdings hinter der Tür stehen und drückte mein Ohr fest gegen das Holz.

Schon klingelte wieder das Telefon. „Dieser Reporter, mit dem Alex mal zu tun hatte, ist ermordet worden", hörte ich Opas aufgeregte Stimme. „Sie haben es gerade in den Nachrichten gebracht. Meinst du, er weiß was darüber?"

Sie würden ihn wohl kaum freiwillig um seine Mithilfe bitten! Dreimal war Alex schon bei seinen Ermittlungen auf den Kommissar gestoßen und jedes Mal war es ihm gelungen, den Fall vor diesem zu lösen. Das hieß wohl tatsächlich, dass er wieder am Ball und in diesen Fall involviert war.

„Alex ist nicht zu Hause. Die Herren scheinen warten zu wollen, bis er zurückkehrt", berichtete ich wahrheitsgemäß. „Das müssen wir nun wohl auch, also warten, bis Alex uns aufklärt."

Opa brummte unzufrieden. Dabei hatte ich ihm verschwiegen, wie seltsam mir Herr Janzen vorgekommen war. Ich selbst hatte ihn nur wenige Male erlebt, kannte ihn aber bisher als jovialen und vor allem gerechten Mann, der gut damit leben konnte, wenn ein anderer erfolgreicher war als er. Klar, er hatte sich bemüht, Alex von seinen Ermittlungen abzuhalten, eher jedoch aus der Sorge heraus, dass diesem was passieren konnte, was gar nicht so abwegig war wie gedacht, wie sich beim letzten Fall gezeigt hatte.

„Du meldest dich dann gleich bei mir?", unterbrach Opa meine Gedanken.

„Sobald ich was Genaueres weiß", versprach ich und verabschiedete mich schnell, denn mir war eine Idee gekommen. Warum nicht Alex entgegengehen und ihn vorwarnen?

Während ich mir bereits eine Jacke überzog, recherchierte ich mit meinem Handy die neuesten Erkenntnisse zu dem Mord an Herrn Stankowski. Ja, es war definitiv besser, wenn ich ihn abfing.

Ich sprintete die Treppe hinab und verfiel in einen leichten Dauerlauf. Da sah ich Alex schon auf mich zukommen.

„Stopp!", rief ich und stellte mich ihm in den Weg.

Mit Müh und Not gelang es mir, ihn davon zu überzeugen, nicht nach Hause zu gehen. Ich lotste ihn zu dem kleinen Park in der Nähe und befahl ihm, dort auszuharren, bis ich Näheres in Erfahrung gebracht hatte. Die ganze Sache klang nicht gut. Irgendjemand versuchte anscheinend, Alex als den Täter hinzustellen. Ob Herr Janzen das auch glaubte? Konnte ich mir eigentlich nicht vorstellen, dafür kannte er ihn zu gut. Mir jedenfalls war sofort klar, dass er nichts damit zu tun hatte.

Die vier schweren Taschen ließen kein schnelles Laufen zu. So wurde ich rechtzeitig auf den Typ aufmerksam, der sich vor dem Haus herumdrückte. Ich verlangsamte meinen Schritt noch mehr und tat, als sei ich völlig erschöpft.

Prompt trat er auf mich zu. „Wohnen Sie hier im Haus?"

„Nein, mein Opa", gab ich zurück und versuchte, mich an ihm vorbei zu quetschen.

„Ich bin Reporter", beeilte er sich zu erklären. „Mein Kollege ist heute ermordet aufgefunden worden. Ich bemühe mich darum, seinen Spuren zu folgen. Kennen Sie Herrn Grahl?

Angeblich wollte er sich kurz vor seiner Ermordung mit ihm treffen."

Ich zuckte unverbindlich die Schultern. „Der Name sagt mir nichts." Ich konnte nur hoffen, dass er den Zusammenhang nicht herstellte und mich erkannte.

Tat er offensichtlich nicht, stattdessen ließ er enttäuscht die Schultern hängen. „Ein junger Mann, etwas älter als Sie, er wohnt in der ersten Etage."

„Tut mir leid, mein Opa in der vierten. Da gibt es keine Berührungspunkte." Ich schnaufte vernehmlich und packte meine Taschen fester.

Er trat zur Seite, sodass ich ins Haus gelangen konnte, wobei ich zusah, dass ich die Tür nur einen Spaltbreit öffnete, um hindurch zu schlüpfen, und sie hinter mir gleich wieder schloss. Puh, das war gerade noch mal gut gegangen!

Vor Alex' Tür angekommen klingelte ich, besann mich schnell und klopfte und rief Felicitas' Namen.

Natürlich wirkte sie ein wenig angegriffen, hielt sich aber alles in allem gut. Mit einem Blick auf die Einkäufe bat sie mich herein. Ich schleppe ihr die Taschen in die Küche und bemerkte: „In der einen ist Gefriergut. Wäre besser, wenn du dich sofort drum kümmerst."

„Wo ist Alex?" Statt meiner Aufforderung zu folgen, starrte sie mich durchdringend an.

„In dem kleinen Park am TÜV", gab ich ehrlich zur Antwort. „Er wollte abwarten, bis die Luft rein ist."

Sie atmete zischend aus. „Hatte er mit diesem Reporter Kontakt?" Immer noch machte sie keine Anstalten, sich mit dem Inhalt der Taschen zu beschäftigen.

Ich hievte eine auf den Tisch und holte die Einkäufe heraus. „Der hat sich gestern kurzfristig bei ihm gemeldet und wollte sich mit ihm treffen, am Rombergpark. Als Alex zum verabredeten Termin erschien, stand da zwar sein Auto, aber er war nicht da und kam auch nicht, obwohl Alex fast eine halbe

Stunde wartete." Trotz ihrer gerunzelten Stirn legte ich noch nach: „Wahrscheinlich war er zu dem Zeitpunkt schon tot." Sie presste die Lippen fest zusammen und wandte sich dem Tisch zu. Mechanisch begann sie das Ausgepackte in den Schränken zu verstauen.

Wir arbeiteten tatsächlich schweigend weiter, bis wir fertig waren. Dann ließ sie sich auf den ihr am nächsten stehenden Stuhl fallen. „Was wollte Herr Stankowski von ihm?"

„Das weiß Alex nicht. Der tat sehr geheimnisvoll, wollte ihn wohl mit der Aussage locken, dass dieser Informationen über einen äußerst wichtigen Fall besäße. Er drohte, sonst seiner Leserschaft zu berichten, dass Alex nicht kooperieren würde. Was hätte er tun sollen? Also ich wäre auch dorthin gefahren."

„Das mache ich ihm nicht zum Vorwurf", sagte Felicitas mit gepresster Stimme. „Es ärgert mich, dass er mir nichts davon erzählt hat. Ich stand ganz schön blöd da, als Herr Janzen auftauchte."

„Damit konnte Alex nicht rechnen", nahm ich meinen Nachbarn in Schutz. Klar, war das blöd gelaufen. Andererseits wäre sie garantiert ausgerastet, wenn sie von seinem neu erwachten Interesse erfahren hätte. Ich konnte ihn durchaus verstehen. „Es gab ja eigentlich auch nichts zu berichten", fügte ich aus diesem Gedanken heraus hinzu. „Was meinst du? Kann er wieder zurückkommen oder lässt sich der Janzen noch mal blicken?" Besser, wir konzentrierten uns auf die aktuelle Situation.

„Vielleicht sollte Alex ihn anrufen."

Das war wahrscheinlich die richtige Wahl. Erst mal hören, was der Kommissar von ihm wollte. „Wird erledigt." Ich wandte mich zum Gehen. „Wir melden uns dann bei dir, eventuell über mein Handy, je nachdem, was sich ergibt."

Bevor sie antworten konnte, war ich draußen und sprang die Treppe hinunter. Alex würde bestimmt schon auf mich warten.

5

Alex

Langsam wurde es kalt. Ich beschloss, lieber hin und her zu laufen, bis Tom zurückkehrte. Die Vorbeikommenden hatten mir schon den einen oder anderen misstrauischen Blick zugeworfen, wieso ich da so unbeweglich auf der Bank hockte. Mich mit meinem Handy beschäftigen konnte ich ja auch nicht, das ließ ich vorsichtshalber ausgeschaltet.

Ich drehte die erste Runde, die zweite, die dritte, kein Tom in Sicht. Mittlerweile kam ich mir echt blöd vor, wie bestellt und nicht abgeholt. Ich verließ den Park und lehnte mich im Eingangsbereich des TÜV-Gebäudes, das sich direkt daneben befand, gegen die Wand. Hier war ich wenigstens windgeschützt – und nicht auf den ersten Blick zu sehen. Und um diese Zeit fand eh kein Publikumsverkehr mehr statt.

Weshalb hatte Herr Stankowski mich angerufen? Welche Information erhoffte er sich von mir? Ich hatte wirklich keine Ahnung. Seit dem letzten Fall war ich im Prinzip nur mit meinem Schreibkram beschäftigt gewesen, es gab nichts Auffälliges in den letzten Monaten, nichts, was mich von meinem Versprechen gegenüber Felicitas, mich aus polizeilichen Ermittlungen rauszuhalten, abgehalten hätte.

Ehrlich gesagt war mir der Anruf des Reporters sehr gelegen gekommen. Bei mir waren die Erinnerungen an mein Martyrium verblasst, eine gewisse Unruhe hatte mich ergriffen, ich lechzte nach einer Abwechslung. Gut, ich hatte mir den Beruf des Schriftstellers selbst ausgesucht, im Prinzip war damit ein Wunschtraum in Erfüllung gegangen. Ich liebte das, was ich tat. Und doch hätte ich gern wieder ermittelt. Diese Herausforderung, sich mit den möglichen Motiven zu beschäftigen, die einzelnen Verdächtigen in Augenschein zu nehmen und schließlich dem Täter auf die Spur zu kommen, war mit nichts zu vergleichen.

Beinahe hätte ich Tom übersehen, der gerade über den Platz lief. Ich stieß einen leisen Pfiff aus, um ihn auf mich aufmerksam zu machen.

„Der Janzen ist weg, dafür steht ein Kollege von dem Stankowski vor der Tür", begann er.

Während er mir einen genauen Bericht gab, formte sich bereits die Idee. „Ich rede mit dem Mann."

Tom zog skeptisch die Augenbrauen hoch. „Bist du dir sicher?"

„Wer nicht wagt, der nicht gewinnt", konterte ich grinsend und setzte mich in Bewegung.

„Für das, was ich dir erzählt habe, bist du reichlich fröhlich", kommentierte Tom meine Absicht. „Hast du keine Angst, dass der Typ die Polizei ruft?"

„Nee, er will Informationen und ich auch."

An der Kreuzung zu unserer Straße trennten wir uns. Besser, der Reporter ahnte nichts von unserer Beziehung. Schon von Weitem sah ich ihn vor dem Haus stehen. Tom hatte ihn mir grob beschrieben: circa Mitte dreißig, schwarzer Stoppelhaarschnitt und Dreitagebart, bekleidet mit Jeans und einer dunkelgrauen Steppjacke.

Mich erkannte er erst, als ich direkt vor ihm stand. „Oh, Herr Grahl", entschlüpfte es ihm, dann hatte er sich wieder gefasst. „Das trifft sich gut. Pickard, von der Zeitung, ich würde gern mit Ihnen reden."

„Ich mit Ihnen auch. Lassen Sie uns ein paar Schritte laufen." Bereitwillig setzte er sich in Bewegung. „Haben Sie sich mit Herrn Stankowski getroffen?", fragte er frei heraus.

Der ging gleich zur Sache! „Nein, leider nicht. Ich hätte wirklich gern gewusst, was er von mir wollte. Am Telefon drückte er sich sehr unklar aus."

„Hm." Offensichtlich wusste er nicht, inwieweit ich in den Fall verstrickt war und wie er nun weiter vorgehen sollte.

Ich nahm ihm die Entscheidung ab. „Hat er Ihnen gegenüber denn nicht verlauten lassen, an was für einer Sache er gerade dran war?"

Irritiert verhielt er kurz. „Nein", es folgte ein tiefer Atemzug. „Weder mir noch unserem Redakteur verriet er, um was es sich handelte. Zuerst müsse er einige Details abklären, behauptete er."

Sehr seltsam! Ich gab ihm freiwillig einen kurzen Abriss meines gestrigen Erlebnisses. „Ich vermute, er war bereits tot, als ich dort ankam", schloss ich.

„Ermitteln Sie denn zurzeit in irgendeinem Fall?" So einfach wollte er sich nicht geschlagen geben.

„Nein. Ich habe mich auf meinen nächsten Fantasyroman konzentriert. Ist das normal, dass ein Reporter an irgendeiner Story arbeitet und keinem davon erzählt?"

Ich hatte den richtigen Nerv getroffen, er verzog unwillkürlich das Gesicht. „Herr Stankowski bevorzugte es grundsätzlich, seine Recherchen allein zu betreiben. Das war nichts, auf das man ihn angesetzt hatte."

„Hm", machte dieses Mal ich, um ihn zum Weitersprechen zu ermuntern.

Es funktionierte. „Natürlich wusste der Chef, dass er an irgendetwas dran war. Mehr als die Andeutung, dass es sich um eine große Sache handelt, machte der Kollege allerdings nicht."

Genauso hatte ich Herrn Stankowski eingeschätzt. Sonderlich beliebt war er mit dieser Methode bei den anderen dadurch bestimmt nicht. „Gibt es denn keinen, dem er sich anvertraut haben könnte?", fragte ich trotzdem.

Energisch schüttelte Herr Pickard den Kopf. „Das habe ich schon abgeklärt."

„Und in seinem privaten Umfeld?"

Er zögerte kurz. „Die Lebensgefährtin weiß ebenfalls nichts."

„Also müssen wir wohl die Ermittlungsergebnisse der Polizei abwarten", schlussfolgerte ich.

Jetzt hatte ich ihn endgültig verwirrt. „Sie haben nicht vor, sich einzubringen?"

„Da es keinerlei Anhaltspunkte gibt ..."

„Ja, aber ..." Er beendete den Satz genauso wenig wie ich.

„Sie bleiben doch bestimmt am Ball. Vielleicht gelingt es Ihnen, den Fall vor der Polizei zu lösen."

Er lief rot an. „Natürlich werden wir unser Bestes geben."

„Sehen Sie." Beinahe hätte ich ihm gönnerhaft auf die Schulter geklopft. „Ihre Möglichkeiten sind viel besser als meine. Sie erreichen jeden mutmaßlichen Zeugen", wenn nicht über die Zeitung, dann bestimmt über das Radio, an dem sie ebenfalls beteiligt waren. „Und Sie werden durch immer neue Artikel den Tod Ihres Kollegen in der Erinnerung der Leser wachhalten. Sie können den Druck aufbauen, der zur Ergreifung des Täters führt." Ich nickte ihm verabschiedend zu, drehte ab und legte einen flotten Schritt vor, um ihm zu entkommen. Ein längeres Herumraten würde nichts bringen. Ich musste anders an die nötigen Informationen kommen.

Noch auf dem Weg schaltete ich mein Handy ein und kontrollierte meine Mailbox. Wie erwartet hatte mir Herr Janzen eine Nachricht hinterlassen, in der er mich bat, ihn zu kontaktieren. Obwohl es mittlerweile fast sieben war, rief ich zurück.

Schon nach dem zweiten Klingeln nahm er ab. „Na, Herr Grahl, haben Sie Ihr Treffen schon beendet?" Das war seine Art, mir mitzuteilen, dass er ahnte: Ich hatte mich der Befragung entzogen.

„Ich bin vor dem Haus einem Reporter über den Weg gelaufen und habe kurz mit ihm gesprochen", ging ich gar nicht auf seine Worte ein. „Anscheinend weiß niemand, was Herr Stankowski sich von der Unterhaltung mit mir erhoffte." Auch ihm gab ich eine kurze Schilderung der Abfolge des gestrigen Tages. „Sie können gern anhand meiner Handydaten nachverfolgen, wann ich mich wo aufgehalten habe."

„Sie müssten morgen ins Präsidium kommen und Ihre Aussage abgeben", konterte er.

„Verdächtigen Sie mich etwa?", fragte ich ganz direkt.

„Leider gibt es einige Anhaltspunkte, die deutlich gegen Sie sprechen. Alles Weitere morgen um elf in meinem Büro." Damit beendete er das Gespräch.

Verblüfft starrte ich auf mein Handy. Im letzten Moment gab ich mir einen Ruck, sprang die Stufen meines Wohnhauses empor und verschwand im Inneren. Denn die Schritte des Reporters hinter mir waren lauter geworden, nicht dass er mich doch noch einmal erwischte!

Nun musste ich erst mal Felicitas Rede und Antwort stehen. Davor graute mir am allermeisten. Aber wie es oft ist, wenn man vor einer Sache richtigen Bammel hatte, verlief unsere Unterhaltung ruhig und sachlich. Natürlich war sie nicht begeistert, dass ich ihr die Sache mit Herrn Stankowski verschwiegen hatte, glaubte mir jedoch Gott sei Dank, dass ich es nicht für wichtig gehalten hatte, ihr davon zu erzählen. Im Endeffekt gab es ja nichts Relevantes.

Endgültig beruhigt war sie, als ich von meinem Gespräch mit Herrn Janzen berichtete und dass ich mich morgen zu einem Gespräch im Präsidium einfinden sollte. So schlimm konnte das Ganze nicht sein, wenn der Kommissar derart normal mit mir umging.

Tom, der noch kurz hereinschaute, sah es anders. „Hast du keine Angst, dass er dich gleich dabehält?", flüsterte er mir zu, während Felicitas in der Küche unser Abendessen richtete.

„Nee", gab ich genauso leise zurück. „Die Lage scheint sich beruhigt zu haben. Ich denke, die wissen, dass ich nicht der Täter bin."

6

Donnerstag, 8. April

Tom

Meine düstere Vorahnung ließ sich nicht abschalten. Den ganzen Abend grübelte ich über diese Geschichte nach. Mehrmals erwog ich, meinen Bruder Tim anzurufen, denn eigentlich war er Alex' Freund, ich dagegen nur ein flüchtiger Bekannter. Auch wenn ich ihm mein Leben zu verdanken hatte, waren wir nie richtig dicke geworden, dafür hatten wir einfach zu wenig Berührungspunkte und Gemeinsamkeiten. Wir schätzten uns und fanden meist genügend Gesprächsstoff, wenn wir uns im Hausflur oder auf der Straße begegneten, halfen uns bei kleineren Arbeiten in der Wohnung oder kauften mal für den anderen ein. Das war es im Prinzip, manchmal sahen wir uns sogar mehrere Wochen nicht.

Mit meinem Bruder hatte er wesentlich mehr Kontakt, sogar mehr als ich. Wenn ich Tim jetzt anrief, würde der sofort alles stehen und liegen lassen und Alex zu Hilfe eilen. Allerdings wollte ich lieber abwarten, wie sich die Geschichte weiterentwickelte. Vielleicht waren meine Sorgen ja total unbegründet. Gleich am nächsten Morgen las ich im Internet nach, ob es Neuigkeiten gab. Nein, sah nicht so aus. In dem Artikel stand das Gleiche wie gestern. Wieder enthielt er den dringenden Aufruf an potenzielle Zeugen, sich zu melden – entweder bei der Polizei oder bei der Zeitung.

Ich blieb auf der Seite und aktualisierte jede halbe Stunde. Zusätzlich schaltete ich das Radio ein, den Dortmunder Sender, damit ich nichts verpasste. Meine Unruhe wuchs, anstatt zu verfliegen.

Facebook! Die Zeitung hatte da einen Account und die Leser konnten Nachrichten hinterlassen. Mal sehen, ob sich schon Zeugen gemeldet hatten. Ich loggte mich ein, um durch die

Anmerkungen zu scrollen. Doch ich blieb gleich an der obersten, die gerade erst erschienen war, hängen. *Ich war an dem Tag auch im Rombergpark und habe euren Reporter mit einem Mann im Gespräch gesehen. Das muss so gegen zehn gewesen sein. Ich würde lieber mit euch darüber sprechen und euch die Einzelheiten mitteilen. Geht das?*

Noch während ich ungläubig auf die Zeilen starrte, setzte jemand aus der Redaktion seine Antwort darunter. *Bitte, rufen Sie uns umgehend an!* Dann folgte eine Telefonnummer, die der Unbekannte wählen sollte. Im gleichen Moment hörte ich drüben die Tür klappen. Alex machte sich auf den Weg zum Präsidium.

Mit einem Satz war ich an der Tür. „Warte! Ich muss dir was zeigen! Was Wichtiges!"

Alex sah auf die Uhr. „Nee, du, sonst …"

„Vielleicht ist es keine gute Idee, dorthin zu gehen", unterbrach ich ihn, packte ihn am Arm und zog ihn hinter mir her, bis wir vor dem Computer standen. „Lies selbst!" Ich wies auf den entsprechenden Text. „Wie kann das sein? Das ist unmöglich! Sagtest du nicht, du hättest schon ein paar Minuten vor zehn direkt neben seinem Auto geparkt?"

Wie angewurzelt stand Alex da und starrte auf den Bildschirm. „Da will mich einer unbedingt als Schuldigen präsentieren." Er schüttelte ungläubig den Kopf. „Was soll das?"

„Die Frage lautet eher, wer steckt dahinter?", verbesserte ich ihn. „Wie sieht es aus? Willst du immer noch deine Aussage abgeben?"

Alex biss sich auf die Lippe, seine Augen verengten sich. „Nein, ich gehe in Deckung und versuche, den Fall selbst aufzuklären. Was anderes bleibt mir nicht übrig."

Das sah ich genauso. „Wo willst du hin? In deiner Wohnung kannst du nicht bleiben." Ich erinnerte mich nur zu gut an seine Schilderung, wie das SEK damals mein Appartement gestürmt hatte. Na ja, der Einsatz wurde mit Gefahr in Verzug begründet, gegen Alex würde wahrscheinlich nur ein

Haftbefehl ausgestellt. Aber wusste ich denn, wie weit die Polizei bei der Suche nach ihm gehen würde?

Er blieb eine ganze Weile still. Ich konnte direkt sehen, wie die Gedanken hinter seiner Stirn ratterten. Wen hatte er denn als Anlaufpunkt? Seinen Freund Mirko, der hätte sich vermutlich darauf eingelassen, ihn zu verstecken. Allerdings war seine Freundin ziemlich extrem – in allem eigentlich. Die wäre im Dreieck gesprungen. Zu seinen Eltern konnte er auch nicht, da würde die Polizei als Erstes nach ihm suchen. Genauso war es mit Felicitas' Vater, der bei ihrer Oma lebte. Bekannte und entferntere Verwandte würde Alex von sich aus nicht da mit reinziehen wollen. Wer blieb dann noch?

Zu dem gleichen Ergebnis kam er auch, wie ich erkennen konnte. Sein Gesicht wurde länger und länger. „Du kannst bei mir wohnen", erlöste ich ihn aus seinem Dilemma. „Kilian", mein Freund und Mitbewohner, „ist bei seiner Familie. Sein Zimmer steht leer." Durch die Online-Kurse an der Uni waren wir nicht ortsgebunden, das nutzte dieser zu einem längeren Besuch zu Hause.

Zu meiner Verblüffung schüttelte er den Kopf. „Ich muss selbst ermitteln. Das heißt, ich will mit jedem sprechen, der mir was über Herrn Stankowski sagen kann."

Ich konnte mir ein Grinsen nicht verkneifen. „Wir verändern dein Aussehen und ich gebe dich als guten Bekannten aus. Außerdem bin ich fest davon überzeugt, dass spätestens morgen Tim auf der Matte steht. Bist du eben sein Freund."

Alex verdrehte gut sichtbar die Augen. „Ich will euch da nicht mit reinziehen."

„Du hast mich aus der Hand meiner Entführer gerettet und bewiesen, dass ich nicht der mit der Bombendrohung war", erinnerte ich ihn. „Und Tim wird sich garantiert nicht abweisen lassen."

Trotz dieses tollen – und in meinen Augen einzig möglichen – Angebotes schien Alex noch unschlüssig zu sein. Es dauerte etwas, bis er zustimmend nickte und zu seinem Handy griff. „Ich sage den Termin bei Herrn Janzen ab."

Dieser war eindeutig nicht begeistert und beharrte auf dessen Kommen. Zum Glück ließ Alex sich nicht auf eine längere Diskussion ein. Er behauptete lediglich, dringende Familienangelegenheiten zwängen ihn dazu, und verabschiedete sich schnell. Anschließend schaltete er das Handy sofort aus. „Das lasse ich drüben in der Wohnung. Kannst du mir ein anderes besorgen?"

Ich an seiner Stelle hätte genauso gehandelt. „Kein Problem." Ich würde mein altes wieder aktivieren, das ich in Reserve behalten hatte, und ihm meins überlassen. Bevor ich es mir anders überlegen konnte, rief ich meinen Bruder an. „Ich hole dich morgen mit dem Auto ab." Dabei handelte es sich um Opas Mercedes, ich besaß kein eigenes. Und normalerweise verzichtete ich darauf, diesen zu benutzen. Ich bevorzugte kleinere Ausmaße. „Ab wann hast du Zeit?"

Gemein von mir, ihn im Unklaren zu lassen. Natürlich dachte er sofort, mit Opa wäre was. Ich klärte ihn auf. Danach blieb es eine Weile still in der Leitung. „Was für ein Scheiß!", kam es dann. „Klar, dass ich ihm helfe."

Nun stand Alex vollkommen neben sich. Er nahm mir das Handy aus der Hand. „Du musst nicht kommen", sagte er zu Tim.

Der ließ sich nicht beirren. Wir verabredeten, dass ich gleich am frühen Morgen losfahren würde.

„Welche Haarfarbe hättest du denn gern?", fragte ich, nachdem wir alles Notwendige abgeklärt hatten.

„Wir warten, bis Felicitas zurück ist", bestimmte er mit aufflackernder Panik in den Augen. Er dachte wohl, ich wolle mich als Frisör an ihm versuchen, was ich niemals getan hätte. Ich kannte meine Grenzen.

„Ich gehe nur die nötigen Utensilien einkaufen", erklärte ich. „Überleg schon mal, was wir noch brauchen."

Gut, dass es im Moment noch ziemlich kalt war. Nur die Haarfarbe zu verändern brachte nicht viel. Wir konnten ihm eine Art Bauch basteln und die Hosenbeine auspolstern. Kilian hatte eine deutlich kompaktere Figur. Seine Kleidungsstücke sollten wir als Grundlage nehmen. Ach, und zusätzlich würde ich ihm Opas Brille aus durchsichtigem Glas besorgen, die dieser draußen trug, seitdem seine Augen durch die Operation des Grauen Stars so windempfindlich geworden waren. Mit Felicitas' Hilfe, die einen wesentlich sichereren Geschmack besaß, würde eine komplett andere Person entstehen.

7

Alex

Bis Felicitas von der Arbeit zurückkehrte, rätselten wir herum, wer hinter dieser Aktion stecken konnte. Warum wollte der Täter mich unbedingt als den Mörder hinstellen? Reichte es ihm nicht, unerkannt entkommen zu sein?

Tom empfahl mir, mein gesamtes Leben im Schnelldurchlauf zu überprüfen. Irgendwem musste ich irgendwann mal gewaltig auf den Schlips getreten sein, sodass sein Hass auf mich bis heute bestand.

Oder war es einer derjenigen, den ich bei meinen bisherigen Fällen bedrängt hatte? So sehr ich auch nachdachte, ich kam auf keinen grünen Zweig. „Ich muss mit den nächsten Angehörigen von dem Stankowski reden, und vielleicht noch mal mit diesem Reporter, der mich gestern abgefangen hat."

„Der verpfeift dich sofort an die Polizei", wandte Tom ein.

„Glaube ich nicht", war ich mir ziemlich sicher. „So wie der von dem Stankowski sprach, merkte man, dass er den nicht abkonnte. Außerdem ist er wild auf die Story. Ich vermute, der muss sich noch hochdienen und wäre erfreut, wenn er mit einem aufsehenerregenden Artikel punkten kann."

„Kennst du denn überhaupt nähere Angehörige?"

Ich wies auf Felicitas' Laptop, den ich mir organisiert hatte, als ich das Handy rüberbrachte. „Ich wollte gleich mal sein Leben googeln." Ich hoffte einfach, dass er genau wie viele andere seine Spuren im Netz hinterlassen hatte.

Unterstützt von Tom, der auf seinem eigenen Computer recherchierte, schrieb ich die mageren Ergebnisse auf. Das meiste, was wir fanden, bezog sich auf seine Arbeit, Privates blieb bei ihm privat. Selbst in seinem Facebook-Account handelten seine Posts nur von Erlebnissen, die er bei seinen

Recherchen gemacht hatte. Auf die Seite mit den Freunden und Bekannten kam man als Außenstehender nicht.

„Wie hieß dieser Kollege?", Tom war schon einen Gedankengang weiter.

„Pickard, er hat sich nur mit seinem Nachnamen vorgestellt." Ich suchte bei Facebook und wurde fündig. Der ging wesentlich offenherziger mit seinen Daten um. Ich klickte auf die vielen Fotos, unter denen sich auch welche aus der Redaktion befanden. Tatsächlich entdeckte ich Herrn Stankowski eng neben einer Frau stehend, wie beide ihrer Gläser zum Prosit hoben. Das Foto war offensichtlich auf einer Weihnachtsfeier entstanden, der Raum war festlich geschmückt, einige der Mitarbeiter trugen rote Nikolausmützen. Ja, es sah ganz so aus, als gehöre die Frau zu ihm.

Ich klickte auf die Freundesliste des Reporters. Dort tauchte sie leider nicht auf, Herr Stankowski auch nicht. Obwohl ich mir sämtliche Posts des letzten Jahres anschaute, fand ich nichts, was auf die Frau hindeutete. Trotzdem war ich zufrieden, ich hatte einen ersten Hinweis. Das Foto stammte von der Weihnachtsfeier 2020. Da war es wahrscheinlich, dass die beiden noch zusammen waren.

Toms Suche brachte leider keinen neuen Hinweis. Ich musste unbedingt sehen, dass ich mit Herrn Pickard, Ulrich mit Vornamen, wie ich von seiner Seite her wusste, Kontakt aufnahm.

„Zuerst verändern wir dein Aussehen", bestimmte Tom. „Du suchst ihn zusammen mit Tim auf, als gute Freunde von dir, die helfen wollen, den Fall aufzuklären und dich von jedem Verdacht reinzuwaschen."

Es klingelte an der Tür. Er ging nachschauen, während ich mich schnell in Kilians Zimmer begab. Völlig unnötig, es war Felicitas, wir hatten beide nicht gehört, wie sie drüben die Tür aufschloss. Bestimmt hatte sie den Zettel auf dem Küchentisch gefunden.

Netterweise übernahm es Tom, sie aufzuklären, wobei er betonte, es handle sich bei unserer Aktion um eine Vorsichtsmaßnahme, dass wir gar nicht wussten, wie die Ermittler reagierten, aber vorsichtshalber auf Nummer sicher gehen wollten. Ohne sie und mich zu Wort kommen zu lassen, beschrieb er ihr, was wir uns vorgenommen hatten.

Sie schüttelte eindeutig anderer Meinung den Kopf. „Geh zu Kommissar Janzen", beschwor sie mich. „Ich kann mir nicht vorstellen, dass er in dir den Täter sieht."

Bevor ich antworten konnte, kam Tom mir zuvor. „Selbst wenn nicht, er muss die Indizien beachten. Und die sprechen eindeutig gegen Alex."

„Vielleicht meint dieser Zeuge ja einen ganz anderen als dich", wandte sie ein. „Vielleicht entlastet dich seine Aussage sogar."

„Unwahrscheinlich. Zu dem angegebenen Zeitpunkt war sonst niemand in der Nähe. Glaub mir, ich habe mich auf der Suche nach dem Stankowski gründlich umgeschaut."

Noch gab Feli nicht auf. „Nimm dir einen Rechtsanwalt mit zu dem Gespräch im Präsidium. Dann bist du abgesichert."

Woher sollte ich den so schnell herbeizaubern?

„Seine Fingerabdrücke sind auf dem Auto, er war vor Ort und jetzt noch dieser Zeuge, der ihn vermutlich reinreiten will", zählte Tom auf. „Daran kann der auch nichts ändern."

„Der Kommissar wird ihn nicht gleich verhaften", beharrte sie.

„Es handelt sich um Mord."

„Trotzdem werden die ihn nicht gleich in Untersuchungshaft stecken."

Tom wiegte zweifelnd den Kopf. „Darauf würde ich es nicht ankommen lassen."

„Ich auch nicht", echote ich.

Sie hob flehend die Hände. „Alex, du …"

„Nein." Unwillkürlich trat ich einen Schritt zurück. „Ich will es nicht riskieren. Versteh mich doch bitte!"

Ihre Miene verschloss sich. „Stattdessen willst du dich lieber wieder in Gefahr begeben und dich in die Ermittlungen einmischen, richtig?"

„Oder er bleibt hier sitzen und wartet ab, ob die Polizei den Täter findet", erwiderte Tom. „So oder so muss er sein Aussehen verändern. Wenn du das übernehmen könntest? Ich glaube, du kriegst das wesentlich besser hin als ich."

Erstaunlicherweise rang sie nur kurz mit sich, bevor sie nickte und mich prüfend musterte. „Die Haare müssen komplett weg", bestimmte sie. „Damit verändern wir sein Gesicht am deutlichsten. Das ist besser als Färben. An…"

„Eine Glatze?" Nein, unter keinen Umständen!

„Leichte Stoppeln können stehen bleiben." Sie wandte sich an Tom. „Habt ihr eine Haarschneidemaschine?"

Dieser nickte und sprang auf, um sie zu holen.

„Feli, ich …"

Sie verzog grimmig das Gesicht. „Willst du dich, ohne erkannt zu werden, draußen bewegen? Dann mach das, was ich vorgebe."

Verblüfft starrte ich sie an. War sie nun plötzlich auf unserer Seite?

„Ich bin immer noch der Meinung, du schätzt die Lage völlig falsch ein und solltest Herrn Janzen vertrauen", stellte sie richtig. „Nur kann ich dich natürlich nicht zwingen, zu ihm zu gehen."

„Ich werde mich bei den Ermittlungen im Hintergrund halten", versprach ich.

Toms Rückkehr enthob sie einer Antwort, die, ihrer Miene nach zu schließen, nicht sehr nett ausgefallen wäre. Er reichte ihr das Gerät und blickte vielsagend auf meine definitiv im Moment zu lange Haarpracht. „Geht besser ins Bad."

Sie hängten mir ein Handtuch um und Felicitas machte sich an die Arbeit, zuerst mit der Schere, anschließend mit dem Apparat. Nur gut, dass ich nicht zuschauen konnte. Mir reichten schon die großen herabfallenden Strähnen, um eine gewisse Vorstellung davon zu haben, was da passierte.

Lange dauerte es nicht, bis sie verkündete: „Fertig! Bleib noch sitzen. Ich gehe eben rüber, wir verändern die Form der Augenbrauen gleich mit."

Tom, der im Türrahmen auftauchte, grinste anerkennend. „Hallo, Unbekannter." Er hielt mir eine Brille mit Metallrahmen hin. „Mit schönem Gruß von Opa. Er drückt dir die Daumen."

Ich griff danach und setzte sie mir auf.

Tom kicherte. „Du solltest dir dazu einen Dreitagebart stehen lassen. Du siehst echt hipp aus."

„Den sieht man unter der Maske sowieso nicht", wehrte Felicitas ab und trat mit einem kleinen Messerchen auf mich zu. „Brille ab und Kopf in den Nacken!" Mit konzentrierter Miene begann sie an meinen Brauen herumzuschaben.

„Du rasierst sie aber nicht ganz ab, oder?" Nein, angenehm war das nicht. Ich fühlte mich schon jetzt verschandelt.

„Ich ändere nur die Form", beruhigte sie mich, beugte sich vor und kratzte ein letztes Mal über meine Haut. „Das war's, du kannst dich anschauen."

Der Spiegel zeigte mir einen Fremden. Ist schon erstaunlich, wie sehr Haare unser Aussehen beeinflussen. Mein mit kurzen Stoppeln bedeckter Kopf wirkte viel größer – und unförmiger. Ich hatte nicht mal geahnt, dass ich einen so extremen Eierkopf hatte.

Als ich die Brille aufsetzte, verbesserte sich der Eindruck ein wenig. Ich sah wesentlich ernsthafter und älter aus, fand ich.

„Die Brille hat sogar selbsttönende Gläser", klärte Tom mich auf. „Draußen bist du so gut wie unsichtbar damit."

Felicitas bestand darauf, nachdem wir das Bad gesäubert hatten, Kilians Kleidung durchzuschauen. Sie griff nach einer Jeans, einem Sweatshirt und einer langen Jacke, die bis über meinen Po reichte. „Die ist perfekt. Wir schnallen ein Kissen darunter und polstern die Schultern aus, das dürfte reichen."

Tom holte ein passendes, nicht zu groß, nicht zu dick, und einen Gürtel, während ich in Hose und Sweatshirt schlüpfte, und half mir, es anzulegen. So ausgestattet passte die Kleidung tatsächlich und verfremdete meine Erscheinung zusätzlich.

Meine Freundin verschwand mit dem Mantel, um die Schultern auszupolstern, nach nebenan. Kaum hatte sie die Tür hinter sich geschlossen, stieß Tom ein leises Puh aus.

„Begeistert ist sie nicht", stimmte ich ihm zu. „Aber immerhin lässt sie mich gewähren."

„Und hilft mit", hob er hervor. „Wer weiß, was dabei herausgekommen wäre, hätte sie uns allein wurschteln lassen!"

Ich war viel zu angespannt, um auf diesen kleinen Scherz einzugehen. Hoffentlich hielt unsere Beziehung dieser Belastung stand!

8

Freitag, 9. April

Alex

Das Telefonat mit Herrn Pickard gestaltete sich einfacher als gedacht. Ich stellte mich als Freund von Alex vor, der, um ihn reinzuwaschen, eigene Ermittlungen aufnehmen wollte, und bot ihm an, wenn er mir seine bisherigen Erkenntnisse mitteilte, all das, was ich herausfand, mit ihm zu teilen. Natürlich betonte ich dabei, dass ich nicht allein dastand, sondern einige weitere Freunde neben mir hatte, die mich tatkräftig unterstützen würden.

Ich hatte ihn richtig eingeschätzt, er brannte darauf, eine ähnliche Enthüllungsstory, wie sie damals Herrn Stankowski gelungen war, zu veröffentlichen. Ulrich Pickard war ehrgeizig und witterte die Chance, seine Position zu verbessern.

Wir verabredeten, uns in einer Stunde auf dem Hornbachparkplatz in der Nordstadt zu treffen. Der Vorschlag kam von mir, denn so konnte ich wegen der dort herrschenden Maskenpflicht mein Gesicht bedeckt halten. Zudem hatte ich beim Frühstück geübt, mehr aus dem Hals heraus zu sprechen, wie es mir Felicitas am Tag zuvor geraten hatte. Es klappte schon ganz gut, meine Stimme klang dadurch wesentlich rauer.

Tom und ich fuhren gleichzeitig los. Das hieß, er würde erst im Nachmittagsbereich zurück sein. Die Fahrtzeit von Dortmund nach Hannover betrug ungefähr zweieinhalb Stunden – wenn man denn gut durchkam. Und dass Tim schon Gewehr bei Fuß stand, um sofort einzusteigen, konnte ich mir beim besten Willen nicht vorstellen. Also würde ich vermutlich meine ersten Befragungen ohne ihn durchführen.

Obwohl ich mich wie immer über den Borsigplatz stauen musste, kam ich fünf Minuten vor der Zeit auf dem Parkplatz an. Eigentlich hatte ich gedacht, wegen Corona sei hier nicht viel los. Ich wurde eines Besseren belehrt, die Autos standen dicht an dicht.

Ich befestigte meine Maske und stieg unbeholfen aus. Das Kissen engte meine Bewegungsfähigkeit ein, ich fühlte mich wirklich dick und mir war schon aufgefallen, dass ich wesentlich bedächtiger ausschritt und mich drehte. Wenn ich daran dachte, dass in meinen besten Jahren mein Umfang dem jetzigen ungefähr entsprochen hatte, konnte ich mir gar nicht mehr vorstellen, warum ich damals nicht wesentlich eher versuchte, von meinen Kilos runterzukommen. Im Endeffekt fiel mir der Unterschied zu früher erst jetzt richtig auf.

Und die Gläser der Brille beschlugen andauernd, bestimmt weil meine Maske zu locker saß. Wie machte das ein echter Brillenträger? Oder hatte der die halbe Zeit keine vernünftige Sicht?

Ich wanderte an den Reihen der geparkten Autos vorbei und hielt nach dem Reporter Ausschau. Wir hatten uns vor dem Eingang des Baumarktes verabredet, blöderweise stand da eine lange Schlange von Wartenden, die ihre bestellten Waren abholen wollten. Wir mussten uns einen anderen Platz für unsere Besprechung suchen.

Ein älterer Kombi fuhr langsam vorbei. Hinter dem Steuer meinte ich Herrn Pickard zu erkennen. Deshalb folgte ich dem Wagen, bis er eine freie Lücke fand. Und richtig, der Reporter sprang heraus und sah sich suchend um.

Ich trat näher. „Herr Pickard?"

Er wandte sich mir zu. „Herr Hasselbach?" So nannte ich mich momentan.

Ich nickte. Krächzen, Alex! „Stimmt es, dass es einen Zeugen geben soll, der Herrn Grahl mit Ihrem Kollegen auf dem Parkplatz vom Rombergpark im Gespräch gesehen hat?", legte ich los.

Er trat instinktiv einen Schritt zurück. „Woher haben Sie diese Information?"

Also stimmte es. „Reine Spekulation", behauptete ich. „Alex war zu diesem Zeitpunkt schon auf dem Parkplatz. Er hat niemanden gesehen. Also kann es sich nur um eine Falschaussage handeln, um ihn zu belasten."

Herr Pickard pfiff durch die Zähne. „Sie denken, da steckt eine richtig heftige Sache hinter, richtig?"

„Sieht fast so aus. Wie lange war Herr Stankowski denn schon an dieser Sache dran?" Lieber zuerst weitere Punkte abklopfen, bevor ich genauer nachfragte. Der Reporter musste erkennen, dass wir durchaus einen Grund hatten, skeptisch zu sein.

Dieser lehnte sich gegen die Autotür und dachte nach. „Keine Ahnung", gab er zu. „Den Chef hat er erst vor kurzem darauf angesprochen – ohne ins Detail zu gehen. Einem Kollegen gegenüber behauptete er, er hätte was spitzgekriegt, wenn das stimme, wäre die Kacke am Dampfen."

„Das hört sich nicht danach an, als habe er einen kleinen Schriftsteller auf dem Kieker gehabt", kommentierte ich seine Worte. Und fragte dann doch nach? „Was wirft man Alex denn eigentlich vor?"

Herr Pickard überlegte wohl, ob er mir reinen Wein einschenken solle, denn er blieb eine Weile stumm und starrte vor sich hin.

„Egal was es ist, ich werde auch das überprüfen", legte ich nach. „Wir, also seine engsten Freunde, wollen die Wahrheit herausfinden."

Der Reporter gab sich einen Ruck. „Es wird gemunkelt, Hugo Stankowski habe gar keine Informationen von Herrn Grahl haben, sondern ihn mit dem Gerücht konfrontieren wollen, dieser habe sich die meisten positiven Rezensionen zu seinen letzten Büchern erkauft. Nur aus diesem Grund sei er so erfolgreich."

Ich konnte ein herzhaftes Lachen nicht unterdrücken. „Und deshalb soll er Herrn Stankowski ermordet haben?", prustete ich und vergaß dabei völlig, meine Stimme zu verstellen.

Zum Glück schien Herr Pickard es nicht zu bemerken. „Immerhin geht es dabei um eine Menge Geld", wandte er ein. „Es ist in der Redaktion natürlich längst rum, dass die beiden sich nicht unbedingt grün waren. Herr Stankowski hätte ihn freudestrahlend ins Messer laufen lassen."

Ein perfektes Stichwort! „Sie sagen es. Warum hätte er sich dann mit Alex treffen und ihm das Ergebnis seiner Recherche unter die Nase reiben sollen, anstatt die Gelegenheit beim Schopf zu packen und ihn in einem reißerischen Artikel zu diskreditieren?"

Mein Gegenüber nickte bedeutsam. „So sah ich das bis gestern auch. Bis dieser Zeuge auftauchte."

„Haben Sie selbst mit ihm gesprochen?"

„Nee, das hat der Chef sofort an sich gerissen. Das ist über ihn gelaufen. Er war es auch, der die Polizei informierte und ein Treffen zwischen dem Typ und denen organisierte. Der wollte nämlich erst nicht. Die haben sich an einem neutralen Ort getroffen. Er hat Herrn Grahl aus mehreren Fotos heraus eindeutig identifiziert."

Das war äußerst interessant! „Kennen Sie seinen Namen?"

„Weder das noch weiß ich sonst was über ihn. Der Facebook-Account, den er benutzte, existiert zwar schon länger, aber der hat alles auf privat gestellt. Und der Name Trollo, unter dem der läuft, gibt nichts her."

Das hatten wir selbst schon rausgefunden. Mehr als dass er aus Dortmund kam, vierundzwanzig Jahre alt und männlich war, hatten wir nicht rausgekriegt.

„Trotzdem …", er verstummte.

Noch einer, der skeptisch war? „Demnach haben Sie Zweifel?"

Wieder überlegte er, wie er sich äußern sollte. „Gewisse Restzweifel", gab er zu. „Natürlich hat der Chef die Animositäten zwischen den beiden hochgespielt, sie als Feinde bezeichnet. So weit würde ich nicht gehen. Ich denke eher, der Stankowski muss einen anderen handfesten Grund gehabt haben, sich mit Herrn Grahl treffen zu wollen. Ich habe das erste Gespräch mitbekommen. Es ging um eine Information, die nur er besaß. Die schien wichtig zu sein, sonst hätte der Kollege sich niemals herabgelassen, mit ihm gemeinsame Sache zu machen. Nein", verbesserte er sich. „Er wollte nur die Information. Alles Weitere hätte er allein recherchiert, genauso wie er es immer tat."

Meine Einschätzung erwies sich dank dieser Aussage als richtig. Herr Stankowski war ein Einzelgänger, der allein loszog, um später die Lorbeeren einheimsen zu können. Vermutlich hätte er mir irgendeine Geschichte aufgetischt, um mir das, was ihn interessierte, aus der Nase zu ziehen. Die Wahrheit wäre es bestimmt nicht gewesen.

Leider hatte ich trotz der Offenheit meines Gegenübers keine Ahnung, wo ich ansetzen konnte. „Wem könnte er von dieser Sache, an der er wirklich dran war, erzählt haben?", fragte ich.

Er zuckte die Schultern. „In der Redaktion jedenfalls hatte er keinen, mit dem er sich privat abgab. Der kam nicht mal auf ein schnelles Bier mit in die Kneipe."

„Waren Sie schon bei seinen Nachbarn?"

Sein Grinsen konnte ich selbst unter der Maske erkennen. „Nee, für den Chef ist der Fall geklärt. Erfährt er, dass ich weiter ermittle, kriege ich Ärger." Ohne dass ich nachhaken musste, gab er mir die Adresse.

„Was ist mit der Frau, die er zur letzten Weihnachtsfeier mitbrachte? Kennen Sie ihren Namen?"

„Hilde, mehr weiß ich nicht. Ich glaube, die arbeitet als Beleuchterin beim Theater. Ich dachte noch so bei mir, wie kommt der an eine so nette Lebensgefährtin?"

Die weiß nichts, erinnerte ich mich an unser erstes Gespräch. Trotzdem würde ich sie natürlich selbst befragen. Ich bedankte mich bei ihm für seine Offenheit.

„Ich hoffe, Sie denken an mich, sobald Sie irgendwas rausbekommen haben."

Ich versicherte ihm, dass ich genau das tun würde und hoffte, dass er mich ebenfalls informierte, wenn er Neuigkeiten hatte.

Wir verabschiedeten uns wie echte Komplizen. Ich war mir sicher, dass er genau wie wir weiter am Ball bleiben würde.

9

Alex

Erst elf, ich beschloss, direkt bei Herrn Stankowskis Adresse vorbeizufahren.

Der Reporter wohnte in Hombruch, ich fütterte das Navi mit der Adresse und startete den Motor. Der ziemlich große Stadtteil, ungefähr zwanzig Fahrminuten entfernt, gehörte zu der bevorzugten Wohngegend, billig waren die Mietpreise dort nicht. Deshalb war ich schon gespannt, was mich erwartete.

Das Navi lotste mich in eine stille Nebenstraße nahe dem Zentrum, das mit der Fußgängerzone rund um den Marktplatz punkten konnte. Herr Stankowski hatte sowohl ruhig als auch zentral gewohnt, nur einen Parkplatz suchte ich vergeblich.

Ich benutzte einen der Stellplätze eines Supermarktes, auf dem Rückweg würde ich dort einige Dinge einkaufen. Das war sowieso mein Plan gewesen. Da Tom mir eine Unterkunft gab und noch extra seinen Bruder hinzuzog, würde ich die Verpflegung für uns drei bezahlen.

Das Haus mit seinen vier Etagen wirkte wie seine Nachbarn ansprechend, sämtliche Vorgärten, die sich glichen wie ein Ei dem anderen, waren äußerst gepflegt, weder auf der Straße noch auf dem Weg zur Haustür befand sich Müll.

Der gute Eindruck setzte sich im Hausflur fort. Ich hatte einfach auf den linken unteren Klingelknopf gedrückt, trotz der Gegensprechanlage öffnete der Wohnungsinhaber ohne nachzufragen, eigentlich ein Unding in der heutigen Zeit.

Ein junger Mann ohne Maske trat mir entgegen und gähnte aus vollem Hals. „Scheiße!", meinte er, als er mich erblickte und rubbelte sich durch sein ohnehin schon verstrubbeltes Haar. „Ich erwarte jemand anders."

„Vielleicht haben Sie trotzdem kurz Zeit. Ich bin von der Zeitung. Mein Kollege Herr Stankowski wohnte direkt über Ihnen", was ich anhand der Anordnung der Klingelschilder annahm. „Kannten Sie ihn?"

Der junge Mann zuckte mit den Schultern. „Was heißt schon kennen. Der kam und ging, wir grüßten uns, das war's."

„Hatte er einen guten Bekannten oder Freund im Haus?"

Er begann schon während meiner Frage den Kopf zu schütteln. „Sein Nachbar ist viel unterwegs, außerdem konnten die nicht so miteinander. Der Stankowski …" Er verstummte, weil ihm wohl in diesem Moment einfiel, dass der Reporter tot war und man über Tote nicht schlecht sprechen soll.

„… war kein einfacher Mensch", ergänzte ich. „Das weiß ich. Ich hatte gehofft, er wäre vielleicht privat anders."

Ein breites Grinsen zog über sein Gesicht. „Nee, war er nicht." Er senkte seine Stimme. „Deshalb hielten alle Abstand."

„Er schien aber eine Lebensgefährtin zu haben. Zumindest tauchte er ein paarmal mit der Frau bei Feiern in der Redaktion auf." Allerdings hatte auf dem Klingelschild nur sein Name gestanden.

Wieder schüttelte er den Kopf. „Die Wohnungen auf dieser Seite sind klein", informierte er mich. „Ein Wohn-Schlafraum, eine Miniküche und ein Duschbad. Für zwei Personen auf Dauer nicht das Wahre. Ich kann …" Es klingelte und er drückte auf. „… mich nicht erinnern, die je hier gesehen zu haben."

Eine junge Frau huschte an mir vorbei und schlüpfte in die Wohnung, ohne ihn oder mich zu grüßen oder direkt anzuschauen. Sofort wurde er unruhig und begann von einem Fuß auf den anderen zu treten.

„Eine Frage nur noch", beruhigte ich ihn. „Hat die Polizei die Wohnung versiegelt?"

„Und akribisch durchsucht", nickte er. „Die waren stundenlang da und haben alles an Unterlagen, was sie fanden, rausgeschleppt." Er hob Abschied nehmend die Hand, trat zurück und schloss die Tür.

Trotz seiner Meinung, ich würde hier im Haus nicht weiterkommen, klingelte ich bei seinen Nachbarn. Niemand machte auf. Vielleicht sollte ich es zu einer anderen Uhrzeit noch einmal versuchen.

Zurück im Auto griff ich zu Toms Handy und gab den Suchbegriff „Mitarbeiter Theater Dortmund" ein. Es gab tatsächlich eine entsprechende Liste, in der die einzelnen Personen namentlich aufgeführt waren. Unter Beleuchtung fand ich nur eine Frau mit dem Vornamen Hilde. Börste hieß sie, ich öffnete eine neue Suche.

Die Trefferanzahl war überschaubar, die einzige Hilde wohnte sogar in Hombruch. Das musste sie sein. Ich googelte die Straße und beschloss, zu Fuß zu gehen. Länger als eine Viertelstunde würde ich nicht unterwegs sein.

Vorsichtshalber behielt ich die Maske auf, zum einen, weil ich mich so sicherer fühlte, zum anderen aber auch, weil ich überhaupt nicht informiert war, wo ich sie tragen musste und wo nicht. Galt jetzt die Maskenpflicht auf allen Einkaufsstraßen oder nur für die in der Innenstadt? Wie sah es mit dem Marktplatz aus? Besser, ich fiel nicht durch so einen dummen Fehler auf.

Die meisten Menschen, die unterwegs waren, trugen keine. Dafür wichen sie mir in einem großen Bogen aus, das erlebte ich sonst nicht. Vielleicht dachten sie, ich gehörte zu dem besonders gefährdeten Personenkreis.

Vorsichtshalber umschritt ich trotzdem den Marktplatz. Dort war mit Kontrollen zu rechnen. Albern, aber ich fühlte mich draußen angreifbarer, so, als würde mich jeder Polizist gleich als den Gesuchten erkennen. Deshalb hatten Tom und ich auch vorsichtshalber die Autos getauscht. Er fuhr nun mit meinem Fiat nach Hildesheim und ich benutzte den Mercedes seines Opas. Dumm nur, wenn ich einen Unfall hatte oder in eine Kontrolle kam. Meinen Führerschein oder Personalausweis konnte ich nicht vorzeigen.

Eigentlich bist du zu Fuß sicherer, machte ich mir selbst Mut.

Dessen ungeachtet war ich froh, als ich mein Ziel erreichte, wieder ein Mehrfamilienhaus und wieder eins, das äußerst gepflegt wirkte. Das Schild mit den sechs Klingeln sagte mir, dass die Gesuchte ganz oben wohnte. Ich drückte auf das entsprechende Knöpfchen.

Dieses Mal knackte die Sprechanlage und eine weibliche Stimme fragte nach meinem Begehr.

„Hasselbach, ich bin ein guter Freund von Alexander Grahl und würde gern mit Ihnen über Herrn Stankowski sprechen. Ich weiß nicht, ob Sie darüber informiert sind, seitens der Polizei besteht der Verdacht, er sei der Täter. Wir, also ich und ein paar andere, bemühen uns, seine Unschuld zu beweisen. Wir glauben nicht daran, dass er Ihren Bekannten ermordet hat." Ein langer Monolog, doch ich musste schon im Vorfeld mit Einzelheiten rausrücken, sonst ließ sie mich bestimmt nicht ein.

„Ich komme runter", hörte ich zu meinem Erstaunen die Stimme antworten. „Einen Moment, bitte."

Knapp fünf Minuten später öffnete sich die Haustür und eine Frau mittleren Alters trat heraus. Ich schätzte sie auf ungefähr fünfzig, mit braunem Haar, das zu einem akkuraten Bubikopf geschnitten war, einem etwas fülligen Gesicht und freundlich blickenden grünen Augen. Da sie keine Maske trug, nahm ich meine ab und steckte sie in die Jackentasche. Sie kannte mich nicht und würde mich auch ohne das Ding nicht als Alex Grahl identifizieren, vor allem nicht in dieser Verkleidung.

Ich trat zurück. „Sollen wir ein paar Schritte gehen?"

Sie nickte. „Das wäre mir sehr recht."

Auf dem Bürgersteig angekommen hielt sie sich neben mir.

„Die Polizei hat mich nicht informiert, dass sie einen Verdächtigen haben. Aber ausgerechnet Herr Grahl? Nein, das kann ich nicht glauben", setzte sie mich wiederum in Erstaunen.

Mein Gesichtsausdruck musste mich wohl verraten haben, denn sie fuhr fort: „Erst einmal sollte ich vorausschicken, dass Herr Stankowski und ich kein Paar im normalen Sinne waren. Weder Hugo noch ich leben in einer Partnerschaft, wir haben uns sozusagen zusammengetan als Freunde und Weggefährten. Wir lieben beide längere Spaziergänge, die Oper", sie schmunzelte, „das Theater, wir sind beziehungsweise waren begeisterte Restaurantbesucher und verbrachten unsere Urlaube gern im Ausland. Als er wegen Corona in Quarantäne musste, kaufte ich für ihn ein. Zwei Jahre zuvor, als ich im Krankenhaus lag, erledigte er alles Nötige für mich. Gute Freunde, ja, das ist die beste Bezeichnung."

„Sie waren diejenige, die ihm am Nächsten stand", vermutete ich.

„Weder er noch ich haben nähere Angehörige. Deshalb war diese Regelung ideal. Dazu sind wir beide Typen, die ihren Freiraum brauchten. Eine gemeinsame Wohnung wäre so oder so nicht infrage gekommen."

„Hat er Ihnen von seiner Recherche erzählt?"

„Nur marginal. Wir hatten andere Themen, wenn wir uns trafen. Ab und zu berichtete er mir auch etwas von der Arbeit, meist wenn etwas Lustiges geschehen war. Ansonsten unterhielten wir uns eher über tagesaktuelle Dinge. In letzter Zeit haben wir uns sowieso nicht sehr häufig getroffen. Es war ja alles weggebrochen, was uns normalerweise Spaß machte. Außerdem hatte er viel zu tun. Diese Recherche, an der er dran war, die betrieb er neben seiner normalen Arbeit, also in seiner Freizeit."

„Was wissen Sie denn darüber?" Es sah für mich fast so aus, als schliche sie um das Thema herum, als wolle sie sich dazu nicht äußern.

„Nicht viel, wie gesagt, Hugo war keiner, der mit ungelegten Eiern hausieren ging. Das Einzige, was ich hundertprozentig sagen kann: Die Idee, den Schriftsteller hinzuzuziehen, das kam erst viel, viel später. Da war er schon über Wochen mit seiner Recherche beschäftigt. Irgendwann kriegte er raus, dass dieser den Typ, um den es ihm ging, kannte. Er dachte, von ihm relevante Zusatzinformationen bekommen zu können. Na ja, ich hatte das Gefühl, er wollte ihn heiß auf die Geschichte machen und wäre nicht abgeneigt, sich Hilfe dazu zu holen."

Verblüfft blieb ich stehen. „Im Ernst?"

Sie lachte vergnügt. „Ja, ich war genauso erstaunt wie Sie jetzt. Er sprach immer so abfällig über ihn, konnte seinen Büchern nichts abgewinnen, nannte ihn Möchtegern-Detektiv. Und trotzdem bin ich fest davon überzeugt, dass er in dieser Sache gern mit ihm zusammengearbeitet hätte."

10

Tom

„Ich habe mir schon den Kopf zerbrochen, wer der Typ sein könnte", erklärte Alex, als er an dieser Stelle seines Berichts angekommen war. „Das Blöde ist, wir wissen nicht mal, worum es bei Herrn Stankowskis Recherche ging. Ich habe wirklich nicht die geringste Ahnung."

Ich hatte ihn bereits zu Hause erwartet – und mir schon Sorgen gemacht, weil es später und später wurde und er nicht auftauchte. Als er dann endlich aufschloss – ich hatte ihm einen Schlüssel gegeben, damit er kommen und gehen konnte, wie er wollte –, galten seine ersten Worte Tim. Warum ich den nicht abgeholt hätte?

Diese Geschichte war schnell erzählt. Mein lieber Bruder hatte geschusselt und die letzte Treppenstufe übersehen. Und da er mit seinem Handy beschäftigt war, reagierte er viel zu langsam. Der Sturz blieb nicht ohne Folgen. Der komplizierte Knöchelbruch würde morgen operiert werden.

Sein Anruf erreichte mich zum Glück schon während der ersten hundert Kilometer, sodass ich zügig umkehren konnte. Nur gut, dass der Akku des alten Handys noch funktionierte und ich Tim gleich gestern Abend über den Nummernwechsel informiert hatte. Blöd natürlich für Alex und mich, dass wir nun ohne seine Hilfe auskommen mussten. Würde ich eben mehr mitarbeiten. Die paar Vorlesungen in der nächsten Zeit, bei denen ich im Netz unbedingt dabei sein wollte, konnte man an zehn Fingern abzählen. Wenigstens eine Sache, für die Corona endlich mal gut war.

„Dieser blöde Stankowski!", fluchte ich jetzt. „Wieso hat er aus seiner Recherche bloß so ein Geheimnis gemacht?"

„Das war eben seine Art", meinte Alex. „Die Freundin sagt, genauso habe er es damals bei der Bombengeschichte gehalten, sei völlig in seine Arbeit vertieft und kaum ansprechbar gewesen. Er habe sich regelrecht darauf gestürzt und seine gesamte Freizeit mit Recherchieren verbracht. Dieses Mal gestaltete es sich noch komplizierter, da er seiner normalen Arbeit nachgehen musste, bevor er Zeit für diese Geschichte aufbringen konnte."

„Wie ist er denn nun darauf gekommen, dass irgendwo irgendwas gewaltig schiefläuft? Ich meine, sie wird wenigstens wissen, wann das ungefähr losging." Nein, ich konnte echt nicht verstehen, was das für eine seltsame Beziehung gewesen war. Selbst bei „nur Freunden" tauschte man sich meiner Meinung nach aus. Gerade mit denen! Man erhielt neue Ideen, neuen Input, wurde auf Dinge gestoßen, an die man selbst vielleicht gar nicht gedacht hatte. Und sicherte sich ab, dass einem bei einer gefährlichen Recherche nichts passierte. Hätte Herr Stankowski sich wem anvertraut, säße sein Mörder bereits hinter Gittern.

„Sie schätzt, ungefähr vor zwei Monaten. Wegen Corona haben sie sich kaum getroffen, das Wetter war ja auch nicht gerade berauschend."

„Woran hat er da gearbeitet?"

Ich ahnte die Antwort bereits, sie habe, wie Alex erklärte, keine Ahnung. Das Einzige, was sie mit Sicherheit sagen könne, es schien sich um keinen herausragenden Artikel gehandelt zu haben. So etwas hätte er ihr gezeigt. Um wahrscheinlich damit anzugeben, dachte ich bei mir. Laut sagte ich: „Also gut, kaufe ich mir eben einen Online-Account und durchsuche das Archiv. Oder gibt es sonst noch einen vernünftigen Hinweis?"

Alex grinste gequält. „Leider nicht. Sie will noch einmal in Ruhe nachdenken und ruft mich an, falls ihr noch etwas einfällt. Ich habe ihr die Telefonnummer deines Handys gegeben."

„Gut, dann lass uns anfangen!"

Wir quälten uns durch unzählige Artikel. Zwischendurch tauchte Felicitas auf und wollte von Alex auf den neuesten Stand gebracht werden.

„Herr Janzen hat mich bei meiner Rückkehr erwartet", teilte sie ihm danach mit.

Alex fuhr auf. „Und das sagst du erst jetzt?"

„Ist nichts wirklich Wichtiges passiert", wehrte sie ab. „Er fragte mich höflich, ob du da seiest. Als ich verneinte, bat er darum, sich selbst von deiner Abwesenheit überzeugen zu dürfen, was ich ihm gewährte. Danach verschwand er sofort wieder, hatte nicht eine einzige Frage an mich."

„Hast du gefragt, was er von mir will?"

„Natürlich! Er behauptete, sich nur mit dir unterhalten zu wollen."

Ich lachte spöttisch. „Ja, nee, is klar!" Und an Alex gewandt. „Schwing deinen Arsch wieder rüber und guck dir die nächsten Artikel an. Wir haben noch jede Menge vor uns."

„Kann ich euch helfen?", kam es von Felicitas.

Am liebsten hätte ich ihr vorgeschlagen, was für uns zu kochen. Zwar hatte Alex jede Menge Tiefkühlprodukte mitgebracht, doch so ein selbstgekochtes Essen war natürlich was ganz anderes. Nur hatte sie vermutlich nach ihrer Acht-Stunden-Schicht keine Lust mehr, sich an den Herd zu stellen, vor allem da sie selbst in der Kantine aß. Daher lehnte ich ihr Angebot dankend ab und verwies darauf, dass Alex sich jeden Namen und jedes Foto ansehen musste, ob ihm was bekannt vorkam.

Sie blieb zögernd stehen. „Meinst du, ich kann jeden Tag rüberkommen? Oder fällt das zu sehr auf? Du kennst ja unseren Nachbarn."

Zwei Türen weiter wohnte ein ausgesprochenes Ekelpaket, ein Dorfsheriff, wie Tim ihn betitelte. Der lauerte ständig darauf, irgendwelche Verfehlungen seiner Nachbarn anzuprangern, und würde bestimmt auch Augen und Ohren offenhalten, sobald er von dem Verdacht der Polizei hörte.

Seltsamerweise hielten sich Zeitungen und Radio bisher zurück. Noch war Alex' Name nicht als Verdächtiger gefallen.

„Auf jeden Fall", beruhigte der sie. „Ist doch egal, was der Kerl von dir denkt. So, wie ich aussehe, erkennt der mich bestimmt nicht."

Endlich wandte er sich wieder unserer Recherche zu und sah die Artikel durch, die ich in der Zwischenzeit aufgerufen hatte. „Nichts." Er lehnte sich enttäuscht zurück. „Wir haben den entsprechenden Zeitraum fast komplett durch. Wetten, dass das eine Niete wird?"

„Anschließend müssen wir die Stadtteilnachrichten durchschauen", verbesserte ich ihn. „Bin schon gespannt, ob wir das überhaupt noch heute schaffen, uns da durchzuwühlen." Um nichts zu verpassen, blätterten wir jede Seite komplett durch. Vielleicht war Herr Stankowski gar nicht der Verfasser, sondern hatte an dem Artikel nur mitgearbeitet oder er war ihm im Nachhinein aufgefallen. Ausschließen sollten wir besser nichts.

Eine Stunde später schrie Alex auf. „Stopp! Blättere noch mal zurück." Während ich seiner Aufforderung folgte, beugte er sich näher an den Monitor heran und musterte das Foto, das sich über dem Artikel befand, genauer. „Das ist doch …" Ohne den Satz zu beenden, scrollte er tiefer und las den gesamten Beitrag.

Ich tat es ihm nach. Ruben Z., dreiunddreißig, hatte vor kurzem ein Sicherheitsunternehmen mit einem neuwertigen Konzept gegründet, das bei den Geschäftsinhabern der Nordstadt auf großes Interesse stieß. Und zwar versprach er, dass sein Sicherheitspersonal nicht nur den Eingang bewachte, sondern auch den umliegenden Bereich sauber hielt. Gleichzeitig achteten die Wachleute auf andere Verstöße, wie zum Beispiel falsches Parken, dokumentierten diese und leiteten sie an das Ordnungsamt weiter. Bei schwerwiegenden Delikten wurde umgehend die Polizei informiert.

„Wir schauen nicht weg", wurde der Jungunternehmer zitiert. „Wenn wir alle zusammenhalten", gemeint waren die Geschäftsleute, die dort Wohnenden und sein Personal, „schaffen wir es, die Nordstadt wieder lebenswert zu machen."

„Ein hehrer Ansatz." Endlich mal einer, der Tacheles redete. Trotz vermehrter Polizeieinsätze sei die Wohnsituation erschreckend, erfuhren wir. Viele der gerade älteren Bürger würden erwägen wegzuziehen, genauso wie die Familien, die es sich leisten konnten. Das müsse verhindert werden, denn sonst könne man das Viertel gleich aufgeben.

„Wie kommt der an das Geld?" Alex schüttelte den Kopf. „Das muss doch einiges kosten, so einen Laden aufzuziehen."

„Du kennst ihn tatsächlich?"

„Wir waren früher auf einer Schule, sogar eine Zeit lang in einer Klasse." Alex hörte gar nicht mehr auf, den Kopf zu schütteln, so fassungslos war er. „Passen würde es", stieß er aufgeregt hervor. „Der war damals schon ein ausgesprochenes Arschloch."

11

Alex

Ich konnte mich tatsächlich noch genau an Ruben erinnern. Zusammen mit zwei Gleichgesinnten versuchte er die Klasse zu terrorisieren. Viel Muskeln und wenig Hirn, war damals mein Eindruck. Trotzdem bemühten sich alle, ihm aus dem Weg zu gehen. Obwohl er von den Lehrern ständig eingegrenzt wurde, tat man besser daran, ihn nicht zu reizen. Nicht dass er in aller Öffentlichkeit zuschlug. Vielmehr wartete er auf sein Opfer nach Schulschluss, mit Vorliebe an einer einsamen Stelle, wo es keine Zeugen gab. Richtig gewalttätig wurde er nicht, er beließ es normalerweise dabei, den anderen zu demütigen, zu schubsen und ihn von hinten brutal zu umklammern, wobei er einem den Brustkorb so zusammendrückte, dass man dachte, man ersticke.

Ja, auch ich hatte einmal diese Behandlung genossen – weil ich ihn nicht hatte abschreiben lassen. Drei Tage später erwischten sie mich, als ich meinen Weg durch einen kleinen Park abkürzte. An diesem Tag, es hatte zuvor heftig geregnet, waren ausnahmsweise keine Fußgänger außer mir unterwegs. Ich vermutete, dass sie mir schon mehrmals gefolgt waren und nun diesen Umstand nutzten, sich unbehelligt an mir vergreifen zu können. Während seine beiden Kumpel mich am Weglaufen hinderten, ließ er seinen Frust an mir aus.

Dieses Mal übertrieb er es jedoch, denn als er endlich von mir abließ, war ich über und über mit nasser Erde beschmiert. Meine Mutter reagierte ziemlich entsetzt auf meinen Anblick. Sofort am nächsten Morgen stand sie bei unserem Schulleiter auf der Matte – mit meinem Einverständnis, denn auch ich wollte den Typ nicht davonkommen lassen. Dafür hatte er mich zu sehr drangsaliert. Natürlich hatte ich auch Angst, dass sich diese Anzeige rächen würde, andererseits hatte meine Mutter mir klargemacht, dass man, wenn man nicht umgehend reagierte, diesem Terror nie entkam.

Ruben erhielt einen Tadel und wurde für eine Woche von der Schule verwiesen. Ab diesem Moment hasste er mich und sein Hass wurde eher noch größer, als er kurz darauf sitzenblieb. Sich an mir zu vergreifen, traute er sich nicht mehr. Allerdings war ich seit der Anzeige bei der Schule äußerst vorsichtig und sorgte dafür, dass ich ihm nie allein begegnete. Zudem hatten die Lehrer durch einen allgemeinen Vortrag über Gewalt die Schülerschaft sensibilisiert, dass man eben nicht wegsehen sollte, wenn ein anderer bedrängt wurde, und es kein Petzen war, wenn man sich einen Lehrer als Hilfe dazu holte oder die gemachte Beobachtung offenlegte. In der Beziehung taten sie wirklich ihr Bestes, für ein relativ sicheres Umfeld zu sorgen. Normales Mobbing allerdings gab es weiterhin. Keine Ahnung, warum damals niemand sah, dass diese verbalen Angriffe zwar keine offensichtlichen körperlichen Schäden hinterlassen, aber mindestens genauso schlimm für das eigene Selbstvertrauen sind und noch Jahre danach zu spüren.

Ich erzählte Tom eine Kurzversion der damaligen Ereignisse.

„Nachdem er sitzenblieb, hatte ich kaum noch was mit ihm zu tun", schloss ich.

„Denkst du, er ist ein Typ, der seinen Hass über Jahre hochhält?", fragte Tom.

„Mich würde viel mehr interessieren, wie er an so viel Geld gekommen ist, dass er eine eigene Firma gründen konnte", wiederholte ich. „Der ist in der Zehn sitzengeblieben, hat die wiederholt und mit Ach und Krach seinen Abschluss geschafft. Wenn ich mich richtig erinnere, war sein Vater ein einfacher Angestellter, irgendwas im Büro. Von der Familie kann kein Zuschuss gekommen sein."

Tom wandte sich wieder dem Monitor zu und vergrößerte Rubens Bild. „Der sieht aus wie der nette Bubi von nebenan. Seine Miene ist offen und ehrlich, als könne er kein

Wässerchen trüben." Er scrollte hinunter zu dem Text. „Das hört sich viel zu gut an, um wahr zu sein. Wo ist der Haken?"

„Lass uns mit den Artikeln weitermachen." Auch wenn ich überhaupt keine Lust mehr auf diese öde Arbeit hatte. Darauf verlassen, dass wir einen Treffer gelandet hatten, wollte ich mich nicht. Was hätte Herrn Stankowski dazu bringen sollen, in seiner Freizeit zu recherchieren? Sein Bericht klang durchaus positiv und wenn ich ehrlich war und mal außen vor ließ, dass ausgerechnet einer meiner früheren Erzfeinde diese Firma aufgezogen hatte, musste ich zugeben, dass dieses Konzept sich erfolgversprechend anhörte. Schließlich wusste ich aus eigener Erfahrung, dass auch die vermehrten Einsätze der Polizei nichts großartig geändert hatte. Weiterhin bestimmten der Drogenhandel und andere kriminelle Aktivitäten das Bild in der Nordstadt.

„Schau mal hier", riss Tom mich aus meinen Gedanken. Er hatte bereits den nächsten Artikel aufgerufen.

Folgsam beugte ich mich vor und las, was Herr Stankowski geschrieben hatte. Nein, weder kannte ich die beschriebenen Personen noch sagte mir das Thema irgendwas. „Den nächsten, bitte!"

Zwei Stunden später brummte mir der Schädel und meine Konzentration war gleich null. Wir hatten nichts Relevantes mehr gefunden. Ruben blieb der einzige Hinweis.

„Es sei denn, der Stankowski hat zwar was entdeckt, aber nicht im Zusammenhang mit einer offiziellen Recherche", unkte Tom. „Dann haben wir stundenlang umsonst vor dem Rechner gesessen."

„Ich rufe morgen seinen Kollegen Herrn Pickard an." Ich erhob mich und reckte und streckte mich gähnend. Das war anstrengender gewesen als meine schriftstellerische Tätigkeit, obwohl ich da oft noch viel länger vor der Tastatur saß.

„Sehr schön!" Tom sprang auf und rieb sich unternehmungslustig die Hände. „Ich zieh mir noch einen Film rein zur Entspannung, guckst du mit?"

Außer schlafen zu gehen gab es keine Alternative für mich. Mein Computer stand drüben, mein gesamtes Lesematerial ebenso, ich hatte nichts, mit dem ich mich beschäftigen konnte. Also nickte ich und ließ mich neben ihn auf die Couch fallen. Morgen besorgst du dir erst mal ein paar eigene Sachen, beschloss ich.

Samstag, 10. April

Gleich nach dem Frühstück versuchte ich Herrn Pickard zu erreichen. Mittlerweile war es zehn Uhr, da konnte ich ihn ruhig zu Hause stören. Falsch gedacht, er war gerade auf dem Sprung, in einer anderen Geschichte ein paar Leute zu befragen. Er versprach, sich direkt anschließend bei mir zu melden.

„Und was machen wir jetzt?", fragte Tom.

„Ich gehe kurz rüber und hole mir ein paar notwendige Kleinigkeiten." Felicitas wollte heute zu ihrer Oma, die war garantiert schon unterwegs, sodass sie nicht sah, dass ich mich auf einen längeren Aufenthalt bei meinem Nachbarn einrichtete. „Du suchst weiter im Netz", trug ich ihm auf. „Ich helfe dir gleich."

Tom hatte bereits mit der allgemeinen Recherche angefangen, sah ich, als ich zehn Minuten später zurückkehrte. Ich fuhr Felicitas' Laptop hoch und graste die üblichen angesagten Medien wie Facebook, Instagram und Co. ab. Zuerst öffnete ich allerdings die Website der Firma. Das Sicherheitsunternehmen war vor einem Jahr gegründet worden. Ruben Zimmermann agierte als Geschäftsführer. Ihm zur Seite stand ein gewisser Markus Seidel als sein Vertreter, ungefähr im selben Alter wie sein Chef. Die dritte Person, die aufgeführt wurde – alle drei waren mit einem Foto vertreten -, ich schätzte ihn auf um die vierzig, war der Kundenbetreuer Christian Sauerland. Ansonsten entsprach die Homepage dem, was ähnliche Firmen, die ihre Leistungspalette darstellten, auch posteten. Aktuell suchte die Firma, die mittlerweile zwischen hundert und hundertfünfzig Mitarbeiter hatte, weiteres Personal.

Ich hörte Tom aufstöhnen. „Nichts, der Typ ist ein unbeschriebenes Blatt!"

Ich gab die Informationen zu der Firma an ihn weiter.

„Ganz schön groß der Laden", meinte der nur und sprang auf, um sein Handy zu holen. „Mal eben hören, was mit Tim ist. Er sollte heute gleich als Erster drankommen."

Prompt regte sich mein schlechtes Gewissen. An ihn hatte ich überhaupt nicht mehr gedacht.

Doch die Operation schien gut gelaufen zu sein. „Prima", sagte Tom gerade. „Wann darf er raus?" Er lauschte kurz und verabschiedete sich mit einem Dank. „Hat alles geklappt", wandte er sich aufatmend an mich. „Allerdings muss er noch drei, vier Tage bleiben." Er ging zur Tür. „Ich sage eben Opa Bescheid."

Ich suchte nach weiteren Hinweisen zu Ruben, doch er hatte weder ein eigenes Facebook-Profil noch war er bei Instagram oder Twitter zu finden.

Während ich sinnend auf den Laptop starrte und überlegte, wie ich fortfahren sollte, klingelte mein Handy. „Entschuldigen Sie bitte, Herr Hasselbach", erklang die Stimme von Herrn Pickard. „Ich musste gleich weiter zum nächsten Termin. Haben Sie schon was rausgefunden?"

„Ich versuche dahinterzukommen, an was Herr Stankowski zurzeit gearbeitet hat", gab ich zurück. „Seit wann wussten Sie von dieser zusätzlichen Recherche?"

„Puh, keine Ahnung. Erst seit einigen Tagen, denke ich", setzte er dann hinzu. „Hugo ist, ich meine, war, keiner von den Kollegen, die mit ihren Projekten hausieren gingen. Der blieb für sich und machte sein Ding. Ehrlich gesagt war ich ziemlich erstaunt, als er auftauchte und sagte, er würde mit dem Chef darüber sprechen", platzte er dann heraus. „Hugo hat fast nur im Homeoffice gesessen. An besagtem Tag kam er sozusagen außer der Reihe ins Büro. Hätte er sich nicht einige Unterlagen holen wollen, wäre sein Besuch vielleicht sogar an mir vorbeigegangen."

Ich wurde hellhörig. Davon war bisher keine Rede gewesen.

„Sind die denn bei ihm gefunden worden?"

„Ha! Da sagen Sie was! Keine Ahnung, ich kümmere mich aber darum, da können Sie Gift drauf nehmen!"

12

Tom

Natürlich wusste Opa nicht genau, was mit Alex los war, nicht mal, dass er zurzeit bei mir wohnte. Wegen der Brillenleihgabe hatte ich behauptet, er wolle im Mordfall des Reporters recherchieren und benötige dafür eine Verkleidung. Dass er selbst unter Verdacht stand, sollte er nicht erfahren, sonst hätte er sich nur unnütz aufgeregt.

„Tim hat die OP gut überstanden", teilte ich ihm jetzt mit. „Ich komme am frühen Abend noch mal rauf zu dir. Dann können wir mit ihm über sein Handy telefonieren."

Er war sichtlich erleichtert.

„Brauchst du irgendwas? Ich wollte eh einkaufen."

Nein, er hatte alles da. Ich würde ihn trotzdem Alex gegenüber vorschieben, wenn ich gleich das Haus verließ. Was ich vorhatte, musste er nicht wissen.

Ich nutzte die Treppe, anstatt den Aufzug zu nehmen, um ungestört zu sein. In der dritten Etage hielt ich inne und wählte die Telefonnummer von Kommissar Janzen, diese hatte ich mir schon gestern aus Alex' Handy angeeignet. Hoffentlich war er an einem Samstagvormittag überhaupt im Büro zu erreichen.

Ja, war er und anscheinend ebenso interessiert daran, sich mit mir auszutauschen wie umgekehrt, was wahrscheinlich daran lag, dass ich behauptete, ihm einige relevante Neuigkeiten mitteilen zu wollen. Jedenfalls durfte ich sofort vorbeikommen.

„Herr Ackermann!" Der Kommissar deutete auf den Stuhl vor seinem Schreibtisch. „Sie haben wichtige Erkenntnisse für mich?"

„Einige Freunde von Herrn Grahl stellen selbst Nachforschungen zum Tod des Reporters an", begann ich zu erklären. „Für uns ist klar, dass Alex auf keinen Fall der Täter ist. Sie müssen da einer Fehlinformation aufgesessen sein."

Er sah mich nur an und zog die Augenbrauen hoch.

„Dieser Typ, der ihn angeblich im Gespräch mit dem Reporter gesehen hat, haben Sie den überprüft?"

„Ich dachte, Sie wollten mir wichtige Informationen geben?", gab er mit süffisantem Grinsen zurück.

„Ich dachte eher, wir tauschen uns aus", erwiderte ich frech. Sein Kollege, der an dem Schreibtisch hinter mir saß, bekam prompt einen Hustenanfall. In Herrn Janzens Gesicht dagegen zuckte nicht ein Muskel. Allerdings hatte er wohl beschlossen, dass ich anfangen sollte, denn er schwieg eisern.

„Wussten Sie, dass Herr Stankowski an irgendeiner Story dran war?", fragte ich schließlich.

Der Kommissar zuckte die Schultern. „Das ist bei einem Reporter üblich."

Er machte es mir echt schwer. „Sein Kollege, der Herr Pickard, sagt, er wäre dabei gewesen, in einer Riesensache zu recherchieren. Nur deshalb sei er an dem Tag in der Redaktion aufgetaucht, um mit dem Chef darüber zu sprechen. Und seine Freundin meint, damit würde er sich schon geraume Zeit beschäftigen. Sie vermutet sogar, dass er Alex zur Mitarbeit bewegen wollte." So, das musste erst mal an Informationen reichen.

Tatsächlich wirkte Herr Janzen sehr interessiert. „Es bleibt allerdings dabei, dass ein Zeuge ihn im Gespräch mit Herrn Stankowski gesehen hat", erwiderte er nachdenklich. „Dieser ist niemand, der sich wichtigmachen will. Er kannte zuvor weder den Reporter noch Herrn Grahl."

Das konnte nicht sein, ich glaubte Alex. Wenn er sagte, es habe kein Treffen gegeben, dann war das so. „Haben Sie ihn überprüft?"

Der Kommissar seufzte. „Natürlich, seine Angaben stimmen. Er trifft sich dort regelmäßig mit einem Freund zum gemeinsamen Joggen. Normalerweise parkt er auf dieser Ebene, weil er sich erst im Auto umzieht. Dieses Mal stand er eine tiefer, hatte allerdings einen guten Blick hinauf."

Ich benötigte einen Moment, um die Information zu verdauen. „Vormittags, an einem normalen Wochentag?"

„Es gibt Schichtarbeiter", belehrte er mich.

„Können Sie mir seinen Namen mitteilen?"

Entschieden schüttelte er den Kopf. „Keine Chance."

War ja klar! „Das mit den gefakten Rezensionen bei irgendwelchen Buchanbietern, so was hat Alex nicht nötig", brachte ich mein nächstes Argument vor. „An Ihrer Stelle würde ich mal überprüfen, wer dieses Gerücht in die Welt gesetzt hat."

„Hat Herr Pickard Ihnen diese Informationen gegeben?"

„Der will auch am Ball bleiben, weil er den wahren Grund, warum Herr Stankowski sterben musste, woanders sieht", legte ich nach, ohne direkt auf seine Frage einzugehen.

„Es wäre besser, wenn Ihr Freund zu einem Gespräch ins Präsidium kommen würde", mahnte der Kommissar. „Um die Sachlage zu klären", fügte er hinzu.

„Verhaftet wird er nicht?"

Mein Gegenüber verzog das Gesicht. „Normalerweise wird so schnell niemand inhaftiert."

Was keine echte Antwort war. Er ließ sich alles offen. „Sie ermitteln weiterhin in alle Richtungen?", hakte ich nach.

Herr Janzen erhob sich und nickte. „Selbstverständlich." Er machte Anstalten, mich zur Tür zu begleiten. „Tun Sie mir bitte einen Gefallen und setzen sich mit Herrn Grahls Freundin in Verbindung, dass sie nicht zu dem Termin bei uns erscheinen soll. Es sei denn sie hat tatsächlich relevante Neuigkeiten."

Sieh mal einer an! Felicitas hatte anscheinend den gleichen Gedanken wie ich gehabt. „Ich rufe sie gleich an", versprach ich. Mit einem Fuß schon draußen auf dem Flur zögerte ich noch einmal: „Herr Janzen, ganz ehrlich, Sie kennen Alex. Ihnen ist doch klar, dass er kein Mörder ist, oder?"

„Ich muss mich strikt an die Fakten halten", gab er zurück. „Persönliche Gefühle haben bei einer Ermittlung nichts zu suchen."

Was für ein Arsch! Der sollte Alex nach den drei Fällen, an denen sie gemeinsam gearbeitet hatten, eigentlich besser kennen. Ohne Abschiedsgruß drehte ich mich um und marschierte über den langen Flur. Ich kochte innerlich. Das Gespräch war völlig umsonst gewesen, ich hatte nicht das Geringste in Erfahrung gebracht.

Was hast du denn erwartet, ging ich auf dem Weg zur Haltestelle mit mir ins Gericht. Dass der Kommissar alle Fakten offenlegt und mit dir zusammenarbeitet? Der war in erster Linie Staatsdiener und hatte seinen Job zu machen.

Trotzdem wurmte mich die Abfuhr über alle Maßen. Wenn wir wenigstens rauskriegen könnten, wer dieser angebliche Zeuge war. Alex und ich würden schon dafür sorgen, dass er die Wahrheit ausspuckte.

Erst als die U-Bahn vor mir hielt, fiel mir ein, dass ich besser gleich Felicitas anrufen sollte. Womöglich war sie bereits unterwegs zum Präsidium. Ich trat zurück, setzte mich auf eine frei werdende Bank und zückte mein Handy.

„Tom? Ist was passiert?" Die Hintergrundgeräusche deuteten darauf hin, dass sie sich im Freien befand.

„Nein, ich bin gerade bei Herrn Janzen gewesen." Ich richtete ihr seine Nachricht aus und erzählte ihr von dem gerade geführten Gespräch mit ihm.

„So ein Mist!", schimpfte sie, denn natürlich waren auch ihre wichtigen Neuigkeiten nur vorgeschoben gewesen.

„Er würde dir nichts anderes sagen als mir", versuchte ich sie zu beruhigen. „Er gibt keine Ermittlungsergebnisse an uns raus."

„Treffen wir uns zu Hause?"

Die nächste Bahn kam in zwei Minuten. Nur musste ich noch einmal umsteigen. „Ruf Alex auf dem Handy an, damit er dich einlässt", empfahl ich ihr. „Du bist bestimmt eher da."

Zum ersten Mal ärgerte ich mich nicht über die immer seltsamer anmutenden Corona-Maßnahmen, ansonsten mein täglicher Aufreger. In meinen Augen passte nichts, was angeordnet wurde, zusammen. Kaufhäuser und Bauhäuser blieben geschlossen, Bahnen und Busse durfte man jedoch ganz normal weiter benutzen. Natürlich mit Maske, ein Utensil, das schon so fest in den Alltag integriert war, dass man sie automatisch aufsetzte. Wo lag hier der Sinn?

Heute hatte ich andere, wichtigere Dinge, die mich beschäftigten. Was sollte ich Alex sagen, grübelte ich während der Heimfahrt. Die Wahrheit am besten, er würde damit klarkommen. Er sah seine Lage so, wie sie war.

Felicitas kam mir bereits entgegen. „Alex macht nicht auf und geht auch nicht an sein Handy. Wollte er noch mal weg?"

Ich spürte die Vorboten einer drohenden Katastrophe. Ohne ihr zu antworten, stürmte ich zum Haus, die Treppe hinauf, fummelte den Schlüssel aus der Hosentasche und öffnete die Tür. „Alex?"

Keine Antwort. Hinter mir drängte Felicitas herein und schob sich an mir vorbei ins Wohnzimmer.

Ihr Laptop, an dem er recherchiert hatte, stand auf dem Tisch. Ich bewegte die Maus, er fuhr aus dem Standby hoch und der Startbildschirm erschien.

Ich schaute in die anderen Zimmer, nichts.

„Seine Jacke und die Kappe fehlen", sagte Felicitas. „Er ist weg, ohne eine Nachricht zu hinterlassen."

13

Alex

Was könnte ich noch recherchieren, überlegte ich, während ich hinter der Gardine stehend beobachtete, wie Tom sich auf den Weg machte. Seltsamerweise hatte er keine Einkaufstaschen dabei. Damit sah ich meinen Verdacht bestätigt: Er war nicht auf dem Weg in den Supermarkt, sondern wollte auf eigene Faust etwas abklären. Mir war sein Gehabe gleich so komisch vorgekommen, als er von seinem Opa zurückkehrte und erklärte, er müsse sofort für diesen einkaufen. Was hatte er wirklich vor?

Schon wollte ich mich abwenden, als mir ein Mann auffiel, der eindeutig Tom folgte. So, wie er sich bemühte, nicht aufzufallen, fiel es mir als Beobachter von oben erst recht auf. Neugierig trat ich näher an die Scheibe. Irgendetwas an dem Kerl kam mir bekannt vor.

Der Reporter, Herr Pickard! Er war es, der meinem Freund folgte. Ohne nachzudenken, griff ich nach Jacke, Kappe und Brille. Im letzten Moment fiel mir das Kissen ein, ich zwängte es kurzerhand unter das Sweatshirt und verließ eilig die Wohnung.

Tom war nach rechts gegangen, ich vermutete, dass er zur Haltestelle wollte. Das Auto des Opas nahm er nur, wenn es unbedingt sein musste, ansonsten fuhr er lieber mit Bus und Bahn.

Ich hatte wahnsinniges Glück. Gerade als ich um die Ecke bog, sah ich die U-Bahn, die auf diesem Stück des Hellwegs noch oberirdisch fuhr, an der Ampel stehen. Und wie vermutet wartete Tom auf ihr Erscheinen. Etwas abseits stand halb abgewandt Herr Pickard, scheinbar in sein Handy vertieft, daneben mehrere andere Personen, die ebenfalls die Bahn nutzen wollten.

Ich blieb auf der anderen Seite stehen, bis die Bahn hielt und damit auch die Autos auf der Spur in Richtung Innenstadt, nutzte eine kleine Lücke im stadtauswärts fahrenden Verkehr und sprintete los. Buchstäblich in letzter Sekunde erreichte ich den Einstieg.

Nach einem kurzen Blick, wo meine beiden Verfolgten sich befanden, zückte ich mein Handy und tat schwer beschäftigt und an meiner Umgebung desinteressiert. Dabei schwitzte ich in Wahrheit Blut und Wasser. Hoffentlich stieg kein Kontrolleur zu, einen Fahrschein konnte ich nicht vorweisen.

Immerhin hast du an die Maske gedacht, versuchte ich mich zu beruhigen. Bestimmt jedes zweite Mal vergaß ich sie und musste umkehren, um sie zu suchen. Obwohl wir schon gut ein Jahr mit dieser Corona-Maßnahme lebten, hatte ich sie noch immer nicht verinnerlicht.

Tom saß auf einem Viererplatz relativ weit vorn, Herr Pickard hatte sich an der Seite neben die Tür in der Mitte gestellt und starrte angelegentlich auf sein Handy. Anscheinend hatte mich keiner der beiden bemerkt. Ich drehte mich, damit ich aus dem hinteren Fenster schauen konnte, und hielt mein auf „Filmen" gestelltes Handy so, dass ich beide im Blick hatte. Corona-bedingt war die Bahn nicht sonderlich voll, ich würde rechtzeitig mitbekommen, wenn Tom ausstieg.

Unbehelligt von einem Kontrolleur erreichten wir die Haltestelle Reinoldikirche. Hinter Tom und Herrn Pickard zwängte ich mich an den Wartenden vorbei – Abstand halten war in diesem Bereich echt nicht drin. Wenn es um die eigenen Interessen ging – also auf jeden Fall in die Bahn zu gelangen –, kannten die Dortmunder nichts.

Statt den Ausgang zu nehmen, wandte sich mein Freund einem anderen Gleis zu. Bevor ich ihm folgte, kaufte ich mir dieses Mal ein Ticket. Tatsächlich ahnte ich bereits, wo er hinwollte, als ich die Nummer der Linie sah. Glaubte Tom denn echt, dass Herr Janzen ihm Auskunft geben würde?

Nach dem Aussteigen hielt ich einen großen Abstand, denn ich hatte recht gehabt. Wir befanden uns in der Nähe des Präsidiums. Nur Herr Pickard schien erstaunt, als Tom durch den Eingang trat. Er blieb einen Moment nachdenklich stehen, bevor er einen Entschluss fasste und sich abwandte.

Mir gelang es so gerade eben noch, mich hinter einer Litfaßsäule zu verstecken. Meinem Impuls folgend trabte ich hinter dem sich schnellen Schrittes Entfernenden her. Mal sehen, was er jetzt vorhatte.

Er nahm die Bahn zurück in die Stadt und dann den Bus in Richtung Nordstadt. Sofort überfiel mich wieder ein ungutes Gefühl. Seit meinem ersten Fall, der im Hafenviertel spielte, mied ich die gesamte Gegend. Jedes Mal, wenn ich doch dorthin musste, erinnerte ich mich an Kemals Mahnung, dass ich nicht gern gesehen war.

Netterweise stieg Herr Pickard schon am Borsigplatz aus. Damit befand sich der Bezirk, den es zu meiden galt, in ausreichender Entfernung. Ich folgte ihm, der gerade in die Borsigstraße einbog. Keine Ahnung, was er hier wollte. Er mäßigte sein Tempo zu einem gemütlichen Schlendern, schien sich für die Auslagen der Geschäfte zu interessieren und betrat sogar eine Bäckerei, um sich einen Snack zu holen.

Auch ich verspürte langsam Hunger. Die letzte Mahlzeit lag lange zurück. Fast neidisch sah ich ihm dabei zu, wie er genüsslich in sein belegtes Brötchen biss. Sollte ich seinem Beispiel folgen? Nein, lieber nicht, sonst verpasste ich eventuell das entscheidende Treffen mit seinem Gesprächspartner.

Der Reporter schien jede Menge Zeit zu haben, er folgte der Straße bis zu dem Gelände, auf dem sich neben dem Baumarkt noch viele weitere Geschäfte befanden, bog allerdings nicht auf den Parkplatz ab, auf dem wir uns gestern getroffen hatten, sondern nahm auf der anderen Straßenseite den Weg zurück. Ich tat es ihm gleich, blieb jedoch auf der Seite, auf der ich gekommen war, damit er mich nicht doch noch entdeckte. Denn obwohl er wirkte, als mache er nur einen

Spaziergang, ahnte ich, dass er mit seinem Besuch hier irgendetwas bezweckte. Was das war, würde ich schon herausbekommen.

Am Hoeschplatz, einem großen Park, verhielt er kurz und schien zu überlegen, ob er sich unter die Besucher mischen sollte, die etwa zu gleichen Teilen aus Frauen mit Kindern und Obdachlosen beziehungsweise Trinkern bestanden. Die beiden Gruppen hielten Abstand zueinander, die erstere hielt sich vornehmlich auf dem Spielplatz und den ihn umgebenden Rasenflächen auf, die andere saß und stand unter den Bäumen im hinteren, abgelegenen Teil. Die geltenden Corona-Maßnahmen griffen weder bei der einen noch der anderen, wie ich deutlich erkennen konnte. Zwar saßen die meisten Frauen auf Abstand und viele trugen Masken, doch die Kinder tobten gemeinsam herum, auch die älteren. Vielleicht war es tatsächlich etwas leerer als sonst, das konnte ich schlecht beurteilen, weil ich mich kaum in dieser Gegend aufhielt. Allerdings lud das immer noch kühle Wetter nicht unbedingt zu einem längeren Aufenthalt im Freien ein.

Die Besucher des Parks schienen die niedrigen Temperaturen nicht zu stören – vielleicht, weil endlich einmal wieder die Sonne schien? Oder sie waren wesentlich härter als ich, der ich im Prinzip froh und dankbar über mein wärmendes Kissen vor dem Bauch und der Kappe auf dem Kopf war.

Spontan kam mir ein Spruch von Tom in den Sinn, als ich auf vier Obdachlose aufmerksam wurde, die sich laut zu streiten schienen und dabei dicht voreinander standen. Eines seiner Standardargumente in Bezug auf Corona lautete: Diese Personengruppe ist aus den verschiedenen bekannten Gründen besonders gefährdet. Wäre die Pandemie so heftig wie behauptet, dürfte es nach einem Jahr mit diesem Virus kaum noch Überlebende geben.

Normalerweise hielt ich mich bei Diskussionen zu diesem Thema zurück, im Großen und Ganzen befolgte ich die bestehenden Regeln und vertraute auf die Mediziner, die die

Regierung berieten - auch wenn mir das eine oder andere schon seltsam aufstieß, wie zum Beispiel dieser Irrsinn, dass wir Deutschen nach Mallorca fliegen durften, aber im eigenen Land keine Ferienwohnung anmieten konnten. Toms Spruch sorgte dafür, dass ich dieses Thema im Internet googelte und auf einen interessanten Artikel stieß: Es handelte sich um eine Studie von Ärzten ohne Grenzen, die Teilnehmer waren Obdachlose, Migranten und unbegleitete Minderjährige im Großraum Paris. Diese zeigte auf, dass jeder zweite mit dem Coronavirus infiziert war. Die Studie beleuchtete auch die Situation in den Arbeiterunterkünften, dort war das Infektionsrisiko noch höher. Allerdings zeigte sich auch, dass zwei Drittel asymptomatisch waren, also keinerlei Symptome hatten. Das gab mir natürlich schon zu denken.

Ein Aufruhr tiefer im Park ließ mich aufmerken. Mehrere Männer versuchten vor anderen, bei denen es sich offensichtlich um Zivilbeamte handelte, zu flüchten. Weitere Unterstützer, die im Gebüsch gelauert hatten, sorgten dafür, dass niemand entkam.

Innerhalb von zehn Minuten war das Spektakel vorbei. Ich zählte neun Verhaftete, vermutlich Dealer, die in einen Transporter verfrachtet wurden.

„Dat is fast jeden Tach so", kommentierte eine heisere Stimme neben mir den Vorgang. „Die sin so dämlich, die lernen nix dazu." Ein krächzendes Lachen folgte. „Is für uns gut, endlich kommt der Abschaum weg."

Neben mir stand eine alte Frau mit einem vollgepackten Trolley und grinste zufrieden, wobei sie etliche Zahnlücken zeigte.

„Greift die Polizei jetzt besser durch?", erkundigte ich mich, in ihr eine Ortsansässige erkennend.

„Bleibt denen nüscht andret übrich." Ihr Grinsen wurde noch breiter. „Die müssen den Hinweisen nachgehen, die sie kriegen." Ihr knochiger Finger zeigte auf einen Wachmann, der vor einem Lebensmittelgeschäft stand und die Ein- und

Ausgehenden beobachtete. „Die Schwatten sin jut, denen entgeht nix."

Ich hatte die schwarz gekleideten Sicherheitsmitarbeiter gar nicht richtig wahrgenommen, so normal empfand ich mittlerweile ihre Anwesenheit. Erst jetzt fiel es mir ein, genauer hinzuschauen. Der Aufdruck Z&K auf der Jacke des am nächsten Stehenden sagte mir genug: Es handelte sich um das Wachunternehmen meines ehemaligen Klassenkameraden.

„Seit wann machen die das hier?", wandte ich mich an die Frau.

„Uh, schon 'nen paar Monate." Sie nickte bekräftigend.

„Würden Sie mir mehr Einzelheiten erzählen?", erklang plötzlich die Stimme von Herrn Pickard hinter mir.

Das hatte man davon, wenn man nicht die ganze Zeit auf seine Umgebung achtete!

14

Alex

Natürlich ließ ich mich nicht verscheuchen, selbst nicht, als er die alte Frau etwas zur Seite bugsierte, um nicht den Vorübergehenden im Weg zu stehen, wie er sich ausdrückte. Seine bösen Blicke ignorierte ich ebenso.

„Dat is ein Segen für unsereins", gab sie freudig Auskunft. „Die greifen durch, besser als die Polizei."

Ganz so war es nicht, wie der Reporter nach mehrmaliger Nachfrage aus ihr herauskitzelte. Die Wachleute hatten ein Auge auf die gesamte Straße und riefen, sobald ihnen etwas Ungesetzliches auffiel, die Polizei, was schon zu einer größeren Anzahl von Verhaftungen geführt hatte, da sie sich auch bereitwillig als Zeugen zur Verfügung stellten. Gleichzeitig betätigten sie sich als Ordnungskräfte, indem sie Falschparker ansprachen, Zusammenrottungen auflösten und eingriffen, sobald es zu einem heftigeren Streit kam.

„Wie schaffen die das alles neben ihrer Arbeit?", wunderte ich mich.

„Die sin jut organisiert", erwiderte die alte Frau und nickte heftig zu ihren Worten. „Is kein Vergleich zu vorher."

Noch mehr Nachfragen ergaben, dass sich anscheinend immer einige „Freunde" der Sicherheitsleute in der Nähe aufhielten, die als zusätzliche Unterstützung hinzukamen und halfen, Uneinsichtige zu bekehren. Ansonsten hatten die Männer in Schwarz wohl auch keine Hemmungen, die Szene zu filmen oder zu fotografieren und das Beweismaterial der Polizei zu übergeben. Angeblich erhielt allein das Ordnungsamt täglich mehrere Anzeigen, von falsch geparkten Autos über laute Geräusche in geschlossenen Bars bin hin zu verbotenen Versammlungen mehrerer Personen in einzelnen Wohnungen. Dank Corona gab es viel zu tun.

„Inne Nordstadt sind die Inzidenzien am allerhöchsten",
klärte uns die Frau auf. „Und warum? Weil die sich nen Dreck
um die Regeln scheren. Nee, is jut, dass endlich mal einer hin-
guckt und was tut."

Herr Pickard hatte genauso wie ich verstanden, was sie
meinte. Tatsächlich lag die Inzidenz in der Nordstadt höher
als in den meisten anderen Stadtbezirken. Und dass das Ordnungsamt nicht genug Mitarbeiter hatte, um überall zu kontrollieren, war auch allgemein bekannt.

„Die Polizei kriegt dat alles allein nich innen Griff", meinte
unsere Gesprächspartnerin verständnisvoll. „Is jeden Tag
wieder genauso. Un inne Parks is janz schlimm."

Also sah sie das Verhalten der Wachleute durchaus als positiv
an. Deshalb lautete Herrn Pickards nächste Frage: „Fühlen
Sie sich nicht zu sehr beobachtet?"

Sie lachte derart, dass sie einen Hustenanfall bekam. „Nee,
wieso?", krächzte sie schließlich. „Uff de Straß hast dich zu
benehm, sagte meine Mama immer. Wär schön, wenn des immer noch so wär, dass die Eltern das den Kindern beibräch-
ten. Was hier so rumläuft ..." Sie schüttelte nachdrücklich
den Kopf. „Un abends traut man sich gar nich mehr raus.
Obwohl ...", sie hielt inne und überlegte. „Jetzt vielleicht
schon. Die", sie deutete mit dem Kopf auf einen der Wachleute, „sin nachts auch unterwegs." Ein längeres Kichern, das
wiederum in einem Hustenanfall endete, unterbrach ihre
Ausführung. „In Gruppen. Die sorgen dafür, dass nix passiert."

Herr Pickard und ich sahen uns an. Der Reporter versuchte
noch weitere Einzelheiten aus der alten Frau herauszube-
kommen, leider wusste sie nichts Genaues. Die Leute im
Haus hätten das erzählt, sagte sie. Nur leider hatten diese es
ebenso aus zweiter Hand. Einen richtigen Ansprechpartner,
der ihre Mutmaßungen bestätigte, konnte sie nicht nennen.

„Da hatten wir beide die gleiche Idee", wandte sich Herr Pickard an mich, als wir wieder allein waren. „Wie sind Sie denn darauf gekommen, sich hier umzusehen?"

„Anhand der Artikel von Herrn Stankowski." Ich würde den Teufel tun und zugeben, dass ich ihm gefolgt war. „Die sind alle im Internet abrufbar."

Ein verstehendes Grinsen glitt über sein Gesicht. „Sie haben ebenfalls mit seiner Lebensgefährtin gesprochen?"

So doof, wie ich gedacht hatte, war er definitiv nicht. „Der Bericht über dieses Wachunternehmen passt perfekt in den angegebenen Zeitraum", nickte ich. „Oder haben Sie noch weitere Anhaltspunkte gefunden?" Wobei sich die Frage stellte, warum er ausgerechnet an der Borsigstraße aufgetaucht war und nicht an dem Teil der Mallinckrodtstraße, von dem sein verstorbener Kollege berichtet hatte.

Er zögerte, schien sich nicht sicher, inwieweit er mich einweihen sollte. „Ich wollte mir noch zwei weitere Sachen ansehen", gestand er dann. „Hugo schrieb über ein wegen Corona geplatztes Event. Er interviewte die Betroffenen, die ziemlich ärgerlich über die geltenden Einschränkungen waren und mit ihrem Unmut nicht hinter dem Berg hielten."

Ich konnte mich vage an den Artikel erinnern. Auch Tom und ich hatten ihn überflogen. Allerdings gab es keine Verbindung zu mir.

„Und sein Bericht über eine Demonstration der Corona-Gegner brachte ihm viele Reaktionen, sowohl positive als auch negative. Einige waren schon ziemlich heftig."

Seit einigen Wochen fanden regelmäßige Demonstrationen der Querdenker in Dortmund statt, über die jedes Mal in der Zeitung berichtet wurde. Meist negativ, die Reporter standen bei diesem Thema eindeutig aufseiten der Offiziellen und brachten ihre Meinung deutlich zum Ausdruck. Dass die Gegendemonstranten oft auch nicht ohne waren, wurde verharmlost. So eine „Meinungsmache" konnte schon bei dem einen oder anderen negative Gefühle auslösen. Aber deshalb jemand umbringen? Das konnte ich mir beim besten Willen nicht vorstellen.

Ich enthielt mich eines Kommentars und fragte stattdessen: „Also glauben Sie nicht, dass Herr Grahl der Täter ist?"

Wir waren während unserer Unterhaltung langsam weiter geschlendert, jetzt blieb er stehen und sah mir offen in die Augen. „Nein, zwar weiß ich, dass Hugo ihn nicht mochte und ihm gern was ans Zeug geflickt hätte ..." Er hielt inne und überdachte seine Worte. „Nein, ich bin davon überzeugt, dass ihm jemand den Mord anhängen will. Ich habe ja kurz selbst mit ihm gesprochen. Außerdem gibt es die Aussage der Lebensgefährtin."

Keine Fakten, eher Gefühle! „Und das Gerücht über die gefakten Rezensionen?", hakte ich trotz allem innerlich jubelnd nach. Wenn er an meine Unschuld glaubte, konnte mir das nur recht sein. Der Mann saß direkt an der Quelle. Dank ihm würde ich einige Unklarheiten beseitigen können.

Er bewegte unbehaglich die Schultern. „Keine Ahnung, wer das aufgebracht hat. Selbst wenn was dran sein sollte, was ich nicht glaube, denn sonst hätte der Hugo sofort einen Artikel darüber gebracht, kann ich mir nicht vorstellen, dass ein Autor deswegen einen Mord begehen würde. Wozu? Er musste davon ausgehen, dass andere längst informiert waren. Außerdem würde so ein Artikel ihm zusätzliche Publicity bringen und vermutlich ..." Er brach mitten im Satz ab, sprang zur Seite, packte mich am Arm und riss mich mit.

Keinen Moment zu früh. Ein Mann jagte so dicht an uns vorbei, dass er uns fast noch berührte, dicht auf folgte ein Wachmann. Kaum hatten wir uns umgedreht, um die Szene weiter zu beobachten, sprang aus einem der Läden ein weiterer Schwarzgekleideter auf den Bürgersteig und stellte sich dem Flüchtenden in den Weg.

Dieser wich auf die Straße aus, jedoch ohne auf den wie immer dichten Verkehr zu achten. Bremsen quietschten, es gab einen dumpfen Knall, der Fliehende wurde wie von einer

Faust gepackt auf die andere Fahrbahn geschleudert, direkt vor einen Lastwagen. Ich wandte mich ab, bevor die Reifen ihn überrollten.

Herr Pickard dagegen, ganz der Reporter, ließ mich stehen und überquerte die Straße – denn der Verkehr hatte auf beiden Spuren gestoppt, um nach dem Verletzten zu schauen. Die beiden Wachleute folgten ihm, auch der Fahrer des LKWs sprang aus seinem Führerhaus und kniete sich neben die Vorderräder, zwischen denen der Arm des Verfolgten herausschaute - regungslos.

Zwei Passanten knapp vor mir hatten bereits ihr Handy gezückt, um den Notruf zu wählen. Ich wäre nur ein weiterer unwillkommener Gaffer gewesen, deshalb setzte ich mich in Bewegung, um in einiger Entfernung auf das Eintreffen der Polizei zu warten. Denn als Zeuge des Geschehens konnte ich mich schlecht vom Unfallort entfernen, ich musste zumindest meine Aussage abgeben.

Zum mittlerweile dritten Mal begann das Handy, das ich auf lautlos gestellt hatte, in meiner Jackentasche zu vibrieren. Das war bestimmt Tom. Ich zog es hervor, um das Gespräch anzunehmen, als ich aus den Augenwinkeln eine große Gruppe junger Männer heranstürmen sah, eindeutig aufgebracht, teilweise mit Stöcken und Baseballschlägern bewaffnet. Ohne innezuhalten stürzten sie sich auf die Wachleute und den LKW-Fahrer – Herr Pickard hatte es irgendwie geschafft, sich rechtzeitig zurückzuziehen –, die sofort im Getümmel verschwanden.

Die im Stau stehenden Autofahrer und die wartenden Gaffer waren genauso geschockt wie ich und starrten ungläubig auf das Schauspiel, das sich uns bot. Nicht einer wagte sich vor, um einzugreifen. Immerhin zückten gleich wieder zwei ihr Handy, die genau wie ich polizeiliche Verstärkung anfordern wollten.

Der Beamte, der meinen Notruf annahm, wusste bereits Bescheid. Es seien mehrere Einsatzwagen zum Unfallort unterwegs, hieß es.

Mein Telefon noch in der Hand entdeckte ich eine weitere Gruppe, die sich ins Gewühl der Kämpfenden stürzte. Bei diesen dominierte die schwarze Kleidung, die in Bedrängnis geratenen Wachmänner hatten Verstärkung bekommen.

15

Alex

Innerhalb von Sekunden entbrannte ein regelrechter Straßenkampf, mitten zwischen den haltenden Autos und auf dem Bürgersteig schlugen die Beteiligten der beiden Parteien aufeinander ein. Ich sah, wie sich mehrere Fahrer ängstlich wegduckten, bevor ich mich gleichfalls in den Eingang der Bäckerei zurückzog, vor der ich stand, denn vier der Kämpfenden waren mir bedenklich nahegekommen. Keiner von ihnen ließ Gnade walten, die Kraft, die hinter den Schlägen steckte, diente eindeutig dazu, den Gegner auszuschalten. Egal welches Körperteil sie treffen konnten, sie nutzten jede Chance. Selbst ein Gestürzter wurde weiter mit Tritten traktiert.

Ich gestehe, ich flüchtete in die Bäckerei zu den geschockten Angestellten, die paralysiert durch die Schaufensterscheibe auf das Geschehen draußen starrten. Immer mehr Menschen strömten herbei, ausschließlich junge Männer, die sich in den Kampf einmischten. Wer zu welcher Seite gehörte, war für mich nicht mehr feststellbar. Ich hoffte nur noch, dass die Polizei endlich eintreffen würde und dem Ganzen ein Ende setzte.

Mein Wunsch ging tatsächlich in Erfüllung. Mehrstimmiges Sirenenjaulen ließ erkennen, dass die Ankunft der Ordnungshüter kurz bevorstand. Ich atmete auf, das Schlimmste war überstanden.

Die Mannschaftswagen kamen nur bis zum Borsigplatz, durch den Stau, die Enge der Straße und die überall Kämpfenden war ihnen die Weiterfahrt blockiert. Beamte in voller Kampfmontur sprangen heraus und liefen auf die sich Prügelnden zu. Gleichzeitig ertönte eine Stimme aus einem der Lautsprecher: „Hier spricht die Polizei. Stellen Sie sofort jegliches Tun ein und lassen Sie sämtliche Gegenstände in Ihren Händen fallen!"

Im Nu hatten die Kampfhähne voneinander abgelassen, alles, was noch laufen konnte, verschwand blitzartig. Zurück blieben die Schwerverletzten, die aus eigener Kraft nicht mehr in der Lage waren zu fliehen. Den Polizisten blieb nur noch, Erste Hilfe zu leisten und diverse Krankenwagen zu rufen.

„Hallo? Ihre Maske!", hörte ich auf einmal eine weibliche Stimme mir zurufen.

Verdammt, daran hatte ich in der Aufregung natürlich nicht gedacht. Ich kramte sie hervor und befestigte sie hinter den Ohren, bevor ich mich der Verkäuferin zuwandte. „Entschuldigung, in der Aufregung … eigentlich bin ich reingekommen, um mich in Sicherheit zu bringen."

Sie nickte verständnisvoll. „Möchten Sie vielleicht einen extra starken Kaffee, zum Stressabbau?"

Eine gute Idee, denn der Hunger war mir vergangen. Ich nahm den Becher entgegen und stellte mich vor das Geschäft. Das Getränk, heiß und belebend, ließ mich tatsächlich runterkommen. Was nun?

Bevor ich einen Entschluss fassen konnte, traten zwei Polizisten auf mich zu. „Gehen Sie bitte weiter", forderte mich der eine harsch auf. „Es gibt nichts mehr zu sehen."

„Ich habe den Anfang mitbekommen, wie es losging." In ganzen Sätzen zu sprechen, gestaltete sich schwieriger als gedacht. Der Schock über das Erlebte war immer noch nicht richtig abgeklungen. „Brauchen Sie mich als Zeugen?"

Er wurde zugänglicher. „Bleiben Sie hier stehen, ich schicke einen Kollegen zu Ihnen."

Die ersten Krankenwagen fuhren vor. In der Zwischenzeit hatten ein paar Streifenbeamte den Verkehr geregelt, sodass sich außer dem Auto, das den Flüchtenden zuerst erfasst hatte, und dem LKW, an dem sich mehrere Männer bemühten, den Verletzten zu bergen, kein Fahrzeug mehr auf der Straße befand. Drei Notärzte kümmerten sich um die am

Boden Liegenden und wiesen die Sanitäter an, in welcher Reihenfolge sie abtransportiert werden sollten.

„Das war heftig!"

Ich hatte mich so auf die Szenerie vor mir konzentriert, dass ich Herrn Pickard nicht hatte neben mich treten hören. Daher zuckte ich so heftig zusammen, dass mir der Becher aus der Hand fiel und der restliche Kaffee meine Hosenbeine bespritzte.

„Noch mit den Nerven runter?"

Im Gegensatz zu mir wirkte er gelassen und, ja, freudig erregt. Klar, für einen Reporter musste das Geschehene ein Highlight sein. Er hatte alles mit eigenen Augen gesehen. Ob er wohl schon seinen Chef informiert hatte, dass dieser ihm die erste Seite des Dortmund-Teils freihielt?

„Die Polizisten baten mich, rüberzukommen und auf einen Beamten zu warten", erklärte er, ohne auf mein Missgeschick weiter einzugehen. „War ganz schön heftig, was?"

Bevor ich antworten konnte, sah ich zwei normal gekleidete Polizisten auf uns zukommen. Einer bat Herrn Pickard, ihn zu begleiten, der andere blieb mit mir an Ort und Stelle stehen, um meine Aussage aufzunehmen.

Als er als Erstes nach meinem Ausweis fragte, geriet ich ins Schwitzen. An diesen Punkt hatte ich gar nicht gedacht. Was sollte ich tun?

„Den habe ich nicht dabei", behauptete ich.

Er zückte einen Stift. „Dann geben Sie mir bitte Ihre Personalien an."

„Hasselbach, mein Name ist Manuel Hasselbach", erklärte ich spontan. Und als er nach meiner Adresse fragte, erwiderte ich, ich sei zurzeit bei einem Freund, Tom Ackermann, zu Gast. Ich würde in Hannover wohnen, in einer WG, zum Glück fiel mir Tims Adresse ein.

Der Beamte notierte meine Angaben. „Wodurch wurden Sie aufmerksam?", fragte er dann.

„Ich unterhielt mich dort mit Herrn Pickard", ich nickte zu den beiden sich Entfernenden hinüber und zeigte anschließend auf die Stelle, an der wir uns ungefähr befunden hatten. „Der Flüchtige rannte uns fast um. Herr Pickard zog mich im letzten Moment zur Seite." Ich schilderte ihm, wie das Ganze abgelaufen war.

Er schrieb sich einige Stichpunkte auf. „Wie lange bleiben Sie bei Ihrem Freund?"

„Noch mehrere Wochen", behauptete ich kühn. „Ich bin Student, die Vorlesungen an der Uni laufen online ab."

Er musterte mich irritiert. Na ja, für Anfang bis Mitte Zwanzig ging ich halt nicht mehr durch.

„Spätstudent", setzte ich hinzu. „Ich habe genug an die Seite gelegt, um mir meinen Wunschtraum erfüllen zu können."

So genau wollte er es nun doch nicht wissen. „Geben Sie mir am besten Ihre Handynummer. Wir melden uns bei Ihnen, falls wir noch einmal mit Ihnen sprechen müssen."

Mir schoss die Röte ins Gesicht, was man zum Glück unter der Maske, die ich nach dem Desaster mit dem Kaffee wieder aufgesetzt hatte, nicht besonders gut erkennen konnte. Die Nummer von Toms Handy hatte ich nicht im Kopf. Ich zog es hervor und musste eine Weile herumfummeln, bis ich sie fand. Dabei entdeckte ich, dass ich vier neue Anrufversuche und eine Sprachnachricht bekommen hatte.

Kaum hatte der Mann mich gnädig entlassen, rief ich Felicitas – ihre Nummer kannte ich natürlich auswendig – zurück.

„Alex, wo bist du? Ist was passiert? Warum hast du keine Nachricht hinterlassen?", sprudelte sie hervor.

So spät schon? „Alles in Ordnung", beruhigte ich sie. „Mit mir ist alles okay. Ich musste als Zeuge aussagen, weil sich ein Unfall direkt vor meiner Nase abspielte."

Am liebsten hätte sie die ganze Geschichte sofort erfahren. Ich vertröstete sie auf später, ich war sowieso auf dem Sprung nach Hause. Nur würde ich vorher noch ein Wörtchen mit Herrn Pickard reden. Der verabschiedete sich nämlich gerade von dem Polizisten, der ihn vernommen hatte. Sehr glücklich wirkte dieser nicht. Bestimmt, weil er erfahren hatte, dass sein Zeuge ausgerechnet Reporter war.

„Herr Pickard!"

Er hob abwehrend die Hände. „Ich habe keine Zeit, muss meinen Bericht schreiben. Der Chef will ihn auf jeden Fall mit reinnehmen."

„Dann lassen Sie uns einen neuen Termin ausmachen", beharrte ich. „Es ist sinnvoller, wenn wir zusammenarbeiten, finden Sie nicht auch."

Er nickte heftig. „Das Gleiche wollte ich Ihnen auch vorschlagen. Wie wäre es mit morgen Nachmittag?"

Wir verabredeten, dass er mich anrufen solle, sobald er sich freimachen konnte. Ich würde auf jeden Fall zu Hause bleiben und warten.

Statt den Bus zu nehmen, lief ich zu Fuß nach Körne. Die Bewegung würde mir nach diesem Schock guttun. Und so weit war es nun auch nicht. Länger als eine halbe Stunde würde ich vermutlich nicht brauchen. Außerdem konnte ich dabei besser nachdenken. Das Erlebte hatte einen bitteren Nachgeschmack bei mir hinterlassen.

Das Ganze schien eine Art Krieg zu sein, das wurde mir, je weiter ich lief, immer klarer. Auf der einen Seite die „Guten", die Wachmänner, die darauf achteten, dass Recht und Gesetz eingehalten wurden, auf der anderen die „Bösen", die Diebe, Dealer, Kleinkriminellen und vermutlich auch Zuhälter und Huren, deren tägliches Geschäft in Gefahr war. In Herrn Stankowskis Zeitungsartikel hatte das Engagement des Sicherheitsdienstes durchaus positiv geklungen. Auch die alte Dame, die mich angesprochen hatte, war begeistert über den Einsatz der „Schwarzen", wie sie sie nannte. War das das erste Mal, dass so etwas passierte? Gut, ich hatte keine Ahnung, warum der Flüchtige verfolgt wurde, und im Endeffekt war er aus freien Stücken auf die Straße gelaufen, wohl in der Annahme, er könne so den Verfolgern entkommen.

Trotzdem hatte das Geschehene mich zutiefst aufgewühlt. Ich konnte es nicht einfach so beiseiteschieben und weitermachen.

16

Alex

Zuhause angekommen musste ich zuerst einmal eine Strafpredigt über mich ergehen lassen. Wie ich denn dazu gekommen sei, die Wohnung zu verlassen, ohne Nachricht oder mich wenigstens in einem angemessenen Zeitraum zu melden. Nicht mal die Anrufe hatte ich beantwortet.

„Ich bin dir gefolgt", nahm ich Tom den Wind aus den Segeln. „Was gab es so Dringendes auf dem Polizeipräsidium zu erledigen?"

Er wurde über und über rot, doch bevor er antworten konnte, ging Felicitas dazwischen. „Wegen einer derartigen Lappalie gehst du raus?" Ihr vorwurfsvoller Blick ließ erahnen, wie sauer sie auf mich war.

„Ich sah zufällig, wie der Reporter hinter Tom herlief", begann ich und erzählte ausführlich, was sich ereignet hatte.

„Déjà-vu. Gut, dass Kilian nicht hier ist."

Tom hatte recht. Seinem Freund war als Jugendlichem etwas Ähnliches passiert. Der hatte eine Teenie-Diebin verfolgt, die ebenfalls bei der Flucht auf die Straße sprang und von einem Auto erfasst wurde. Die Zeitungen hatten seine Tat, die ja eigentlich als Zivilcourage gedacht war, angeprangert und in großen Lettern die Frage gestellt: Wie weit darf Selbstjustiz gehen? Dabei ließen sie außer Acht, dass eben dieses Mädchen zuvor eine alte Frau brutal zu Boden gestoßen hatte, um ihr die Handtasche zu rauben. Kilian war von den meisten Schulkameraden und Freunden wie ein Ausgestoßener behandelt worden, nur Tom hatte zu ihm gehalten und seine Reaktion verteidigt: Wenn er die Diebin geschnappt hätte, wäre er als Held gefeiert worden, so aber gab man ihm für ihr riskantes Manöver die Alleinschuld.

„Ich bin echt gespannt, wie Herrn Pickards Artikel lauten wird", sagte ich aus diesem Gedanken heraus.

„Wo kamen diese Helfer her, die sich in den Kampf einmischten?" Tom war schon einen Schritt weiter. „Wenn ich dich richtig verstanden habe, griffen zuerst die Freunde des Verunglückten ein, nur wenig später kam eine genauso große Gruppe dazu, die die Wachleute unterstützte. Was waren das für Typen?"

Gute Frage! Ich schloss die Augen und ließ die Szene noch einmal gedanklich ablaufen. „Normale junge Männer halt, vereinzelt auch Sicherheitspersonal. Der größere Teil trug keine Uniform."

„Deutsche gegen Ausländer?", hakte Tom nach.

Mir ging ein Licht auf. „Du meinst, die Wachleute haben eine stille Reserve, die eingreift, wenn es brenzlig wird?"

„Könnte gut möglich sein. Überleg mal, selbst ich kann mich an zwei Berichte aus der Nordstadt erinnern, wo einmal die Polizei und einmal ein Autofahrer, der ein Kind angefahren hatte, sofort einem großen Mob gegenüberstanden. Das wird nur die Spitze des Eisbergs sein, das meiste, was sich da abspielt, erfahren wir sowieso nicht. Wenn die agieren wollen, wie sie es tun, weiß man, auf was man sich einlässt und sorgt im Vorfeld für zusätzlichen Schutz."

Eine derartige Cleverness hätte ich Ruben gar nicht zugetraut. Oder standen Personen hinter ihm, die ihm sagten, was zu tun war?

„Wir müssen da noch mal hin und uns genauer umschauen", befand Tom.

„Nein, zuerst will ich mein Gespräch mit Herrn Pickard zu Ende bringen", widersprach ich. „Er soll erklären, wieso er dich beschattet hat und warum er ausgerechnet die Borsigstraße aufsuchte. Herrn Stankowskis Artikel handelte von der Mallinckrodtstraße. Ich zum Beispiel hatte keine Ahnung, dass der Wachdienst auch dort eingesetzt wird."

Tom grinste. „Der morgige Tag ist lang genug für beides."

Nachdem ich mir endlich eine vernünftige Mahlzeit gegönnt und eine friedliche Stunde zusammen mit Felicitas verbracht hatte, die das haarige Thema Mord und Ermittlung konsequent ausklammerte, nahm ich mir die beiden Artikel vor, die Herr Pickard angesprochen hatte. Von den Künstlern, die sich wegen des geplatzten Events aufgeregt hatten, kannte ich nicht einen. Es handelte sich um einen Comedy-Auftritt, der extra Corona-gemäß geplant worden war. Die bereits verkauften Eintrittskarten mussten erstattet werden, ein neuer Termin stand noch in den Sternen. Klar, dass die Leute sauer waren. Herr Stankowski hatte es geschafft, einerseits die Emotionen gut rüberzubringen, andererseits die drohende Ansteckungsgefahr anhand der gestiegen Inzidenzwerte aufzuzeigen. Eigentlich gab es nichts, woran sich jemand stoßen konnte.

Bei dem Bericht über die Demonstration der Corona-Gegner sah ich es ähnlich. Dieser war eher allgemein gehalten und listete die Verfehlungen sowohl der einen Seite als auch der anderen, die der Gegendemonstranten, auf, ohne eine Wertung abzugeben. Vielmehr beschrieb er das Geschehen und die Einschränkungen, die die normalen Autofahrer deswegen hinnehmen mussten.

Weiter brachte mich keiner von beiden. Doch, zumindest war ich mir sicher, dass nichts davon für unsere weiteren Ermittlungen relevant war.

Sonntag, 11. April

„Schönen Gruß von Tim", empfing mich Tom, als ich die Küche betrat. „Du sollst dich unbedingt bei ihm melden."
„Ist er schon wieder so fit?"
„Fit und tatendurstig", nickte er. „Der möchte, dass ich ihn abhole, sobald er rauskommt, und ihn mit hierher nehme. Damit er uns besser unterstützen kann."

So gern ich meinen Freund dabeigehabt hätte, begeistert war ich von seinem Ansinnen nicht. Dann müsste ich mir mit ihm das Zimmer teilen, vermutlich ihm das Bett überlassen und auf dem Boden schlafen. Aus dem Alter war ich definitiv raus. Außerdem konnte ich nicht überblicken, wie lange mein Versteckspiel noch andauern würde.

„Ich habe ihm gesagt, er kann uns genauso gut helfen, wenn er mit uns über Skype redet", unterbrach Tom mein Grübeln, wie ich eine nette Absage formulieren sollte. „Ist das in deinem Sinne?"

„Unbedingt", pflichtete ich ihm erleichtert bei. „Wenn er denn alleine klarkommt?" Vielleicht war es ja eher Tim, der Hilfe benötigte.

„Ach, die in der WG kümmern sich um ihn", winkte Tom ab und schwenkte gleich auf unser im Moment wichtigeres Thema über. „Was hast du heute vor?"

„Zuerst einmal den Artikel von Herrn Pickard lesen", umging ich eine direkte Antwort. Der war bestimmt schon online verfügbar.

Da wir uns bei der Zeitung angemeldet hatten, konnten wir auf diesen, der tatsächlich eine gute halbe Seite einnahm und sogar mit einem Foto aufwartete, zugreifen. Neugierig beugten wir uns beide über den Laptop.

„Ist ja ein Ding!" Tom war genauso schnell mit Lesen fertig wie ich.

Der Bericht hatte es wirklich in sich. Er beschrieb, wie der Mann an dem Reporter vorbeigerannt war, wie es dazu kam, dass er auf die Straße sprang und was anschließend geschah. Seine Schilderung war sehr ausführlich und führte dem Leser vor Augen, dass es nach einem regelrechten Straßenkampf aussah. Auch dass die herbeieilenden Polizisten in voller Kampfmontur antraten, erwähnte er.

Ich musste zugeben, dass ich von seiner Art, die Dinge zu erzählen, angetan war: Kein Mitleid heischen für den Schwerstverletzten, der im Vorfeld einen anderen auf offener

Straße niedergestochen hatte, wie der Reporter von mehreren Unbeteiligten erfuhr, er zeigte offen seine Fassungslosigkeit über die Zustände, deren Zeuge er geworden war. Besonders die Grausamkeit, mit der die Gegner aufeinander einschlugen, hatte ihm zugesetzt. Es gab insgesamt fünf weitere Schwerverletzte und zwölf Personen mit leichteren Verletzungen.

Na ja, leichtere, das war Auslegungssache. Nicht einer von denen hatte mehr flüchten können, die mussten schon auch einiges abgekriegt haben.

Die Polizei wollte sich zu dem Vorgefallenen nicht äußern. Der Wachmann, den Herr Pickard interviewte, äußerte, dass diese Zustände leider der Normalität entsprachen. Natürlich nicht in dieser Dimension, aber kleinere Auseinandersetzungen gab es fast täglich. „Die leben nach ihren eigenen Regeln", wurde er zitiert. „Die nehmen weder die Polizei noch uns für voll. Sie sind es schon zu lange gewohnt, relativ unbehelligt agieren zu können."

Abschließend hatte Herr Pickard geschrieben, dass die Polizei zwar bemüht sei und auch regelmäßige Kontrollen durchführe, viele Anwohner aber weiterhin die Meinung des Sicherheitspersonals teilten: Die Stadt allein war nicht in der Lage, dieses Problem in den Griff zu bekommen.

„Das hört sich an, als finde er es gut und richtig, dass jetzt Wachleute versuchen, die Straßen zu sichern", meinte Tom kopfschüttelnd.

„Wieso?", widersprach ich, obwohl ich mir schon denken konnte, worauf er hinauswollte.

„Das kann nicht die Lösung sein", erklärte er ernsthaft. „Ist es denn wirklich erstrebenswert, in einer Stadt zu leben, in der der Bürger für seine Sicherheit zahlen soll? Die größte Gefahr ist in meinen Augen, dass irgendwelche Gruppierungen die herrschende Situation ausnutzen und so zu viel Macht gewinnen."

Wie die Rechten, schoss es mir blitzartig durch den Kopf. Für die wäre das die richtige Möglichkeit, sich zu etablieren. Der normale Bürger wäre froh und dankbar, dass sich endlich jemand den Problemen, die wir zuhauf hatten, annahm und sich bemühte, die Ordnung wiederherzustellen. Denn trotz Corona hakte es daran in vielen Stadtteilen.

17

Alex

Bevor ich dazu kam, mit Tom über diesen Gedanken zu sprechen, klingelte es an der Tür. Felicitas wollte an unserem Brainstorming teilnehmen.

Sie lehnte die Tasse Kaffee, die Tom ihr anbot, dankend ab.

„Habt ihr schon eine Idee, wie ihr weiter vorgehen wollt?"

Ich legte den beiden meinen Gedankengang offen.

„Jaa", meinte Tom langsam. „Das macht Sinn. Nein, das ist das Einzige, was Sinn macht. Ich habe nämlich schon mit Tim zusammen überlegt, wie die bei dem Aufwand, den die betreiben, überhaupt Gewinn erzielen. Er vermutete, denen ginge es darum, Fuß zu fassen und so weitere Kunden zu gewinnen. Wenn sich das rumspricht, was die leisten, würden die garantiert bevorzugt, selbst wenn sie eine höhere Summe veranschlagen."

„Genau", nickte Felicitas. „Bedarf besteht an so vielen Stellen. Spontan fallen mir sofort der Phoenix-See, die Möllerbrücke und der Ostwall ein."

Am künstlich angelegten See in Hörde hatten sich die Gutbetuchten niedergelassen, denn die Grundstückspreise waren nach seiner Entstehung exorbitant gewesen. Nun aber gab es schon seit längerem das Problem, dass sich vornehmlich im Sommer Horden von Jugendlichen dort trafen, um bis spät in die Nacht abzuhängen, Musik zu hören und miteinander zu reden. Nicht nur die Lautstärke der Feiernden, sondern auch der hinterlassene Müll ärgerte die Anwohner. Dazu kam, dass mittlerweile auch die Poser-Szene den Parkplatz als beliebten Treffpunkt für sich entdeckt hatte. Zwar mühten sich Polizei und Ordnungsamt redlich, die unerwünschten Gäste zu vertreiben oder wenigstens für das Einhalten der Nachtruhe zu sorgen, der entscheidende Durchbruch war ihnen allerdings bisher nicht gelungen. Erst letztens hatte ich ein Foto von den trotz Corona dort Lustwandelnden, hauptsächlich Jugendlichen, meist ohne Maske, gesehen, die in Massen und ohne großen Abstand herumspazierten. Die Ordner gaben offen zu, von den Angesprochenen gar nicht für voll genommen zu werden, fast niemand ändere sein Verhalten. Sie bezeichneten sich selbst als Lachnummer. Dazu kam die mir genauso lächerlich erscheinende Maskenpflicht am Wochenende und an den Feiertagen, die von zwölf bis achtzehn Uhr galt. Schließlich ging erst im Abendbereich so richtig die Post ab.

Viel länger bestand ein ähnliches Problem schon am Ostwall, wo sich seit Jahren die Poser-Szene traf und sich mit Vorliebe auf der Wallstrecke, die die Innenstadt umspannte, Rennen lieferte. Ansonsten standen die aufgemotzten Autos mitsamt ihren Besitzern auf den Parkplätzen, man unterhielt sich lautstark und ließ die Motoren röhren, ein ständiges Ärgernis für die Anwohner, da das Treiben am Wochenende bis spät in die Nacht andauerte. Jahrelang hatte die Stadt tatenlos zugesehen und die Beschwerden der dort Wohnenden ignoriert, die im Sommer bei fest geschlossenen Fenstern schlafen mussten, um überhaupt einigermaßen Ruhe zu finden. Vor etwa ein oder zwei Jahren – wenn man nicht selbst betroffen ist, kümmert einen das Ganze kaum, da war ich keine Ausnahme – wurde dann endlich von den Oberen reagiert, mit Fahrbahnverengungen, einem nächtlichen Tempolimit und regelmäßigen Kontrollen. Trotzdem war man der Lage bisher nicht Herr geworden, im Gegenteil, gerade durch Corona wurden der Treffpunkt und die dazugehörigen Fahrstrecken noch beliebter. Heiße Flirts vor der roten Ampel von Auto zu Auto galten mittlerweile als Normalität. Die angesprochenen Jugendlichen sahen sich zu Unrecht beschuldigt. Schließlich hätten sie ja wegen Corona kaum noch Möglichkeiten, sich irgendwo zu treffen oder andere kennenzulernen. Man wolle wenigstens raus und ein wenig Wochenendflair erleben.

An der Möllerbrücke hatte sich für diese Treffen sogar schon ein eigener Ausdruck eingebürgert: möllern. Das hieß so viel wie trinken, feiern, chillen. An den wärmeren Abenden trafen sich dort die jungen Leute, saßen auf der Brücke oder standen davor, manche blieben ein paar Stunden, andere die ganze Nacht. In letzter Zeit uferten diese „Partys" allerdings ziemlich aus. Regelmäßig beschwerten sich die Anwohner über den Lärm und den Müll, der am nächsten Morgen die Straßen verdreckte. Eine Lösung hatte sich bisher nicht gefunden. Wenn ich richtig informiert war, wollte man Hinweisschilder aufstellen, dass Lärm ab zweiundzwanzig Uhr nicht mehr erlaubt sei und einen Sicherheitsdienst mit der Durchsetzung beauftragen. Wenn der jedoch ähnlich reagierte wie das Ordnungsamt am Phoenix-See, würde sich nicht viel ändern.

Obwohl ich nie der Typ gewesen war, der solche Orte nutzte – normalerweise saß ich mit meinen Freunden in Biergärten oder Restaurants zusammen -, konnte ich beide Seiten verstehen. Die Jugendlichen wollten sich treffen und Spaß haben, die Anwohner halt ihre Nachtruhe genießen. Jedes Wochenende Party vor der eigenen Haustür war auf Dauer nicht auszuhalten. Ob die Pläne der Stadt etwas bringen würden? Daran glaubte ich ehrlich gesagt nicht. Engagierte man dagegen eine Security wie die aus der Nordstadt, die die geltenden Bestimmungen rigide umsetzte, könnten deren Bemühungen durchaus von Erfolg gekrönt sein. Blieb die Frage, wie sich das auf die allgemeine Stimmung auswirkte.

„Am Phoenix-See ist der Ordnungsdienst der Stadt tätig", wandte Tom ein. „Die nehmen bestimmt keinen externen."

„Und an der Möllerbrücke soll der für Ruhe sorgen, der bereits am Westpark eingesetzt wird", fügte ich hinzu. „Am Ostwall kümmert sich jedes Wochenende die Polizei selbst. Da kommen die nicht so einfach rein."

„Es gibt genügend andere Baustellen", ließ sie Felicitas nicht beirren. „Lies mal eine Woche lang die Zeitung, vor allem die Stadtteilnachrichten. Da wirst du garantiert fündig."

„Wie können wir die Wahrheit rauskriegen?", brachte ich es auf den Punkt. „Wir können schlecht hingehen und die Chefs befragen. Vor allen Dingen wissen wir dadurch immer noch nicht, was deren Ansporn ist: Geld verdienen oder ein Umbruch im politischen Geschehen?"

„Also die Rechten?"

„Oder eine ähnliche Gruppierung. Das ist die ideale Möglichkeit, die Leute auf die eigene Seite zu ziehen. Nicht nur die Älteren klagen über die Zustände, die fast überall herrschen. Es geht vielen auf den Keks, dass sich nicht mehr an Regeln gehalten beziehungsweise die Polizei nicht dafür sorgt, dass das geltende Recht durchgesetzt wird." Ich hielt inne, unsicher, ob ich mich nicht vergaloppierte.

„Das wäre ein Ansatz, der ihnen viel Anerkennung einbringen würde", spann Tom nachdenklich den Faden fort. Er nickte lebhaft. „Wir müssen unbedingt rauskriegen, was die Chefs für einen Hintergrund haben, allen voran dieser Ruben Zimmermann."

„Und wie stellen wir das an?"

„Deine Freunde an der Uni", für Felicitas war die Sache längst klar. „Als Tom entführt wurde, hast du wieder Kontakt zu deinen ehemaligen Kommilitonen von der IT aufgenommen. Meinst du nicht, die könnten so eine Recherche durchführen?"

„Ein ehemaliger Mitstudent und sein Bruder", korrigierte ich sie. Allerdings hatten die beiden damals nichts in dieser Richtung für mich erledigt und ich bezweifelte, dass sie die Richtigen dafür waren. Außerdem hatte Maurice mittlerweile seine Doktorarbeit erfolgreich beendet und eine gute Stelle angetreten. Der hatte erstens keine Zeit und zweitens garantiert keine Lust, sich in eventuell illegale Gefilde zu begeben.

„Frag wenigstens den Bruder", ließ Felicitas nicht locker. „Wenn ich die Geschichte richtig in Erinnerung habe, gab es da Typen, die sich durchaus bei entsprechender Bezahlung auf eine derartige Recherche einlassen würden. Und die auch

102

gut genug sind, um Dinge rauszukriegen, die im Verborgenen bleiben sollten."

„Ich rufe ihn an", gab ich nach. „Fällt euch sonst noch ein Ansatz ein?"

„Zwei sogar", grinste Tom, der, während ich mit meiner Freundin diskutierte, leicht abwesend gewirkt hatte. „Durch meine YouTube-Aktivitäten bin ich mit einigen Typen näher bekannt geworden. Wir tauschen uns regelmäßig aus. Einer von ihnen dreht Filme in dieser Richtung, also Schockervideos von Gegenden, in denen die Post abgeht. Der wäre bestimmt interessiert, diese besondere Security näher kennenzulernen. Wenn die wirklich auf Publicity aus sind, müssten die sich die Hände reiben über eine Anfrage von dem. Der hat gut hunderttausend Follower, die ihn regelmäßig schauen."

„Willst du ihn etwa aufklären über das, was wir vermuten?" Sonderlich begeistert war ich von seinem Vorschlag nicht. Wie sollten wir dem Typ begreiflich machen, worauf es uns ankam, ohne dass wir zu deutlich werden mussten?

„Natürlich nicht", reagierte Tom empört. „Ich dachte an eine Art Gemeinschaftsproduktion. Er und ich interviewen die Chefs und vielleicht noch einige Mitarbeiter, filmen die örtlichen Gegebenheiten und bringen das, was gestern passiert ist, mit rein. Er darf es auf seinem Kanal zeigen und ich …"

„Viel zu gefährlich", unterbrach ich ihn. „Dafür bist du zu bekannt. Wenn es tatsächlich der Ruben ist, der mich auf dem Kieker hat, weiß der über mein Umfeld Bescheid. Immerhin habe ich dich erst vor kurzem eigenhändig vor dem Tod bewahrt. Auch wenn das in der Zeitung nicht explizit erwähnt wurde, durchgesickert ist es schon." Ja, der liebe Herr Stankowski hatte sich zurückgehalten und meine Beteiligung an dem Drama nur am Rande erwähnt. Doch durch meine veröffentlichten Krimis erfuhren meine Leser die Wahrheit, so bestimmt auch Ruben. Denn wenn ich jemand fertigmachen wollte, würde ich zuallererst suchen, ob es irgendetwas über ihn gab, was sich in dieser Richtung verwenden ließ.

„Alex hat recht", stimmte Felicitas mir zu. Zu meinem Erstaunen sah sie mich bedeutungsvoll an. „Würdest du nicht gern diesen Part übernehmen?"

18

Alex

Bevor ich antworten konnte, klingelte es lang anhaltend an der Tür. Tom sprang auf und sah aus dem Fenster. „Nichts zu erkennen."

Felicitas schnappte sich ihre Schlüssel. „Ich gehe nachschauen. Ihr verhaltet euch ruhig und wartet, bis ich mich zurückmelde."

Bevor ich protestieren konnte, war sie verschwunden. Angespannt schaute Tom weiter durch die Scheibe. Dabei konnte er von seinem Standpunkt aus den Hauseingang gar nicht einsehen. Und das Fenster zu öffnen, wagte er nicht. Wir stellten uns besser abwesend.

Ich schlich mich zur Wohnungstür und legte mein Ohr dagegen. Nichts! Dann ein Poltern, als würde jemand schnell die Treppe hochstürmen.

„Moment", hörte ich Felicitas' Stimme. Sie klopfte leise. „Tom? Mirko ist hier!"

Ich öffnete und wich gleichzeitig zurück, damit man mich von außen nicht sehen konnte. Mein Herzschlag beruhigte sich nur langsam wieder.

Nacheinander traten die beiden ein. Mein Freund grinste mich an. „Nettes Outfit, steht dir! Warum hast du mich nicht informiert? Wolltest du mich etwa nicht dabeihaben?"

„Woher weißt du …" Bevor ich den Satz zu Ende gebracht hatte, ging mir ein Licht auf. „Tim hat dich angerufen!"

„Da du es ja nicht für nötig hieltest." Mirko begrüßte Tom und ließ sich am Tisch nieder. „Jetzt klärt mich erst mal vernünftig auf!"

Insgeheim war ich froh, dass er sich einbringen wollte. Von mir aus hätte ich nie nachgefragt, ihn nicht schon wieder in einen Fall mit reingezogen. Vor allem, da ich im Moment überhaupt nicht beurteilen konnte, was wirklich hinter der ganzen Sache steckte. Wenn wir mit dem Verdacht gegen den Wachdienst richtig lagen, würde es nicht einfach und vermutlich wieder gefährlich werden, denen etwas nachzuweisen.

Genau diesen Punkt verhehlte ich auch nicht, als ich zum Ende kam und betonte: „Ich muss mich reinhängen, um mich reinzuwaschen. Bei euch wäre es mir lieber, wenn ihr Abstand haltet."

„Als wenn du ganz allein Erfolg hättest!", spottete Tom.

Mirko nickte bekräftigend. „Wir lassen dich nicht hängen."

„Vielleicht sollten wir den Detektiv einschalten, den mein Vater wegen Sina engagiert hatte", warf Felicitas ein, bevor ich antworten konnte. „Der ist sicherlich in der Lage, eine vernünftige Hintergrundrecherche zu machen."

Begeistert von unserer Idee war sie weiterhin nicht. Aber da Mirko Tom und mir vorbehaltlos zugestimmt hatte, unser Weg sei der einzig richtige, schien sie bereit, uns zu unterstützen.

Ich verkniff mir lieber die Bemerkung über die immensen Kosten, die das Einschalten eines Detektivs mit sich bringen würden, und brachte vor: „Toms Idee mit dem YouTube-Typ ist besser. So bekommen wir Insiderwissen aus erster Hand."

„Und deine IT-Kontakte können wesentlich effizienter recherchieren", sprang Mirko mir bei. „Später, falls wir jemand observieren müssen, können wir immer noch einen Detektiv einschalten. Im Moment sehe ich den Sinn nicht."

Felicitas gab sich geschlagen. „Okay, wenn ihr meint."

„Könntest du bitte die Daten von Marcel aus meinem Handy raussuchen?", bat ich sie. Obwohl wir seit Toms Entführungsfall keinen Kontakt mehr hatten, war ich davon überzeugt, dass er versuchen würde, mir zu helfen. Ich hatte ihm damals versprochen, dass er sich jederzeit bei mir melden könne, wenn es irgendetwas gäbe, wobei er meine Hilfe benötigte. Dass es nun genau umgekehrt war, würde ihn eher amüsieren.

„Nein, ich rufe ihn an und sage ihm, dass du dich über eine andere Nummer bei ihm meldest. Damit er gleich Bescheid weiß, wenn er sie sieht." Felicitas stand auf, um in unsere Wohnung zu gehen.

Tom zog sich zurück, um ungestört in der Küche mit seinem YouTube-Bekannten zu telefonieren. Mirko schien darauf gewartet zu haben, dass wir allein waren, denn kaum hatten beide die Türen hinter sich geschlossen, fragte er: „Ob Marcel mir wohl einen 34a-Schein besorgen kann?"

Ich blickte ihn fassungslos an. „Das ist nicht dein Ernst, oder?"

„Wie kriegt man bessere Einblicke, als wenn man da arbeitet?", konterte er. „Du hast gesagt, die suchen aktuell Mitarbeiter. Ich wäre dafür prädestiniert."

Leider musste ich ihm recht geben. Mirko, der regelmäßig Kampfsport machte – auch in der Pandemie, irgendwie, ich hatte nie Genaueres wissen wollen –, war groß und kräftig, mit breiten Schultern und einer Ausstrahlung, die jeden Kriminellen einen großen Bogen um ihn schlagen ließ. Er würde gut zu den Wachleuten passen, die ich am Borsigplatz gesehen hatte: alle relativ jung, alle richtige „Kanten". „Das wäre Wahnsinn!", beharrte ich.

„Quatsch! Keiner bringt mich mit dir in Verbindung, dafür sehen wir uns viel zu selten. Außerdem heißt mich da vorstellen ja nicht, dass ich wirklich da anfange. Und wenn doch, nur auf Stundenbasis. Ich kann mir schließlich nicht meinen echten Job versauen."

Mirko arbeitete als Lektor, zurzeit im Homeoffice, aber auf Vollzeitbasis. Wie sollte das funktionieren?

„Ich dachte, ich bewerbe mich für die Wochenenden oder die Abendstunden", fuhr er fort. „Meine momentane Beziehungssituation und die Einschränkungen durch Corona treiben mich dazu, einen Job anzunehmen, bei dem ich an der frischen Luft bin", erklärte er mit ernster Miene.

Fast hätte selbst ich ihm diese Erklärung abgenommen.

„Nein, das ist viel zu gefährlich", wiederholte ich. „Die machen Hackfleisch aus dir, wenn die deine Verbindung zu mir finden."

Er schüttelte langsam den Kopf. „Erstens: Wie sollten die? Und zweitens ist das allein meine Entscheidung. Du wirst gar nicht gefragt." Er verstummte, weil Felicitas zurückkehrte.

„Du sollst ihn gleich anrufen! Ich habe ihm nur gesagt, dass du dringend seine Hilfe benötigst."

Ich griff zum Handy. „Was liegt an, Mann?", tönte mir Marcels Stimme entgegen. „Ein neuer Fall?"

„Leider einer, der mich selbst betrifft." Ich erklärte ihm die momentanen Gegebenheiten und was ich genau von ihm wollte. „Wenn es dir überhaupt möglich ist, mir einen entsprechenden Kontakt herzustellen", setzte ich hinzu.

Er nahm die Sache mit Humor. „Armer Alex! Echt Scheiße, wenn die Bullen gegen einen sind! Klar, stelle ich dir den Kontakt her", wurde er wieder ernst. „Ich weiß auch schon, wer dafür infrage kommt. Ich rufe ihn gleich an und …"

„Halt! Moment!", kam es von Mirko, der so dicht an mich herangerückt war, dass er mithören konnte. „Frag ihn wegen des 34a-Scheins!"

Ich brauchte seine Aufforderung gar nicht zu wiederholen, Marcel hatte sie mitbekommen und schaltete super schnell. „Eine gute Idee", lobte er meinen Freund. „Muss ich mich mal intensiver umhören. Ad hoc kenne ich niemand." Er lachte. „Versaut ihr mir eben den ganzen Sonntag, was soll's."

„Nein, das …"

„He, war ein Spaß! Du musst echt daneben sein, normalerweise bräuchte ich das nicht extra zu erwähnen", rügte er mich.

„Das bleibt halt nicht aus, wenn man des Mordes verdächtigt wird", rechtfertigte ich mich. Nein, Marcels lockere Art war ich nicht mehr gewohnt.

„Du schaffst das, Alex", tönte er. „Wenn nicht du, wer dann!"

„Da hast du einen echten Fan", meinte Felicitas aufatmend. „Wie gut, dass du auf solche Hilfen zurückgreifen kannst."

Hatte sie ihren Vorschlag eben wirklich ernst gemeint? Dass ich an Toms Stelle zusammen mit diesem YouTuber agieren sollte? Ich musste sie gleich unbedingt beiseitenehmen und nachfragen. So ganz konnte ich mir immer noch nicht vorstellen, dass sie mit unserem Tun einverstanden war.

Tom riss die Küchentür auf. „Der Joey ist schlichtweg begeistert. Er ruft den Chef am Montag an und versucht einen zügigen Termin zu bekommen. Denk schon mal drüber nach, wie du dich noch besser verkleiden kannst." Auch er schien davon auszugehen, dass ich diesen Part übernahm.

„Jetzt warte ich erst mal auf Herrn Pickards Anruf, wann er sich mit mir trifft", wiegelte ich ab.

„Dann kümmere ich mich darum und stelle Alex einfach vor vollendete Tatsachen", ergänzte Felicitas und warf mir einen verschmitzten Blick zu. „Ich habe eine Freundin, die arbeitet als Kosmetikerin. Die hat hoffentlich Zeit."

Kennengelernt hatte ich diese ominöse Freundin noch nicht. Sie gehörte zu der sogenannten Mädelsrunde, mit der sich Feli einmal im Monat traf und bei der es den Erzählungen nach immer hoch herging. Selbst die coronabedingten Treffen über Skype verliefen nach ähnlichem Muster: Sie dauerten bis spät in die Nacht und es wurde ausgiebig gelacht. Ich war wirklich gespannt darauf, einem der Mitglieder der Gruppe persönlich gegenüberzutreten.

19

Alex

Herr Pickard fragte an, ob ich innerhalb der nächsten Stunde an den Westfalenhallen sein könne, er beschrieb mir den abgelegenen Parkplatz genau. Sein Vorschlag kam mir durchaus entgegen, denn ich versprach mir interessante Informationen von ihm. Deshalb sagte ich sofort zu.

Bevor ich mich zu dem Treffen aufmachte, nahm ich Felicitas beiseite. „Du siehst jetzt ein, dass uns gar nichts anderes übrigbleibt, als selbst zu ermitteln?"

Sie schüttelte heftig den Kopf. „Ich denke immer noch, es wäre besser, wenn du mit Herrn Janzen sprichst. Nur stehe ich mit dieser Meinung wohl allein auf weiter Flur. Also unterstütze ich euch lieber, anstatt mich schmollend zurückzuziehen. So kriege ich wenigstens mit, was ihr plant und kann dir hoffentlich einen zu gefährlichen Einsatz ausreden."

Gerührt zog ich sie an mich und verabschiedete mich mit einem langen Kuss.

Wieder nahm ich lieber Herrn Bendels Mercedes. Kaum hatte ich den Motor abgestellt, fuhr Herr Pickard heran. Außer uns war weit und breit niemand zu sehen. Wie beim letzten Mal stieg ich aus und erwartete ihn an mein Auto gelehnt. Lieber fror ich, als die Maske zu tragen.

„Super Artikel", lobte ich, als er auf mich zukam.

„Danke!" Er wirkte ehrlich erfreut. „Ich habe mich bemüht, das Ganze möglichst unsentimental darzustellen. Der Flüchtige war ein Verbrecher, der beinahe einem anderen das Leben genommen hätte."

Ich musste mir ein Grinsen verbeißen. Er war eindeutig kein Sozialromantiker, der für jede Tat eine Entschuldigung fand.

„Leider habe ich zu dem anschließenden Spektakel nichts Vernünftiges rausbekommen", fuhr der Reporter fort. „Alle

Seiten halten sich bedeckt. Das heißt, weder die Polizei noch der Wachdienst noch die Freunde des Verletzten waren bereit, mir Auskunft zu geben."

Ich war beeindruckt, wie weit er in die Tiefe hatte gehen wollen. Wenn diese Geschichte ausgestanden war, musste ich ihn unbedingt mit Tom zusammenbringen. Die beiden lagen auf einer Wellenlänge. Auch mein Freund ruhte nicht eher, bis er die Dinge bis ins kleinste Detail überprüft und geklärt hatte.

„Sie denken, das war nicht das erste Mal, dass die Lager aneinander gerasselt sind?"

„Definitiv nicht", war er sich sicher. „Wenn das stimmt, was die Anwohner berichten, geht da, seitdem der Wachdienst eingesetzt wurde, regelmäßig die Post ab. Die verfolgen jede Kleinigkeit, lassen nichts auf sich beruhen, egal ob es sich um falsches Parken, Dealen oder zurzeit verbotene Zusammenrottungen handelt."

„Ist das nicht ziemlich gefährlich, was die treiben? Ich kann mir nicht vorstellen, dass die Gangs, die die Straßen beherrschen, sich ohne Gegenwehr vertreiben lassen."

„Sag ich doch! Nur leider kriege ich nichts raus. Ich vermute, die Wachleute wurden geimpft, nichts nach außen zu tragen. Die sind äußerst wortkarg. Und die Polizei?" Er verzog abschätzig das Gesicht. „Die tun so, als passiere rein gar nichts. Bloß nicht die Öffentlichkeit darauf aufmerksam machen, dass sich in der Gegend bisher nicht viel geändert hat." Er deutete meine fragende Miene richtig. „Das sind fest etablierte Banden, die die Gebiete unter sich aufgeteilt haben. Da hängt viel zu viel Geld dran, als dass die einfach aufgeben und weiterziehen."

Er dachte in die gleiche Richtung wie wir. „Haben Sie schon was über das Wachunternehmen rausgefunden?"

Herr Pickard schüttelte den Kopf. „Es scheint, als seien die Verantwortlichen aus dem Nichts aufgetaucht. Wenn ich bessere Möglichkeiten hätte ..." Er verstummte. „Sie dürfen

111

nicht vergessen, dass mein Chef von dem Thema nichts wissen will. Ich setze mich in meiner Freizeit daran."

„Auch nicht nach dem tollen Artikel der gestrigen Vorfälle?" Ich hatte ehrlich gedacht, demnächst würde eine längere Serie folgen.

„Natürlich ist der gut angekommen. Aber jetzt soll ich wieder die normalen Sachen übernehmen. Corona ist das Thema, das die Leser momentan mehr interessiert", zitierte er offensichtlich seinen Vorgesetzten, wenn ich sein Augenrollen richtig interpretierte.

Alles, was sonst passierte, war eher zweitrangig. Das hatte ich auch schon zur Genüge festgestellt. Bestes Beispiel war das endlich freigegebene Gutachten zum kirchlichen Missbrauch. Zur Vor-Corona-Zeit hätte es lange, erbitterte Debatten und ausführliche Diskussionsrunden gegeben. So hörte man nur am Rande davon und vermutlich nur deswegen, weil es etliche Gruppierungen in der katholischen Kirche gab, die auf rasche Veränderungen drängten.

Oder die alljährliche Kriminalstatistik, die sonst viel ausführlicher besprochen wurde. Dieses Jahr hatte ich kaum von Diskussionen oder ausgiebigen Betrachtungen des Themas gehört. Und bestimmt gab es noch eine Vielzahl von ähnlichen Dingen, die im Moment weniger Beachtung fanden als sonst. „Trotzdem recherchieren Sie aber?"

„Etwas Hilfe dabei könnte ich schon gebrauchen", gab er freimütig zu. „Am besten wäre es natürlich, wenn Herr Grahl sich selbst einklinken würde. Der hat eine Art, die Dinge zu durchschauen, die mir gefällt."

Prompt lief ich rot an. „Äh, sind Sie deshalb seinem Freund gefolgt, als der zum Polizeipräsidium unterwegs war?", warf ich schnell ein, um von mir abzulenken.

Er hüstelte verlegen. „Er hat mich entdeckt? Bin ich denn so schlecht als Verfolger? Ja", gab er dann zu. „Ich hoffte, dass er mich zu Herrn Grahl führen würde."

„Wir stehen mit ihm in Verbindung." Eine bessere Erklärung fiel mir auf die Schnelle nicht ein. „Wir sind sozusagen seine Augen und Ohren und geben die Fakten an ihn weiter. Alex bemüht sich, sie zusammenzubringen."

„In welche Richtung ermitteln Sie?"

„Unsere Sicht auf das Ganze ist im Moment noch ziemlich verschwommen", wich ich aus. „Wir stochern ein wenig herum. Interessant wäre es in diesem Zusammenhang zu erfahren, wer dieser Zeuge ist, der ihn gesehen haben will."

„Das wüsste ich auch gern", erwiderte Herr Pickard zu meinem Erstaunen. „Angeblich haben die Ermittler es verboten, dass wir ihn selbst befragen."

Seltsam! „Einem Freund, der sich bei der Polizei erkundigte, wurde der Name auch nicht genannt. Noch tappen wir im Dunkeln, wer Interesse daran hat, ihn derart zu diskreditieren", behauptete ich.

Er war eindeutig enttäuscht. Im Prinzip hatte ich ihm nichts mitgeteilt, wurde mir klar. Er dagegen war offen gewesen. Ich musste ihm wenigstens einen kleinen Bissen hinwerfen. „Auch wir haben das Wachunternehmen im Visier", gab ich zu. „Es dauert allerdings etwas, bis unsere Freunde Auskünfte eingeholt haben. Ansonsten ermitteln wir in alle Richtungen. Das ist besser, als sich zu früh festzulegen."

Er schaute mich so dankbar an, dass ich direkt ein schlechtes Gewissen hatte, weil ich ihn hinterging. Deshalb antwortete ich auf seine nächste Frage, warum Herr Stankowski derart schlecht von Herrn Grahl dachte, ausführlich.

„Kennengelernt haben sie sich bei Alex' erster Buchvorstellung, seinem Debütroman als Fantasy-Autor. Damals arbeitete Ihr Kollege noch in der Sparte „Kulturelles" bei der Zeitung. Anschließend brachte er einen ziemlichen Verriss, der Alex arg mitnahm und ihn an seinen schriftstellerischen Fähigkeiten so sehr zweifeln ließ, dass er in ein tiefes Loch stürzte. Glücklicherweise waren seine Leserschaft und die meisten anderen Kritiker nicht dieser Meinung. Das Buch gelangte sogar in die Bestsellerlisten und er wurde schlagartig bekannt."

Herrn Pickards Gesicht verzog sich zu einem wissenden Grinsen. „Ich bin selbst ein Fan und wunderte mich über die Rezension, die aus meiner Sicht völlig überzogen war. Gerade das, was er bemängelte, machte den Reiz der Geschichte aus."

Der Reporter wurde mir immer sympathischer! „Als er dann einige Jahre später seinen ersten Dortmund-Krimi vorstellte, dieses Mal auf eigenen Erlebnissen beruhend, hielt Herr Stankowski sich zurück. Trotzdem ging aus seinen Zeilen klar hervor, dass er kein Fan von Alex und seinen Geschichten war. Zufällig erfolgte kurz zuvor ein SEK-Einsatz bei Alex' Nachbarn, den dieser live miterlebte. Und als Ihr Kollege ihm mit einem blöden Spruch kam: So etwas, wie in seiner Geschichte beschrieben, erlebe man nur einmal, rieb er ihm diese Information, dass er soeben Zeuge eines weiteren Verbrechens geworden war, unter die Nase. Daraufhin legte der sich mächtig ins Zeug und schaffte es durch gute Recherchen, den anderen Reportern immer eine Nasenlänge voraus zu sein. Allerdings hielt er Alex' Beteiligung an der Aufklärung so weit wie möglich zurück, genauso wie bei dem nächsten Fall. Wir haben schon darüber gerätselt und vermuteten, er könne einfach nicht zugeben, dass unser Freund ein guter Detektiv ist", beendete ich meinen Monolog.

Herr Pickard nickte verstehend. „Einfach war der Hugo nicht, das stimmt." Er sah mich bedeutungsvoll an. „Und trotzdem wollte er dieses Mal mit ihm zusammenarbeiten, das sollte uns zu denken geben."

20

Mirko

Ich traute Alex' IT-Kumpeln einiges zu, aber ob die mir tatsächlich ein gefälschtes Wachmann-Zeugnis besorgen konnten? Darauf wollte ich mich nicht verlassen, daher setzte ich mich gleich am Abend noch mit meinem Freund Greg in Verbindung.

„Es brennt mal wieder, dieses Mal richtig", erklärte ich ihm frei heraus. Er hatte uns schon zweimal aus der Bredouille geholfen und er wusste genau, dass ich nie uneigennützig beziehungsweise aus den falschen Gründen um seine Unterstützung bat.

Natürlich musste ich ihm die ganze Geschichte haarklein erzählen. Er hörte sich alles an, ohne mich zu unterbrechen, dann schwieg er lange. Mir rutschte das Herz in die Hose. Er würde doch wohl meine Bitte nicht ablehnen? Klar, er hatte sein früheres Leben hinter sich gelassen und war zu einem aufrechten Bürger geworden, hatte sozusagen die Seiten gewechselt und bemühte sich als frischgebackener Sozialarbeiter um die Jugendlichen, die ins kriminelle Milieu abgerutscht waren. Inwieweit er noch entsprechende Kontakte hatte, war mir nicht bekannt. Ich konnte nur hoffen.

„Wenn das rauskommt, bringst du dich in Teufels Küche", sagte er endlich. „Urkundenfälschung ist keine Lappalie."

„Es wird nicht rauskommen", versuchte ich ihn zu beruhigen. Wer prüfte schon die Unterlagen, indem er bei den zuständigen Ämtern nachfragte? „Und selbst wenn, es ist für einen guten Zweck."

Er atmete tief durch. „Mirko, ich kriege Bauchschmerzen dabei. Falls ihr mit eurem Verdacht richtig liegt, habt ihr es mit einem Gegner zu tun, der mit allen Mitteln dafür sorgen wird, dass niemand hinter sein Geheimnis kommt."

„Machst du's oder nicht? Sonst muss ich mich anderweitig umhören", setzte ich ihm die Pistole auf die Brust. „Ich bin wild entschlossen, das durchzuziehen."

„Billig ist das nicht", versuchte er mich noch einmal umzustimmen.

„Egal. Wie schnell kannst du mir die Papiere besorgen?"

„Erst mal muss ich mich umhören, ob ich überhaupt jemand finde."

Das klang schon besser! „Ach, das klappt bestimmt."

Wir verabredeten, dass er sich bei mir melden würde, wenn er die nötigen Unterlagen zusammen hatte.

Klar hatte ich Muffensausen, das würde ich aber weder ihm noch Alex gegenüber zugeben. Andererseits, was sollte mir großartig passieren? Ich bekam eine Anstellung als Wachmann. Die würden mich bestimmt nicht direkt an irgendwas Ungesetzlichem teilnehmen lassen, sondern mich eine Weile prüfen, ob ich in ihre Reihen passte. Tatsächlich hoffte ich, dass, wenn ich Augen und Ohren offenhielt, ich das eine oder andere aufschnappen konnte, was uns half. Mehr erwartete ich überhaupt nicht.

Auf Greg war Verlass, schon am nächsten Abend brachte er mir die Papiere vorbei. Selbst den Preis empfand ich als angemessen: eintausend Euro.

„Es wäre billiger gegangen, wenn du länger gewartet hättest", erklärte er mir.

Ich hatte gedacht, so etwas sei noch teurer!

Dienstag, 13. April

Gleich am Morgen rief ich bei der angegebenen Telefonnummer von der Stellenausschreibung an. „Ich suche genau so einen Job, wie Sie anbieten", sagte ich zu der Frau, die sich meldete.

Sie fragte nach meinem Alter und meinem letzten Job und gab mir einen Vorstellungstermin für den

Nachmittagsbereich am gleichen Tag. Selbst dass ich den 34a-Schein gerade erst gemacht hatte und nur in Teilzeit oder auf Vierhundertfünfzig-Euro-Basis arbeiten wollte, schien sie nicht zu stören. „Wir sind im Moment knapp mit Leuten und froh über jede Bewerbung."

Erleichtert setzte ich mich an den Computer, um meiner eigentlichen Arbeit nachzugehen. Dank Alex hatte ich nach dem Masterabschluss direkt einen Job gefunden – und das während Corona! Wenn er sich nicht für mich eingesetzt hätte, wäre ich bestimmt immer noch ohne, davon war ich fest überzeugt. Er tat natürlich so, als wäre seine Empfehlung kaum der Rede wert gewesen. Doch ich wusste genau, dass er sich stark für mich eingesetzt hatte, sonst hätte man mir diese Chance nicht gewährt.

Allein aus dem Grund fühlte ich mich schon verpflichtet, ihm beizustehen. Wenn es ihm nicht gelang, diesen Fall aufzuklären und den wahren Mörder zu finden, würde sein gesamtes Leben den Bach runtergehen. Ein Restverdacht würde immer bestehen bleiben. Das war ausreichend, ihn als Schriftsteller unmöglich zu machen.

Mich wunderte sowieso, dass sich nicht die Medienmeute bereits auf ihn gestürzt hatte. Ob es daran lag, dass die Ermittler sich ziemlich bedeckt hielten und dieser Reporter, Herr Pickard, nicht an ihn als Täter glaubte und ihn deswegen nicht namentlich nannte? Die normale Presse war da eher gierig auf jede Schlagzeile. Und – was ich besonders ekelhaft fand – die scheuten sich nicht, den vollen Namen des Verdächtigen rauszuposaunen, wenn es sich dabei um eine bekannte Persönlichkeit handelte. Schon seltsam, oder? Selbst der extremste Kinderschänder wurde bei einem Prozess ausschließlich mit Vornamen und einem Buchstaben als Nachnamen genannt. Nur bei Berühmtheiten und Personen von besonderem Interesse schien diese Regelung nicht zu gelten. War das eigentlich rechtens, diese selbst bei minderschweren Vergehen an den Pranger zu stellen?

Ich schüttelte die Gedanken ab und wandte mich dem Manuskript zu, an dem ich gerade arbeitete, wohl noch etwas länger, wie es aussah, bisher hatte ich nicht mehr als zwanzig Seiten geschafft.

Pünktlich um fünf stand ich vor der Tür des Wachunternehmens, dessen Räume sich in Dorstfeld in einem normalen Bürogebäude befanden. Die Frau, die mir öffnete, winkte mich gleich hinter sich her. Sie führte mich in einen größeren Raum, in dem vor Kopf hinter einem riesigen Schreibtisch Markus Seidel saß – ich erkannte ihn eindeutig von den Fotos auf der Website wieder, die ich mir natürlich im Vorfeld ausführlich angeschaut hatte.

„Sobottka, Mirko Sobottka", stellte ich mich vor und nahm unaufgefordert Platz.

Er blickte auf ein Blatt vor sich, auf dem nur zwei Zeilen standen. „Sie haben gerade erst Ihre Prüfung erfolgreich abgeschlossen?"

Ich nickte und griff in die Jackentasche, um die erforderlichen Papiere hervorzuziehen.

„Was machen Sie beruflich?"

Ich verzog das Gesicht zu einem, wie ich hoffte, bedauernden Ausdruck. „Büroarbeit. Im Moment wegen Corona im Homeoffice. Ich finde, so ein Job im Wachgewerbe ist der ideale Ausgleich."

Obwohl ich die Unterlagen vor ihn hingelegt hatte, nahm er sie nicht auf, sondern sah mich unverwandt an. „Treiben Sie regelmäßig Sport? Manche Jobs bei uns sind körperlich anstrengend."

Das sah man ja wohl! Alex sagte immer, in meiner Gegenwart fühle er sich sicher. An mich würde sich keiner heranwagen. „Ja, ich betreibe regelmäßig Kampfsport", nickte ich.

Da schien er sich auszukennen. Wir fachsimpelten eine Weile über die verschiedenen Techniken, bis er zurück zum Thema kam. „Sie gaben an, in Teilzeit oder auf vierhundertfünfzig-Euro-Basis arbeiten zu wollen?"

„Es würde mir an den Wochenenden oder auch in den Abendstunden passen, wie es bei Ihnen besser einzurichten ist", erwiderte ich, ohne zu zögern. „Wenn möglich hätte ich gern keine langweilige Bewachung eines leerstehenden Gebäudes in einer einsamen Gegend. Es darf ruhig was mit etwas mehr Action sein."

Er grinste verständnisvoll. Seitdem wir uns über den Sport ausgetauscht hatten, betrachtete er mich eindeutig mit Wohlwollen. „Ich glaube, da habe ich genau das Richtige. Gerade kam ein neuer Auftrag rein, in Dortmund-Aplerbeck. Unsere Kunden möchten, dass wir sowohl einige Häuser als auch die dazugehörigen Gelände bewachen. Es handelt sich jeweils um Zweierstreifen, das heißt, Sie würden vernünftig eingearbeitet. Könnten Sie auch Zwölf-Stunden-Schichten an den Wochenenden übernehmen?"

Das war mir sogar lieber, als nach Feierabend loszuziehen. „Wenn möglich dann die Tagschicht."

Er notierte sich meine Bitte auf dem Blatt vor sich, auf dem er sich bisher kaum Notizen gemacht hatte. „Kein Problem. Wann könnten Sie anfangen?"

„Eigentlich schon am nächsten Wochenende. Ich bin da sehr flexibel."

Er nickte zufrieden. „Gut, Sie sind eingestellt. Kommen wir zum schriftlichen Teil."

Ich unterschrieb den Vertrag, er warf einen flüchtigen Blick auf die Papiere, die ich mitgebracht hatte, und ließ sie von seiner Sekretärin kopieren. „Sie müssten allerdings noch ein polizeiliches Führungszeugnis einreichen. Sie stellen den Antrag bei der örtlichen Meldebehörde. Beantragen Sie es bitte zügig, es dauert eine Weile, bis Sie es erhalten. Die nötige Arbeitskleidung wird von uns gestellt. Der zuständige Mitarbeiter empfängt sie gleich vorne bei der Sekretärin."

Kurz und schmerzlos! Damit war ich Mitglied der Z&K-Gruppe.

21

Montag, 12. April

Alex

Im Gegensatz zu Toms anfänglicher Erklärung war sein Freund Joey nicht gerade begeistert, einen Begleiter aufs Auge gedrückt zu bekommen, wie ich erst später, als wir allein waren, erfahren hatte.

„Joey ist jemand, der in seinen Beiträgen lauthals nach Recht und Ordnung schreit", erzählte er mir. „Er zeigt gezielt Beispiele, wo unser Rechtsstaat seiner Meinung nach nicht funktioniert. Der hat sich fast überschlagen vor Dankbarkeit, als ich ihm den Tipp mit dem Wachdienst gab. Endlich mal ein Positiv-Beispiel, meinte er."

Bei mir gingen die Alarmleuchten an. „Ist er ein Rechter?"

Tom schüttelte heftig den Kopf. „Garantiert nicht! Extrem links und extrem rechts, das ist ihm beides zuwider. Den nervt nur, dass sich immer weniger an Regeln halten und das normale Miteinander nicht mehr funktioniert. Deshalb springt er auch auf diese Geschichte so an."

„Ich bin auf jeden Fall dabei?", vergewisserte ich mich lieber noch einmal.

„Er musste sich drauf einlassen, sonst hätte ich ihm die nötigen Infos nicht gegeben", grinste er. „Der Artikel von dem Stankowski ist nicht über Dortmund hinaus bekannt geworden. Joey wusste nichts davon."

Also warteten wir, etwas anderes blieb uns nicht übrig. Marcels Kontakte hatten versprochen, uns zu helfen, sogar umsonst, weil es gegen „rechts" ging. Allerdings würde alles über ihn laufen, aus Sicherheitsgründen, wie er erklärte. Mit einem gefälschten 34a-Schein konnten diese jedoch nicht dienen. Das wäre ihnen zu heiß.

Ganz in meinem Sinn! Keine Ahnung, was Mirko da geritten hatte! Das, was er vorhatte, war viel zu gefährlich.

Felicitas' Freundin stand ebenfalls auf Abruf bereit. Sie schien sogar ziemlich erpicht darauf, mich grundlegen zu verändern. Ich hatte ihr bereits zwei Fotos geschickt, eins mit meinem normalen Aussehen, eins mit meiner Verkleidung. Daraufhin war ein Smiley zurückgekommen mit dem Zusatz: Ich überlege mir was ganz Neues!

Kaum war Felicitas zu ihrem abendlichen Besuch erschienen, erhielt Tom die Rückmeldung von Joey. „Ihr habt am Mittwoch die Möglichkeit, vor Ort zu drehen."

Klasse! Ich hatte mich schon auf eine längere Wartezeit eingestellt. „Um wie viel Uhr treffen wir uns?"

„Ihr habt um elf einen Termin mit einem der Chefs im Büro. Von da aus werdet ihr zum Einsatzort gekarrt, in Begleitung." Tom grinste. „Die trauen euch nicht. Dieser Typ wird die ganze Zeit über bei euch bleiben, angeblich zu eurem Schutz."

Damit konnte ich leben.

Felicitas griff bereits zum Handy, um ihre Freundin zu informieren. „Sie kommt morgen Abend vorbei. Du sollst dich auf ein komplettes Styling einstellen."

Die restlichen Stunden nutzte ich, um die neue Geschichte, die ich am Sonntag angefangen hatte, zu komplettieren. Es war immer besser, alles auf dem neuesten Stand zu haben.

Dienstag, 13. April

Die erste Rückmeldung kam von Mirko. „Ich bin angestellt worden und fange am Wochenende an", platzte er heraus, kaum dass ich mich gemeldet hatte. „Es war ganz einfach."

„Greg!" Warum hatte ich nicht damit gerechnet, dass er sich zusätzlich an seinen Freund wandte?

„Auf ihn ist halt Verlass."

„Mirko, ich habe ein ungutes Gefühl bei der Sache", gestand ich. „Wenn die wirklich so heftig agieren, wie wir vermuten, dann …"

„Bleib locker, Alex", unterbrach er mich. „Ich bin totaler Anfänger. Die müssen erst mal gucken, was ich draufhabe. Und du glaubst doch nicht wirklich, dass die jedem gleich ihren Plan auf die Nase binden."

Wenn es denn überhaupt einen gab! Bisher stellten wir nur Vermutungen an. „Wo wirst du eingesetzt? Weißt du das schon?"

„In Aplerbeck, ich soll einige Objekte mit einem anderen zusammen bewachen. Wird ziemlich easy."

„Vertue dich da bloß nicht! Angeblich sind die Jugendlichen, die schon letztes Jahr ständig Randale gemacht haben, wieder zurück. Es hat erneut Vorfälle gegeben."

Wie sich herausstellte, war er überhaupt nicht informiert, was sich dort zugetragen hatte. Ich klärte ihn auf. „Letztes Jahr hat es Dutzende von Angriffen gegeben, meist wurden andere Jugendliche abgezogen, teils auf dem Weg zu Schule, teils im Nachmittags- oder Abendbereich, einmal sogar direkt auf dem Schulhof." War da nicht noch mehr passiert? „Lies es am besten selbst nach", empfahl ich Mirko. „Es muss wirklich schlimm gewesen sein, selbst Polizei und Ordnungsamt tauchten verstärkt auf." Zu meiner Schande musste ich gestehen, dass ich die Artikel nur überflogen hatte. Ein weiterer Ort, an dem sich zeigt, dass die lasche Vorgehensweise gegenüber gewaltbereiten Jugendlichen nichts bringt, hatte ich gedacht. Immer nur den Zeigefinger heben und Ansprachen halten, hilft da nicht, wie man sieht.

„Wohnen die in Aplerbeck?", fragte Mirko interessiert nach.

„Nein, die kommen aus den umliegenden Stadtteilen. Oder sogar aus anderen Städten im Nahbereich? Keine Ahnung. Informiere dich selbst. Da ist ganz schön was zusammengekommen."

Trotz meiner Worte schien er nicht im mindestens abgeschreckt. „Wird es wenigstens nicht langweilig."

Ich konnte sagen, was ich wollte, er blieb bei seinem Vorhaben. „Gib mir auf jeden Fall Bescheid, wie euer Dreh gelaufen ist", verabschiedete er sich.

„Sieh es locker", meinte Tom, der das Gespräch mit angehört hatte. „Hat er was um die Hand. Dass er und seine Freundin sich getrennt haben, wusste ich bis zum Wochenende gar nicht. So trauert er ihr wenigstens nicht hinterher."

Mir wäre beinahe das Handy aus der Hand gefallen. War das sein Ernst?

„In solchen Bereichen darfst du ihn nicht für voll nehmen", meinte Tim, mit dem ich wenig später skypte. „Manchmal glaube ich, der hat überhaupt kein Gespür für Gefahren."

Konnte durchaus sein, sonst hätte er sich wahrscheinlich nicht getraut, eine regelmäßige YouTube-Sendung zu machen, in der er Beweise vortrug, die gegen den menschgemachten Klimawandel sprachen.

„Ein bisschen was dazugelernt hat er schon", widersprach Tim, als ich meinen Gedanken laut äußerte. „Immerhin hält er sich bei Corona zurück."

Dafür nervte er seine Bekannten und Freunde umso häufiger mit dem Thema. Andauernd verschickte er Links zu Leuten, die anderer Ansicht waren und diese auch genauso gut belegen konnten wie die offiziell anerkannten Experten der Bundesregierung. Wenn man das las, wusste man echt nicht mehr, woran man glauben sollte. Ich hatte dieses Problem für mich gelöst, indem ich einfach weitermachte wie bisher: mich an die geltenden Abstandsregeln und das Maskengebot hielt und mich nur einzeln mit meinen Freunden traf. Felicitas und ich waren sowieso ziemlich häuslich und konnten uns ausdauernd miteinander beschäftigen, das Internet bot genügend Möglichkeiten, sich mit allem einzudecken, was man brauchte – und wollten wir mal auswärtiges Essen genießen, ließen wir es uns nach Hause kommen.

Ja, ich hatte mich ziemlich gut in meinem Leben eingerichtet, meiner Freundin sei Dank. Wenn ich die nicht gehabt hätte, ich glaube, dann wäre mir längst die Decke auf den Kopf gefallen.

Und nicht nur in diesem Bereich war sie unersetzlich. „Du musst dir überlegen, was du deiner Mutter sagst", mahnte sie, als sie nach der Arbeit rüberkam.

Sie hatte recht. Zwar hörten wir oft ein, zwei Wochen nichts voneinander und besuchten uns noch unregelmäßiger, obwohl meine Eltern ebenfalls in Dortmund wohnten, aber es konnte durchaus sein, dass mein Vater oder sie kurzfristig meine Hilfe benötigten, und dann stand ich da. „Ich rufe sie an und erzähle ihnen, was passiert ist", entschied ich spontan. Noch mal lügen kam garantiert nicht gut. Spätestens wenn diese Geschichte als Buch erschien, wussten sie Bescheid. Meine Mutter war eine der Ersten, die es kaufte und es las, sobald es erschienen war.

Am besten, ich backe gleich kleine Brötchen, überlegte ich und kläre sie nicht nur über den neuen, sondern auch über den vergangenen Fall auf. Der hätte mich beinahe das Leben gekostet, meine Eltern wussten allerdings nur von einer schweren Gehirnerschütterung, die ich mir bei einem angeblichen Treppensturz zugezogen hatte. Es wurde langsam Zeit, ihnen die Wahrheit zu gestehen, die Veröffentlichung des dritten Krimis stand kurz bevor.

Felicitas noch neben mir rief ich sie an. Wie erwartet reagierte sie entsetzt – über meine Lüge – und besorgt – wegen der jetzigen Anschuldigungen. Irgendwann, als ich nur noch vor mich hin stotterte, nahm mir meine Freundin das Handy aus der Hand. Komischerweise gelang es ihr im Nu, meine Mutter zu beruhigen. Im Gegensatz zu mir fand sie fast immer die richtigen Worte. Mit der Versicherung, sich regelmäßig zu melden, beendete sie kurz darauf das Gespräch. „So, wieder einen Punkt erledigt", seufzte sie.

Die Klingel enthob mich einer Antwort. Wie erwartet war es Felicitas' Freundin, die gekommen war, mich zu stylen.

22

Mittwoch, 14. April

Alex

Ich fühlte mich völlig sicher, als ich aus dem Haus trat, um die Straßenbahn in Richtung Dorstfeld zu nehmen. Lisa hatte mein Aussehen derart verändert, dass mich nicht mal meine eigene Mutter wiedererkannt hätte. Ich war jetzt ein rothaariger Typ mit Sommersprossen und einem hageren Gesicht, die Schuhe mit den verdeckten hohen Absätzen gaben mir zusätzliche fünf Zentimeter Größe, sodass ich schlanker wirkte. Sogar einen Ohrring hatte sie mir verpasst. Dazu trug ich Klamotten, die ich persönlich nie gewählt hätte: Eine ausgefranste Jeans und ein hautenges kariertes Hemd und, der immer noch kalten Temperatur angemessen, eine alte, abgetragene Jacke, die mir eigentlich ein wenig zu eng war.

Beinahe hätte ich gewohnheitsmäßig einen Nachbarn gegrüßt, erst im letzten Moment fiel mir meine neue Rolle ein. Du musst verdammt noch mal aufpassen, Alex, schimpfte ich mit mir. Lisa hatte sich solche Mühe gegeben, dieses Outfit war viel besser als das, was wir zusammengestückelt hatten. Da sah man den Profi!

Fast war ich traurig, dass ich für die Bahnfahrt die Maske aufsetzen musste. Sie verdeckte meine rot gefärbten Bartstoppeln, die mir, wie ich fand, ausnehmend gut standen. Selbst meine Fast-Glatze wirkte in diesem warmen Rotbraunton ansprechend.

Ich erreichte mein Ziel fünf Minuten vor der Zeit. Toms Freund Joey war über seine Filme, bei denen er als Sprecher fungierte und die ich mir gestern noch angeschaut hatte, selbst mit Maske leicht zu identifizieren: ein kleiner Mann Anfang fünfzig, mit Halbglatze, einer Hakennase und einem

126

akkurat ausrasierten Vollbart. Er stand bereits vor der Doppelglastür und sah ungeduldig auf die Uhr.

„Micha Böhm", stellte ich mich vor.

Er streckte mir die Hand entgegen, besann sich dann aber. Händeschütteln war ja ein absolutes No-Go. „Schön, dass du pünktlich bist. Ich bin der Joey." Er wandte sich um und trat vor mir in die Eingangshalle.

Die Schilderwand neben den Aufzügen zeigte uns, dass wir in die dritte Etage mussten. Dort angekommen brauchten wir uns nicht großartig orientieren. Das Schild der Z&K-Security befand sich direkt gegenüber dem Fahrstuhl.

Wieder trat Joey als Erster ein. „Schulze und Böhm", stellte er uns vor, als er vor dem Schreibtisch der Empfangsdame stand. „Wir haben um elf Uhr einen Termin."

Bevor sie antworten konnte, ging hinter ihr die Tür zu einem der Büros auf. Ein Mann trat heraus. Er hatte ein schmales Gesicht mit intelligent blickenden Augen und trug seine Haare militärisch kurz geschnitten. Bevor er uns erreichte, hatte er uns schon einer eingehenden Prüfung unterzogen.

„Markus Seidel", stellte er sich vor und winkte uns, ihm in einen großen Raum zu folgen, in dem ein großer, kreisrunder Tisch stand. „Bitte, nehmen Sie Platz! Sie können die Masken abnehmen, der Abstand ist groß genug."

Er selbst trug keine, so hatte ich ihn schon, bevor er seinen Namen nannte, erkennen können. Vielleicht war es sogar gut, dass wir mit ihm und nicht mit Ruben, meinem ehemaligen Klassenkameraden, zu tun hatten. So war die Gefahr aufzufallen für mich noch geringer.

„Joey Schulze und Micha Böhm", antwortete mein Partner und schob gleich eine Frage nach: „Dürfen wir filmen?" Er schwenkte die Tasche, die er in der Hand hielt.

„Lassen Sie uns zuerst allgemein reden", wehrte Herr Seidel ab und setzte sich uns gegenüber.

„Wie ich Ihnen bereits am Telefon sagte, interessiert mich die besondere Art, in der Sie Ihre Aufträge angehen", begann

Joey. „Ich finde Ihre Einstellung sehr lobenswert, dass Sie sich nicht nur um die eigentliche Aufgabe kümmern, sondern auch das Umfeld miteinbeziehen."

Unser Gegenüber lächelte geschmeichelt. „Das war den beiden Gründern der Firma ein Hauptanliegen. Sie wollten sich damit von den anderen Firmen dieses Bereiches abgrenzen, einen besonderen Service bieten, zum gleichen Preis versteht sich. Dies fand bei unseren Kunden sofort Interesse."

Joey sprang auf. „Könnte ich Sie bitten, den Satz noch einmal zu wiederholen, wenn ich filme? Der sagt genau das aus, was ich hören wollte."

Nein, dazu war Herr Seidel nicht bereit. Er würde sein Statement am Ende unseres Gespräches abgeben.

„Wie muss ich mir das im Einzelnen vorstellen?", fragte Joey weiter. „Stellen Sie besondere Anforderungen an Ihre Mitarbeiter? Werden die schon im Vorfeld darauf hingewiesen, dass sie mehrere Aufgaben haben? Lassen sich alle darauf ein?"

Herr Seidel lehnte sich zurück und nahm eine entspannte Haltung ein, zumindest versuchte er, uns dies vorzugaukeln. An seinem hektisch wippenden Fuß erkannte ich jedoch, dass er sehr wohl nervös war. „Im Prinzip betreiben wir ein ganz normales Wachunternehmen. Wir haben auch Aufträge für einfache Pförtnerdienste oder Gebäudebewachung in Gewerbegebieten. Diese Jobs in der Nordstadt sind nur ein Aspekt unserer Arbeit."

Erstens hatte er sich gerade selbst widersprochen und zweitens den neuen Auftrag in Aplerbeck mit keinem Wort erwähnt.

„Aber ein hochinteressanter", wandte Joey ein. „Dieser Ansatz ist, soweit ich weiß, einzigartig."

„Er wird von der örtlichen Bevölkerung sehr gut angenommen."

Von allen Bewohnern? Die dort lebenden Kriminellen waren bestimmt nicht begeistert.

„Müssen Sie denn nicht mit Gegenwehr oder gar gezielten Angriffen rechnen?", fragte Joey. „Ich komme zwar nicht aus Dortmund, aber ich habe mehrere Artikel gelesen, die die Nordstadt als No-go-Area bezeichnen."

„Gerade deshalb atmet die Bevölkerung in diesem Stadtteil regelrecht auf, dass wir uns gezielt für ein vernünftiges Miteinander einsetzen und die Verbrechensrate senken wollen", nickte Herr Seidel. „Das Feedback ist überwältigend. Wir haben mit einem Straßenteilstück angefangen, kurz darauf eine weitere in diesem Bezirk übernommen, die Anfrage für die nächste liegt bereits vor."

„Ich bin schon gespannt darauf, die Situation mit eigenen Augen zu sehen." Joey sah tatsächlich so aus, als wäre er am liebsten sofort aufgesprungen und losgelaufen.

„Ich gebe Ihnen einen Mann von uns mit, der selbst in diesem Bereich arbeitet. Er wird Ihnen all Ihre Fragen beantworten können." Herr Seidel machte Anstalten aufzustehen.

„Ich hätte gern noch einen kurzen Einblick in die Firmenhistorie", sagte mein neuer Freund schnell. „Ihr Unternehmen ist ja noch nicht lange am Markt."

Bereitwillig begann der Mann zu erzählen. Ruben Zimmermann und ein gewisser Ulrich Kaiser hätten sich zusammengetan und gemeinsam die Firma gegründet. Der Herr Kaiser sei stiller Teilhaber, Herr Zimmermann leite das Unternehmen. Heute habe er leider einen wichtigen Termin außerhalb, sonst hätte er das Gespräch selbst übernommen. Sie beide kämen aus der Branche, hätten den Beruf der Sicherheitsfachkraft von der Pike auf gelernt. Er selbst sei von Anfang an dabei und für den Personalbereich zuständig. Sein Kollege, der Herr Sauerland, betreue die Kundenseite.

„Und der Herr Kaiser?", hakte Joey nach.

„Ist nur stiller Teilhaber", wiederholte Herr Seidel. „Er hat Herrn Zimmermann geholfen, das Geschäft aufzubauen und ihm erste Starthilfe gegeben. Danach hat er sich zurückgezogen."

„Warum ist die Presse noch nicht auf Ihr Tun aufmerksam geworden? Ich meine, das, was mir berichtet wurde, ist beeindruckend, Sie sagen selbst, das Feedback sei positiv, die Anwohner reagieren begeistert. Ihre Arbeit lässt sich durchaus als Erfolg bezeichnen."

„Darauf legen wir keinen gesteigerten Wert", behauptete Herr Seidel und stand auf. „Es tut mir leid, meine Zeit ist begrenzt. Wenn Sie noch ein paar kurze Sätze von mir aufnehmen wollen, müssen wir uns beeilen."

Joey, der genau wie ich gemerkt hatte, dass er sich zu dem Punkt nicht äußern wollte, ließ sich nichts anmerken und langte nickend in seine Sporttasche. „Wir machen kein richtiges Interview. Ich richte die Kamera auf Sie und stelle meine Fragen aus dem Off."

Herr Seidel rang sich ein paar allgemein gehaltene Sätze ab, dann rief er seinen Mitarbeiter, der uns begleiten sollte. Der Mann, ungefähr in meinem Alter, jedoch wesentlich Sport gestählter und fitter, führte uns hinten aus dem Gebäude heraus zu einem großen Parkplatz. „Ich bin Mark, wir fahren mit einem von unseren Autos."

Er ging vor uns her zu einem kleinen Transporter und öffnete uns die hintere Tür. „Einer links und einer rechts ans Fenster", befahl er. „Bevor wir anhalten, machen wir eine kleine Rundreise, damit ihr euch einen ersten Eindruck verschaffen könnt."

Den hatte ich nicht nötig, ich wusste nur zu gut, was mich erwartete. Joey dagegen nickte begeistert. „Ist mit Sicherheit besser, als das, was es bei YouTube zu sehen gab."

Während der Fahrt blieb Mark schweigsam. Das änderte sich schlagartig, als wir uns der Nordstadt näherten. Er war extra einen Bogen gefahren, sodass wir über den Borsigplatz kamen. „Ich hoffe, ihr habt genügend Zeit einkalkuliert. Am interessantesten ist es im Abendbereich."

Joey blickte sich neugierig um. „Auf den ersten Blick wirkt alles recht harmlos."

130

Beinahe hätte ich mich verplappert. Ja, weil wir inzwischen die Borsigstraße befuhren, in der die Wachleute für Ruhe und Ordnung sorgten.

Mark ließ die Aussage unkommentiert und konzentrierte sich darauf, uns all die gefährlichen Ecken zu zeigen, die es hier gab. Und das waren einige. Nicht nur, dass trotz Corona größere Gruppen dicht an dicht standen, auch die Obdachlosen- und die Trinkerszene waren bereits vor Ort und in den Parks tauchten die ersten Dealer auf.

Joey beugte sich vor und holte seine Kamera hervor.

„Bitte nicht filmen!" Er begründete seine Aussage trotz wiederholter Nachfrage nicht, sondern bog in die kleineren, engen Straßen ab, in denen es eine Vielzahl von verwahrlosten Häusern gab.

Zu meiner geheimen Freude bekam Joey tatsächlich einen guten Einblick in das Leben hier, denn da das Wetter im Moment zwar kalt aber trocken war, hielten sich die Menschen vermehrt auf der Straße auf. Aus dem sicheren Auto heraus beobachtete ich einen heftigen Streit zwischen zwei abgerissen wirkenden Männern, sah die ersten Junkies auf einen Spielplatz schleichen, einen Betrunkenen, der uns fast vors Auto getorkelt wäre, und als Krönung des Ganzen eine Frau in langen, bunten Röcken, die ungeniert ihre Bekleidung anhob, sich hinhockte und in die Gosse urinierte.

Abrupt riss Mark das Steuer herum und bog in die Borsigstraße ein. Er quetschte sich in die erste freie Lücke und hob die Hand. „Bevor wir aussteigen, müssen wir einige Regeln festlegen."

23

Alex

Mark hatte uns geimpft, dass wir nicht mit der Kamera in der Hand herumlaufen sollten. Wenn wir etwas filmen wollten, sollten wir ihn vorher fragen. Außerdem würde er den Kontakt zu seinen Arbeitskollegen und den Bewohnern des Viertels herstellen. Und wir sollten uns bitte an seine Anweisungen halten. Das alles diene nur unserem Schutz.

Das fand ich nun doch reichlich übertrieben, es war helllichter Tag, die Straßen voller Menschen, nicht einer von ihnen sah irgendwie gefährlich aus.

Joey schien der gleichen Ansicht zu sein, ich sah, wie er unauffällig sein Handy aus der Hosentasche zog und in der Hand verbarg. Es handelte sich um ein ultrakleines Modell, das nicht mal seitlich herausragte. Ob man damit trotzdem gute Filme drehen konnte?

Ich registrierte einen Wachmann am Kiosk stehend, ebenso vor der Bäckerei, dem Lebensmittelladen und einem Imbiss. Viel zu bewachen gab es im Moment nicht, da die meisten Geschäfte wegen Corona geschlossen hatten.

„Ein Großteil unserer Leute befindet sich im Moment am Hornbach", das war der große Baumarkt in der Nähe, „und den umliegenden Geschäften", erklärte uns Mark.

„Gibt es nicht auf der Bornstraße ein Einkaufszentrum?", fragte ich nach.

Er nickte „Das WEZ, das wird von einem anderen Sicherheitsunternehmen betreut." Er wies auf den Park, der mir schon bei meinem letzten Besuch aufgefallen war. Auch heute tummelten sich dort wieder jede Menge Kinder und Jugendliche. „Für den ist eigentlich das Ordnungsamt zuständig. Wir haben freiwillig ein Auge drauf. Die kontrollieren nur unregelmäßig, wir dagegen sind jeden Tag vor Ort."

„Sie rufen die Polizei, wenn sich dort Drogendealer aufhalten", vermutete ich.

Wieder nickte er. „Langsam scheint sich rumzusprechen, dass wir sofort reagieren. In den letzten Tagen sind keine mehr aufgetaucht." Er setzte sich langsam in Bewegung und winkte uns, ihm zu folgen.

Vor dem Kollegen im Eingang der Bäckerei blieb er stehen. „Wie sieht es aus?"

„Alles ruhig. Wird echt von Tag zu Tag besser." Er machte eine Kopfbewegung zum Straßenrand. „Selbst die Autofahrer scheinen endlich kapiert zu haben, dass wir ernst machen."

„Wir fotografieren die Falschparker mit dem Handy und schicken die Aufnahmen ans Ordnungsamt", wandte Mark sich an uns.

„Im Prinzip achten Sie auf die gesamte Umgebung?", fragte Joey nach.

Dieses Mal war sein Nicken eindeutig stolz. „Wir wollen das Viertel sauber halten, deswegen zeigen wir jede Übertretung der Gesetze an. Und davon gibt es hier reichlich." Er deutete unauffällig auf einen jungen Mann, der zielstrebig Richtung Norden lief. „Das ist ein Dealer, der versorgt die Läufer mit Nachschub."

Joey war mit den gängigen Ausdrücken vertrauter als ich. Er setzte sich schon in Richtung des Typen in Bewegung. „Können wir ihn verfolgen?"

„Wenn ihr euch so eine Beschattung zutraut? Der ist nicht doof, der weiß, was in letzter Zeit abgeht. Der wird sich vorsehen." Mark lief ebenfalls los.

Ich hielt mich hinter den beiden, auf eine direkte Konfrontation hatte ich eher weniger Lust.

Der mutmaßliche Dealer lief immer geradeaus, über die Borsigstraße hinaus bis zur Mallinckrodtstraße. Die Masse an Fußgängern nahm sichtbar zu, teilweise mussten wir hintereinandergehen, um größeren Gruppen auszuweichen – die

Coronaregeln wurden von den meisten ignoriert. Die Wachmänner, die vor den Geschäften standen, sahen scheinbar teilnahmslos dem Treiben zu, nur vor den Eingängen sorgten sie für den nötigen Abstand.

Mark zog uns kurz an die nächste Hauswand und bedeutete uns stehen zu bleiben, weil der von uns Verfolgte zu zwei Gleichaltrigen trat, die vor einem Imbiss herumlungerten. „Aufgepasst!", zischte er.

Die Übergabe verlief so schnell, dass ich sie ohne diesen Hinweis verpasst hätte. Eigentlich sah es so aus, als würden sie sich zur Begrüßung unter großem Hallo abschlagen. Dass gleichzeitig der Stoff von einer Hand in die andere wechselte, war durch ihre Körperhaltung kaum zu erkennen.

Ein dunkler Kombi, der direkt vor uns einparkte, versperrte uns die Sicht. Zwei Mitarbeiter des Ordnungsamtes und zwei Streifenbeamte stiegen heraus. Als ich mich wieder den Dealern zuwandte, war von diesen keine Spur mehr zu entdecken. Doch Mark neben mir grinste selbstgefällig: „Der Kollege drüben hat es gefilmt. Wieder einer weniger."

Das Bild auf dem Bürgersteig veränderte sich von einem Moment auf den anderen. Die Gruppen lösten sich auf, selbst die Abstände der aneinander Vorbeigehenden vergrößerten sich. Zwei Männer sprangen hastig in ihre Autos und brausten davon. Zwei andere begannen mit den Kräften des Ordnungsamtes zu diskutieren, weil ihre Fahrzeuge im absoluten Halteverbot parkten.

„Kommt, wir kehren um." Mark machte kehrt und strebte zügig in Richtung Borsigstraße zurück. „Beide Seiten hassen uns", erklärte er nach ein paar Schritten. „Die einen, weil wir die Staatsmacht rufen, und die sind langsam genervt, weil wir uns andauernd melden." Er lachte. „Eigentlich wäre es besser, wenn die gleich um die Ecke eine Zweigstelle einrichten würden, dann hätten sie es nicht so weit." Er zückte sein Handy und begann die am Straßenrand falsch abgestellten Autos zu fotografieren.

Als er auf einen Obdachlosen zuging und diesen von seinem Platz vor einer Hofeinfahrt verjagen wollte, versuchte Joey ihn aufzuhalten. „Lass den doch. Der ist keinem im Weg."

„Nee. Wir verfolgen die harte Linie, ohne Ausnahme, sonst nimmt das Pack sofort wieder überhand." Mit harschen Worten vertrieb er den Mann.

„Ihr habt echt keine Ahnung, was in diesem Gebiet abgeht", belehrte er uns ein paar Minuten später, während wir schweigend hinter ihm her trotteten. „Die wollen die einfachsten Gesetze des Zusammenlebens nicht kapieren. Wenn jeder ein bisschen Rücksicht nähme und sich an geltende Regeln hielte, wären wir überflüssig."

Ich musste stark an mich halten, um keinen Kommentar abzugeben. Seine Einstellung war mehr als rigide, allein wie er auftrat und sich bewegte, kam einer Drohung gleich.

Dass er auch anders konnte, stellte ich einen Moment später fest. „Na, Frau Schulze! Geht's zum Einkaufen?" Er blieb neben einer stark gebeugt gehenden Frau, die ihre leere Tasche fest umklammerte, stehen.

Sie blickte auf und schenke ihm ein strahlendes Lächeln. „Seitdem Sie und Ihre Männer aufpassen, gehe ich wieder gern raus."

Diesen Spruch bekamen wir noch mehrfach zu hören, einen Teil der Auskunftsgeber durften wir sogar filmen, wobei ich die kleine Handkamera bediente und Joey die Personen interviewte.

Langsam wurde ich argwöhnisch. Hatte Mark die Fürsprecher im Vorfeld extra ausgesucht? Mein neuer Freund schien ähnlich zu denken, er bat darum, willkürlich Passanten ansprechen zu dürfen. Zu unserem Erstaunen wurde ihm die Bitte gewährt.

Keine Ahnung, ob es daran lag, dass Mark mit verschränkten Armen in der Nähe stehen blieb und uns mit Argusaugen beobachtete, fast alle äußerten sich positiv. Selbst als wir einen Abstecher in den Park machten und die dort mit ihren

Kindern sitzenden Frauen befragten, blieb es dabei. Einzig einige der Jugendlichen machten versteckte Andeutungen, dass sie sich gegängelt fühlten. Bei diesen war es deutlich erkennbar, dass sie vor Mark nicht reden wollten, denn sie warfen immer wieder hastige Blicke in seine Richtung und blieben ziemlich wortkarg.

Nachdem Joey mehrere Interviews mit den Wachleuten geführt hatte, alles junge Männer zwischen zwanzig und dreißig und alle in einem hervorragenden körperlichen Zustand, wollte er eine Pause einlegen. „Wir gehen was essen und kommen so in zwei Stunden zurück, okay? Das abendliche Spektakel, was du angekündigt hast, will ich mir nicht entgehen lassen."

Die Wachleute hatten berichtet, dass im Abendbereich das schöne Bild noch kippte. Da es mittlerweile einige Aufträge von privaten Hausbesitzern gab, ihr Eigentum zu schützen, waren sie rund um die Uhr im Einsatz und wussten, wovon sie sprachen. Wenn wir die wahre Nordstadt erleben wollten, sollten wir uns nach Einbruch der Dunkelheit hierher begeben.

Wir nahmen die U-Bahn Richtung Stadtmitte, umfuhren jedoch die Innenstadt wegen der dort herrschenden Maskenpflicht und nahmen den erstbesten Imbiss, der uns anschließend begegnete.

„Wohin jetzt?" Mit meinem Essenspaket in der Hand stand ich da und sah mich um. Es gab nichts in der Nähe, wo wir im Sitzen hätten speisen können. War wohl keine gute Idee gewesen, Joeys Drängen nachzugeben.

„Dort rüber." Er wies mit dem Kopf in Richtung des großen Parkplatzes und marschierte los.

Kaum waren wir heran, öffnete sich die Seitentür eines Bullis. Mein Partner drehte sich grinsend zu mir um. „Mit Verstärkung in der Nähe ist alles einfacher."

24

Alex

„Das sind meine Mitarbeiter", erklärte Joey und winkte mir, ihm ins Innere zu folgen. Aufstöhnend ließ er sich auf eine der hinteren Bänke fallen und stellte mir die beiden jüngeren Männer vor. „Das ist Benno, das Ramin." Er griff nach seinem Päckchen. „Wir essen und ihr erzählt!"
Erleichterung pur! Ich war froh, endlich sitzen zu können – und mich aufzuwärmen. So kalt war es zwar nicht, aber wenn man Stunden draußen verbracht hatte, spürte man deutlich den Nachhall des heftigen Windes. Und in einer vernünftigen Umgebung schmeckte das Essen wesentlich besser.
Trotzdem musste ich zuerst meinem Erstaunen Ausdruck geben. „Du hast eigene Leute dabei?"
„Was dachtest du denn?" Joey riss ein großes Stück aus seinem Döner, kaute und schluckte, bevor er weitersprach. „Meinst du, ich lasse mir vorschreiben, wie ich arbeite? Habt ihr gute Aufnahmen hingekriegt?"
„Jede Menge", versicherte Ramin. „Ihr könnt sie euch gleich nach dem Essen anschauen."
Länger als zehn Minuten benötigten wir nicht. Auffordernd strecke Joey die Hand aus. „Zeig her!"
Netterweise hielt er die Kamera so, dass ich das Display sehen konnte. Die erste Sequenz war vor unserem Eintreffen entstanden. Zwei Wachmänner diskutierten lautstark mit einem Autofahrer, der in zweiter Reihe parken wollte. Fast wäre der Streit eskaliert. Der Fahrer spuckte seinen Kontrahenten vor die Füße, stieg ein und fuhr mit aufheulendem Motor davon. Es folgte ein Rundumschwenk über die Straße hinüber zum Park auf die Gruppe der Mütter mit ihren Kindern und auf drei kleinere Grüppchen von Obdachlosen, die eng beieinanderstanden. Ein Schnitt und der Bürgersteig lag wieder vor

mir. Einer der Wachleute schritt auf fünf ältere Männer zu, die sich mit innigen Umarmungen begrüßten und anscheinend ihr Treffen an Ort und Stelle fortsetzen wollten. Zwei weitere Security-Mitarbeiter wurden sichtbar, die abwartend in der Nähe standen. Ihr Eingreifen war nicht vonnöten, die Männer setzten sich nach einer kurzen Ansprache in Bewegung und suchten sich einen anderen Platz.

„Schade", sagte Joey enttäuscht. „Eine Schlägerei wäre besser gekommen."

„Wart's ab", beruhigte ihn Benno, der mit seinem Handy beschäftigt war.

Gespannt starrte ich auf den beginnenden nächsten Film. Da waren Joey und ich mit Mark ganz zu Anfang unserer Verfolgung des Dealers. Wir befanden uns auf der einen Seite des Bürgersteigs, Benno und Ramin auf der anderen etwas versetzt hinter uns. Kurz darauf behielt die Kamera unseren Verdächtigen im Fokus.

„WhatsApp", erklärte mir Joey, bevor ich nachfragen konnte. „Ich habe jeweils den Telefonanruf benutzt, wenn es interessant wurde."

Und ich Idiot dachte, er hätte heimlich filmen wollen, es hätte nur nie geklappt!

Ich nickte nur und starrte weiter auf den kleinen Bildschirm. Die Übergabe des Stoffes war gut zu erkennen, genauso wie die Gesichter der drei Männer. Die Kamera musste über einen super Zoom verfügen.

„Schaut mal hier!" Benno hielt uns sein Handy hin. Während Ramin die Szene filmte, hatte er sich die Wachleute in der Nähe angeschaut und denjenigen gefunden, der das Gleiche aufnahm.

Die nächste Sequenz zeigte ihn neben einem Polizisten, wie beide aufs Display schauten.

„Da wart ihr auf dem Rückweg. Wir sind geblieben und haben den Rest gefilmt. Ist fast eine Stunde zusammengekommen. Das Übliche halt: Falschparker, Gruppen ohne

Abstand, voll besetzte Autos mit Gleichaltrigen, ein paar kleine Dealer. Sonst war nichts Weltbewegendes."

„Immerhin haben wir damit genügend Material zusammen, das wir einblenden können, falls heute Abend nichts mehr passiert."

„Das wird es", war sich Ramin sicher. „Wetten, dass ihr da erst das interessante Material zusammenkriegt?"

Tom

Mir stank es gewaltig, dass ich gar nichts machen konnte. Dabei hatte ich gegenüber Tim, der wahnsinnig enttäuscht gewesen war über seinen verpassten Einsatz, laut getönt, dass ich seinen Part schon übernehmen würde. Hatte ich bisher eh nur am Rande agiert, stand ich jetzt ganz außen vor.

Nein, ich würde eigene Ermittlungen starten. Gestern, beim abendlichen Skypen mit meinem Bruder, hatte der mich auf eine Idee gebracht. Waren wir nicht ein bisschen zu sehr auf diesen Ruben Zimmermann und seinen Wachdienst fixiert? Was, wenn sich unser Verdacht als unbegründet erwies?

Außerdem gab es ja da noch diesen seltsamen Zeugen. Sollten wir nicht wenigstens versuchen, mehr über ihn herauszukriegen?

Gut, normalerweise war ich derjenige, der am liebsten am Computer saß und in aller Ruhe recherchierte. Rauszugehen und mit Leuten zu sprechen, war eigentlich nicht meins. Für meine Filme war das nie nötig gewesen, jetzt sah die Sache anders aus. Aber wie Tim schon sagte: Willst du mithelfen, musst du eben über deinen Schatten springen. Und ja, das wollte ich - unbedingt.

Am Frühstückstisch grübelte ich über meine Alternativen nach. Ich konnte zum Beispiel die Lebensgefährtin aufsuchen und ein zweites Mal befragen. Und mich bei den Hausbewohnern umhören, die Alex beim letzten Mal nicht erwischt hatte. Also machte ich mich kurz nach ihm auf den Weg. Frau Börste würde in ihrer Wohnung sein und auf mich warten – gut, dass Alex sein Handy meist im Wohnzimmer liegen ließ, sodass ich Zugriff darauf hatte.

Ich fand direkt vor der Haustür einen Parkplatz. Bevor ich klingeln konnte, öffnete sich die Tür und eine gut aussehende Frau Anfang fünfzig trat heraus. Ich wollte schon einen Bogen um sie schlagen, als sie mich ansprach: „Herr Ackermann? Ich bin Hilde Börste. Lassen Sie uns einen kleinen Spaziergang machen."

Das war die Freundin vom Stankowski, diesem Stinkstiefel? Was hatte die bloß an dem gefunden? Gut, laut Alex waren sie kein Paar, trotzdem, mit diesem Aussehen hätte sie viel bessere Chancen gehabt.

„Ich habe mir, seitdem Ihr Freund bei mir war, den Kopf zerbrochen", bekannte sie, als wir nebeneinander her schritten. „Es gibt nichts, was ich meiner Aussage hinzufügen könnte. Was seine Arbeit betraf, war Hugo immer sehr geheimniskrämerisch. Erst wenn der Artikel erschien, erfuhr ich nähere Einzelheiten. Und durch Corona haben wir uns sowieso wenig gesehen."

„Auch nicht telefoniert?"

Sie zögerte. „Doch, das schon. Nur sind wir über normalen Small Talk nicht hinausgekommen. Er hat sich über seinen Chef aufgeregt, der ihm viel zu viele Recherchen aufzwang, über seinen Nachbarn unter sich, über die inkompetenten Autofahrer. Das Übliche halt."

„War er ein Nörgler?"

Sie lachte. „Nein, das nicht. Er hatte auch seine guten Seiten, war politisch und kulturell immer auf dem neuesten Stand, interessierte sich für viele Dinge. Bloß dachte ich, das sei nicht unbedingt wichtig für Sie."

Womit sie recht hatte. Andererseits, wie sollte ich mir ein Bild von ihm machen, wenn ich nicht alles über ihn erfuhr? „Wie kam er mit den Kollegen in der Redaktion klar?"

Sie schüttelte energisch den Kopf. „Er hatte kaum mit ihnen zu tun. Seit diesem Artikel über das Bombenattentat genoss er eine Art Sonderstatus. Der Chef ließ ihm so ziemlich freie Hand und tolerierte es, dass er kein Teamplayer war."

„Er hat einen besseren Job bekommen", wandte ich ein.

„Was passierte mit dem, der ihn vorher innehatte?"

„Der blieb auf seinem Posten, weil er kurz vor der Rente stand. Die beiden haben sich die Aufgaben für einige wenige Monate geteilt."

„Was ist mit Herrn Stankowskis Freunden und Bekannten?", wechselte ich das Thema.

„Einen engeren Freund gab es nicht. Dem kam ich wohl am nächsten. Und nein, ich habe kein Alibi für den Todeszeitpunkt."

So weit hatte ich überhaupt noch gar nicht gedacht!

„Aber warum sollte ich ihn umbringen?", fuhr sie fort, bevor ich etwas sagen konnte. „Ich hätte mich jederzeit von ihm trennen können, genauso wie er sich von mir."

„Sind Sie von der Polizei befragt worden?"

„Natürlich, noch an dem Tag, an dem sie Hugos Leiche fanden. Nach dem Gespräch mit Ihrem Freund habe ich den zuständigen Kommissar noch einmal kontaktiert und ihm das bisschen, was ich wusste, mitgeteilt."

„Haben Sie ihm auch gesagt, dass Sie das Gefühl hatten, Ihr Freund wolle mit Herrn Grahl zusammenarbeiten?"

„Deswegen rief ich überhaupt dort an. Ich fand es wichtig, diesen Punkt klarzustellen."

25

Tom

Kaum hatte ich mich von Frau Börste getrennt, griff ich zu meinem Handy, um Kommissar Janzen anzurufen. Vielleicht wurde Alex schon gar nicht mehr verdächtigt.

Sein Kollege reichte mich ohne große Diskussion weiter. „Hallo, Herr Kommissar, hier spricht Tom Ackermann", begann ich. „Ich wollte nur mal nachfragen, ob Sie Fortschritte im Fall des ermordeten Herrn Stankowski gemacht haben. Ist Herr Grahl mittlerweile aus dem Schneider?"

„Ich möchte mich weiterhin dringend mit ihm unterhalten", wich er meiner Frage geschickt aus. „Teilen Sie ihm bitte mit, er solle sich umgehend bei mir melden. Sein Untertauchen lenkt erst recht den Fokus auf ihn."

Geschickt verklausuliert hatte ich meine Antwort bekommen. Nein, für die war Alex immer noch der Tatverdächtige Nummer eins.

Unschlüssig blieb ich kurz vor dem Erreichen der Haltestelle stehen. Was jetzt? Sofort zu Herrn Stankowskis Wohnhaus fahren und die Nachbarn befragen? Nein, lieber im frühen Abendbereich vorbeischauen, sonst erreichte ich womöglich nur wenige. Auch eine Fahrt in den Rombergpark würde mir um diese Zeit nichts bringen. Da war es besser, mein Glück morgen früh zu versuchen.

Also nach Hause, entschied ich mangels weiterer Alternativen. Vielleicht sollte ich mich zur Abwechslung mal wieder intensiver um Opa kümmern. Der war die letzten Tage echt zu kurz gekommen.

Gegen sechs war ich zurück in Hombruch. Dieses Mal hatte ich die U-Bahn genommen, auch wenn es länger dauerte. Obwohl mir Alex angeboten hatte, dass ich sein Auto nutzen konnte – er wusste, dass ich Opas Mercedes nur ungern fuhr

-, verzichtete ich wenn möglich darauf. Heute Morgen hatte ich es nur genommen, weil ich sonst den Termin mit Frau Börste nicht hätte einhalten können. Jetzt trieb mich niemand. Ob ich zehn Minuten eher ankam oder nicht, war uninteressant. Und ich sparte mir den Stress mit der Parkplatzsuche.

Genau richtig entschieden, die Wagen standen dicht an dicht, es gab in der gesamten Straße nicht eine freie Lücke. Gerade stieg einer der wenigen Glücklichen aus und trabte vor mir her in Richtung Hauseingang. Ich beeilte mich, zu ihm aufzuschließen. „Hätten Sie einen Moment Zeit für mich?", fragte ich, als er einen Schlüssel zückte und sich damit eindeutig als Bewohner zu erkennen gab. „Ich bin ein Kollege des ermordeten Herrn Stankowski. Da die Polizei noch keinen Verdächtigen im Visier hat, möchte unsere Zeitung sich an der Aufklärung beteiligen."

Der Mann, so Mitte fünfzig, Typ Buchhalter, wandte sich zu mir um. „Ich dachte, ein Zeuge hätte den Täter bereits identifiziert? So stand es zumindest in eurer Zeitung."

Tatsächlich? Das musste mir durchgegangen sein. „Der hat ein Alibi, war wohl falscher Alarm", winkte ich ab und bemühte mich, professionell zu wirken. „Genau aus dem Grund stellen wir nun selbst Nachforschungen an."

„Was wollen Sie denn von mir wissen?" Er machte keine Anstalten, mich ins Haus einzulassen, sondern blieb abwartend stehen.

„Kannten Sie Herrn Stankowski gut?"

Er schüttelte entschieden den Kopf. „Wir waren Wohnungsnachbarn, mehr nicht. Ich muss beruflich viel reisen, bin oft nicht mal am Wochenende da. Ab und zu trafen wir im Hausflur aufeinander und wechselten ein paar Worte, über das Wetter, die Parksituation vor dem Haus. Darüber sind wir nie hinausgekommen."

„Wer könnte mir denn Auskunft geben?"

Er überlegte. „Vielleicht die Frau Hagedorn im Parterre. Versuchen Sie es mal bei der."

Ich blieb draußen und klingelte bei der Dame. „Ja, bitte?", tönte es durch die Sprechanlage.

„Ackermann, ich bin ein Kollege von Herrn Stankowski. Wir Reporter wollen mithelfen, seinen Tod aufzuklären", wiederholte ich meinen Spruch. „Mich hat man gebeten, mich mal bei seinen Nachbarn umzuhören, ob denen irgendetwas Besonderes aufgefallen ist."

„Tjaaa." Sie schien hin und hergerissen, ob sie mich einlassen sollte. „Wissen Sie was, ich komme ans Fenster. Wegen Corona", fügte sie erklärend hinzu, was ich mir fast schon wegen ihres krächzenden Tonfalls gedacht hatte.

Und richtig, die Frau, die das Fenster öffnete, war bestimmt deutlich über siebzig. Ich blieb in gebührendem Abstand stehen. „Was können Sie mir über Herrn Stankowski erzählen?"

„Ein lieber, netter Mensch", erwiderte sie zu meinem Erstaunen. „Sehr hilfsbereit. Als ich mich wegen Corona nicht raustraute, letztes Jahr, ist er für mich einkaufen gegangen, fast vier Monate lang."

Das klang nach einer freundschaftlichen Beziehung!

„Leider war er beruflich stark eingebunden, immer unterwegs, der Arme. War er dann mal zu Hause, wollte er seine Ruhe. Das kann ich gut nachvollziehen. Ich habe als Kindergärtnerin gearbeitet, da habe ich die Stille in meinen Räumen genossen."

Zu früh gefreut! „Also hatten sie privat keinen Kontakt zu ihm?", fragte ich trotzdem nach.

„Nein, aber wie gesagt, wenn man Hilfe brauchte, konnte man sich auf ihn verlassen."

Noch wollte ich nicht aufgeben. „Haben Sie in den letzten Tagen vor seinem Tod irgendeine Beobachtung gemacht, die Ihnen zu denken gab?"

Sie schüttelte sichtlich entrüstet den Kopf. „Ich spioniere den Hausbewohnern nicht hinterher. Und hänge auch nicht ständig am Fenster. Ich habe genügend Interessen, denen ich nachgehen kann."

„Diese Frage muss ich stellen", verteidigte ich mich. „Manchmal fällt einem erst im Nachhinein auf, dass etwas anders war als sonst."

Sie gab sich wirklich Mühe und dachte nach. „Nein, nichts, leider."

„Wer aus dem Haus könnte mir noch Auskunft über Herrn Stankowski geben?"

Sie riet mir, es bei den Nachbarn über ihm zu probieren. Die in der vierten Etage könne ich mir schenken, die würden erst seit ein paar Monaten hier wohnen.

Ich drückte eine der entsprechenden Klingeln. Wieder meldete sich eine Frauenstimme. Frau Ruland ließ mich sogar ein, bat mich jedoch, im Hausflur stehen zu bleiben. Damit hatte ich kein Problem.

Die circa Fünfzigjährige musterte mich erstaunt. „Sie sind reichlich jung. Sind Sie der Praktikant?"

„Nein, ich habe mein Studium bereits vor einem Jahr abgeschlossen", log ich. „Das Problem habe ich oft, dass man mich für jünger hält, als ich bin. Das sind wohl die Gene."

Der lockere Spruch wirkte. Sie lachte auf. „So geht es meiner Tochter auch. Die muss überall ihren Ausweis vorzeigen."

„Haben Sie Herrn Stankowski näher gekannt?", stellte ich die obligatorische Frage.

„Eher seine Freundin."

Ich war so von der Rolle, dass ich sie nur stumm anstarrte.

„Ist schon länger her", wiegelte sie ab. „Mit der ist er schon seit sechs Jahren nicht mehr zusammen."

„Die hat hier bei ihm gewohnt?", vergewisserte ich mich.

Sie nickte. „Anfangs hat sie auf meine Tochter aufgepasst, wenn ich keinen Babysitter hatte. Später haben wir dann öfter was zusammen unternommen. Da war die Beziehung schon ziemlich am Ende. Er machte sein Ding und sie ihrs. Sie ist direkt zu ihrem neuen Freund in die Schweiz gezogen."

„Was war Herr Stankowski privat für ein Mensch?" Hoffentlich gab sie mir keine weichgespülte Antwort wie so viele, die über einen Toten sprechen sollten. Aus einem mir unerklärlichen Grund schien es schwierig, eine den wahren Begebenheiten entsprechende Beschreibung zu bekommen.

„Er war gerne unterwegs", berichtete sie bereitwillig. „Kein Typ, der vor dem Fernseher hockte. Die beiden haben zusammen die halbe Welt bereist, auch Tagesausflüge gemacht, sind gern Essen gegangen, ins Theater, eigentlich alles, was mit Kultur zusammenhing."

„Ich hatte gedacht, er sei in seinem Beruf aufgegangen", konnte ich mich nicht beherrschen einzuwerfen. „In seinen Recherchen, die waren doch ziemlich aufwendig."

„Das kam erst mit dem neuen Aufgabenbereich", winkte sie ab. „Ich habe noch gedacht: die arme Neue. Er hatte oft wochenlang kaum Zeit, saß unten und recherchierte an seinem Laptop."

Ah, klar, sein Laptop. Ob die Polizei den sichergestellt hatte?

„Kontakt mit ihm hatte ich, seitdem Lilli ausgezogen war, so gut wie keinen mehr zu ihm. Daher kann ich Ihnen leider nicht sagen, woran er zuletzt arbeitete. Mir ist nur aufgefallen, dass er wieder viel allein zu Hause saß, daher bin ich davon ausgegangen …" Sie hob vielsagend die Schultern und ließ sie wieder fallen.

„Bekam er denn Besuch? Vielleicht irgendjemand, mit dem er …"

„Nein, ich habe nie etwas gehört oder gesehen." Sie nickte mir zu und machte Anstalten, die Tür wieder zu schließen. Als sie bemerkte, dass ich mich zu ihren Nachbarn wandte, hob sie die Hand. „Die beiden sind zurzeit in Quarantäne. Von denen wird keiner öffnen."

Immerhin hast du einiges erfahren, dachte ich, als ich die Treppe nach oben nahm. Trotzdem würde ich versuchen, noch weitere Hausbewohner zu befragen.

26

Alex

Es war stinklangweilig! Wir saßen in einem speziellen Bus, der vor der Bäckerei geparkt war, und warteten darauf, dass sich was tat. Doch bis auf einige kleinere Regelverstöße passierte nichts. Auch Joey wurde langsam unruhig. Was sollte er mit Aufnahmen von zu schnell fahrenden oder voll besetzten Autos, Gruppenbildungen oder zwei jungen Männern, die im Vorbeigehen ihre Tags an die Hauswand sprühten, anfangen? Er wollte etwas Handfestes wie einen Drogendeal oder eine ausufernde Prügelei filmen.

Lautes Geschrei ließ uns aufmerken. Es kam aus dem Park. Mark spähte durch die Windschutzscheibe und winkte ab. „Da sind ein paar Obdachlose in Streit geraten. Die beruhigen sich gleich wieder. Wahrscheinlich hat einer dem anderen den Schlafplatz weggenommen."

„Um die kümmert ihr euch nicht?", fragte ich nach.

Er lachte. „Die Stadt schont die, so nach dem Motto: Wo sollen die denn sonst hin? Wir vertreiben die vor Hauseingängen und Hofeinfahrten, wegen der Hinterlassenschaften. Ist ja nicht so, als würden die sich wenigstens in der Öffentlichkeit zurückhalten. Die pinkeln und scheißen überall hin, du findest Glasscherben und anderen Müll. Ich habe nur wenige kennengelernt, die sich zu benehmen wussten."

Wir versanken wieder in Schweigen und starrten in die Dunkelheit. Es war erst eine Stunde vergangen, noch wollten wir ausharren.

Nach zwei Stunden setzte Mark den Bus in die Mallinckrodtstraße um. Dort bot sich uns ein ähnliches Bild, außer dass hier mehr Wachleute jeweils zu zweit patrouillierten und mehr Menschen unterwegs waren.

„Was macht ihr, wenn ihr seht, dass jemand was Ungesetzliches tut?", wagte ich ihn zu fragen, die Bilder von der Hetzjagd vor Augen, die sich erst vor kurzem in der Nähe abgespielt hatte. „Zum Beispiel wenn ihr einen Diebstahl beobachtet oder einen Drogendeal oder einen eskalierenden Streit. Die Polizei rufen oder selbst eingreifen?"

„Kommt drauf an. Entweder filmen wir das Ganze und stellen uns als Zeugen zur Verfügung oder wir versuchen den Übeltäter dingfest zu machen, also festzuhalten, bis die Beamten eintreffen."

Hatten denn Wachleute derart weitreichende Kompetenzen? „Seid ihr dazu berechtigt?"

„Das fällt unter das Jedermannsrecht", wurde ich belehrt. „Hast du die Tat beobachtet und derjenige will dir nicht seine Personalien geben – was in diesem Bezirk keiner freiwillig tut –, ist jeder Bürger befugt, ihn festzuhalten, bis die Polizei eintrifft."

„Du musst den Täter auf frischer Tat ertappt haben und es muss Fluchtgefahr bestehen", präzisierte Joey, der sich anscheinend mit dem Paragrafen, der die genaue Rechtsauslegung regelte, auskannte. „Und", er grinste breit, „du darfst keine unnötige Gewalt anwenden. Eine geringe Tat rechtfertigt keine erheblichen Verletzungen."

„Es sei denn, der Täter leistet Gegenwehr", setzte Mark hinzu. „Bevor der mich verletzt, sorge ich lieber dafür, dass er das nicht kann."

Also gingen die Wachmänner nicht gerade zimperlich mit ihren Gefangenen um! Ähnliches hatte ich mir bereits gedacht. Wir konzentrierten uns wieder auf die Lage vor uns. Es blieb dabei, alles wirkte normal, wie in jedem x-beliebigen anderen Bezirk.

„Die Szene hat sich verlagert", meinte Mark fast entschuldigend. „Vielleicht ist es sinnvoller, wenn wir andere Straßen der Nordstadt abfahren, damit ihr euch ein Bild machen könnt, was abgeht."

Er hatte kaum ausgesprochen, als sich eine Gruppe von fünf Männern zwei Sicherheitsleuten in den Weg stellte. Ihr Anführer trat dicht an sie heran. Was er sagte, konnten wir nicht hören, aber seine Haltung war eindeutig provokativ.

Statt sich auf einen Disput einzulassen, wichen die beiden zurück, das hieß, sie wollten, die Gruppe rückte sofort nach.

Mark griff zu seinem Walkie-Talkie, das neben ihm lag. „Unterstützung zur Hausnummer neunzig!", bellte er hinein.

Ich sah, wie sich mehrere Wachmänner im Laufschritt näherten. Kaum waren sie hinzugetreten, hob der Anführer der Gruppe die Hände. Mit dieser Übermacht wollte er sich offensichtlich nicht anlegen.

Im selben Moment knallte es so laut, dass ich zusammenzuckte und mich panisch umblickte. Die Windschutzscheibe zersprang, Scherben prasselten auf Mark nieder, der instinktiv zurückwich. Ein Hagel von Schlägen ließ den Bulli erzittern. Joey riss mich vom Sitz in Deckung. Einen Augenblick später zersplitterten nacheinander die beiden Seitenscheiben.

„Zu mir", brüllte Mark in sein Walkie-Talkie und startete den Motor, während das Auto weiterhin von allen Seiten traktiert wurde. Der Motor heulte auf, der Bulli schoss mit einem Ruck nach vorn, er schien auf ein Hindernis zu treffen. Mark riss das Lenkrad herum und gab noch mehr Gas.

Ein heftiger Aufprall von links schleuderte uns im Fußraum umher. Ich prallte schmerzhaft gegen die Seitentür und prellte mir den Kopf. Mark musste es noch schlechter getroffen haben, er hing plötzlich quer über den Vordersitzen. Bevor er sich aufrappeln konnte, ertönten dumpfe Schläge, einem der Angreifer gelang es, die verriegelte Tür aufzubrechen. Sofort begann er auf Mark einzudreschen, der zappelte wild, kam jedoch nicht aus der Reichweite des Mannes.

Neben mir eine Bewegung! Joey schoss hoch, es zischte, ein beißender Geruch breitete sich im Auto aus. Mir schossen die Tränen in die Augen, meine Augen brannten wie Feuer, dazu gesellte sich ein heftiger Hustenreiz, sodass ich das Gefühl hatte, keine Luft mehr zu bekommen. Panisch tastete ich nach dem Türgriff. Bloß raus hier!

Ein Luftzug! Starke Hände packten mich und zogen mich aus dem Auto. Instinktiv zog ich den Kopf ein und versuchte mich kleinzumachen, um möglichst wenig Angriffsfläche zu bieten. Sehen konnte ich nichts, meine Augen tränten zu heftig. Ich landete unsanft auf dem Pflaster. Jemand schüttete Wasser auf meinen Kopf.

Erst jetzt registrierte ich, dass mich niemand angriff. Allerdings verrieten mir die Geräusche um mich herum, dass der Kampf weiter tobte. Ich blieb in meiner zusammengerollten Haltung liegen. Lass die Richtigen gewinnen, hoffte ich inbrünstig.

Sirengeheul ertönte, rennende Schritte, die sich entfernten, schlagartig wurde es ruhig. Trotzdem zuckte ich zusammen, als mich ein weiterer Wasserstrahl traf. „Ganz ruhig", mahnte eine Stimme neben mir. Ich bekam ein feuchtes Tuch in die Hand, dass ich auf die Augenpartie drücken sollte.

Ganz langsam ließ das Brennen nach. Ich blinzelte vorsichtig. Tatsächlich gelang es mir, die Augen einen Spaltbreit zu öffnen. Nur blieb die Sicht zu verschwommen, als dass ich mehr als vage Schemen erkennen konnte.

„Es ist vorbei, sie sind weg", sagte jemand ganz in meiner Nähe.

War das nicht Joeys Stimme?

„Bleib, wo du bist. Die Sanitäter kümmern sich gleich um dich."

Als wenn ich mich großartig hätte bewegen können! Außerdem steckte mir noch der Schock in den Knochen. Niemals hätte ich damit gerechnet, dass wir angegriffen würden.

Als ein Sanitäter sich endlich zu mir bemühte, hatte mir das Wasser, dass mir ein hilfreicher Wachmann immer wieder über mein Tuch goss, den schlimmsten Schmerz bereits genommen. „Sie werden zur Sicherheit im Krankenhaus

untersucht", erklärte er nur, führte mich zu einem Krankenwagen und half mir hineinzuklettern.

„Na, Micha?", sagte jemand neben mir. „Haben wir noch mal
Glück gehabt, was?"

Ja, es handelte sich eindeutig um Joey, der anscheinend mit
mir gemeinsam zur Klinik gebracht wurde.

„Wie man's nimmt", gab ich zurück. „Ich wäre schon froh,
wenn ich ein bisschen mehr sehen könnte."

Er lachte krächzend und bekam einen Hustenanfall. „Das
sind die Nachwirkungen vom Pfefferspray. Sei lieber froh,
dass ich ihn eingesetzt habe. Die wollten uns fertigmachen.
Beinahe hätte es geklappt."

„Was ist mit Mark?"

„Ich hoffe, ich bin rechtzeitig genug dazwischengegangen.
Tut mir echt leid, dass ihr beide so viel abgekriegt habt. Es
war keine Zeit zu zielen. Und Pfefferspray in einem geschlossenen Raum kommt nie gut."

„Du hast genau richtig reagiert", erwiderte ich aus tiefstem
Herzen.

Er kicherte. „So komme ich in den Genuss, mir die vielen
Verletzten anschauen zu können und vielleicht ergibt sich sogar die Möglichkeit, einige zu interviewen."

Mir wurde siedend heiß. Die Untersuchung im Krankenhaus!
Ich konnte nicht meinen echten Namen angeben!

Ein Sanitäter sprang zu uns in den Wagen und die Türen
schlossen sich. Einen Moment später setzte sich das Fahrzeug in Bewegung.

27

Tom

Viel erreicht hatte ich heute nicht. Trotzdem setzte ich mich hin und schrieb alles, was ich erlebt hatte, auf. Falls Alex wieder einen Krimi aus dieser Ermittlung machen wollte, hatte er meine Erlebnisse gleich bei der Hand.

Die letzten befragten Personen konnten mir keinerlei Auskünfte über Herrn Stankowski geben, schloss ich. Das Pärchen auf der einen und die Frau auf der anderen Seite waren ihm nur ab und zu im Hausflur begegnet. Bis auf einen kurzen Gruß hatten sie kein Wort mit ihm gewechselt.

Es wurde spät und später. Alex meldete sich nicht. Offensichtlich hatten Joey und er beschlossen, das volle Programm durchzuziehen, was wohl hieß, er käme erst irgendwann in der Nacht zurück.

Ich gehe ins Bett, beschloss ich gegen elf. Wir waren heute früh aufgestanden, ich hatte mein Uni-Pensum nachgearbeitet und mit Tim gechattet, mehr kriegte ich heute nicht auf die Reihe. Ich war sogar zu müde, um mir noch einen Film reinzuziehen.

Kaum lag ich in der Horizontalen, klingelte mein Handy. Alex! „Ich sitze vor den Städtischen Kliniken Nord. Kannst du mich bitte abholen?"

Ich schoss im Bett hoch. „Was ist passiert? Bist du verletzt?"

„Nur marginal", beruhigte er mich. „Du müsstest allerdings direkt bis zum Eingang der Notaufnahme kommen. Ich warte dort auf dich."

Nur halbwegs beruhigt machte ich mich auf den Weg. Zum Glück war zu dieser Stunde kaum Verkehr, ich kam super durch und erreichte mein Ziel innerhalb von knapp fünfzehn Minuten.

Ich stellte das Auto auf dem fast leeren Parkplatz ab und suchte den Eingang zur Notaufnahme. Bestimmt sechs Krankenwagen standen davor, mehrere Sanitäter wuselten geschäftig hin und her. Alex saß an die Wand gelehnt und hielt sich ein Tuch vor die Augen gedrückt. Weinte er etwa?

Ich stellte mich vor ihn. „He, da bin ich!"

Langsam nahm er die nasse Binde, wie ich jetzt erkannte, ab. Er sah schrecklich aus. Die Haut um die Augen herum war knallrot, deren Inneres ebenfalls, die Lider so geschwollen, dass er kaum gucken konnte. „In dem Auto, in dem ich saß, wurde Pfefferspray benutzt. Es geht mir aber wirklich schon viel besser. Ich wollte mir nur kein Taxi rufen, so, wie ich aussehe." Er wehrte meinen helfenden Arm ab. „Ich sehe mittlerweile wieder genug. Ich schaffe es bis zum Auto."

„Hast du dich untersuchen lassen? Welchen Namen hast du angegeben?" Felicitas und ich hatten ihm nach seiner letzten Zeugenaussage die Hölle heißgemacht, dass er sich meldete, anstatt das Weite zu suchen, eine absolut unüberlegte und unnötige Aktion, die ihn nur der Gefahr aussetzte, erkannt zu werden. Was, wenn der Polizist seine Angaben direkt überprüft hätte?

„Ich bin nicht blöd", sagte Alex ärgerlich. „Natürlich bin ich nicht mit rein in die Klinik. Als wir ankamen, habe ich von meinem Recht Gebrauch gemacht, mich nicht behandeln zu lassen." Er grinste schief. „Der Sanitäter hatte mich bereits im Krankenwagen versorgt und mir die Augen mit einer Kochsalzlösung ausgespült. Anschließend war er so nett und rieb mir eigenhändig die Haut mit einer Alkohollösung ab. Die löst das Capsaicin, das ist der Stoff, der das heftige Brennen auslöst. Die Binde mit der Kochsalzlösung, die ich draufhalten sollte, bis du kommst, ist eigentlich überflüssig."

„Ein netter Typ", war alles, was mir dazu einfiel.

Wir hatten das Auto erreicht und Alex ließ sich schwer auf den Beifahrersitz fallen. „Ja, der hatte Mitleid mit mir und wollte mich nicht ohne eine vernünftige Behandlung ziehen lassen. Mehr kann man sowieso nicht tun, erklärte er mir. Der Rest muss von selbst ausheilen."

Während ich fuhr, erzählte er mir die ganze Geschichte. „Jetzt will ich nur noch raus aus den Klamotten, duschen und ins Bett!", endete er.

Das sah ich genauso, vor allem, weil ich morgen relativ früh raus wollte.

Donnerstag, 15. April

Um sieben schellte mein Wecker. Ich wälzte mich mühsam aus dem Bett. Ein schneller Kaffee und dann los.

Auf dem Parkplatz vom Rombergpark war um diese Zeit tote Hose. Trotzdem stellte ich mich auf die zweite Parkebene. Menschen waren Gewohnheitstiere. Wenn ich tatsächlich jemanden fand, der täglich hier joggte oder seinen Hund ausführte, würde der vermutlich immer eine ähnliche Stelle für sein Auto wählen.

Diese Idee war mir bei der Unterhaltung mit Frau Börste gekommen. Auf meine Frage, ob Herr Stankowski sich denn schon öfter mit irgendwelchen Informanten an Park getroffen hatte, schüttelte sie entschieden den Kopf. „Das wüsste ich. Das hätte er mir erzählt. Der war eines unserer bevorzugten Ausflugsziele in der letzten Zeit."

In dem Moment hatte es in meinem Gehirn zu rattern angefangen. Der Zeuge war ein Jogger, der einmal in der Woche zusammen mit einem Kollegen morgens hier joggte. Andere Besucher, die ebenso regelmäßig den Park aufsuchten, mussten ihn zwangsläufig beschreiben können. Es schien mir zumindest einen Versuch wert, es auszuprobieren.

Das erste, auf meiner Ebene haltende Auto! Ihm entstiegen zwei Frauen, eine blond, die andere braunhaarig, beide in Joggingkleidung.

„Entschuldigen Sie, laufen Sie jeden Tag? Ich suche nach einem …"

154

„Normalerweise nur am Wochenende", unterbrach mich die Blonde und setzte sich in Bewegung.

Ob das stimmte? Oder vermutete sie in mir einen potenziellen Angreifer? Normalerweise sah keiner in mir eine Gefahr, dafür war ich viel zu untrainiert, was man mir auch ansah. Aber heutzutage musste man vorsichtig sein. Auch halbe Lungen wie ich konnten plötzlich einen Pfefferspray aus der Tasche ziehen.

Bei diesem Gedanken musste ich lachen. Gutes Beispiel!

Schon wieder ein Wagen! Ein älterer Mann stieg aus und öffnete den Kofferraum. Heraus sprang ein großer Hund, ein Setter, der sofort aufgeregt herumzutänzeln begann.

Dieses Mal blieb ich in einiger Entfernung stehen, um meine Frage zu stellen. Wieder kam ich gar nicht dazu, auszusprechen. Auch er verneinte.

Ebenso erging es mir mit dem älteren Ehepaar, das zünftig in Wanderkleidung angetreten war. Zwei weitere Jogger nutzten den Park zwar regelmäßig, waren aber genauso regelmäßig schon vor zehn Uhr wieder zurück.

Ich schielte auf mein Handy. Erst halb neun. Vielleicht hätte ich es lieber etwas später versuchen sollen. Andererseits, was vergab ich mir schon! Ob ich jetzt zu Hause saß oder hier herumstand - und vielleicht hatte ich ja doch Erfolg.

Gegen zehn Uhr war ich dazu übergegangen, auch sämtliche Rückkehrer anzusprechen. So viele waren es um diese Uhrzeit nicht. Gerade als ich auf der oberen Parkebene wieder nur ein Kopfschütteln erhalten hatte, bog ein älterer Mann auf die untere ein. Ich rannte die Auffahrt hinunter und erreichte ihn im letzten Moment, bevor er in seinen Kombi steigen konnte. „Entschuldigen Sie, ich versuche jemand ausfindig zu machen, der jeden Dienstag so zwischen neun und zehn zum Joggen herkommt", brachte ich außer Atem heraus.

Er kniff misstrauisch die Augen zusammen und sah mich abwartend an. Klar, meine Eröffnung war ein bisschen konfus.

„Der hat mein Auto angeschrammt und ist weggefahren." Das war die logischste Erklärung, die mir eingefallen war, um mein Interesse zu erklären. „Sah ja auch nicht sonderlich schlimm aus. Aber die Werkstatt will dafür fast zweitausend Euro haben. Es handelt sich um das Auto meines Opas. Ich muss es reparieren lassen."

„Tut mir leid, meine Freunde und ich treffen uns nur donnerstags und sonntags." Immerhin schien er meine Schilderung geschluckt zu haben. „Warum kommen Sie nicht besser an einem Dienstag?"

Ja, genau das hatte ich mir schon x-mal anhören müssen. „Weil ich ein ungeduldiger Mensch bin", erwiderte ich genau wie die Male zuvor. „Noch hoffe ich, ihn eher ausfindig zu machen."

Er nickte mir mitfühlend zu, mehr hatte ich auch nicht erwartet.

Als ich mich umdrehte, entdeckte ich einen weiteren Mann, einen hechelnden Dackel an der Leine, der die obere Parkebene ansteuerte. Ich sauste los.

„Ja, der Poldi und ich drehen jeden Tag unsere Runde. Jetzt, wegen der Maskenpflicht, nehmen wir immer die abgelegenen Wege. Da kann er auch mal auf Entdeckungstour gehen", er zwinkerte mir vielsagend zu.

Das hieß wohl, dass er den Hund ableinte, obwohl im gesamten Park die Leinenpflicht galt – nicht mein Problem. „Können Sie sich an einen jungen Mann erinnern, der sich immer dienstags morgens mit einem Freund zum Joggen trifft?"

Schon während ich sprach, begann er den Kopf zu schütteln. „Wir gehen früh um acht los und sind nicht jeden Tag zur gleichen Zeit zurück. Mal dauert unser Spaziergang länger, mal fällt er kürzer aus. Poldi ist nicht mehr der Jüngste. Er hat solche und solche Tage."

Ich wollte mich schon enttäuscht abwenden, hatte mich sogar schon einige Schritte entfernt, da rief er mich zurück. „Wenn ich so darüber nachdenke, könnte es sein, dass ich doch weiß, wen Sie meinen. Der ist allerdings normalerweise montags hier, ein junger Kerl, der winters wie sommers dieselben Sachen trägt: eine blaue Hose und ein kurzärmeliges Turnhemd. Tatsächlich ist mir der aufgefallen, weil er sich erst noch umständlich im Auto umzieht und erst aussteigt, wenn sein Freund ankommt."

Gott sei Dank gab es Typen wie ihn, die auf ihre Umgebung achteten! „Können Sie ihn beschreiben?", fragte ich nach. „Und wissen Sie, welche Automarke er fährt?"

28

Alex

Gut, dass Felicitas morgens nicht auf einen Sprung vorbeikam. Ich sah immer noch verboten aus. Rund um die Augen
war meine Haut rot gesprenkelt, blasser als gestern, aber deutlich zu erkennen. Ansonsten fühlte ich mich nach der ausgiebigen Nachtruhe relativ gut, kein Brennen oder Jucken mehr.
Tom hatte mir einen Zettel hingelegt, als ich gegen elf endlich
in der Küche auftauchte. Er sei am späten Vormittag wieder
zurück, stand darauf. Na, dann würde er bald erscheinen.
Ich gönnte mir ein riesiges Frühstück und überlegte dabei,
was ich nun unternehmen konnte. Als Erstes musste ich mein
Gesicht säubern, die Schminke, die Lisa aufgetragen hatte
und die eigentlich wasserfest sein sollte, war der gestrigen Behandlung meiner Augen zum Opfer gefallen und hatte groß-
flächige Schlieren hinterlassen. Was der Sanitäter wohl gedacht hatte, als das Make-up zu fließen begann?
Wesentlich unerfreulicher war der Gedanke an Joey. Der
hatte natürlich überhaupt nicht verstanden, warum ich eine
Behandlung verweigerte. Da er unbedingt mit in die Notaufnahme wollte, war unsere gestrige Diskussion äußerst kurz
ausgefallen. Nur würde er garantiert heute irgendwann bei
Tom nachfragen, was mein seltsames Verhalten zu bedeuten
hatte. Ich musste mir eine gute Ausrede einfallen lassen.
Es klingelte an der Tür, dann noch einmal. Ich verhielt mich
ruhig und wagte es nicht, aus dem Fenster zu schauen. Soweit
ich wusste, erwartete Tom niemanden.
Während ich die Küche aufräumte und das sich angesam-
melte Geschirr abwusch, versuchte ich mir eine vernünftige
Erklärung für Joey zu überlegen. Ich hatte ja keine Ahnung,
inwieweit meine Tarnung aufgeflogen war. Wenn die zuständigen Ermittler ihm mitgeteilt hatten, dass es einen Typ mit

Namen Micha Böhm nicht gab, würde er sich überhaupt noch bei uns melden? Und wenn, sollte ich ihm die Wahrheit sagen oder lieber nicht?

Eigentlich war er mir sympathisch und ich konnte auch seine Sichtweise verstehen. Im Endeffekt störte es ihn, dass der Staat und die Rechtsorgane nicht in der Lage waren, überall für Sicherheit und Ordnung zu sorgen. „So was wie heute gab es früher nicht", hatte er mir seine Beweggründe für seine YouTube- Aktivitäten erklärt. „Dass es regelrechte No-go-Areas gibt, liegt an der verfehlten Politik der vergangenen Jahre. Man hat viel zu lange zugeschaut, anstatt zu handeln. Jetzt haben sich die Strukturen derart verfestigt, dass nur tägliche Kontrollen helfen könnten. Dafür fehlt es an Personal, sowohl bei der Polizei als auch beim Ordnungsamt."

Das hatte mich an einen Artikel einer Berliner Zeitung erinnert, den Tom mir über WhatsApp geschickt hatte. „Man muss aber auch strikt vorgehen wollen. Existieren nicht mittlerweile im Görlitzer Park extra Markierungen, auf denen die Drogendealer offiziell stehen dürfen?"

Joey hatte geschnaubt. „Das liegt an dem Management, das angeblich ach so toll ist. Der Verkauf wird geregelt, es laufen Aufpasser rum, die für Ordnung sorgen sollen und dafür, dass die Dealer weniger Stress machen. Dort gibt es genaue Einteilungen, wer wo was verkaufen darf – in Corona-Zeiten natürlich mit Maske und Abstandsregeln. Das ist genau das, was ich meine, der Zustand wird verwaltet, anstatt dass man dagegen vorgeht. Und die klopfen sich noch auf die Schulter, wie sehr es ihnen doch gelungen ist, die Gefahren für die Besucher zu minimieren. Ich persönlich finde das lachhaft. Entweder es ist gegen das Gesetz und wird dann dementsprechend verfolgt oder man hebt Strafen in dem Bereich komplett auf und schafft neue, vernünftige Bestimmungen."

Sein Ausspruch erinnerte mich an meinen ersten Fall, in dem Drogenhandel auch eine Rolle spielte, weil mein ermordeter Freund als Läufer gearbeitet hatte. Von diesem wusste ich, dass es viele gab, die für eine Legalisierung der sogenannten weichen Drogen waren und es gern gesehen hätten, wenn der Staat selbst als Verkäufer aufgetreten wäre, um zum einen den Markt zu kontrollieren – wegen der immer häufiger auftretenden Verunreinigungen und dem gefährlichen höheren THC-Gehalt – und zum anderen die dadurch frei werdenden Ressourcen bei der Polizei besser nutzen zu können. Damals hatte ich versucht mit Olaf darüber ...

Olaf! Den könnte ich zu den Vorfällen in der Nordstadt befragen. Er war Sozialarbeiter im Blücherbunker im Hafenviertel. Er müsste über seine Jungs, also die Kids, die er dort betreute, längst von diesem besonderen Wachdienst erfahren haben. Und selbst wenn nicht, er war in der Lage, mir einen entsprechenden Kontakt herzustellen.

Bevor ich zum Handy greifen konnte, klappte die Tür, Tom war zurück. Er kam in die Küche und ließ sich auf einen der Küchenstühle fallen. „Erst die gute oder erst die schlechte Nachricht?"

„Mir egal, leg los!"

„Ich glaube, ich habe den Typen gefunden, der dich bei der Polizei angeschwärzt hat."

Wow, das war doch super! Warum schaute er trotzdem so verdrießlich drein? „Und weiter?"

„Ich habe eine genaue Beschreibung von ihm, er fährt einen weißen Golf und trägt immer ein schwarzes, gelb abgesetztes T-Shirt zum Joggen. Wir können ihn abgreifen und in die Mangel nehmen. Nur kommt der Typ normalerweise immer montags gegen neun."

„Die Woche davor war Ostern. Vielleicht hat er den Sport wegen des Feiertags verschoben." Ich würde dieser Spur auf jeden Fall nachgehen, musste einfach nach jedem Strohhalm greifen. „Und die schlechte Nachricht?"

„Ich habe auf dem Rückweg einen Anruf von Joey bekommen. Er ist nicht gerade ..." Die Türklingel unterbrach ihn.

„Es hat vor circa einer Stunde schon mal geschellt", berichtete ich, während ich bereits aufstand und in Richtung Kilians Zimmer lief.

„Ich ahne schon, wer das sein wird", unkte er und erhob sich, um den Besucher einzulassen.

Ich ließ die Tür einen kleinen Spalt geöffnet, sodass ich die Begrüßung mitbekam.

„Guten Tag, Herr Janzen!", tönte Tom laut genug, dass ich ihn verstehen konnte. „Was verschafft mir die Ehre?"

Leider redete der Kommissar so leise, dass ich seine Worte nicht verstand. Als er eine knappe Viertelstunde später die Wohnung wieder verließ, hatte ich mir jedoch aus Toms Antworten das meiste zusammenreimen können.

„Er vermutet, dass du dieser ominöse Micha Böhm warst", bestätigte mir Tom. „Auch wenn die Beschreibung nicht im Geringsten auf dich passt."

„Er hat die Verbindung gezogen, weil Joey und du befreundet seid", vermutete ich.

„Blöderweise hat der bei der Polizei ausgesagt, dieser Freund von mir sei auf meinen ausdrücklichen Wunsch mit dabei gewesen. Herr Janzen wollte nun seinen Namen wissen." Er machte eine kleine Pause und sah mich auffordernd an.

„Den du natürlich nicht rausgerückt hast?", tat ich ihm den Gefallen zu raten.

„Nein, ich habe bestätigt, dass es sich dabei um dich handelte", grinste er. „Du hättest mich gebeten, Joey darauf anzusetzen und deine Teilnahme an dem Projekt zu sichern. Das Ganze wäre telefonisch abgelaufen, über Felicitas' Handy. Ich sei mir keiner Schuld bewusst, es würde schließlich nicht offiziell nach dir gefahndet."

Im Endeffekt die richtige Entscheidung von ihm. Obwohl gerade mal Anfang zwanzig war Tom mir in einigen Bereichen echt über. „Herr Janzen war bestimmt begeistert."

„Er konnte mir nichts. Schlimmer fand er wohl meine Nachfrage, ob der Laptop von Herrn Stankowski schon

ausgewertet sei. Denn die Dateien würden eindeutig beweisen, dass er nicht hinter dir her war."

Wieder ein Punkt, der mir durchgegangen war! „Und?"

„Der ist verschwunden, sein Mörder muss ihn mitgenommen
haben."

Wieder eine Sackgasse! Hoffentlich gelang es uns, diesen omi-
nösen Zeugen zu stellen. Anders würde ich mich wohl nicht
rehabilitieren können.

Wir kamen überein, dass Tom seinem Freund Joey die Wahrheit beichtete, in allen Einzelheiten, und gleichzeitig versuchen sollte, gut Wetter zu machen, sodass er uns einen Abriss
seiner neuesten Erkenntnisse gab. Mich interessierte natürlich, was diesen Angriff ausgelöst hatte und wer uns letztend-
lich zu Hilfe gekommen war.

Ich griff mir mein Handy und verschwand wieder in Kilians
Zimmer, um Olaf anzurufen. Wir standen in lockerem Kontakt, telefonierten alle zwei, drei Monate und trafen uns ab
und zu zusammen mit dem Großvater meines toten Freundes, den ich erst bei der Lösung des Falls kennengelernt hatte
– allerdings immer irgendwo in der Stadt, das Hafenviertel
mied ich weiterhin.

„Alex!", er freute sich, von mir zu hören. „Wie geht's dir?"

„Nicht so berauschend." Vor Olaf musste ich aus meiner Situation kein Geheimnis machen.

„Wie kann ich dir helfen?", fragte er, nachdem ich ihn informiert hatte.

„Der ermordete Reporter war an einer heftigen Story dran.
Hast du mitgekriegt, was in der Mallinckrodtstraße und der
Borsigstraße abgeht?"

„Du meinst diesen neuen Wachdienst? Klar, ist das Ge-
sprächsthema bei meinen Jungs. Noch ist unsere Gegend davon unbelastet. Die Frage ist halt: wie lange noch?"

„Du denkst also auch, die werden sich weiter ausbreiten?"

„Für die Anwohner und die Geschäftsleute ist deren Anwesenheit wie ein Sechser im Lotto. Endlich räumt mal einer auf."

„Aber die Gegenseite lässt sich das nicht gefallen. Die werden ihren Bezirk nicht kampflos aufgeben", wandte ich ein.

„Hast du von dem gestrigen Angriff gehört? Es hat jede Menge Verletzte gegeben."

„Ich war einer davon." Diesen Punkt hatte ich eigentlich aussparen wollen. Nun musste ich Farbe bekennen.

„Ich höre mich um, ob meine Jungs wissen, was da abgeht", versprach er mir. „Du könntest doch vorbeikommen und mit denen, die du näher kennst, selbst sprechen."

„Lieber nicht", wehrte ich ab. „Kemal will mich in seinem Viertel nicht mehr sehen."

„Das hat sich längst erledigt. Spätestens als es dir gelungen ist, den Mörder zu überführen", war er sich sicher. „Wende dich an Kaya. Der hat dir schon damals so manch guten Tipp geben können."

29

Alex

Olaf meldete sich gleich am Morgen erneut. „Es wäre doch sinnvoller, wenn du dich selbst mit Kaya oder Kemal unterhältst. Meine Jungs wissen nichts Genaueres, das ist nicht unsere Gegend."

Nein, das war keine Option. In mir lauerte nach wie vor die Angst vor Kemal. „Zu gefährlich", lehnte ich ab. „Erfahren die, dass ich mich für das Wachunternehmen interessiere, werden die mich nötigen, in ihrem Sinne Erkundigungen über dieses einzuziehen. Das will ich auf keinen Fall riskieren."

Kemal war der Kopf eines der Clans, wie ich stark vermutete. Zumindest stand er in der Hierarchie ganz weit oben. Er hatte mich als seinen Freund bezeichnet und mir anfangs Schutz gewährt, als ich im Hafenviertel Nachforschungen wegen meines ermordeten Freundes anstellte. Später, nachdem auch die Ermittlungen der Polizei an Intensität zugenommen hatten, warnte er mich, das Viertel vorläufig zu meiden, weil seine Geschäftspartner in mir einen Spitzel sahen. Bis heute hatte ich es nicht gewagt, mich dort wieder blicken zu lassen. Besser, ich hielt mich von diesem Mann fern.

„Das könnte durchaus passieren", bestätigte Olaf meine Vermutung. „Also lassen wir das lieber. Ich habe mich gestern noch bei einem meiner Polizeikontakte erkundigt, ganz allgemein. Ich hätte gerüchteweise gehört, dass es zwischen dem Sicherheitsdienst und den Clans in der Mallinckrodtstraße eine heftige Auseinandersetzung gegeben hätte. Angeblich beobachten sie das Geschehen dort ganz genau. Denn natürlich wollen sie nicht, dass das Ganze eskaliert."

„Ist es teilweise schon", schob ich ein.

Olaf lachte. „Das sind Kleinigkeiten, eher Scharmützel. Ich spreche von einem richtigen Krieg, der sich über mehrere Straßenzüge erstreckt. Und wie immer werden dann die normalen Bewohner des Viertels die Leidtragenden sein", setzte er seufzend hinzu.

Zurück zum Thema! „Also kannst du mir nicht weiterhelfen?"

„Es ist im Moment schwierig, wir haben Lockdown", erinnerte er mich. „Die Jugendfreizeitstätte ist zurzeit geschlossen. Ich treffe mich nur noch mit Einzelnen, um ihnen bei den anfallenden Bewerbungen zu helfen oder sie überhaupt in eine angemessene berufliche Richtung zu stoßen. Wie du weißt, sind die Zahlen, derer, die noch keinen Ausbildungsplatz gefunden haben, in unserer Gegend hoch."

Mist, daran hatte ich überhaupt nicht gedacht!

„Andererseits sind die meisten im Einzelgespräch offener. Da gibt es einen Kandidaten, der müsste eigentlich Näheres wissen. Den sehe ich nächste Woche. Vorher tut sich leider nichts mehr."

„Versuche es bei ihm", bat ich.

„Ich melde mich", versprach er.

Ein Blick auf die Uhr, ich hatte noch genug Zeit mich zurückzuverwandeln, bevor Joey zu seinem angekündigten Besuch erschien.

Die Farbe, die Lisa aufgetragen hatte, war mit einem Spezialshampoo auswaschbar. Den Dreitagebart rasierte ich kurzerhand ab. Nur an den Stoppeln auf meinem Kopf war nichts zu ändern. Dafür zog ich nun wieder meine normalen Klamotten an und fand nach einem Blick in den Spiegel, dass ich schon wieder einigermaßen wie ich selbst aussah.

Als ich ins Wohnzimmer trat, saß Joey bereits auf dem Sofa. Er zog überrascht die Augenbraue hoch. „Du hast einen fantastischen Stylisten."

„Es ist eine sie und sie ist gelernte Kosmetikerin", gab ich grinsend zurück.

„Trotzdem erstaunlich, nie im Leben hätte ich dich als den Schriftsteller Alexander Grahl erkannt. Wie hast du die Attacke überstanden?"

„Kaum noch der Rede wert", winkte ich ab. „Und du?"

„Setz dich endlich hin und lass Joey erzählen", nörgelte Tom.

„Dieser Angriff war ein Racheakt", Joey ließ sich nicht lange bitten. Er brannte sichtlich darauf, uns seine Neuigkeiten zu berichten. „Der Bus, den wir benutzten, Mark hatte ja schon erwähnt, das sei eine Spezialanfertigung. Es gab eingebaute Kameras, die rundherum das Geschehen aufnahmen. Daher setzten sie das Teil öfter ein. Die haben den Bus erkannt und beschlossen, zielgerichtet anzugreifen und ihn zu zerstören. Wir waren dabei eher Kollateralschäden."

Demnach hatte sich Olafs Prophezeiung bereits bestätigt.

„Diese Auseinandersetzung mit den zwei Wachleuten sollte die Truppe ablenken und von dem eigentlichen Ziel weglocken. Als die bemerkten, was wirklich ablief, sammelten sich weitere Angreifer um sie herum und hinderten sie, uns zu Hilfe zu kommen."

„Gut, dass du Pfefferspray dabeihattest." Mein Stoßseufzer kam aus tiefstem Herzen, wahrscheinlich wären wir sonst die ersten Opfer der Auseinandersetzung geworden.

Joey nickte. „Und gut, dass es nicht so ein kleines Taschenformat war. Meins hatte ordentlich Dampf dahinter. Die beiden Angreifer hat es regelrecht umgehauen."

„Die beiden?" Ich hatte nur einen in Erinnerung.

„Der, der sich auf dich stürzen wollte. Er hatte die Tür schon fast aufgeschoben."

Unbemerkt von mir! Ich war voll auf Mark konzentriert gewesen.

„Blöderweise ist der normale Spray nicht für eine Anwendung in geschlossenen Räumen geeignet. Ich muss mir unbedingt noch ein Gel besorgen. Damit kannst du gezielter sprühen."

„Hast du Ärger bekommen?"

Er lachte und wies auf sein Gesicht, in dem sich ebenfalls verblasste rote Punkte befanden, allerdings wesentlich weniger als bei mir. „Es handelte sich um eine Notwehrsituation. Du darfst dich durchaus gegen einen Angriff zur Wehr setzen."

Nur halt normalerweise kein Pfefferspray mit dir herumtragen, es sei denn du warst Tierbesitzer. Ich schenkte mir diesen Einwand. Wenn selbst die Polizei ihn nicht belangte. „Wie viele Verletzte gab es insgesamt."

„Auf der Seite des Wachpersonals fünfzehn, davon zwei, die schwerer verletzt wurden. Die Angreifer, die noch türmen konnten, sind beim Eintreffen der Polizei abgehauen. Sechs blieben zurück, darunter die zwei, die ich erwischt habe."

„Was ist mit Mark?"

„Halb so schlimm, der ist heute schon wieder im Einsatz. Er lässt dir schöne Grüße ausrichten und bedauert sehr, dass unser Ausflug so unschön endete."

„Wieso? Im Endeffekt habt ihr genau das gekriegt, was ihr haben wolltet", mischte sich Tom ein. „Jetzt wisst ihr, was da abläuft."

„Mir wäre es lieber gewesen, wir hätten mehr über das Unternehmen selbst erfahren", stellte ich klar.

„Nachdem Tom mich aufgeklärt hat, kann ich verstehen, warum du unbedingt dabei sein wolltest." Joey warf mir einen mitleidigen Blick zu. „Ist bestimmt heftig, unter so einem Verdacht zu stehen."

„Vor allem, wenn man nicht weiterkommt." Er hatte genug Material für seine Sendung, ich dagegen stand nach wie vor am Anfang.

„Ich habe mit einigen der Verletzten gesprochen. Einen winzig kleinen Punkt kann ich dir anbieten: Die gehören nicht alle dem Wachdienst an. Irgendwie ist es den Verantwortlichen gelungen, eine Art Bürgerwehr aufzustellen, auf die sie im Notfall zurückgreifen können." Joey nickte bekräftigend.

„Das heißt, die halten kein Personal in Reserve, sondern kriegen auf Zuruf ausreichend Hilfe."

Ich beugte mich interessiert vor. „Weißt du, wie viele sich daran beteiligen?"

Er schüttelte bedauernd den Kopf. „Darüber reden die nicht. Aber es wurde klar, dass es sich dabei um eine größere Truppe handelt. Die berufen sich darauf, eine Nachbarschaftswache zu sein, also eine private Gruppe von Bürgern, die in ihrem Stadtteil Kriminalität verhindern will. Angeblich passen die zu jeder Tages- und Nachtzeit auf und rufen die Polizei, sobald sie irgendwas Ungesetzliches sehen. Dass sie dem Wachpersonal geholfen haben, verbuchen die unter Zivilcourage: Man muss eingreifen, wenn jemand in Not ist."

Ich war platt. „Normale Bürger aus der Gegend sind das?"

„Sowohl Deutsche als auch Ausländer. Ich sprach mit einem Syrer, der sagte, sie hätten die Schnauze voll von dem, was da ablaufe. Sie wären nicht vor dem Krieg geflohen, um hier wieder um die Sicherheit ihrer Kinder bangen zu müssen. Wenn unser Staat zu schwach sei, müssten sie eben selbst für Schutz sorgen."

Wie passte das soeben Gehörte mit unserem Verdacht gegen Ruben Zimmermann und seine Compagnons zusammen? Überhaupt nicht, musste ich mir eingestehen.

Der Anruf von Mirko am späten Samstagabend verstärkte meine Ahnung noch. „Das war total easy", berichtete er. „Mein Partner ist Türke, ein absolut zuverlässiger Typ. Auch auf das restliche Team kann man sich verlassen. Die halten im wahrsten Sinne des Wortes füreinander den Kopf hin."

Wie eine Söldnertruppe, schoss es mir durch den Kopf. Nur dass sie nicht so gut bezahlt wurden. Allerdings war es auch kein echter Krieg, in dem sie antraten.

„Du, Alex, ich glaube nicht, dass wir richtig liegen. Bisher ist an deren Tun nichts auszusetzen. Die suchen keinen Streit um jeden Preis. Wir hatten heute zwei Situationen, in denen mein Partner sich als Schlichter betätigte. Ich würde eher

sagen, die achten extrem darauf, dass man sich an die aufgestellten Regeln hält. Kommt es hart auf hart, greifen die mit
Sicherheit auch richtig durch. Heute war jedoch nichts Hefti-
ges, die Randale-Kids haben sich nicht blicken lassen."

„Hör auf", beschwor ich ihn, „und lass uns abwarten, was
Marcels Leute rauskriegen."

„Nee, morgen gehe ich auf jeden Fall noch mal. Wir haben
einen neuen Einsatzort bekommen, einen Sportplatz, auf
dem es richtig abgeht. Ich kann Cevdet nicht hängen lassen,
der rechnet fest mit meinem Erscheinen."

30

Mirko

Dieses Mal musste ich erst um zehn Uhr meinen Dienst antreten. Cevdet und ich sollten auf den privaten Parkplatz fahren, dort würde uns der Leiter des Sportvereins erwarten.

Beide erschienen wir überpünktlich. „Der Typ brieft uns selbst", erklärte mein Partner. „Ich bin echt gespannt, was uns erwartet."

Ich sah, dass sich ein kleiner rundlicher Mann mit Halbglatze näherte. „Da kommt er!"

„Witzel", stellte er sich vor. „Ach, bin ich froh, dass das so schnell geklappt hat!"

Man sah ihm die Erleichterung tatsächlich an. Er wirkte, als sei ihm ein Riesenstein vom Herzen gefallen.

„Der Chef hat uns gesagt, Sie geben uns die näheren Informationen, was wir für Sie tun können", übernahm Cevdet die Gesprächseröffnung, nachdem er uns beide vorgestellt hatte.

„Nun, es ist so, wir sind von der Stadt verpflichtet worden, dafür zu sorgen, dass unser Sportplatz wegen Corona geschlossen bleibt. Daran halten wir uns natürlich. Der ist rundherum von einem Zaun umgeben und das Tor mit einem extra Schloss gesichert. Trotzdem kommen seit einiger Zeit immer wieder Jugendliche und junge, männliche Erwachsene, klettern darüber und toben sich aus. Wenn es nur einige wenige wären, okay. Aber es werden mehr und mehr. Gestern habe ich einundfünfzig gezählt. Und an die Abstandsregeln halten die sich natürlich gar nicht."

„Was ist mit Polizei und Ordnungsamt? Haben Sie sich schon an die gewandt?"

Er nickte heftig. „Das war auch mein erster Gedanke. Nein, am Anfang bin ich selbst hin und habe versucht, mit denen zu reden. Nur wurden die sofort aggressiv, haben mich beleidigt und mir Schläge angedroht. Daraufhin habe ich die Polizei gerufen. Als die auftauchte, sind die Jugendlichen geflüchtet. Kurz darauf, als der Streifenwagen weg war, kamen sie zurück. Die haben mich ausgelacht. Was soll ich allein gegen so eine Horde unternehmen?" Er hatte sich regelrecht in Rage geredet, sein Gesicht war puterrot angelaufen.

„Lassen Sie mich raten", übernahm wieder Cevdet. „Ordnungsamt und Polizei kommen ab und zu vorbei, großartig unternehmen tun die nichts, richtig?"

Herr Witzel nickte heftig. „Im Prinzip wiegeln die ab und stellen mich noch als Spielverderber dar. Was wollen die denn? Entweder gelten die Regeln für alle oder für keinen. Zeigt mich einer an, dass ich dem Treiben tatenlos zusehe, muss ich zahlen. Das kann es doch nicht sein!"

Ich musste mir ein Grinsen verkneifen. Etwas Ähnliches hatte Tom bereits vor Monaten von sich gegeben. „Wetten, dass die Maßnahmen nur hohle Luft sind?", hatte er beim Lockdown im November getönt. „Wir haben überhaupt nicht genug Kräfte, um die Einhaltung lückenlos zu überwachen."

„Außerdem sind das keine harmlosen Kids, die einfach nur ihren Spaß haben wollen", fuhr Herr Witzel fort. „Schon zweimal ist es passiert, dass unbeteiligte Passanten von denen angepöbelt und verjagt wurden. Und einmal hätte ich beinahe Schläge kassiert, als ich einen Jungen zur Rechenschaft ziehen wollte, der das Schloss abriss. Ich habe mich in unser Vereinsheim geflüchtet und die Polizei angerufen. Bis die endlich kamen, waren die weg."

„Was genau sollen wir für Sie tun?", fragte Cevdet nach, der sehr wohl verstanden hatte, dass unserem Auftraggeber ein spezielles Eingreifen unsererseits vorschwebte.

„Ich dachte mir, Sie halten sich anfangs zurück und warten ab, bis sich die Horde versammelt hat. Wie gesagt, das sind keine unschuldigen Kinder, die sind von einem ganz anderen

Kaliber." Er hatte den Anstand, verschämt zu blinzeln. „Ich möchte, dass die ein für alle Mal verstehen, dass ab jetzt hier ein anderer Wind weht."

Gut umschrieben, im Endeffekt lag die Entscheidung, wie wir durchgreifen würden, bei uns.

Cevdet nahm Herrn Witzels Ausführungen gelassen hin. „Dann müssten wir allerdings Verstärkung anfordern. Zu zweit werden wir mit so vielen nicht fertig."

Der Leiter des Sportvereins winkte ab. „Machen Sie es so, wie Sie es für richtig halten. Ich habe im Vorfeld mit sämtlichen Entscheidungsträgern gesprochen, sie stehen alle auf meiner Seite."

„Gut, ich veranlasse das Nötige", nickte mein Partner. „Und wir beide bleiben außer Sicht, bis wir eingreifen."

Wir beschlossen, im Vereinsheim zu warten. Herr Witzel ließ uns ein, er selbst wollte sich komplett rausziehen und bei einem Freund in der Nähe unser Tun verfolgen, der von seinem Balkon aus einen guten Blick auf die Sportanlage hatte.

Wir zogen uns zwei Stühle an das Fenster, das auf den Platz wies, und schoben den dichten Vorhang nur einen winzigen Spalt beiseite, sodass uns von außen niemand sehen konnte.

Cevdet zog sein Handy hervor. „Ich muss den Chef informieren."

Die Sache war schnell geklärt. Zehn zusätzliche Leute würden einen Block entfernt auf ihren Einsatz warten.

„Der dachte sich so was schon", meinte Cevdet grinsend. „Der Witzel hat gleich klargemacht, dass er sich ein konsequentes Eingreifen unsererseits wünscht."

„Der Chef, wer ist damit eigentlich gemeint?", hakte ich nach. Eine bessere Chance, mehr über das Unternehmen zu erfahren, würde sich kaum ergeben. Den normalen Small Talk hatten wir gestern schon abgehandelt. Ich wusste, dass Cevdet fünfunddreißig Jahre alt und ebenfalls Kampfsportler war, Familie hatte, hauptberuflich als Wachmann arbeitete und sich über die Vielzahl an Stunden, die zurzeit anfielen, freute.

Kein Wunder, wenn man bedachte, dass, wenn man keine dreijährige Ausbildung in dem Beruf nachweisen konnte, der Stundenlohn gerade mal zehn Euro achtzig betrug.

„Na, der Herr Seidel. Der kümmert sich um alle Belange, die uns betreffen. Der Sauerland ist nur für die Arbeitgeberseite zuständig." Er grinste. „Der sorgt für die neuen Aufträge und der Herr Seidel muss zusehen, dass er genug neue Leute findet."

„Was ist mit Herrn Zimmermann? Kennst du den auch?"

„Den Oberboss? Nee, keine Ahnung, was der macht. Der kommt und geht und verlässt sich auf seine Mitarbeiter."

Anscheinend hatte Cevdet keine Ahnung von Betriebsinterna – schade! „Nach welchen Kriterien werden die Leute ausgesucht?", fragte ich trotzdem weiter. „Ich meine, ich fand es natürlich toll, dass ich gleich da hinkomme, wo Action ist. Ich hatte schon Angst, ich müsse eine total langweilige Bewachung von irgendeinem wichtigen Gebäude machen."

Cevdet lachte auf. „Wir haben im Moment so viele neue Anfragen, die suchen händeringend nach sportlichen jungen Männern, die sich voll einsetzen, halt solche wie dich."

Ich beschloss, es gut sein zu lassen und mein Interesse nicht zu deutlich zu zeigen. Stattdessen griff ich zu meinem Handy und rief eines dieser Minispiele auf, mit denen man sich gut nebenbei beschäftigen konnte. Im Moment war dieser Job wesentlich angenehmer als der gestrige. Wir saßen im Warmen und mussten nicht die ganze Zeit herumlaufen.

Es wurde elf, bis die ersten Jugendlichen auftauchten – wobei junge Männer besser passte. Die waren dem Aussehen nach alle so um die zwanzig. Sie schwangen sich behände über den Zaun und begannen Fußball zu spielen. Ich zählte sechs Personen, die locker hin und herliefen.

Eine halbe Stunde später tauchten die nächsten fünf auf. Es folgte eine lautstarke Begrüßung mit Schulterklopfen und Umarmung. Eine Maske trug natürlich keiner von ihnen.

Gegen eins war es richtig voll geworden. Cevdet zählte achtundvierzig Personen, die teils Fußball, teils eine abgewandelte Form von Football spielten, bei dem die Rangeleien im Vordergrund zu stehen schienen. Das Ganze hatte mehr den Charakter eines Volksfestes angenommen, die Lautstärke war beträchtlich.

Mein Partner informierte die Kollegen, dass wir gedachten einzugreifen. Wir warteten ein paar Minuten, um sicherzugehen, dass die Verstärkung in Reichweite war, verließen das Vereinsheim und traten an den Zaun.

„He!", rief Cevdet laut.

Einige wenige wandten sich uns zu, die meisten ignorierten uns einfach, obwohl wir wieder unsere Uniform trugen, die uns als Sicherheitspersonal auswies.

„Das Betreten des Sportplatzes ist zurzeit wegen der Corona-Gefahr untersagt", setzte er hinzu. „Bitte verlassen Sie umgehend das Gelände."

Keine Reaktion, selbst die, die anfangs aufgemerkt hatten, nahmen ihr Spiel wieder auf. Ich schloss das Vorhängeschloss, das das zerstörte eigentliche Schloss ersetzte, auf, zog die Kette aus der Halterung und ließ das Tor aufschwingen. Nebeneinander traten wir ein und gingen auf die uns am nächsten Stehenden zu.

„Habt ihr nicht gehört, was ich sagte?", fragte Cevdet in ruhigem Ton. „Ihr haltet euch hier widerrechtlich auf."

Einer der Spieler löste sich aus der Gruppe und kam auf uns zu. „Wir sind viele und ihr nur zwei. Wollt ihr euch echt mit uns anlegen?"

„Wir sind offiziell für die Bewachung des Platzes eingeteilt, damit haben wir das Recht auf unserer Seite", erwiderte ich.

„Seht zu, dass ihr Land gewinnt."

Zwei seiner Kumpel gesellten sich zu ihm und starrten uns drohend an. Alle drei waren ziemliche Brecher, allein uns gegen diese durchzusetzen, würde schwierig werden.

Cevdet blieb gelassen. „Es gibt gewisse Regeln, an die sich alle in diesem Land zu halten haben", erklärte er. „Verschwindet oder wir räumen den Platz."

Ich war echt froh, dass wir auf unsere Kollegen zählen konnten. Langsam konnte ich verstehen, dass die Polizei meist auf Deeskalation setzte. Was sollten zwei Personen gegen diese gewaltbereite Horde ausrichten? Und zog die offizielle Staatsmacht ständig den Kürzeren, würde die bald gar nicht mehr für voll genommen.

Cevdet trat einen Schritt vor, dann noch einen, bis er direkt vor dem Anführer stand. „Verpisst euch", sagte er gefährlich leise. „Das ist meine letzte Warnung."

Ansatzlos stürzten sich die drei auf ihn. Ich warf mich ebenfalls ins Getümmel.

Keiner von ihnen war ein echter Gegner, sie waren zwar stark, hatten jedoch nur rudimentäre Kenntnisse, wie man effektiv kämpft. Ich kassierte einen Schlag in die Seite, der mich kurz zum Taumeln brachte, revanchierte mich mit einem heftigen Tritt gegen das Knie meines Angreifers, der diesen einknicken ließ. Dem nächsten rammte ich meinen Ellenbogen in den Magen – er stand einfach perfekt -, der daraufhin stöhnend zusammenklappte. Um den dritten hatte sich Cevdet bereits gekümmert, auch er lag am Boden.

Das Ganze war eine Sache von Minuten gewesen, die anderen aus der Gruppe erholten sich allerdings relativ zügig von ihrem Schock. Mit einem lauten Wutgebrüll nahmen sie Kurs auf uns.

31

Alex

Ich fieberte dem morgigen Tag regelrecht entgegen. Wenn mir das Glück hold war, stand ich schon in wenigen Stunden dem falschen Zeugen gegenüber, der mich in diese Bredouille gebracht hatte. Dann musste ich ihn nur noch dazu bewegen, die Wahrheit zu sagen. Vielleicht hatten wir damit sogar eine Verbindung zu Hugo Stankowskis Mörder gefunden.

Möglich, aber nicht wahrscheinlich, bremste ich mich. Bestimmt hatte die Polizei den Hintergrund des Typen überprüft. Ein Zusammenhang wäre ihnen garantiert aufgefallen. Dass das Wachunternehmen offensichtlich nichts mit der rechten Szene zu tun hatte, konnte ich immer noch nicht glauben. Was sollten sonst die Beweggründe der Gründer sein, derart aufzutreten? Und was war mit Herrn Stankowski? Wer hatte seinen Tod verschuldet? Oder übersahen wir irgendeinen wichtigen Fakt?

Am Nachmittag meldete sich endlich Marcel zurück. „Darf ich deine Nummer weitergeben? Die wollen selbst mit dir sprechen."

„Unbedingt! Wann rufen die an?"

„Wahrscheinlich sofort. Gib mir bitte auch Bescheid. Die rücken das Ergebnis nicht raus."

Umso gespannter war ich nun, was sie herausgefunden hatten.

Knappe fünf Minuten später klingelte mein Handy erneut, das Display zeigte eine unterdrückte Nummer, das musste Marcels Kontakt sein.

Er hielt sich nicht lange mit Vorgeplänkel auf. „Es hat etwas gedauert, bis wir das Geflecht aufgedröselt hatten. Die Gruppe, für die du dich interessierst, will anscheinend lieber im Verborgenen bleiben. Die offiziellen Geschäftsführer sind

Strohmänner, alles Personen mit einer Ausbildung zur Sicherheitsfachkraft, alle haben einen stillen Teilhaber an ihrer Seite, der als Geldgeber fungiert. Auch diese sind unserer Meinung nach vorgeschoben. Soweit wir das eruieren konnten, stecken einige sehr gut situierte Geschäftsleute als treibende Kraft dahinter, normale Leute, zwar ziemlich konservative, aber sie gehören weder zu den Rechten noch zu irgendeiner dieser Querdenkergruppen. Es scheint fast so, als hätten sie tatsächlich beschlossen, auf ihre eigene Art für eine Verbesserung der Situation in Problemvierteln zu sorgen."
Diese Erklärung reichte mir nicht. „Aber was haben die davon? Was treibt sie an?"
„Ich kann nur raten: Sie ziehen ein neuartiges Geschäftsmodell auf, das sich auf Dauer rentieren wird. Es handelt sich durchweg um ältere, gestandene Unternehmer mit guten Kontakten sowohl in die Politik als auch in die Privatwirtschaft. Vielleicht hat dieses Projekt wirklich Zukunft. Die Polizei ist eindeutig am Limit, das hat uns die derzeitige Pandemie gelehrt. Vielleicht setzt man nun auf spezialisierte Privatunternehmen, um der sich verschlechternden Lage in den Städten Herr zu werden. Ich könnte mir schon vorstellen, dass sich dieser Geschäftszweig flächendeckend durchsetzt, sobald erste, deutliche Erfolge sichtbar werden."
Ja, das klang durchaus plausibel.
„Im Moment halten sich die Unternehmen mit ihrer speziellen Vorgehensweise noch stark zurück. Es sind einige wenige Artikel in den entsprechenden Zeitungen vor Ort erschienen, allerdings relativ nichtssagende. Über die Kämpfe, die auch andernorts stattfinden, wird sich auch seitens der Polizei ausgeschwiegen."
„Um wie viele Städte handelt es sich denn?" Hoffentlich klärte er mich wenigstens darüber auf. Dass er die Namen der Initiatoren nicht rausrücken würde, war mir schon bewusst.
„Bisher sind es sechs, sie liegen alle im Ruhrgebiet."

Wahrscheinlich in denen, die ein ähnlich problematisches Viertel hatten wie wir in Dortmund. „Bei uns zieht es schon immer größere Kreise", teilte ich ihm mit. Dank Mirko wusste ich ja bestens Bescheid. „In zwei anderen Vororten mit gewissen Problemen wird der Wachdienst neuerdings auch eingesetzt."

„Jedenfalls sind wir hundertprozentig sicher, dass es sich dabei nicht um rechtsradikale Auswüchse handelt", stellte er noch einmal klar.

„Was bin ich euch schuldig?" Da wir ja von einem ganz anderen Verdacht ausgegangen waren, konnte ich nicht erwarten, dass er und seine Gruppe sich umsonst bemüht hatten.

„Nee, lass mal stecken", kam es unerwarteterweise zurück. „Ist schon okay."

Wow, was für ein Entgegenkommen! „Kann ich denen nicht wenigstens eine anonyme Spende zukommen lassen?", fragte ich Marcel, den ich umgehend zurückrief.

„Muss ich schauen, was sich machen lässt. Ich kenne nicht einen von denen, nicht mal einen Namen. Das ist alles über diverse Kontakte gelaufen."

Ansonsten war er genauso baff wie ich und konnte sich keinen Reim darauf machen, ob und inwieweit das Wachunternehmen mit meinem neuen Fall zusammenhing.

Mit dem Versprechen, mich weiterhin regelmäßig bei ihm zu melden, beendete ich das Gespräch und wandte mich an Tom und Felicitas, die atemlos zugehört hatten. Jetzt erst wurde mir richtig klar, was dieses Ergebnis bedeutete: Unser Verdacht war komplett in sich zusammengefallen, wir standen wieder am Anfang.

„Nein", widersprach meine Freundin energisch. „Immerhin bist du morgen hoffentlich rehabilitiert."

Noch wusste ich nicht mal, wie ich vorgehen sollte. Ich konnte den Typ schlecht bedrohen.

„Wieso nicht?", widersprach Tom. „Denk dran, was er dir angetan hat."

Felicitas dagegen war meiner Meinung. „Nimm ihn bloß nicht mit", flüsterte sie mir zu, als dieser kurz den Raum verließ. „Ich glaube, der macht ernst, wenn der Kerl nicht die Wahrheit sagen will."

Da stand ich gleich vor zwei neuen Problemen: Wen sollte ich an seiner Stelle mitnehmen und wie brachte ich Tom bei, dass er zu Hause warten sollte?

Die Papiere, die er vor mich auf den Tisch warf, lenkten mich kurzfristig ab. „Was ist das?"

Er hob bedeutungsvoll die Augenbrauen. „Die Vernehmungsprotokolle der Nachbarn von Herrn Stankowski."

Ich hatte nur den einen in der unteren Wohnung befragt, musste ich mir beschämt eingestehen. Neugierig griff ich danach und begann zu lesen. Anschließend schob ich die Blätter Felicitas zu und wartete, bis sie zum Ende gekommen war. „Denkt ihr das Gleiche wie ich?"

Sie blickten mich auffordernd an, keiner schien zu wissen, wovon ich sprach. „Dieser Typ in der unteren Wohnung, der vermittelte mir den Eindruck, Herr Stankowski sei im gesamten Haus nicht beliebt gewesen. Wenn ich mich richtig erinnere, nannte er ihn einen alten Griesgram, der mit keinem klarkam. Keiner der anderen Nachbarn redet so über ihn. Die spiegeln eher ein ganz anderes Bild von ihm wieder."

Tom rieb sich unternehmungslustig die Hände. „Damit ist er der Nächste, den wir uns vornehmen müssen."

Anstatt ihn aufzuklären, dass ich morgen allein losziehen wollte, schob ich diesen Punkt nach hinten. Bisher war mir kein vernünftiger Grund eingefallen, ihn von diesem „Spaß" auszuschließen.

Gegen neun Uhr, Felicitas war bereit wieder in unsere gemeinsame Wohnung hinübergewechselt, rief Mirko an. „Du glaubst nicht, was hier heute die Post abgegangen ist." Er begann sofort zu erzählen. „Zum Glück waren unsere Kollegen nach diesem ersten Zusammenstoß nah genug, um mitzumischen", lachte er, als wäre diese Geschichte halb so wild. „Es ging richtig zur Sache, bevor die erkannten, dass sie gegen uns keine Schnitte kriegten. Als die Polizei, die der Witzel schließlich doch anrief, erschien, waren die meisten schon weg."

Ich atmete erst mal tief durch. „Habt ihr Ärger bekommen?"

„Nee, war ja Notwehr. Die haben uns angegriffen. Der Witzel und sein Freund auf dem gegenüberliegenden Balkon sind unsere Zeugen." Wieder lachte er. „Von dem haben wir anschließend ein fettes Lob eingefahren. Der war vollauf zufrieden mit uns."

„Das Ganze hat kein Nachspiel?"

„Eher für die Chaoten. Nicht nur wegen Hausfriedensbruch, sondern auch wegen Körperverletzung. Cevdet und ich haben diverse Prellungen, die wir vorzeigen konnten. Er lässt sich für eine Woche krankschreiben und ein Attest geben, das die Verletzungen dokumentiert."

Das hörte sich nicht ganz so harmlos an, wie er es dargestellt hatte. „Ist er so schwer verletzt?"

„Nee, soll nur die Heftigkeit des Angriffs unterstreichen. Die hatten keine Ahnung, wie man richtig kämpft." Er hielt inne. „Wären wir allerdings wirklich nur zu zweit gewesen, hätte das böse ins Auge gehen können", gab er dann zu. „Ich glaube, darauf setzen die, dass man ihnen nichts anhaben kann, weil sie deutlich in der Mehrzahl sind."

Ich gestehe, ich hatte zuletzt nur noch mit halbem Ohr zugehört, weil mir ein ganz anderer Gedanke durch den Kopf schoss. „Du hast mir deinen Partner als groß und kräftig, also als durchaus einschüchternd beschrieben, richtig?" Und als er verdutzt bejahte: „Meinst du, der wäre an einem kleinen Nebenjob interessiert, eher einem Freundschaftsdienst, den ich ihm bezahlen würde?", setzte ich hastig hinzu und sagte ihm, was ich mir vorstellte.

Mirko war ziemlich enttäuscht, dass er diesen Part nicht selbst übernehmen konnte. Nur wie hätte er seinem Arbeitgeber erklären sollen, dass er so kurzfristig im

Vormittagsbereich einige freie Stunden benötigte? „Warte, ich gebe ihn dir kurz. Mach es selbst mit ihm aus."

32

Alex

Wir trafen uns um halb neun auf dem unteren Parkplatz vom Rombergpark. Mirko hatte nicht übertrieben, sein Partner war ein Muskelpaket, dazu groß und mit einem grimmigen Gesichtsausdruck, dem die sanfte Stimme, mit der er mich ansprach, komplett widersprach.

„Hi, Alex. Wie stellst du dir den Ablauf vor?"

„Genau darüber wollte ich mit dir reden." Ich skizzierte das Problem kurz, denn gestern hatte ich mir nur seine Zusage geben lassen, mir heute zu helfen. „Ich schätze, wir müssen den Typ unter Druck setzen, damit er mit der Sprache herausrückt. Immerhin hat er bei der Polizei falsche Angaben gemacht. Und ich habe keine Ahnung, wie wir vorgehen sollen."

Er verzog nachdenklich das Gesicht. „Schwierig, aber nicht unlösbar", befand er. „Allerdings sollten wir ihn uns nicht sofort schnappen, sondern warten, bis er von seiner Joggingrunde zurück ist. Sonst kommt uns sein Freund dazwischen."

Cevdet hatte eindeutig recht. Daher blieben wir außer Sichtweite, als wir den weißen Golf ankommen sahen. Wie der Rentner es Tom beschrieben hatten, zog der Typ sich im Auto sitzend um und blieb an Ort und Stelle, bis ein blauer SUV auftauchte und direkt neben ihm parkte. Der Fahrer stieg sofort aus, er trug bereits eine Jogginghose und ein T-Shirt. Auch der angebliche Zeuge verließ nun seinen Wagen, nach einer kurzen Begrüßung setzten die beiden sich in Bewegung.

Cevdet sah ihnen aufmerksam hinterher. „Das ist ein Weichei, ziemlich von sich überzeugt, aber wenn es hart auf hart geht, knickt der ein."

„Du sollst ihn nicht zu grob anfassen", warnte ich ihn.

Er grinste. „Keine Angst, das wird nicht nötig sein."

Wir vereinbarten, dass er allein vortreten und ich mich nicht blicken lassen sollte. Denn für diese Konfrontation hatte ich auf meine übliche Maskerade mit Kissen und gepolsterter Jacke verzichtet. Ich hatte ja eigentlich vorgehabt mitzumischen.

Da wir nun eine Stunde totschlagen mussten, griff ich den gestrigen Vorfall noch einmal auf. „Mirko hat mir erzählt, es sei ganz schön heftig zugegangen. Agiert ihr immer auf diese Weise?"

Er verschränkte die Arme vor der Brust und musterte mich amüsiert. „Gegen solche Typen kannst du nicht anders vorgehen." Und als ich ihn nur schweigend ansah: „Es gibt solche und solche, bei manchen reicht ein harsches Wort und sie kuschen. Aber das sind die wenigstens heutzutage. Es ist leider so, dass es anscheinend für immer mehr Jugendliche und junge Erwachsene zu einer Selbstverständlichkeit wird, sich über geltende Regeln hinwegzusetzen und Personen, die sie einschränken wollen, zu beschimpfen oder gar anzugreifen. Können sich deine Eltern daran erinnern, dass es in ihrer Jugend ähnlich war?"

Damit sprach er das Gleiche an, worüber Felicitas und ich letztens mit meiner Mutter diskutiert hatten. „Weißt du, ich gehöre zur sogenannten Babyboomer-Generation. Damals gab es viel mehr Kinder und Jugendliche als heute – und trotzdem viel weniger solcher Vorkommnisse. Wir wären überhaupt nicht auf die Idee gekommen, uns derart aufzuführen, wie das bei vielen heute der Fall ist. Wir waren …"

Sie hatte nach den richtigen Worten gesucht, um mir klarzumachen, was sie meinte.

Mein Vater war schneller gewesen. „Wir hätten es niemals gewagt, uns der Obrigkeit zu widersetzen. Na ja, der größte Teil von uns, ausgenommen einiger weniger Chaoten."

„Uns wurde von klein auf beigebracht, uns an die geltenden Regeln zu halten", ergänzte meine Mutter. „Aber es ist nicht nur das, was mir aufstößt. Wir hatten schließlich auch am Wochenende Freizeit. Und die Möglichkeiten, sich zu amüsieren, sind mit Sicherheit nicht weniger geworden. Ich verstehe einfach nicht, warum sich so viele auf öffentlichen Plätzen treffen und bis spät in die Nacht die Sau rauslassen."

Das Letzte entsprach so gar nicht ihrer sonstigen Ausdrucksweise, sodass wir alle in schallendes Gelächter ausbrachen und eine weitere Diskussion sich damit erledigte. Allerdings trieb mich meine Neugier dazu, am nächsten Tag die Zahlen zu googeln. Von 1950 bis 1965 gab es deutlich über eine Million Geburten jährlich, 1995 bis 2000 dagegen nur um die siebenhunderttausend, in den nachfolgenden Jahren um die sechshunderttausend, sie hatte recht, heutzutage gab es viel weniger Jugendliche als früher.

„Was meinst du, woran es liegt, dass in immer mehr Parks Wachleute eingesetzt werden?", schlug Cevdet jetzt in die gleiche Kerbe.

„Am geänderten Freizeitverhalten?", hielt ich dagegen.

Er schüttelte den Kopf. „Das ist ein von den Politikern gern vorgebrachtes Argument, um über ihr eigenes Versagen hinwegzutäuschen. Man hat es zu locker angehen lassen, hat es versäumt, den Kindern frühzeitig Respekt beizubringen." Er hob die Hand, als ich einen Einwand vorbringen wollte. „Ja, ich weiß, was du sagen willst. Schau mich und dich an und viele andere, die nicht so sind, die von zu Hause noch eine vernünftige Erziehung mitgekriegt haben."

Ich musste unwillkürlich grinsen, er hörte sich an wie meine Mutter. Dabei war er vom Typ her das genaue Gegenteil.

„Die sind einfach viel zu lasch geworden, alle. Es wird viel zu viel Rücksicht genommen auf das, was das Kind will, anstatt dem klarzumachen, dass es bestimmte Dinge gibt, die eben einfach so gemacht werden müssen, ob man will oder nicht.

Die Lehrer setzen sich nicht mehr durch, lassen es einfach laufen."

„Nein", widersprach ich. „Den Lehrern wurden die Mittel genommen, sich durchzusetzen."

„Quatsch", behauptete er. „Die machen einfach zu sehr auf Kumpel anstatt auf Respektsperson. Das fing zu meiner Zeit schon mit Kleinigkeiten an. Wir sollten eine Lektüre besorgen und als wir loslegen wollten, hatte gerade mal die Hälfte der Klasse das Buch – obwohl der Vorlauf lang genug war. Statt dass es Konsequenzen für die Bummler gab, wurde der Beginn nach hinten verschoben. Ich habe …" Er hielt inne und kniff die Augen zusammen. „Sieht so aus, als hätte sich unser Freund verletzt."

Tatsächlich, der angebliche Zeuge humpelte mit schmerzverzerrtem Gesicht zu seinem Auto.

„Ich bin dann mal weg."

Während Cevdet langsam auf diesen zu schlenderte, huschte ich tief gebückt hinter den geparkten Autos her und nahm neben einem Transporter Deckung. Hoffentlich konnte ich wenigstens Teile des Gesprächs belauschen.

„Guten Tag", hörte ich Cevdets Stimme. Er stellte sich vor und erklärte, er müsse kurz mit dem Mann über seine Zeugenaussage sprechen.

Dieser reagierte unwirsch und verwies auf seine Verletzung.

„Damit können Sie sowieso kein Auto fahren", gab Cevdet freundlich zurück. „Setzen Sie sich ruhig rein und legen das Bein hoch. Ich bleibe draußen stehen."

Wieder brachte der Typ Ausflüchte vor.

„Bitte, ich kann auch direkt die Polizei anrufen und herbestellen. Dann können Sie denen gleich hier vor Ort sagen, warum Sie diese Falschaussage gemacht haben."

Der Typ reagierte statt aufgebracht weinerlich, was vermutlich an seinem schmerzenden Fuß lag. Er wisse überhaupt nicht, wovon Cevdet rede. Das reimte ich mir wenigstens zusammen, denn im Gegensatz zu dem Wachmann, der weiterhin relativ laut sprach, war seine Stimme so leise, dass ich nur einzelne Worte verstehen konnte.

Dieser behauptete, er sei von mir beauftragt worden, etwaige Zeugen aufzutreiben, die sich zu dem angegebenen Zeitpunkt ebenfalls auf dem Parkplatz aufhielten – Tom sei Dank, dass er auf diese geniale Idee gekommen war. Ohne ihn ständen wir jetzt nicht hier.

„Die zwei, die ich fand, haben etwas ganz anderes als Sie gesehen", fuhr Cevdet fort. „Herr Grahl fuhr gegen kurz vor zehn auf den oberen Parkplatz, wartete eine Weile im Auto und blieb, als er ausstieg, am Auto des Reporters stehen, um zu telefonieren. Anschließend nahm er den Weg zum Rombergpark, immer noch allein. Ein weiterer Zeuge sagte aus, der Reporter sei wesentlich eher gekommen, aus seinem Wagen gestiegen und habe offensichtlich auf jemand gewartet. Zu dieser Uhrzeit war Herr Grahl gar nicht da. Haben Sie vielleicht irgendwelche Beobachtungen, die Sie machten, miteinander vermischt?"

Cevdet ging äußerst geschickt vor, wie ich fand. Er blieb freundlich und gab dem Typen auch noch ein Schlupfloch, dass er sich aus seiner damaligen Aussage herauswinden konnte.

„Ich habe genau das gesehen, was ich bei der Polizei angegeben habe", behauptete der jedoch mit lauter Stimme.

„Tja, dann …" Cevdet tat, als wolle er sich abwenden. „Ich dachte, es wäre nur fair, wenn ich Ihnen die Möglichkeit gebe, sich zu äußern, bevor ich den zuständigen Ermittler aufsuche und ihm meine Zeugen nenne." Er entfernte sich ein paar Schritte.

„Warten Sie!", rief der Typ. „Wollen Sie echt zur Polizei?"

Cevdet blieb stehen. „Natürlich! Ich habe schließlich ein Pärchen aufgetan, dass Herrn Grahl relativ lange beobachtete und eine ganz andere Sicht der Dinge hat. Ach ja, die konnten sich sogar an Sie erinnern und sagten, Sie wären erst aufgetaucht, als dieser schon ausgestiegen war und telefonierte. Das lässt Ihre Aussage nicht gerade realistisch aussehen."

„Äh." Offensichtlich überlegte der Mann, was er tun sollte. Cevdet blieb stehen und wippte mit dem Fuß. Man sah ihm an, dass er wegwollte.

„Also, wenn ich noch mal darüber nachdenke … vielleicht habe ich zu viel in das Gesehene hineininterpretiert", gab er kleinlaut zu. „Ehrlich, ich war mir sicher, dass, als ich losfuhr, der andere aus dem Auto stieg und sie sich vorher durch das Fenster unterhalten haben."

„Können Sie selbst zur Polizei fahren oder soll ich Sie fahren?", Cevdet nahm die plötzliche Kursänderung ohne eine Miene zu verziehen hin.

„Jetzt sofort?"

„Wenn Sie mir zuvorkommen möchten? Wie gesagt, ich habe einen Auftrag abzuschließen."

Der junge Mann meinte, sein Fuß hätte sich in der Zwischenzeit so gut erholt, dass er die Pedale bedienen könne. Cevdet kündigte an, ihm zu folgen, denn schließlich habe auch er eine Aussage zu machen, die Herrn Grahl endgültig entlaste.

Natürlich würde ich ebenfalls mit von der Partie sein. Denn ich wollte genau wissen, ob ich nichts mehr zu befürchten hatte.

33

Tom

Ich war anfangs unheimlich sauer, dass Alex mich außen vor lassen wollte. Erst Tim, mit dem ich am Abend skypte, gelang es, mich runterzuholen. „Ich finde, das ist eine gute Entscheidung. Ihr beide, du und Alex, seid viel zu sehr involviert, als dass ihr dem Typ ruhig und gelassen gegenübertreten könntet. Ein Außenstehender ist definitiv besser geeignet, mit dem zu reden."

Trotzdem wäre ich liebend gern dabei gewesen! „Ich will nicht zu Hause sitzen und Däumchen drehen", nörgelte ich.

„Warum kümmerst du dich nicht um diesen seltsamen Hausbewohner?", schlug Tim vor. „Ermitteln wollt ihr doch bestimmt weiter."

Super Idee! Das würde ich Alex gleich morgen früh vorschlagen.

Er schien sogar erfreut, dass ich mich nach wie vor einbringen wollte. „Tu das. Du hast schon einen Draht zu den Nachbarn. Sie werden dein erneutes Auftauchen nicht seltsam finden."

Also machten wir uns fast gleichzeitig auf den Weg, er mit dem Auto, ich mit der U-Bahn. Dann hatte ich ausreichend Zeit, mir einen genauen Plan zu überlegen.

Vor dem Haus angekommen klingelte ich erneut bei der Nachbarin unten im Parterre. Sie schien mir von allen am besten informiert zu sein.

„Ackermann, von der Zeitung, könnten Sie mir noch einige Fragen beantworten?"

Sie verwies mich wieder zum Fenster. Nicht gerade sinnvoll, wenn ich Auskünfte über den Typen neben ihr einholen wollte. Aufgrund des Abstands müsste ich laut sprechen. Der würde bestimmt mitkriegen, dass es um ihn ging. Daher deutete ich, kaum dass sie sich hinauslehnte, zu diesem hinüber und sagte: „Ich hätte gern Ihre Einschätzung."

Blöderweise verstand sie diese Anspielung nicht beziehungsweise tönte laut: „Ach, Sie interessieren sich für meinen Nachbarn?"

Automatisch warf ich einen prüfenden Blick zu seinen Fenstern. Nein, alles ruhig, von ihm war nichts zu sehen.

„Der ist vor zehn Minuten weggegangen", informierte sie mich. „Wir können uns unbesorgt unterhalten."

Na, da hatte ich sie wohl völlig falsch eingeschätzt.

Sie beugte sich vor. „Der Herr Stankowski hat sich darum gekümmert, dass der ausziehen muss. War ganz schön schwierig, das kann ich Ihnen sagen. Gut, dass der nicht lockergelassen hat."

Gespannt trat ich einen Schritt näher. „Erzählen Sie!"

Die Geschichte war wirklich einmalig. Der junge Mann, angeblich ein Student, hatte sich seinen Unterhalt anscheinend mit dem Verkauf von Drogen verdient. Jeden Tag waren bei ihm die abgerissensten Typen ein- und ausgegangen. Es dauerte natürlich nicht lange, bis Frau Hagedorn aufmerksam wurde. „Die sahen teilweise zum Fürchten aus. Ich habe mich schon gar nicht mehr vor die Tür getraut."

Der Vermieter wiegelte ab, auf einen reinen Verdacht hin könne er nichts machen. Und andere Beanstandungen gab es nicht. Auf Frau Hagedorns Drängen setzten sich die anderen Hausbewohner zusammen und überlegten, was man machen könne. „Anfangs haben die mir nicht geglaubt", sagte sie entrüstet. „Als wenn ich mir so eine schwerwiegende Anschuldigung aus den Fingern sauge. Nein, ich habe den verstärkt beobachtet, immer durch den Spion geguckt, wenn es bei ihm geklingelt hat. Die Leute, die da kamen, blieben nie lange, waren ganz schnell wieder weg. Ich habe sogar eine Liste angelegt, wie viele das am Tag waren."

Herr Stankowski beschloss, sich ein paar Tage auf die Lauer zu legen. Er schrieb auf, zu welchen Tageszeiten jemand erschien und folgte mehreren der Personen, wodurch sich der Verdacht schnell bestätigte. Denn einige hatten es extrem eilig und konsumierten den Stoff gleich im nächst sicheren Versteck.

„Wie er es genau anstellte, weiß ich nicht. Jedenfalls kam eines Tages die Polizei und hat die Wohnung nebenan durchsucht", berichtete sie weiter. „Die haben ihn gleich mitgenommen. Aber ein paar Stunden später war er schon wieder da. Und er kochte vor Wut. Am selben Abend kam es zu einer heftigen Auseinandersetzung zwischen den beiden im Hausflur. Ich habe sofort den Notruf gewählt und die Beamten griffen ein. Am Morgen rief ich beim Vermieter an. Der Herr Stankowski hatte sich auch schon bei ihm gemeldet. Er versprach, noch am selben Tag die fristlose Kündigung rauszuschicken." Sie legte eine Pause ein und strich sich über das erhitzte Gesicht. Die Sache nahm sie anscheinend immer noch mit.

„Er hat der Kündigung widersprochen", warf ich ein.

Sie nickte. „Das wird sich wohl noch eine Weile hinziehen. Aber raus muss er, das steht fest."

„Wie ist denn die Situation jetzt im Haus?" Ich konnte mir vorstellen, dass der junge Mann weiterhin einen gewaltigen Frust schob.

„Na, schlecht! Ich gehe wegen Corona ja sowieso kaum noch vor die Tür. Muss ich mal in den Keller, warte ich, bis er irgendwas zu erledigen hat." Sie seufzte. „Ist ganz schön … Wissen Sie was, kommen Sie doch eben rein. Solange Sie Ihren Mundschutz aufbehalten und wir genug Abstand haben …" Sie schloss abrupt das Fenster.

Warum, konnte ich schnell feststellen. Ein junger Mann, bepackt mit mehreren Kartons, kam auf die Haustür zu.

„Warten Sie, ich halte Ihnen die Tür auf!" Mit einem Satz war ich neben ihm.

Ohne mich zu beachten, ließ er seine Last fallen und kramte seinen Schlüssel hervor. Wortlos schloss er auf, griff nach seinen Kartons und verschwand ins Innere. Ich folgte ihm. Doch Frau Hagedorn öffnete erst, nachdem er seine Wohnungstür hinter sich geschlossen hatte.

„Entschuldigen Sie bitte, ich will ihm nicht begegnen", sagte sie und führte mich ins Wohnzimmer.

Während sie bis an die geöffnete Balkontür zurückwich, blieb ich im Eingangsbereich stehen. Damit war dem Abstand bestimmt Genüge getan. „Der junge Mann erfuhr also, dass Herr Stankowski ihn bespitzelt hatte?", nahm ich den Gesprächsfaden wieder auf.

Sie nickte bestätigend. „Der Hugo", sie errötete sacht, „hat es ihm selbst unter die Nase gerieben. Deshalb kam es ja zu dieser heftigen Auseinandersetzung. Ja, und dann sagte der junge Mann: Das werden Sie noch bereuen."

Ich versuchte mir meine Aufregung nicht anmerken zu lassen. „Haben Sie das der Polizei erzählt?"

Ihre Augen wurden größer und größer. „Sie meinen, wegen Herrn Stankowski? Nein, die wussten schließlich, was hier los war. Die hatten das doch dokumentiert. Denken Sie, er könnte …?" Sie schlug vor Entsetzen die Hände vor ihr Gesicht.

„Wurden die Hausbewohner denn nach ihren Alibis befragt?"

„Ich war an dem Tag frühmorgens beim Arzt, das habe ich den Ermittlern sofort mitgeteilt." Sie zuckte hilflos die Schultern. „Dass ich da nicht selbst drauf gekommen bin!"

„Noch ist nichts bewiesen", beruhigte ich sie. „Wer könnte denn wissen, ob er an dem Tag unterwegs war?"

„Hm." Die Aufregung hatte ihre Wangen rot anlaufen lassen. „Vielleicht die Frau Ruland. Die arbeitet im Moment von zu Hause aus."

„Ich werde sofort schauen, ob sie mir weiterhelfen kann."

Bevor ich sie verlassen durfte, musste ich versprechen, ihr anschließend direkt Bescheid zu sagen. Nicht dass sie mit einem Mörder Wand an Wand wohnte!

Ich stieg die Treppe hinauf und klingelte bei Frau Ruland. Dieses Mal war ich geschickter vorgegangen, um Einlass zu bekommen. Als sie mir die Tür öffnete und mich fragend anschaute, hielt ich ihr meinen gerade geschriebenen Zettel hin: *War der junge Mann von unten an Herrn Stankowskis Todestag zwischen halb neun und zehn Uhr morgens abwesend?*

Statt mich einzulassen oder wenigstens zu nicken oder den Kopf zu schütteln, nahm sie mir das Blatt aus der Hand, starrte mit zusammengekniffenen Augen darauf und verschwand ins Wohnungsinnere. Obwohl sie die Tür nicht hinter sich schloss, wartete ich lieber draußen. Es hatte nicht so ausgesehen, als sei dies eine Einladung einzutreten.

Schon seltsam, was dieses Virus und die Angst vor einer Ansteckung aus den Einzelnen machte, dachte ich bei mir, während die Minuten verrannen. Ein normales Miteinander schien überhaupt nicht mehr möglich. Bloß keinen engen Kontakt! Dabei fiel ein Zwei-Minuten-Gespräch bestimmt nicht darunter. Sie trug eine Maske, ich ebenso, da war die Chance, sich beim Einkaufen anzustecken, um vieles größer.

Endlich tauchte Frau Ruland wieder auf, ihre Lesebrille noch in der Hand. Sie hielt mir meinen Zettel hin, auf dem sie die Antwort notiert hatte. Kaum nahm ich ihn entgegen, drückte sie ihre Tür nachdrücklich hinter sich zu.

Neugierig starrte ich auf ihre Zeilen: *Das habe ich bereits der Polizei gesagt. Er ist gegen neun aus dem Haus gegangen und war ungefähr eine halbe Stunde später zurück. Das weiß ich so genau, weil ich auf den Paketdienst wartete und öfter aus dem Fenster schaute.*

Tja, damit war unsere schöne Theorie in sich zusammengefallen.

34

Alex

Eine gute halbe Stunde musste ich vor dem Präsidium warten, bis der junge Mann wieder erschien und mit hängenden Schultern zu seinem Auto schlich. Das gerade erfolgte Gespräch schien noch auf ihm zu lasten.

Erst als er weggefahren war, kam Cevdet aus der Tür. Suchend sah er sich um.

Ich sprang aus meinem Wagen und lief auf ihn zu. „Und? Wie ist es gelaufen?"

Er grinste. „Du bist vollständig rehabilitiert."

Mir fiel ein riesiger Stein vom Herzen. Am liebsten wäre ich in ein lautes Freudengeheul ausgebrochen. Ich riss mich zusammen und fragte. „Warst du bei der Vernehmung dabei?"

„Der Kerl kriegte Muffensausen, kaum dass wir hier ausgestiegen sind. Er bat mich regelrecht auf Knien darum." Er machte eine kleine Kunstpause. „Der Ermittler, dieser Herr Janzen, ist echt gut. Der hat den nach allen Regeln der Kunst festgenagelt. Am Ende hat der seine Aussage komplett geändert. Die haben sich wie vermutet um neun zum Joggen getroffen. Gerade als er ausstieg, fuhr der Reporter an ihm vorbei. Dessen Gesicht kam ihm gleich bekannt vor, gecheckt, um wen es sich handelte, hat er erst, als die Zeitung ein Foto von ihm brachte und verkündete, dass er ermordet wurde."

Ich konnte nicht mehr an mich halten. „Wie passe ich da rein?"

„Ich glaube, der hat irgendeinen persönlichen Hass gegen dich und wollte dich in die Bredouille bringen. Ganz klar ist das nicht rausgekommen. Der hat genau das behauptet, was er schon eben auf dem Parkplatz sagte: Für ihn hätte es so ausgesehen, als säße der Reporter im Auto und würde Anstalten machen auszusteigen. Der Kommissar hat versucht, ihn festzunageln. Er hat sich gewunden und immer nur wiederholt, er sei jetzt zu dem Schluss gekommen, dass er eventuell nicht richtig liege, dass es mehr eine Vermutung gewesen sei als ein echtes Beobachten. Und ja, er hat im Endeffekt seine Aussage zurückgezogen. Sonderlich begeistert schien der Kommissar nicht zu sein."

„Konnte er irgendwelche Personen beschreiben, die sich jeweils in der Nähe befanden?"

„Bei der Ankunft des Reporters hat er nicht auf die Umgebung geachtet. Er war spät dran, sein Freund, der weiter unten parkte, wartete bereits auf ihn. Als er zurückkehrte, hat er nur dich bemerkt."

Wäre wohl auch zu viel des Guten gewesen, wenn der Typ gleich einen weiteren Verdächtigen hätte präsentieren können! Immerhin war ich entlastet und musste keine Angst mehr vor einer polizeilichen Verfolgung haben. Ich zückte mein Portemonnaie und drückte Cevdet einen Hunderter in die Hand. Der wollte erst abwehren, das sei zu viel. „Ich möchte, dass du meine Neugier noch ein bisschen befriedigst", klärte ich ihn auf, obwohl ich die Summe durchaus angemessen fand. „Warst du echt nicht informiert, was da bei dem Sportplatz auf euch zukam?"

Ein Grinsen glitt über sein Gesicht. „Doch, natürlich. Der Chef lässt uns nicht ins offene Messer laufen. Das war eine gute Möglichkeit, deinen Freund abzuchecken. Was er so drauf hat und wie er mit so was klarkommt", fügte er hinzu.

„Das heißt, der Kunde sagt klipp und klar, was er von euch erwartet und ihr realisiert seinen Wunsch?"

„Nee, so nun auch wieder nicht. Es muss schon im legalen Rahmen bleiben. Wenn die uns nicht angegriffen hätten, wäre nichts passiert. Wir sind nicht auf eine Schlägerei aus."

„Aber ihr setzt genauso wenig auf Deeskalation", brachte ich vor.

Er schüttelte den Kopf. „Du verstehst nicht. Die wollen sich nicht reglementieren lassen. Die setzen voll darauf, dass sich alle abschrecken lassen durch ihre Anzahl. Und über das „Du, Du" unserer Polizei lachen die nur. Willst du die stoppen, musst du denen zeigen, dass du es ernst meinst."

Besser nicht weiter mit ihm über diesen Punkt diskutieren. Meiner Meinung nach war Gewalt nicht das Mittel der Wahl. Andererseits musste ich zugeben, von solchen Jugendlichen beziehungsweise jungen Erwachsenen bisher nur in den Zeitungen gelesen zu haben, wenn auch immer öfter in letzter Zeit. „Euer Auftraggeber, wieso wusste der, dass es kein Problem ist, Unterstützung bereitzustellen?"

„Weil natürlich im Vorfeld mit dem Chef darüber gesprochen wurde. Auch dass er auf dem Balkon des Freundes stand und mit diesem das Geschehen filmte."

„War diese Scharade dann nur für Mirko?"

„Nee, der muss sich in der Zwischenzeit das Okay von den anderen Verantwortlichen geholt haben. Ohne das ging es nicht. Schon wegen der Bezahlung."

„Ist das nicht so ziemlich teuer geworden?"

Cevdet lachte aus vollem Hals. „Wenn du an dem Punkt angekommen bist, dass du unsere Hilfe möchtest, dann lässt du dir das was kosten. Der hatte ja alles andere schon versucht: selber auf die zugehen, Ordnungsamt, Polizei. Nichts brachte was – außer, dass sich keiner mehr in die Nähe traute, wenn die da rumliefen."

Gerne hätte ich noch nach den Zuständen in der Nordstadt gefragt, aber das wäre wahrscheinlich zu auffällig gewesen. Daher bedankte ich mich ein weiteres Mal für seine Hilfe und fragte an, ob ich bei einem ähnlich gelagerten Fall wieder bei ihm vorstellig werden dürfe.

„Klar, wenn ich nicht arbeiten muss, stehe ich sofort zur Verfügung."

Fast hätte ich das Wichtigste vergessen! „Kennst du den Namen von dem Typen?"

Während er sich in Richtung seines geparkten Autos aufmachte, beschloss ich, den Stier bei den Hörnern zu packen und Kommissar Janzen aufzusuchen – wenn er mich denn empfing.

Der Pförtner fragte telefonisch nach und ließ mich tatsächlich durch.

Der Ermittler stand in der Tür und blickte mir entgegen. „Ach, Herr Grahl. Eigentlich habe ich schon darauf gewartet, dass Sie sich melden. Dass es so schnell klappt!" Er trat zurück und winkte mir, näherzutreten.

Ich nahm wie immer auf dem Besucherstuhl vor seinem Schreibtisch Platz. Er schob sich in seinem Drehstuhl zurück und sah mich auffordernd an. „Wie haben Sie das denn geschafft?", fragte er, als ich schwieg.

„Ich habe jemand organisiert, der sich unter den regelmäßigen Besuchern des Parks umhörte", blieb ich bei der Version, die Cevdet dem angeblichen Zeugen gegenüber verwendet hatte. „Der fand ein Ehepaar, das meine Angaben bestätigte. Daraufhin stellte er den jungen Mann, der sich bei Ihnen gemeldet hatte, zur Rede."

Herr Janzen, der wie immer keine Maske trug – ich hatte meine pflichtschuldig schon vor dem Betreten des Präsidiums aufgesetzt, grinste breit. „Das war ja ein erstaunlicher Zufall. Andererseits hat es sich für Sie gelohnt. Dass der junge Mann seine Aussage abgeändert und Sie dabei entlastet hat, wissen Sie vermutlich bereits." Auf mein Nicken fuhr er fort. „Eine erfreuliche Entwicklung, muss ich sagen, auch wenn wir jetzt wieder am Anfang stehen."

Er forderte mich auf, noch einmal ausführlich zu berichten, was genau an dem Tag geschehen war.

„Hm", er klopfte mit einem Kugelschreiber nachdenklich auf die Schreibtischplatte. „Das sieht für mich aus, als hätte jemand es darauf angelegt, Sie zu belasten. Als wir hinzugerufen wurden, war dieser ominöse Zettel verschwunden."

„Das heißt, der Mörder war noch vor Ort?" Und hatte mich die ganze Zeit über beobachtet. „Der weiße Lieferwagen! Er parkte direkt neben Herrn Stankowskis Auto." Ich rutschte aufgeregt auf meinem Stuhl nach vorn. „Fragen Sie den jungen Mann, ob er schon da stand, als er ankam."

„Werde ich", nickte Herr Janzen. „Und Sie nehmen noch einmal Kontakt zu dem Ehepaar auf und fragen Sie das Gleiche."

Ich nickte, als sei das überhaupt kein Problem. Sollte ich ihn auf das Sicherheitsunternehmen ansprechen? Lieber nicht. Ich erhob mich. „Ich bin ausnehmend froh, dass der Verdacht von mir genommen ist", gestand ich.

„Dann hoffe ich, dass wir uns so bald nicht wiedersehen." Der Kommissar hob, wie immer, wenn er etwas Wichtiges bemerken wollte, seine Augenbrauen. „Halten Sie sich dieses Mal wirklich komplett raus, Herr Grahl."

„Ich hatte gar nicht mehr vor, mich detektivisch zu betätigen", reagierte ich empört. „Der Täter hat mich da mit reingezogen."

„Wären Sie nicht auf den Anruf von Herrn Stankowski angesprungen, wären Sie niemals in diese Lage gekommen", verabschiedete er mich.

Ich verkniff mir eine Erwiderung und verließ den Raum. Draußen vor dem Präsidium riss ich mir die Maske ab und atmete tief durch. Ach, war das Leben schön! Plötzlich sah die Welt viel rosiger aus als noch vor ein paar Stunden. Die Sonne schien, es blies ein leichter, warmer Wind, ich fühlte mich energiegeladen wie schon lange nicht mehr. Selbstverständlich würde ich an dem Fall weiterarbeiten. Wer immer dahintersteckte, hatte versucht, mich als Mörder hinzustellen. Das konnte ich nicht einfach so hinnehmen.

35

Alex

Tom war bereits zurück, als ich auftauchte. Er schien mir die guten Nachrichten vom Gesicht ablesen zu können, denn er reckte sofort in Siegerpose den Daumen? „Es hat geklappt?"

„Sogar ohne Drohungen, der ist relativ schnell umgefallen."

„Und warum hat er dich belastet?", fragte er, nachdem ich ihm eine Kurzversion gegeben hatte.

„Ist leider nicht rausgekommen. Aber ich habe seinen Namen."

„Gib her!" Tom streckte fordernd die Hand aus. „Ich recherchiere den Typ."

„Nein, zuerst erzählst du, wie es bei dir gelaufen ist." Er hatte mir bereits eine WhatsApp-Nachricht geschickt, dass der Nachbar von Herrn Stankowski ein einwandfreies Alibi hatte. Trotzdem wollte ich die ganze Geschichte hören.

Anschließend begann Tom mit seinen Nachforschungen und ich nahm mir meine Notizen vor, um sämtliche Fakten noch einmal nachzulesen. Hatten wir vielleicht irgendwo einen wichtigen Hinweis übersehen?

Es dauerte nicht lange, bis Tom in der Tür auftauchte. „Ich glaube, ich weiß, was den antrieb", erklärte er grinsend. „Der hat einen persönlichen Hass gegen dich und wollte dich deshalb bei der Polizei reinreiten."

„Wieso?" Ich war mir sicher, dem Kerl noch nie in meinem Leben begegnet zu sein.

„Man lebt nicht nur als Detektiv, sondern auch als Schriftsteller gefährlich." Sein Grinsen wurde immer breiter.

„Jetzt red endlich Klartext!" Langsam hatte ich genug von seinen Andeutungen.

„Der Typ ist ein linksversiffter Grüner, aktives Mitglied bei Fridays for Future und auf jeder Demo für den Klimaschutz anzutreffen. Er hat deinen zweiten Krimi gelesen und rezensiert, eine vernichtende Kritik: Ein Stern ist noch zu viel. Nicht nur wagst du es, unbewiesene Fakten von irgendwelchen umstrittenen Fachleuten zu verbreiten, nein, du ziehst auch die heilige Greta in den Dreck. Du hättest diesen Krimi als Mittel gewählt, Zigtausende zu verunsichern, indem du deine völlig falsche Sichtweise sehr geschickt zwischen die eigentliche Ermittlung packst, die ebenso an den Haaren herbeigezogen sei."

Im ersten Moment glaubte ich meinen Ohren nicht trauen zu können. „Das ist so ... krank", brachte ich mühsam hervor.

„Scheint aber wirklich die Lösung zu sein." Tom kratzte sich verlegen die Nase.

Klar, schließlich handelte es sich um seine Meinung, die ich niedergeschrieben hatte. Okay, und Mirkos, mit dem ich mehrfach während des damaligen Falls darüber diskutiert hatte, weil wir anfangs davon ausgegangen waren, dass Toms YouTube-Filme über dieses Thema der Grund für sein Verschwinden oder seine Entführung sein mussten. Denn militante Andersdenkende gab es nun mal bei allen wichtigen, sämtliche Bürger betreffenden Problemen. Bestes Beispiel dafür war die Corona-Krise. Noch nie hatte ich erlebt, dass sich die unterschiedlichen Lager derart unversöhnlich gegenüberstanden.

„Der hat vor kurzem ein Post veröffentlicht, in dem er andeutet, dass du richtig Ärger hast. Nicht direkt, was genau los ist. Das hat er sich wohl nicht getraut." Tom hob beschwichtigend die Hände, denn er hatte erkannt, dass ich kurz vor dem Platzen stand. „Vielleicht wollte er dir nur ein wenig Stress bereiten, dich drangsalieren, vermutlich hat er sich nach dem Lesen deines Buches persönlich angegriffen gefühlt und wollte es dir heimzahlen."

Seine Worte stachelten mich eher noch mehr an. „Ich habe eine Geschichte über jemand geschrieben, der dem immensen Einfluss des Menschen auf den Klimawandel skeptisch gegenübersteht. Was passiert mir dann erst, wenn ich etwas Ähnliches über einen Corona-Leugner bringen würde? Werde ich von den extremen Andersdenkenden dann gleich geviertelt?"

„Lass es gut sein, Alex. Bei solchen Typen kommst du mit Logik nicht weiter. Sei lieber froh, dass nun alles geklärt ist."

Er hatte gut reden! Er war ja nicht in dem Umfang betroffen gewesen wie ich, hatte keine Ahnung, wie beschissen man sich fühlte, wenn ein solcher Verdacht im Raum stand und man Angst haben musste, dass die Polizei einen jeden Moment verhaftete. Wenn man sich verstecken musste und die einzige Hoffnung darin bestand, den Fall aufzuklären und den wahren Mörder zu finden. So was steckte man nicht so einfach weg.

„Apropos", Tom warf mir einen forschenden Blick zu. „Hat sich unsere Suche jetzt erledigt? Oder bist du weiterhin daran interessiert, bei den polizeilichen Ermittlungen mitzumischen? Das frage ich nicht nur wegen mir", schickte er hinterher. „Mirko und Tim werden es auch wissen wollen."

Und Felicitas. Mit ihr hatte ich auf dem Rückweg zu meinem Auto kurz telefoniert und ihr die freudige Nachricht mitgeteilt. Da sie schon vor dem Krankenzimmer ihres nächsten Patienten stand, hatten wir vereinbart, später ausführlich zu sprechen, am besten, wenn sie von der Arbeit zurück war.

Ich atmete ein paarmal tief durch, um mich zu beruhigen. Klar, es brachte überhaupt nichts, sich aufzuregen, aber das war einfacher gesagt als getan. Ich spürte förmlich, wie mein Blut kochte.

Auch Tom erkannte, dass ich nicht fähig war, mich auf etwas anderes zu konzentrieren. „Lauf ums Haus", schlug er vor. „Renn, bis du total fertig bist."

Erst wollte ich diesen Ratschlag harsch ablehnen. Natürlich war ich auf hundertachtzig! Was erwartete er eigentlich? Dann besann ich mich und rannte regelrecht aus der Wohnung.

Die ersten hundert Meter legte ich im Sprint zurück. Leider war meine Kondition nicht die beste, mir ging schon die Puste aus. Also mäßigte ich mein Tempo und begann zu joggen.

Instinktiv hatte ich eine relativ gerade Strecke gewählt, vom Körner Hellweg aus in Richtung Stadt, meinem Verstand war bereits bewusst, dass ich nicht lange durchhalten würde. Ich konzentrierte mich auf meine Atmung und meine Lauftechnik, das hielt mich erst mal vom Denken ab.

Als ich die Reinoldikirche erreichte, war ich schon in eine Art Schlendergang verfallen. Meine Beine fühlten sich wie Pudding an und ich hatte mordsmäßiges Seitenstechen. Nur mein unbedingter Wille, das anvisierte Ziel zu erreichen, hatte mich bis hierhin gebracht. Völlig ermattet ließ ich mich auf die erstbeste Bank fallen. Zurück würde ich die U-Bahn nehmen.

Fünf Minuten später sah ich, wie ein Ordner auf eine Gruppe Jugendlicher zuging. Oh, Shit! Im Innenstadtbereich galt Maskenpflicht. Und die hatte ich bei meinem hastigen Abgang natürlich vergessen. Also schnell weg!

Möglichst zügig durchschritt ich den Brüderweg, denn ich wusste nicht, ob ich hier auch noch Maske tragen musste. In den letzten Tagen waren die Vorschriften andauernd geändert worden, ich hatte es längst aufgegeben, mich damit zu beschäftigen, besonders, weil ich sowieso in Deckung bleiben musste.

Während ich langsam nach Hause lief, beschäftigten sich meine Gedanken bereits wieder mit dem Fall. Ich würde nicht eher ruhen, bis der Täter gefasst war.

Pathetische Worte, dabei hatte ich keinen Schimmer, wo ich ansetzen sollte. Ich musste mich unbedingt noch einmal meinen Aufzeichnungen widmen.

Tom saß vor seinem Computer, als ich eintrat. „Na, wieder beruhigt?", fragte er.

„Lust auf Pizza?" Ich hielt ihm das Paket unseres favorisierten Dönerimbisses unter die Nase.

Er schnüffelte enthusiastisch. „Wow, super."

Wir nahmen am Küchentisch Platz und begannen zu essen.

„Liege ich richtig, dass du weitermachen willst?", erkundigte sich Tom, als er sich die Hälfte seiner Pizza einverleibt hatte.

„Auf jeden Fall", gab ich zurück.

„Dachte ich's mir doch! Ich habe kurz mit Tim gesprochen. Der meint, du solltest dich trotz allem noch mal um dieses Sicherheitsunternehmen kümmern. Das ist unser einziger Ansatz. Der Reporter wollte dich mit ins Boot nehmen und erwähnte, dass du den Kerl, hinter dem er her war, kennst. Das trifft nun mal nur auf diesen Ruben Zimmermann zu."

„Zu dem gleichen Ergebnis bin ich inzwischen auch gekommen. Ich wollte gleich nach dem Essen meine Notizen durchgehen, ob ich darin einen vernünftigen Ansatzpunkt in diese Richtung finde."

Tom grinste. „Tim und ich sind schon dabei, den Typ unter die Lupe zu nehmen. Irgendwelche Spuren hat der garantiert im Netz hinterlassen."

Wir beeilten uns, die Reste unserer Pizza zu vertilgen. Beide brannten wir darauf, uns an die Arbeit zu machen.

Ich rief meine Geschichte auf, ergänzte das Wenige, das noch fehlte, und begann zu lesen. Anschließend scrollte ich noch mal zu den Gesprächen, die ich mit Herrn Pickard geführt hatte. Wenn ich richtig vermutete, war es dringend angeraten, mich erneut mit ihm zu treffen.

Dieses Mal meldete ich mich mit meinem echten Namen.

„Herr Grahl! Wie komme ich zu der Ehre!"

„Der Verdacht gegen mich hat sich aufgelöst. Ich habe bereits mit dem zuständigen Ermittler gesprochen. Ab sofort ermittle ich wieder selbst."

„Das freut mich zu hören."

Besonders freute er sich darüber, dass ich mich mit ihm austauschen wollte, er war sogar mit einem Treffen noch am selben Tag einverstanden. Wir verabredeten uns für siebzehn Uhr vor dem dm-Drogeriemarkt in Körne.

36

Alex

Neben dem Gebäude befand sich ein kleiner Park, echt winzig, allerdings für unsere Zwecke gut geeignet, da diesen nur wenige Fußgänger nutzten und es dort keinen Maskenzwang gab.

Kaum hatten wir uns begrüßt, nahmen wir Kurs darauf und schlenderten gemächlich den Weg entlang.

„Ich habe nie geglaubt, dass Sie Hugos Mörder sind", sagte Herr Pickard. „Warum sollten Sie? Wegen dieser dämlichen Rezi-Geschichte? Erstens kann ich mir nicht vorstellen, dass da was dran ist, das haben Sie echt nicht nötig, und zweitens, selbst wenn Sie den Verdacht nicht hätten entkräften können: Schlechte Werbung ist immer noch besser als gar keine."

„Wer hat eigentlich dieses Gerücht aufgebracht?", fragte ich nach. Mittlerweile hatten wir schon den Ausgang erreicht und nahmen den Weg zu unserem Ausgangspunkt zurück.

„Keine Ahnung. Ich habe jeden aus der Redaktion darauf angesprochen. Jeder kennt es, doch keiner weiß, wo es herstammt."

„Weshalb war Herr Stankowski an seinem Todestag in der Redaktion? Und wie kam es, dass Sie beide aufeinandertrafen?"

„Einer von uns schiebt immer Dienst vor Ort. In der Woche war ich es. Der Chef kommt so alle zwei, drei Tage mal rein. Das Gespräch mit Herrn Stankowski muss kurzfristig angesetzt worden sein, am Tag zuvor war noch nicht die Rede davon."

„Wären Sie denn normalerweise informiert worden?", kam ich nicht umhin zu fragen.

„Man kriegt es mit, wenn einer einbestellt wird", behauptete er. „Wobei ich denke, dass es in diesem Fall umgekehrt gewesen ist. So wie ich das verstanden habe, wollte der Hugo dringend mit dem Chef reden."

„Und weswegen?"

„Darüber schweigt dieser sich aus. Ich weiß aber, dass er der Polizei gegenüber behauptet hat, es sei nichts Wichtiges, was sie besprochen hätten. Der Hugo habe ihm einige Papiere zeigen wollen und sei sowieso in der Ecke unterwegs gewesen."

Herr Pickard klang nicht völlig überzeugt. „Nehmen Sie ihm das ab?"

„Ehrlich gesagt, weiß ich nicht, was ich denken soll. Vielleicht wollte der Chef nicht mit der Sprache rausrücken, weil die Sache noch nicht richtig ausgegoren war. Allerdings wüsste ich nicht, dass er später jemand anderen darangesetzt hat. Im Prinzip wäre das meine Aufgabe."

„Warum ermitteln Sie in Ihrer Freizeit?"

Mein Gegenüber - wir waren in stummer Übereinkunft am oberen Rand des Parks stehen geblieben, weil wir nicht eine Runde nach der anderen drehen wollten – errötete. „Durch den Wegfall des Kollegen müssen wir anderen die Arbeit auffangen. Da bleibt keine Zeit für eine intensive Recherche zu diesem Thema. Das ist Originalton Chef."

„Seltsam", befand ich. „Haben Sie versucht, mit ihm zu reden?"

„Habe ich, ohne Erfolg. Er weicht mir aus."

„Würden Sie gern noch mal mit ihm reden?"

„Das bringt nichts", winkte er ab.

„Und wenn ich es versuche?"

Er setzte schon zu einem Kopfschütteln an. Dann schien er zu merken, dass ich irgendwas in der Hinterhand hatte. „Wie wollen Sie an einen Termin bei ihm kommen?"

„Werden Sie hören, sobald Sie mir seine Durchwahl geben." Warum alles zweimal erzählen?

Er schien genauso begierig wie ich, die Wahrheit zu erfahren, und diktierte mir ohne weitere Nachfragen die Zahlen.

„Brenner?", meldete sich eine fragende Stimme.

„Grahl, ich würde mich gern zu einem persönlichen Gespräch über Herrn Stankowski mit Ihnen treffen." Ich war echt gespannt darauf, wie er reagierte.

„Dann sind Sie wohl als Verdächtiger ausgeschieden, nehme ich an."

Herr Pickard – ich hatte das Handy auf laut gestellt - gab mir mit wilden Handbewegungen zu verstehen, dass er nicht mit diesem darüber gesprochen hatte.

„Genau, und nun stelle ich Nachforschungen zum Tode Ihres Reporters an. Mich würde interessieren, woran er bis kurz vor seiner Ermordung gearbeitet hat."

„Das ist nicht weiter relevant. Tut mir leid, ich kann Ihnen nicht helfen."

„Oh, das glaube ich doch", sagte ich schnell, da er mich eindeutig abwürgen wollte. „Ich habe einige Informationen an der Hand, die besagen, er habe Hinweise zu diesem neuen Sicherheitsdienst in der Nordstadt gesammelt. Einige Dinge seien ihm seltsam aufgestoßen. Zum Beispiel, dass die Hintermänner etwas Ähnliches auch in anderen Städten aufgezogen haben. Oder dass die jeweiligen Chefs nur vorgeschoben sind. Und dass auch Aufträge angenommen werden, bei denen von vornherein klar ist, dass Gewalt angewendet werden muss."

Während mir aus dem Hörer nur tiefes Schweigen entgegenschlug, gebärdete sich Herr Pickard wesentlich aufgeregter. Er fuchtelte mir mit seinen Händen vor dem Gesicht herum, bis ich ihm mit einem nachdrücklichen Nicken bestätigte, dass meine Aussagen nicht aus der Luft gegriffen waren.

„Nun gut", meldete sich Herr Brenner. „Vielleicht wäre es sinnvoller, wir klären das persönlich. Könnten Sie in ungefähr einer Stunde in der Redaktion sein?"

„Gern."

Kaum hatte ich das Gespräch beendet, konnte Herr Pickard nicht mehr an sich halten. „Woher haben Sie diese Informationen? Von Herrn Stankowski?"

„Nein, der hat mich im Prinzip nur mit einem einzigen kleinen Hinweis angelockt." Ich berichtete ihm ausführlich, was Marcels Kumpanen ausgegraben hatten.

„Das erklärt nicht, woher Sie wissen, dass die auch vor Gewalt nicht zurückschrecken."

Der Mann hatte gut aufgepasst. „Darüber kann ich leider keine Auskunft geben, nur so viel, ich kann jede einzige Anschuldigung beweisen."

„Was auch dem Chef klar war, sonst hätte er dem Treffen nicht zugestimmt. Darf ich Sie begleiten?"

„Lieber nicht. Ich habe bessere Karten, wenn ich allein gehe."

Wir vereinbarten, dass er in der Nähe warten würde. Dafür fuhr er mich sogar mit dem Auto in die Innenstadt und ließ mich in der Nähe des Redaktionsgebäudes raus. Und er half mir mit einer FFP2-Maske aus, die ich wie immer nicht bei mir hatte. So schlenderte ich, um die Wartezeit totzuschlagen, durch die relativ leere Fußgängerzone. Wobei leer wirklich relativ war. Insgeheim wunderte ich mich, wie viele Menschen trotzdem noch hier unterwegs waren. Wollten die alle einen Termin in der näheren Umgebung wahrnehmen?

Zudem fiel mir auf, dass mindestens ein Viertel entweder gar keinen Mund-, Nasenschutz oder diesen nachlässig viel zu tief trug. Wo war das Ordnungsamt? Fast automatisch musste ich an Toms spöttische Bemerkungen zu den geltenden Maßnahmen denken. „Und wieder wird sich nur der Teil der Bevölkerung daran halten, der sowieso gesetzeskonform ist. Die anderen juckt das nach wie vor nicht. Für die notwendigen Kontrollen fehlt das Personal. Die erwischen allerhöchstens einen Bruchteil der Maskenverweigerer."

Nicht dass ich mich oft mit ihm über dieses Thema unterhielt. Felicitas sah im Krankenhaus die schlimmsten Auswirkungen des Virus. Wir gingen daher mit den meisten Regeln konform und sahen die Notwendigkeit ein. Allerdings gab es natürlich trotzdem einiges, was mir aufstieß, weil viele Verordnungen nicht meiner Logik entsprachen. Zum Beispiel die Ausnahmeregelung ab dem 1. März für Friseur- und Fußpflegesalons, weil sie „relevante" Dienstleistungen erbringen – klar, es waren ja auch mehrere Brandbriefe bei den Politikern eingegangen, die sich entgegen der normalen Bevölkerung weiterhin mit einem ordentlichen Schnitt präsentierten. Oder der trotz Lockdown in meinen Augen nicht unerhebliche Flugverkehr, allein in Frankfurt zweieinhalb Millionen Fluggäste im ersten Quartal. Gab es denn tatsächlich so viele wichtige Reisen? Ebenso die Schlagzeilen in unserer Lokalzeitung über Warteschlangen ohne Mindestabstand am Dortmunder Flughafen – mitten im harten Lockdown. Oder … ein Blick auf die Uhr, es wurde langsam Zeit für mein Treffen mit dem Chefredakteur.

Ein älterer Mann, groß und hager, schätzungsweise Ende der Fünfzig, mit noch dichtem weißem Haar, stand im Eingangsbereich und rauchte eine Zigarette. Als er mich sah, schnippte er die Kippe weg und fragte: „Herr Grahl? Brenner, wir haben gerade telefoniert", fuhr er auf mein Nicken hin fort. „Kommen Sie rein."

Ich folgte ihm die Treppe hoch in einen Gang, von dem mehrere Türen abgingen. Er führte mich in den letzten Raum, anscheinend sein Büro, denn er nahm hinter dem Schreibtisch Platz und wies auf die beiden Besucherstühle davor.

Ich setzte mich und begann ohne Umschweife: „Was hatte Herr Stankowski mit Ihnen so Dringendes zu besprechen?"

Er machte eine wegwerfende Handbewegung. „Er hatte sich da in etwas verrannt, vermutete eine groß angelegte Verschwörung und wollte von mir das Okay, offiziell darüber zu recherchieren. Ich konnte ihm relativ schnell das Gegenteil beweisen. Als er die Redaktion verließ, hatte er begriffen, dass es keine Story gab."

„Sie meinen das Sicherheitsunternehmen in der Nordstadt?",
vergewisserte ich mich.

Er nickte. „Hugo vermutete dahinter eine Organisation, die
eine Gefahr für unseren Rechtsstaat darstellt. Ich konnte ihn
in der Hinsicht beruhigen."

„Weil Sie die Hintermänner kennen?" Mein Gesprächspartner schien nicht willens, mir mehr mitzuteilen als unbedingt nötig.

„Ich bin mit einem von ihnen gut bekannt, ja. Er ist absolut
integer, genauso wie seine Mitstreiter. Sie wollen helfen, dass
Wohnumfeld vieler zu verbessern und sind dafür bereit, einiges Kapital in dieses Unternehmen zu stecken."

„Sie wissen aber schon, dass die Wachmänner nicht gerade
zimperlich vorgehen?"

Ein feines Lächeln spielte um seine Lippen. „Manchmal ist es
nötig, Gewalt mit Gewalt zu beantworten, in einem angemessenen Rahmen natürlich. Da kann ein privates Unternehmen
wesentlich rigoroser vorgehen als der Staat."

37

Felicitas

Meine letzte Patientin für heute, Frau Bramwell, war ein wahrer Schatz. Mit ihr machte es richtig Spaß zu arbeiten. Womit ich nicht sagen möchte, dass die anderen nur widerwillig meine Anweisungen befolgten. Es lag eher daran, dass sie trotz ihrer vielen Gebrechen von einer geradezu überschäumenden Fröhlichkeit war und trotz ihres hohen Alters noch mitten im Leben stand. Die Dreiviertelstunde verging immer wie im Flug.

Auch heute lächelte sie mir entgegen und setzte sich im Bett auf. „Das letzte Mal, morgen werde ich entlassen", teilte sie mir stolz mit.

„Das sind ja gute Nachrichten", freute ich mich mit ihr.

Während ich die notwendigen Übungen mit ihr durchführte, erzählte sie mir nähere Einzelheiten. Ihre Tochter habe zwei Pflegerinnen für sie engagiert, die sich Tag und Nacht um sie kümmern würden.

„Das Haus ist nun wirklich groß genug. Die beiden Frauen bekommen oben ihre Zimmer und haben das Bad für sich allein. Die Birgit hat meinen Schlafraum schon nach unten verlegt, die Gästetoilette wird in ein paar Tagen umgebaut. Damit ich auch duschen kann." Ungeachtet ihrer Vorfreude seufzte sie. „Ich hoffe nur, dass ich mich mit den Damen ausreichend verständigen kann."

„Es handelt sich um Pflegekräfte aus Osteuropa?", vergewisserte ich mich.

„Etwas anderes lässt sich heutzutage nicht mehr bezahlen."

„Ist auf jeden Fall besser als ein Altersheim." Ich tätschelte ihren Arm, bevor ich sie anwies, diesen noch ein bisschen höher zu heben.

„Da hätten mich keine zehn Pferde reingekriegt", stieß sie mühsam hervor, vollkommen auf ihre Aufgabe konzentriert. In den nächsten Minuten musste sie zu hart arbeiten, als dass sie sich hätte unterhalten können. Kaum begann ich damit, die beanspruchten Muskeln zu massieren, fuhr sie fort: „In so einem Heim würde ich mich nicht wohlfühlen. Zuhause habe ich viel mehr Möglichkeiten und kann mein Leben selbst bestimmen."

Ich hütete mich davor, die Vor- und Nachteile mit ihr zu diskutieren. Sie hatte mir ihren Standpunkt schon mehrfach klargemacht. Ich wusste, dass sie davon nicht einen Millimeter abrücken würde. „Die eigenen vier Wände sind natürlich nicht zu ersetzen."

„Die Birgit hat mir selbst dazu geraten", nickte sie und strahlte mich an. „Mama, hat sie gesagt, du kannst dein Geld sowieso nicht mitnehmen. Gönn dir das, was du möchtest."

Meine Patientin war einundneunzig und hatte dementsprechend viele Gebrechen. Und jetzt der Schlaganfall! Sehr lange würde sie bestimmt nicht mehr leben. „Toll, dass Ihre Tochter Sie so unterstützt", pflichtete ich ihr bei und meinte es auch so. Es gab genügend Kinder, die sich nicht darum scherten, was die pflegebedürftigen Eltern wollten.

Ich wandte mich ihren Beinen zu. „Läuft das mit den Pflegerinnen über eine Agentur?"

„Das sind keine ausgebildeten", berichtigte sie mich und mühte sich ab, mit meiner Unterstützung den Fuß zu bewegen. „Die übernehmen die Grundpflege und den Haushalt, keine medizinischen Verrichtungen. Aber das ist genau das, was ich benötige." Sie zuckte zusammen. „Ich spüre den Druck auf meine Zehen!", jubelte sie. „Das Gefühl kommt zurück."

Ein kleiner Erfolg, sicher, viel mehr war jedoch nicht zu erreichen. Sie würde bis an ihr vermutlich baldiges Ende auf Hilfe angewiesen sein.

„Ja, mit meiner Tochter habe ich großes Glück. Damals, als sie noch verheiratet war, sah es nicht ganz so rosig aus. Ihr Mann war ein Versager, der sich ins gemachte Nest setzen wollte. Die Birgit hat in der Zeit mehr gearbeitet als er. Es dauerte etliche Jahre, bis sie wach wurde und sich von ihm trennte. Sie und der Junge zogen zu mir. Ich bin schon früh Witwe geworden, es war genügend Platz da. Später ist sie mit Ruben zusammen nach Stuttgart gezogen, als er dort Arbeit fand. Tja, und jetzt ist der Enkel wieder hier in der Stadt und sie in der Fremde geblieben, hat dort ein spätes Glück gefunden. Ihr zweiter Mann betreibt zusammen mit seinem Sohn einen Bauernhof, deshalb kann sie nicht weg." Sie verstummte, weil die Übungen ihre gesamte Aufmerksamkeit forderten.

Ich dagegen ließ es zu, dass meine Gedanken rotierten. Sie hatte mir schon öfter von dem tollen Enkel berichtet, der schon mit Anfang Dreißig einen gut bezahlten Posten innehatte, sogar mittlerweile Teilhaber des aufstrebenden Unternehmens war. Er sei viel unterwegs, deshalb könne er sich nicht oft kümmern, unterstütze sie aber in ihrem Wunsch, ihr eigenes Heim nicht aufzugeben. Im gleichen Atemzug hatte sie mir zu verstehen gegeben, er erbe schließlich später mal das Haus, bei dem es sich nach ihren Erzählungen um eine prachtvolle Villa in bester Lage handelte. Ich hatte mir meinen Teil gedacht und natürlich keinen Kommentar abgegeben. Es kam oft vor, dass meine Patienten mir Privates erzählten, was davon stimmte oder auch nicht, interessierte mich normalerweise nicht.

Du kannst wenigstens nachfragen, machte ich mir selbst Mut. Wahrscheinlich liegst du mit deiner Annahme sowieso falsch. Und was ist denn schon dabei. Ich holte tief Luft und fragte: „Was für ein Unternehmen leitet Ihr Enkel eigentlich?"

Tom

Es klingelte und ich sprang erleichtert auf, um zu öffnen. Jede Ablenkung von dieser nervigen Arbeit war mir recht. Ich kam einfach nicht weiter, es fand sich rein gar nichts über diesen Ruben Zimmermann im Netz.

Statt der erwarteten Felicitas stand Mirko vor der Tür. „Ich habe die gute Neuigkeit schon gehört und dachte mir, ich komme spontan vorbei. Ist drüben keiner zu Hause?"

„Alex ist unterwegs zu einem Gespräch mit dem Chefredakteur und Felicitas kommt anscheinend heute später." Ich hielt einladend die Tür auf. „Rein mit dir! Ich kann deine Hilfe gut gebrauchen."

Mirko stürzte sich gleich auf die neue Aufgabe. Ich ließ ihn machen, obwohl ich schon ahnte, dass er auch nicht mehr erreichen würde als ich.

Alex' Freund hatte sich, wie ich selbst erst vor kurzem erfuhr, von seiner langjährigen Freundin getrennt und anscheinend bisher noch keine vernünftige Möglichkeit gefunden, sein Leben umzugestalten. Nur deshalb war er auf die wahnwitzige Idee verfallen, diesen Job bei dem Wachunternehmen anzunehmen. Er hatte definitiv zu viel Freizeit im Moment.

Ich selbst weinte dieser Rieke keine Träne nach. Sie und ich standen von Anfang an auf Kriegsfuß. Selbst den besten Argumenten gegenüber zeigte sie sich ablehnend. Mit ihr konnte man einfach nicht diskutieren. Sie behielt stur ihre Sicht der Dinge bei, egal was ich vorbrachte. Stattdessen verwies sie auf die öffentliche Meinung und dass mittlerweile feststehe, der Klimawandel sei definitiv menschgemacht. Ich hingegen sah das Ganze eher als Manipulation der Massen. Warum sonst wurden in den Medien und von den Politikern nur die ihnen genehme Wahrheit verbreitet? Es gab genügend andere, die sich deutlich differenzierter äußerten.

Da sie es jedoch war, die damals darauf bestand, die Gegend zu durchsuchen, in der ich dann tatsächlich gefangen gehalten wurde, also wesentlich zu meinem Auffinden und meiner

Befreiung beitrug, hielt ich mich ihr gegenüber zurück und versuchte, Gesprächen über das bewusste Thema aus dem Weg zu gehen. Das Problem war, dass sich Mirko immer mehr für meine Sicht der Dinge erwärmte und sich gern und oft mit mir austauschte. Bis sie dem Ganzen schließlich irgendwie einen Riegel vorschob und er sich nicht mehr meldete.

Bei unserem nächsten Zusammentreffen, dem achtzigsten Geburtstag meines Opas, gerieten wir gleich wieder aneinander. Das heißt, eigentlich nutzte Mirko es aus, endlich seine Sichtweise über Corona darzulegen, die wieder nicht mit ihrer übereinstimmte. Wie ich fand er die gesamte Vorgehensweise unserer Regierung und die daraus resultierenden Maßnahmen äußerst seltsam, genauso wie die ablehnende Haltung der Politiker gegenüber Experten, die anderer Meinung waren – dieses Mal noch deutlicher als auf die Klimakrise bezogen.

Prompt entspann sich ein Streitgespräch, obwohl Opa extra darum gebeten hatte, das Thema außen vor zu lassen. Nur meinem Bruder Tim war es zu verdanken, dass dieses nicht eskalierte. Bei dem folgenden Treffen am nächsten Tag besprachen Mirko und ich uns ausführlich, denn mehr als rumsitzen und warten, blieb für uns nicht. Wir lagen tatsächlich auf einer Wellenlänge, weswegen er mir fest versprach, sich wieder regelmäßig bei mir zu melden. Ihm fehlte eindeutig der Austausch mit jemand, der ihn nicht gleich beschimpfte oder links liegen ließ, sobald seine und die Argumente seines Gesprächspartners nicht übereinstimmten.

Schon zu diesem Zeitpunkt gab ich der Beziehung nicht mehr lange. Wer möchte schon mit einem Partner zusammenleben, mit dem er in den wichtigsten Dingen nicht konform geht und der dazu darauf besteht, dass seine Sicht die einzig richtige ist?

Wie ich es vorausgeahnt hatte, meldete er sich schon kurze Zeit später nicht mehr bei mir, Rieke hatte sich mal wieder durchgesetzt. Trotzdem riss dieses Ende jetzt ein Riesenloch in sein Leben. Er müsse erst wieder lernen, es mit interessanten Aktivitäten zu füllen, sagte er. Diesen Punkt konnte ich nicht nachvollziehen, dafür war ich wohl schon zu lange Single, was ich zurzeit durchaus genoss. Meine Tage waren so ausgefüllt, dass ich wahnsinnige Abstriche hätte machen müssen, um eine neu entstehende Freundschaft zu pflegen.

„Ich finde nichts", unterbrach Mirko meine Gedanken. „Vielleicht sollte Alex noch einmal professionelle Hilfe in Anspruch nehmen."

Was vermutlich nicht gerade billig war. Ob er sich das leisten konnte?

Bevor ich dazu kam, eine entsprechende Bemerkung zu machen, klingelte es an der Tür. „Das wird Felicitas sein."

Sie kam geradezu hereingestürmt. „Ist Alex da? Ich habe wunderbare Neuigkeiten für ihn."

38

Alex

„Er hat tatsächlich zugegeben, dass er einen der Initiatoren kennt?" Herr Pickard starrte mich fassungslos an. „Das hätte ich nicht erwartet."

„Er hat zwar keine Namen genannt, mir aber anhand von mehreren Beispielen erklärt, was für ein Segen dieses Unternehmen ist." Unsere Unterredung hatte fast eine Stunde gedauert, denn Herr Brenner hatte sich bemüht, mich von der Harmlosigkeit und der guten Absicht der Akteure zu überzeugen. Er gab sogar zu, dass es anfangs zu einigen Überreaktionen, wie er es nannte, gekommen sei. So etwas könne man leider nicht verhindern, derartigen Unruhestifter würde sofort gekündigt und ihre Namen auf eine schwarze Liste gesetzt. Man sei sehr darauf bedacht, möglichst gesetzeskonform zu agieren.

„Andererseits gibt er offen zu, dass die Gewalt anwenden", widersprach Herr Pickard nun seinen Ausführungen.

Ich grinste. „Sie wehren sich natürlich, wenn sie angegriffen werden – was durchaus erlaubt ist."

Er schüttelte den Kopf. „Die legen es doch darauf an."

„Das kann man so oder so sehen." Ich dachte an Cevdet, der ebenfalls davon überzeugt war, richtig zu handeln, weil ihm die Gegner ja keine andere Wahl ließen. „Ihr Chef findet deren Vorgehen durchaus in Ordnung."

„Hugo scheint das anders gesehen zu haben."

„Leider reagierte Herr Brenner äußerst sauer auf Herrn Stankowskis Vorstoß und stoppte ihn sofort unmissverständlich." Angeblich, weil er sich gleich um acht Uhr früh mit diesem Problem konfrontiert sah, vermutlich hatte er sich jedoch erst einmal rückversichern wollen, wie viel er seinem Untergebenen erzählen durfte, um ihn von weiteren

Recherchen abzuhalten. „Als er ihn aufforderte, ihm sämtliches Material darüber zur Verfügung zu stellen, habe Herr Stankowski behauptet, nichts dabei zu haben. Kurz darauf sei er aufgesprungen und habe von einem weiteren lohnenden Thema gesprochen, dem er nachgehen wolle, nämlich einen Schriftsteller mit bestimmten Vorwürfen zu konfrontieren." Ich machte eine Kunstpause und wartete auf die Reaktion meines Gegenübers.

„Hugo hat das mit den gefakten Rezensionen aufgebracht?", fragte er ungläubig nach.

„Angeblich wollte er sich gleich anschließend mit dem Tippgeber treffen", nickte ich. „Und danach wenn möglich mit mir selbst ein Interview führen. Da sei er noch dran, hat er behauptet." Was sogar stimmte, da ich ja anfangs abgesagt hatte.

„Das glaube ich nicht!"

„Herr Stankowski war nicht gerade ein Fan von mir", erinnerte ich ihn. „Der hätte mir mit Genuss eins reingewürgt."

„Sein erstes Telefonat mit Ihnen war vor dem Gespräch mit dem Chef", überlegte Herr Pickard laut. „Nein, das passt hinten und vorne nicht. Er wollte offensichtlich Ihre Hilfe." Er hielt inne. „Oder denken Sie, der wollte Sie nur unter Vorspiegelung falscher Tatsachen zu einem Gesprächstermin locken?"

„Nein, in meinen Augen war das eine Ablenkung für Ihren Chef, um ihn in Sicherheit zu wiegen, dass er seine Nachforschungen gegen das Sicherheitsunternehmen einstellt." Das war für mich die einzig logische Erklärung.

Er ließ sich meine Argumentation kurz durch den Kopf gehen, dann nickte er zustimmend. „Und was jetzt?"

„Ich setze meine Ermittlungen fort", sagte ich, ohne zu zögern.

„Kann ich mich dranhängen? Ich meine, ich mache in meiner Freizeit weiter", verbesserte er sich, „und wir könnten uns über das, was wir jeweils herausfinden, austauschen."

„Eine gute Idee", stimmte ich ihm zu.

„Was haben Sie vor?"

„Ich hoffe, morgen oder übermorgen mit dem offiziellen Inhaber, Herrn Zimmermann, persönlich sprechen zu können", ließ ich die Bombe platzen.

„Wie haben Sie das denn geschafft?"

„Ihr Chefredakteur besorgt mir den Termin."

Herr Pickard schäumte vor Wut. „Dieses Arschloch! Ich habe ihn regelrecht angefleht, den Spuren von Hugo folgen zu dürfen, also ganz offiziell, meine ich damit. Er ließ mich eiskalt abblitzen."

„Hätten Sie mit denselben Informationen auftrumpfen können, die mir zur Verfügung standen, wäre er mit Sicherheit kompatibler gewesen. Manchmal kommt man eben nur voran, wenn man über entsprechende Druckmittel verfügt."

Der Reporter war so dankbar, dass ich mein Wissen mit ihm teilte, dass er mir anbot, mich nach Hause zu fahren. Wir verabschiedeten uns mit dem gegenseitigen Versprechen, den jeweils anderen auf dem Laufenden zu halten.

Bevor ich meine Wohnungstür aufschließen konnte, wurde die gegenüberliegende aufgerissen. „Wir sind hier", empfing mich Felicitas und umhalste mich enthusiastisch. „Ach, tut das gut, dass du endlich wieder normal leben kannst!"

Neben Tom erwartete mich auch Mirko. „Herzlichen Glückwunsch", empfing er mich. „Kaum von dem schlimmsten aller Vorwürfe befreit, bist du also schon wieder auf Verbrecherjagd?"

„Du kannst deinen Job kündigen", gab ich zurück, bevor ich mich ihm gegenüber an den Tisch setzte. „Ich kriege einen Termin mit Ruben Zimmermann höchstpersönlich."

Daraufhin wurde ich von allen belagert, vernünftig und der Reihe nach zu berichten. Täuschte ich mich oder sah Felicitas ein klein wenig enttäuscht aus? Vermutlich hätte sie es lieber gesehen, wenn ich nicht gleich wieder voll in die Ermittlungen eingestiegen wäre. Ich musste unbedingt später, wenn wir allein waren, mit ihr darüber sprechen und ihr meine Beweggründe erklären. Wie sollten wir sonst sicher sein, dass Herr Stankowskis Mörder uns in Ruhe ließ? Denn irgendwie schien er es ja auch auf mich abgesehen zu haben.

„Interessante Entwicklung." Mirko war der Erste, der sich danach zu Wort meldete. „Trotzdem werde ich den Job weitermachen. Cevdet zählt auf mich! Nein", gab er zu, „mir macht der Dienst echt Spaß. Das ist im Moment der richtige Ausgleich zu dem ewigen „in der Hütte sitzen". Ich komme raus, erlebe was und kann mich dabei noch nett unterhalten. Und", er grinste, „ich lerne mal eine ganz andere Seite von Dortmund kennen, mit einem ganz anderen Menschenschlag."

„Und wenn du in der Nordstadt eingesetzt wirst?" Mein Ding wäre das nicht gewesen.

„Ich brenne darauf! Nach allem, was du erlebt hast, möchte ich gern selbst sehen, wie es da läuft."

„Ich habe auch Neuigkeiten", mischte sich Felicitas ein, die merkte, dass ich meine Vorbehalte gegen einen dortigen Einsatz aufzählen wollte. „Eine von meinen Patientinnen ist die Oma von eurem Ruben Zimmermann." Sie hielt inne und wartete genüsslich auf unsere Reaktion.

„Das gibt's nicht", kam es von Mirko.

„So ein Zufall!", tönte Tom.

„Was hat sie gesagt? Hast du sie etwa ausgefragt?" Bloß das nicht. Ich wollte so wenig Aufmerksamkeit wie möglich auf uns lenken.

„War gar nicht nötig", winkte sie ab. „Die meisten alten Leutchen erzählen gerne von ihrer Familie. Sie ist da keine Ausnahme. Er ist ihr einziges Enkelkind und scheint sich auch um sie zu kümmern. Die Mutter lebt weiter weg", ergänzte sie. „Sie hat nur noch ihn."

„Nun erzähl schon!" Wir alle drei hingen geradezu an ihren Lippen.

„Er war nicht gerade einfach als Kind. Ist dann aber nach dem Schulabschluss direkt zur Bundeswehr und hat nach der Grundausbildung auf vier Jahre verlängert. Später stellte er fest, dass er lieber doch nicht auf ewig Soldat sein wollte, und hat sich eine Ausbildungsstelle zur Werkschutzfachkraft gesucht. Das war in Stuttgart, wo er und seine Mutter damals wohnten. Die Firma übernahm ihn und er arbeitete mehrere Jahre in den verschiedensten Unternehmen. Dabei traf er auf seinen Gönner, der ihm die Gründung einer eigenen Firma ermöglichte. Er kam zurück nach Dortmund, wollte allerdings nicht bei seiner Oma einziehen, sondern suchte sich eine eigene Wohnung. Viel Zeit könne er natürlich nicht aufbringen, er sei schwer beschäftigt. Immerhin will er sich an den anfallenden Pflegekosten beteiligen." Felicitas berichtete von dem Schlaganfall der Frau und den Zukunftsplänen, die sie mit Tochter und Enkel zusammen geschmiedet hatte.

„Wann wird sie entlassen?" Vielleicht ergaben sich bei meinem Gespräch mit Ruben weitere Fragen, die sich über die Oma abklären ließen.

„Morgen." Sie grinste vergnügt. „Sie bat mich, meine Behandlung privat fortzusetzen, gegen Bezahlung bar auf die Hand. Sie will keine andere Physiotherapeutin als mich."

Vor ihr hatte es schon einige andere gegeben, die diesen Wunsch äußerten. Bisher hatte Felicitas diese Bitte immer abgelehnt. Ihr reichte die Vollzeitstelle im Krankenhaus völlig, außerdem hatte sie kein Interesse an Schwarzarbeit. „Du hast angenommen?" Begeistert war ich ehrlich gesagt nicht über diese Entwicklung. Ich hätte sie lieber aus allem rausgehalten.

„Wir haben uns darauf geeinigt, dass ich den Anfang übernehme, bis sie eine geeignete Kraft gefunden hat. Was?", fuhr sie mich an, weil sie wohl erkannt hatte, dass ich mit dieser Lösung nicht einverstanden war.

„Das ist keine gute Idee, du …"

„Ich will mithelfen, diesen Fall zu klären." Sie funkelte mich an. „Das ist eine super Konstellation. Sei lieber froh, dass sich diese Möglichkeit bietet."

Bei jedem anderen wäre ich das gewesen, nur sie wollte ich nicht mit reinziehen. Was, wenn Ruben mitbekam, dass sie ihm hinterherspionierte?

„Das ist echt klasse, Feli!" Mirko hatte anscheinend keine Bedenken.

Auch Tom nickte beifällig. Er hob sein Wasserglas und prostete ihr zu. „Auf deinen ersten Auftrag!"

Felicitas sonnte sich in deren Lob. Mir wurde klar, dass ich keine Chance hatte, sie umzustimmen. Nicht nur, dass es in einen Riesenstreit ausgeartet wäre, wenn ich auf meiner Meinung beharrt hätte, sie außen vor zu lassen. Meine Freundin konnte unheimlich stur sein, wenn sie sich für einen bestimmten Weg entschieden hatte. Ich zwang mich zu einem Lächeln. „Wann geht es los mit der Therapie?"

„Übermorgen, ich fahre nach der Arbeit direkt zu ihr. „Das ist kein Problem", nahm sie meine nächste Frage gleich vorweg. „Mit der U-Bahn bin ich in zehn Minuten da."

„Dann bin ich wohl komplett raus." Tom wirkte leicht geknickt. Dabei hatte ich gedacht, er helfe mir nur aus der Verpflichtung heraus, dass ich ihn damals nicht aufgegeben hatte.

„Ach was, bisher ist der Fall nicht aufgeklärt. Wer weiß, was noch alles passiert."

Wie schnell sich Mirkos Worte bewahrheiten sollten, ahnte ich in diesem Moment nicht einmal.

39

Alex

„Hast du mit Herrn Janzen auch über diesen Überfall in der Nordstadt gesprochen, als du inkognito unterwegs warst?", fragte Felicitas am nächsten Morgen beim Frühstück. „Es stand ja nur ein ausnehmend kurzer Artikel in der Zeitung." Dass mir das nicht aufgefallen war! „Nein, den hat er überhaupt nicht angeschnitten. Ich rufe ihn gleich an. Vielleicht kriege ich raus, warum dieser Vorfall nicht publik gemacht wurde."

Zuerst suchte ich mir den entsprechenden Artikel, der mir im Eifer des Gefechts komplett durchgegangen war, im Netz raus. „Und mit Herrn Pickard setze ich mich auch in Verbindung", erklärte ich, noch während ich die paar Zeilen, die dieser dazu verfasst hatte, überflog. Das Ganze wurde als Auseinandersetzung zwischen zwei verfeindeten Gruppen dargestellt, wobei unklar blieb, um welche es sich dabei handelte. Die Polizei habe die Lage schnell unter Kontrolle gehabt, hieß es. Hatte ihm sein Chef verboten, genauer zu recherchieren?

„Wann wird denn das Video von Joey veröffentlicht?"

Wieder musste ich passen. „Ich frage gleich bei Tom nach", erwiderte ich seufzend.

Kaum war Felicitas zur Arbeit aufgebrochen, griff ich zum Handy.

„Herr Grahl", Herr Pickard klang ziemlich überrascht. „Ist Ihr Gespräch mit Herrn Zimmermann schon gelaufen?"

„Nein, ich habe gestern vergessen, etwas anderes mit Ihnen abzuklären. Dieser Artikel über die Schlägerei vor kurzem in der Nordstadt, warum war Ihnen das nur diese paar Zeilen wert? Ich war dabei und muss sagen, es war ein heftiger

Angriff einer größeren Gruppe auf das Wachpersonal, insbesondere deren Leiter." War Mark das wirklich? Auch wieder etwas, was ich in Erfahrung bringen musste. „Wir wurden nur durch die schnelle Reaktion meines Partners vor schwereren Verletzungen bewahrt." Ich gab ihm eine Kurzzusammenfassung der Ereignisse.

„Davon hatte ich keine Ahnung!", versicherte er mir. „Wir bekamen diese Erklärung von der Polizei und der Chef gab Anweisungen, es genau so zu veröffentlichen. Weitere Nachforschungen dazu waren unerwünscht."

Etwas Ähnliches hatte ich mir fast gedacht. Nur warum ließ sich die Polizei auf ein derartiges Spiel ein? „Ich spreche noch einmal mit dem Kriminalkommissar, der den Mord an Herrn Stankowski bearbeitet", verabschiedete ich mich und setzte diesen Vorsatz sofort in die Tat um.

„Ich habe total vergessen, Ihnen mitzuteilen, dass ich dieser Unbekannte war, der sich nach der Schlägerei in der Mallinckrodtstraße nicht hatte im Krankenhaus behandeln lassen wollen", begann ich.

„Ihr Nachbar war so frei, mir davon zu berichten. Wussten Sie das nicht?" Er klang eindeutig amüsiert.

Eigentor! An sein Gespräch mit Tom hatte ich nicht mehr gedacht. „Muss ich denn nicht dazu ebenfalls eine Aussage machen?", versuchte ich mich aus der Affäre zu ziehen.

„Nein, es gab genügend andere Zeugen. Oder haben Sie etwas Besonderes gesehen?"

Er würde mir nichts verraten, das wurde immer deutlicher. „Nein, im Prinzip wollte ich Ihnen nur mitteilen, dass ich dabei war." Und ich hatte keine Ahnung, wie es mir gelingen sollte, ihn zu einer ausführlichen Antwort zu verleiten. Bestimmt war die Pressenotiz von weiter oben verfasst worden.

„Ist hiermit notiert, Herr Grahl. Wir melden uns, wenn wir noch Fragen haben."

Bis endlich der Anruf von Herrn Brenner kam, vervollständigte ich meine Notizen beziehungsweise brachte sie wie üblich in Romanform. Mich hatte das typische Schriftsteller-fieber gepackt, es entstand also nun doch ein vierter Krimi.

Dieses Mal musst du dir einige Stellen von den anderen Be-teiligten füllen lassen, wurde mir schnell klar. Ich hatte ein-fach zu vieles nicht selbst erlebt, um ausführlich darüber schreiben zu können. Felicitas, Tom und Mirko, diese drei würden in einigen Kapiteln selbst zu Wort kommen, ich sollte bald mal vorfühlen, ob sie dazu bereit waren.

Gegen Mittag meldete sich endlich der Chefredakteur. „Sie haben mir nicht gesagt, dass Sie beide sich kennen", sagte er vorwurfsvoll. „Selbstverständlich ist Herr Zimmermann be-reit, Sie zu empfangen. Wenn es Ihnen passt, würde sich mor-gen früh um zehn anbieten."

„Das wäre perfekt." Ich hätte mich nur ungern von meiner Schreiberei losgerissen, denn es lief wie am Schnürchen. Die Geschichte wies schon mehrere Kapitel auf.

„Gut, dann gebe ich den Termin so weiter. Sie wissen, wo sich das Büro befindet?"

Natürlich hütete ich mich, ihm mitzuteilen, dass ich längst dort gewesen war. „Ich habe die Adresse bereits nachrecher-chiert."

Befriedigt wandte ich mich wieder meinen Aufzeichnungen zu. Fast zwei weitere Kapitel konnte ich fertigstellen, bevor es an der Tür klingelte.

„Wie sieht es aus?", fragte Tom und zwängte sich gleich an mir vorbei.

Ich folgte ihm ins Wohnzimmer und berichtete, was sich in der Zwischenzeit getan hatte. „Was ist eigentlich mit Joey?", fragte ich dann. „Hat der sich schon bei dir gemeldet?"

„Deshalb bin ich hier", grinste er und hielt mir einen Zettel hin. „Seine Telefonnummer. Er hat heute statt dich mich er-reicht."

Klar, ich hatte ihm gestern sein Handy zurückgegeben. „Wann will er veröffentlichen?"

„Sprich selbst mit ihm. Ist ziemlich kurios das Ganze." Er machte eine auffordernde Handbewegung. „Am besten sofort."

„Du standest auch auf meiner Liste", begrüßte ich ihn. „Nur musste ich zuerst noch einige Dinge abklären, die dich bestimmt auch interessieren. Aber fang du bitte an!"

„Ich habe heute Morgen einen Anruf von Herrn Zimmermann erhalten. Er gab sich ausgesprochen zuvorkommend, im Endeffekt wollte er jedoch erreichen, dass ich meinen Film noch eine Weile zurückhalte und ihnen, also den Chefs, diesen vorab präsentiere."

„Was hast du geantwortet?"

„Ich habe mich auf die Pressefreiheit rausgezogen. Das Material ist Dynamit. Ich habe sogar den Anfang des Angriffs noch drauf. Danach hörst du zumindest noch den Ton, die Schreie, die Schläge, das zersplitternde Glas. Und einige waren später bereit, sich im Krankenhaus interviewen zu lassen. Ohne sich zu erkennen zu geben, natürlich. Trotzdem, die Aussagen sprechen für sich."

„Leute des Wachunternehmens?", fragte ich ungläubig nach.

„Nee, Freiwillige von dieser Bürgerwehr."

„Und die Chefs wollen dir verbieten, deinen Film zu veröffentlichen?" Konnten die das überhaupt?

„Ich muss noch mit meinem Anwalt konferieren. Schlimmstenfalls nehme ich die Interviews raus und zeige nur, was wir erlebt haben." Er klang trotz dieser Steine, die ihm in den Weg gelegt wurden, äußerst zufrieden. „Dann gebe ich natürlich einen entsprechenden Kommentar ab, dass ich leider gezwungen wurde, auf eben diese Teile zu verzichten. Macht gar nichts, jetzt kann ich ja dich stattdessen mit reinnehmen."

„Nein, bloß nicht!" Ich setzte ihm eindringlich auseinander, warum das keine gute Idee war.

Nur widerwillig ließ er sich darauf ein, verlangte allerdings dafür, dass ich ihm, sobald der Fall aufgeklärt war, ein ausführliches Interview geben sollte. Es blieb mir nichts anderes übrig, als zuzustimmen.

„Vielleicht wird der Mord an dem Reporter überhaupt nicht gelöst", versuchte mich Tom zu trösten.

Damit würde ich auch meinen Krimi in die Tonne hauen müssen. Ich verkniff mir diese Antwort und sagte stattdessen: „Lass uns abwarten, was mein morgiges Gespräch mit Ruben Zimmermann ergibt."

„Wenn du was für mich hast, ich würde mich gern weiter beteiligen." Tom meinte es eindeutig so, wie er es sagte. Als er merkte, dass ich ihn aufmerksam musterte, grinste er. „Irgendwie habe ich mich mit diesem Detektiv-Virus infiziert. Ich möchte bis zum Schluss beteiligt sein."

Mittwoch, 21. April

Am nächsten Morgen meldete ich mich pünktlich bei der Vorzimmerdame von Ruben an.

„Der Chef müsste jeden Moment kommen", erklärte sie leicht nervös. Sie zeigte auf die drei Stühle in der Nähe der Eingangstür. „Bitte nehmen Sie noch einen Moment Platz!"

Kaum saß ich, trat ein Mann ein und fragte: „Ist der Zimmermann da?"

Die junge Frau gab ihm die gleiche Erklärung wie mir. „Dann gehe ich zum Seidel", entschied dieser und wandte sich ab.

Ich erkannte, dass ich Mark vor mir hatte. Er jedoch nickte mir nur kurz zu und ging ohne das geringste Zeichen des Wiedererkennens an mir vorbei.

„Einer der Büroleiter?", erkundigte ich mich bei der jungen Frau, die sich gerade wieder ihrer Arbeit zuwenden wollte.

„Die genaueren Funktionen der einzelnen Mitarbeiter erklärt Ihnen gleich der Chef", gab sie zurück und begann eifrig auf die Computertastatur vor sich einzutippen.

Eine Viertelstunde verging, dann eine halbe. Die Vorzimmerdame wurde langsam unruhig. Mit einem schnellen Blick zu mir griff sie zum Telefon. „Reinertz hier, wissen Sie, wo Herr Zimmermann steckt? Er hätte eigentlich um zehn einen wichtigen Termin gehabt."

Aha, man stufte mich als wichtige Person ein!

Sie lauschte einen Moment, trennte die Verbindung und wählte erneut. Das Ganze wiederholte sich genau dreimal. Dann wandte sie sich mit einem bedauernden Lächeln an mich. „Ich weiß leider nicht, wo Herr Zimmermann steckt. Wahrscheinlich kam ihm eine dringende, nicht zu verschiebende Angelegenheit dazwischen. So etwas kommt in unserem Gewerbe leider öfter vor. Besser, er ruft Sie an, sobald er zurück ist und Sie vereinbaren einen neuen Termin."

Sie hat nicht mal versucht, ihn selbst zu erreichen, dachte ich bei mir, als ich wieder auf die Straße trat und zu meinem Auto ging. Demnach wurde er schon viel eher im Büro erwartet und sie hatte es zuvor auf seinem Handy probiert. Ob sein Ausbleiben mit mir zusammenhing?

Um siebzehn Uhr hatte ich immer noch nichts von ihm gehört. Also bat ich Felicitas, die sich auf dem Weg zu ihrer Patientin befand, vorsichtig nachzufragen. Nun war ich tatsächlich darauf angewiesen, dass sie mit ermittelte.

40

Felicitas

Eine interessante Entwicklung! Jetzt war plötzlich ich die Detektivin Nummer eins, eine ganz neue Erfahrung für mich. Hoffentlich gelang es mir, etwas in Erfahrung zu bringen, damit der Fall schnell einen Abschluss fand.

Natürlich war mir auch schon vor seinem entsprechenden Statement bewusst gewesen, dass Alex nicht eher Ruhe geben würde, bis er Herrn Stankowskis Mörder dingfest gemacht hatte. Für ihn war es in dem Moment, da er als der Täter dastand, zu einer persönlichen Angelegenheit geworden, daran hatte auch seine Rehabilitierung nichts geändert.

Dass wir wieder in einen Kriminalfall reingerutscht waren, hatte ich am Anfang durch die erhebliche Aufregung und Angst vor Alex' Inhaftierung gar nicht richtig registriert. Ich fand es normal, dass er sich bemühte, den Verdacht von sich zu nehmen, obwohl ich eigentlich davon überzeugt war, er brauche sich nur an Herrn Janzen zu wenden. Dass dieser an Alex' Schuld glaubte, konnte ich mir nicht vorstellen. Der würde schon alles regeln. Leider wollte niemand auf mich hören, ich musste mich, wenn ich nicht als „Spielverderber" dastehen wollte, geschlagen geben – wobei ich ehrlich gesagt das Gefühl hatte, dass nicht nur Alex darauf brannte zu ermitteln.

Nach seiner Rehabilitierung wäre für mich jedoch der Punkt erreicht gewesen, aufzuhören. Warum musste er sich schon wieder in Gefahr bringen? Eigentlich hatte ich gedacht, nach dem letzten Fall hätte auch er erkannt, wie gefährlich sein Tun war. Wider Erwarten hatte er mir damals sofort zugestimmt, als ich ihn bat, seine detektivische Tätigkeit komplett einzustellen. Und er hatte auch nichts mehr in diese Richtung unternommen, da war ich mir sicher. Vielleicht hätte ich mich tatsächlich auf Dauer durchgesetzt, wenn wir nicht ohne eigene Schuld in ein neues Drama reingezogen worden wären. Damit hatte keiner von uns beiden gerechnet.

Allerdings wurde mir mehr und mehr bewusst, dass Alex sich vermutlich immer wieder engagieren würde, teils aus einem Helfersyndrom heraus, zum Teil aber auch, weil er die kriminalistische Arbeit liebte und nicht missen wollte, was in den letzten Tagen deutlich zu spüren gewesen war. Würde ich lernen, damit zu leben? War ich überhaupt bereit dazu?

Die Ankunft vor Frau Bramwells Haus riss mich aus meiner Grübelei. Energisch verscheuchte ich die düsteren Gedanken, während ich darauf zusteuerte, was mir relativ schnell gelang, denn es handelte sich dabei um eine bezaubernde Villa, schon älter, aber mit einem umwerfenden Charme. Ich blieb verzückt davor stehen und ließ meinen Blick über die Fassade wandern. Keine symmetrisch angelegten Fenster, sondern mal hier eins, mal da eins, als wäre ihr Platz willkürlich gewählt worden, winzige und größere, teilweise vorgebaut und mit einem eigenen Dach versehen, ein kleiner Austritt in der ersten Etage, bestimmt lag dahinter ein Schlafzimmer, dazu eine Stuckverzierung, die die beiden Stockwerke voneinander trennte. An der Haustür, die von einem großzügigen Steinbogen umrahmt wurde, hing noch einer dieser alten Klopfer in Form eines Löwenkopfes, allerdings gab es auch eine moderne Klingel, sogar mit Sprechanlage. Die zwei gusseisernen Laternen links und rechts waren mit einem Bewegungsmelder versehen worden, der dafür sorgte, dass sie bei der Annäherung einer Person im Dunkeln Licht gaben.

Weiter war ich nicht in meiner Betrachtung gekommen, als sich die Tür öffnete und eine Frau, etwa in den Dreißigern, mich ansprach: „Sie kommen für Behandlung?"

Ich nickte. „Nierhoff, ich bin die Physiotherapeutin."

Sie führte mich durch den halbrunden Eingangsbereich ins Schlafzimmer der Patientin. Diese saß in einem gemütlich aussehenden Sessel und schaute auf den laufenden Fernseher.

Bei meinem Eintreten lächelte sie strahlend. „Sie sind gekommen!"

„War doch so abgemacht." Während ich zu ihr trat, um sie beim Aufstehen zu unterstützen, schaltete ihre Betreuerin bereits den Fernseher aus. „Soll bleiben?", erkundigte sie sich.

„Nein, wir kommen allein klar." Ich führte Frau Bramwell zum Bett und half ihr, sich darauf zu legen. „Wie klappt es denn in den eigenen Räumen?"

„Mein Zuhause ist mit nichts zu vergleichen", gab sie zurück. „Die beiden Betreuerinnen sind lieb und sehr um mich bemüht. Ich kann mich wirklich nicht beschweren. Auch wenn ich sonst was dafür gäbe, mich allein bewegen zu können", setzte sie hinzu.

„Einiges lässt sich garantiert verbessern."

Bereitwillig hob sie den Arm ein winziges Stückchen an, damit ich darunter fassen konnte. Schweigend begannen wir mit den erforderlichen Übungen. Gerade am Anfang des Programms musste sie sich konzentrieren, um vernünftig mitarbeiten zu können.

Kaum hatte sie das Schlimmste überstanden, begann sie von sich aus zu erzählen. „Die beiden Polinnen sind richtige Herzchen. Gleich als sie eintrafen, haben wir uns zusammengesetzt und ein genaues Programm ausgearbeitet: Wann ich aufstehen möchte, was ich gerne mag und was nicht, wie wir das mit dem Waschen handhaben. Meine Tochter hat die richtige Entscheidung getroffen, sie zu engagieren. Ach, es ist schon gut, wenn man Kinder hat, die sich kümmern."

„Wie war denn die Entlassung aus dem Krankenhaus?", erkundigte ich mich. „Ist Ihre Tochter extra aus Stuttgart hergekommen?"

„Nein, darum hat sich auf Wunsch meines Enkels eine seiner Mitarbeiterinnen gekümmert. Sie ist geblieben, bis die beiden Frauen eintrafen und war bei dem Kennenlerngespräch dabei", berichtete sie stolz. „Im Großen und Ganzen bin ich mit ihnen wirklich sehr zufrieden. Ist allerdings schade, dass sie nur wenig Deutsch sprechen. Eine richtige Unterhaltung ist mit ihnen nicht möglich."

„Immerhin haben Sie Ihren Enkel und Ihre Tochter", tröstete ich sie.

„Na ja, ständig will ich die beiden auch nicht belästigen. Die haben schließlich ihr eigenes Leben."

Das war eine gute Gelegenheit gezielter nachzufragen. Die Tochter, erfuhr ich, arbeitete bei der Post und hatte noch zwei Jahre bis zu ihrer Pensionierung, dazu kam der große Bauernhof ihres Mannes. „Sie kann sich nicht andauernd freinehmen, um mich zu besuchen. Deshalb ist es gut, dass der Ruben wieder in der Nähe wohnt." Sie seufzte. „Nur ist der ausgerechnet jetzt krank geworden und liegt mit Fieber im Bett. Kann man sich denn mit Corona mehrfach anstecken? Er gehörte damals gleich zum ersten Schwung von denen, die letztes Jahr daran erkrankten. Ist man danach denn nicht immun?"

„Steht denn schon fest, dass er positiv ist?", fragte ich, nachdem ich ihr erklärt hatte, dass die Immunität wohl nicht lange anhielt.

„Das weiß ich nicht. Er rief, kurz bevor Sie eintrafen, an, um den heutigen Termin abzusagen. Er konnte kaum sprechen, der Arme. Deshalb hielten wir das Telefongespräch kurz."

„Was hat Ihr Enkel denn für Symptome?" Und wann hatte er sich krankgemeldet? Zumindest nicht, bevor Alex im Büro auftauchte.

„Es fing wohl gestern Abend mit Unwohlsein und Schwindel an. Heute sind Fieber und Husten dazugekommen."

„Ist er schon beim Arzt gewesen?"

„Ja, der Schnelltest war negativ. Aber er soll abwarten, was der PCR-Test ergibt."

„Genau, besser kein Risiko eingehen", stimmte ich ihr zu.

„Denn auch wenn Sie", genau wie ich, „bereits geimpft sind, muss er in Quarantäne bleiben, wenn es sich tatsächlich um Covid 19 handelt." Armer Alex! Dann würde er auf sein

Gespräch mit Ruben Zimmermann noch einige Tage, wenn nicht sogar länger, warten müssen.

„Das werden wir auch irgendwie schaffen. Ich habe ja meine beiden Hilfen. Ruben ist jung und gesund. Beim ersten Mal war er gar nicht richtig krank." Sie berichtete mir in allen Einzelheiten, wo er sich vermutlich angesteckt hatte und wie der Krankheitsverlauf bei ihm gewesen war.

Ich wartete geduldig, bis sie mit ihrer Erzählung zum Ende kam, bevor ich fragte: „Gibt es denn jemand, der sich um ihn kümmert?"

„Seine Freundin. Oh Gott! Hoffentlich ist die nicht auch krank!"

„Er wird sich bestimmt melden, falls er Hilfe benötigt", beruhigte ich sie. „Machen Sie sich bitte keine unnötigen Sorgen."

„Notfalls schicke ich eine meiner beiden Pflegerinnen vorbei." Sie hatte schon wieder zu ihrer positiven Art zurückgefunden. „Gut, dass ich die beiden habe." Die alte Dame schloss ermattet die Augen, die Behandlung hatte sie sichtlich angestrengt.

„Wohnt Ihr Enkel denn in der Nähe?", wagte ich trotzdem noch zu fragen.

„Nicht so nah, wie ich es gern gehabt hätte."

Der Straßenname sagte mir leider nichts, trotzdem würde Alex von meinen Ergebnissen schlichtweg begeistert sein.

Mit dem Hinweis, dass ich sie in zwei Tagen wieder besuchen würde, verabschiedete ich mich. Kaum hatte ich das Zimmer verlassen, stand die Frau, die mich eingelassen hatte, vor mir.

„Alles okay?"

„Bestens. Die Therapiestunde ist anstrengend für die Patienten. Am besten, sie ruht etwas."

Als wäre sie die neue Hausbesitzerin brachte sie mich zur Tür und schloss sorgfältig hinter mir ab. Dabei war es gerade mal kurz nach sechs und die Haustür bestand aus massivem Holz. Außerdem gab es, wenn ich richtig gesehen hatte, auch noch eine Alarmanlage. Ich durfte nicht vergessen, Frau Bramwell bei meinem nächsten Besuch danach zu fragen.

41

Alex

„Krank?" Damit hatte ich nicht gerechnet. „Und warum wusste niemand davon?"

„Vielleicht ist er gleich früh zum Arzt und dachte, es sei nicht so schlimm, dass er zu Hause bleiben muss", wandte Felicitas ein.

„Ja, kann sein." Richtig überzeugt war ich nicht. Ich hatte eher das Gefühl, er sei mir absichtlich aus dem Weg gegangen.

Die Suche bei Google ergab, dass sich die besagte Straße im Ortsteil Hörde befand, allerdings nicht in der bevorzugten Lage rund um den Phoenix-See, sondern im alten Bereich, in dem noch Häuser aus der Anfangszeit des zwanzigsten Jahrhunderts standen. Genaueres konnte ich dem Plan nicht entnehmen. Immerhin war die Straße nicht sonderlich lang, es war durchaus möglich, jede einzelne Tür abzuklappern.

„Prima, was du alles rausgekriegt hast", lobte ich Felicitas. „Wir sind ein Riesenstück weiter."

„Nein, etwas richtig Wichtiges habe ich nicht erfahren", blieb sie selbstkritisch. „Ich habe gerade mal an der Oberfläche gekratzt."

„So läuft eine Recherche eben, es dauert, bis man die Fakten zusammen hat." Ich verbiss mir ein Grinsen, weil ich schon ahnte, was nun kommen würde.

„Für echte Detektivarbeit bin ich zu ungeduldig. Ich …" Sie brach ab und musterte mich misstrauisch. „Lachst du etwa?"

Eilig versicherte ich ihr, dass das ganz bestimmt nicht der Fall war, und lenkte sie ab, indem wir zum gemütlichen Teil des Abends übergingen. Das Thema Mord hatte dabei nichts mehr zu suchen.

Donnerstag, 22. April

„Du gehst aber nicht selbst die Klingelschilder ab?", verge-wisserte sie sich am nächsten Morgen beim Frühstück.

„Nein, dafür setze ich Tom ein. Ich habe vor, weiter an der Geschichte zu arbeiten. Ich bin so gut im Fluss."

Sie erhob sich und gab mir einen Abschiedskuss. „Du wirst dich wohl oder übel damit abfinden müssen, auf immer zwei-gleisig zu fahren." Sie wuschelte mir Abschied nehmend durch die Haare und verschwand.

Verblüfft starrte ich hinter ihr her. Was war das denn? Ein Freifahrtschein zum Ermitteln?

Als Erstes klingelte ich bei Tom: „Hast du Zeit, einen Auftrag zu erledigen?"

„Klar, immer!" Er wirkte richtiggehend enthusiastisch.

Ich setzte ihn ins Bild, indem ich erzählte, was Felicitas her-ausgefunden hatte. „Eventuell stehen zwei Namen auf dem Klingelschild. Laut der Oma wohnt er mit einer Freundin zu-sammen."

„Kein Problem, ich kenne eine Stelle, wo garantiert noch das kostenlose Mittwochsblättchen rumliegt. Davon greife ich mir einen Stapel und klappere die Häuser ab. Ich mache mich gleich auf den Weg."

Als Nächstes startete ich einen Skype-Chat mit Tim, den ich in den letzten Tagen sträflich vernachlässigt hatte. Mehr als kurze WhatsApp-Nachrichten hatten wir nicht ausgetauscht. Wir hechelten den gesamten Fall noch einmal durch. Mitten-drin meldete sich mein Handy, eine mir unbekannte Num-mer.

„Reinertz, Büro von Herrn Zimmermann, guten Tag, Herr Grahl. Ich muss Ihnen leider mitteilen, dass der Chef er-krankt ist und vermutlich für mindestens eine Woche ausfällt. Wenn Sie möchten, könnten Sie mit Herrn Seidel, der für un-ser Personal zuständig ist, sprechen."

„Wann hätte er denn Zeit für mich?"

„Heute gegen zwölf oder morgen um eins, was passt Ihnen?"

„Heute wäre mir lieber."

„Gut, ich sage ihm Bescheid. Melden Sie sich bitte bei mir, ich bringe Sie zu ihm."

„Hast du es mitgekriegt?", wandte ich mich anschließend an Tim. „Ich treffe gleich den Personalchef. Bin echt gespannt, was er mir über Rubens Krankheit erzählt."

„Du glaubst nicht daran?"

„Wäre schon ziemlich seltsam, ausgerechnet jetzt."

„Zufälle gibt es immer wieder, denk an Felicitas. Dass ausgerechnet seine Oma im Krankenhaus liegt, von ihr betreut wird und auch noch um eine private Physiotherapie bittet, ist noch viel seltsamer."

Ich musste ihm recht geben. Das war ein ausgesprochener Glücksfall.

Kurz darauf musste ich los, denn ich hatte beschlossen, mit der U-Bahn zu fahren. Parkplätze waren in dem Gebiet rar.

Kaum hatte ich ihr Büro betreten, erhob sich Frau Reinertz und kam auf mich zu. „Herr Seidel sitzt im Zimmer nebenan."

Sie führte mich bis zur Tür, klopfte und steckte den Kopf hinein, um mich anzumelden. „Bitte schön!" Sie trat zur Seite.

Herr Seidel, der mit den vor ihm liegenden Papieren beschäftigt war, blickte auf und begrüßte mich. Auch er schien mich nicht wiederzuerkennen.

Ich setzte mich auf den Stuhl vor seinem Schreibtisch.

„Danke, dass Sie mich empfangen."

„Nein, ich habe zu danken, dass Sie mit mir vorliebnehmen", wehrte er ab. „Leider wissen wir nicht, wann Herr Zimmermann wieder genesen ist. Es kann auch länger als eine Woche dauern."

„Corona?"

„Nein, nein. Ein normaler grippaler Infekt, allerdings mit hohem Fieber."

Genug der Höflichkeiten! „Sie wissen vermutlich, warum ich ihn sprechen wollte?"

Er nickte. „Sie möchten Näheres über unsere Firmenstruktur erfahren."

„Jemand Geschickteres als ich hat für mich Nachforschungen angestellt. Ihre Firma gehört zu einer größeren Gruppe, die in einigen weiteren Städten in NRW identische Unternehmen betreibt. Das heißt, Herr Zimmermann ist gar nicht der Gründer, sondern nur ein Angestellter?", ging ich in die Offensive.

„Er ist der Chef dieser Niederlassung, jeder Betrieb ist im Prinzip eigenständig", belehrte er mich. „Es stimmt, dass die Idee und generelle Umsetzung von den eigentlichen Gründern stammen. Trotzdem legen diese Wert darauf, dass jeder dieser, nennen wir es mal Filialleiter, seinen eigenen Stil findet, angepasst an die Gegebenheiten vor Ort."

„Und warum geht das nicht aus der Firmenbeschreibung hervor?"

Ihm schien meine Hartnäckigkeit nichts auszumachen. „Die Geldgeber wollen lieber im Hintergrund bleiben, sie sorgen für die notwendige finanzielle Unterstützung und das Knowhow der Führungsriege, bis die Unternehmen sich amortisiert haben."

„Ist das schon der Fall?"

Er grinste. „Wir sind auf einem guten Weg."

Viel hatte ich bisher nicht in Erfahrung gebracht. Herr Seidel verstand es, mit vielen Worten wenig zu sagen. Ich musste es anders versuchen. „Sie haben sich einen schweren Standort ausgesucht. Hier in der Nordstadt schlägt Ihnen doch bestimmt viel Widerstand entgegen, oder?"

„Das entspricht genau dem Anliegen unserer Geldgeber. Wir wollen dafür sorgen, dass die No-go-Areas verschwinden, auch wenn es dadurch länger dauert, bis die Betriebe rentabel sind."

„Wie wählen Sie die einzelnen Mitarbeiter aus? Ich könnte mir vorstellen, dass es einige abschreckt, in einer derartigen Umgebung zu arbeiten, andere hingegen genau das wollen." Er setzte eine bekümmerte Miene auf. „Da sprechen Sie einen wichtigen Punkt an, Herr Grahl. Mit diesem Problem haben wir tatsächlich zu kämpfen. Einerseits ist es schwer, genügend geeignete Leute zu finden, andererseits müssen wir ein Auge auf die übereifrigen haben. Manche fallen bereits bei der persönlichen Bewerbung raus, denn wir nehmen kein Blatt vor den Mund, dass die Arbeit persönlichen Einsatz erfordert. Eine Handvoll ist leider zu engagiert, was sich erst im Laufe der Zeit feststellen lässt. Diese werden ermahnt oder schlimmstenfalls gekündigt."

„Was verstehen Sie unter übereifrig?"

Zum ersten Mal spürte ich ein leichtes Unbehagen bei ihm. Am liebsten wäre er nicht tiefer ins Detail gegangen. „Einige meinen, sie müssten wie Polizisten agieren und die Person direkt auf ihr Fehlverhalten ansprechen. Oder sie reagieren zu grob. Es ist ein wenig Fingerspitzengefühl erforderlich, einen vernünftigen Mittelweg zu finden. Beobachten sie schwerwiegende Verstöße, sind unsere Leute angehalten, das zuständige Revier zu informieren. Bei Kleinigkeiten erwarten wir, dass sie es selbst regeln, allerdings dabei höflich bleiben."

„Trotzdem kam es letztens zu einem heftigen Zusammenstoß", konnte ich mich nicht länger zurückhalten. Er sollte endlich Tacheles reden. „Ich hatte gestern Kontakt zu einem YouTuber, der das Geschehen hautnah miterlebte."

„Es war sehr bedauerlich, dass ausgerechnet an dem Tag etwas Derartiges passierte. Ich kann Ihnen versichern, das war eine Ausnahme. Normalerweise geht es hier durchaus gesittet zu."

„Sind es die Clans, die sich wehren?", hakte ich nach.

Fast dankbar griff er das Thema auf und hielt mir einen langen Vortrag über die Entstehung von kriminellen Parallelgesellschaften und wie schwer es sei, dem nach jahrelanger

Duldung durch die Politik entgegenzutreten. Wieder ging er nicht weiter ins Detail, auch nicht, als ich gezielter nachfragte.

„Wie verhielt es sich mit Herrn Stankowski, der den ersten Artikel über Ihr Unternehmen schrieb? Ist er anschließend öfter aufgetaucht?"

„Er war so begeistert von unserem Ansatz, dass er tatsächlich häufiger vorbeikam. Ich würde sagen, so ein- bis zweimal in der Woche", präzisierte er.

„Ist während seiner Besuche irgendetwas Außergewöhnliches passiert?"

„Nicht dass ich wüsste. Er sprach oft mit den Anwohnern und unserem Personal. Er hatte vor, später einmal einen mehrteiligen Bericht über unser Tun und die Reaktion der Nordstädter darauf rauszubringen." Herr Seidel sah auf die Uhr. „Ich muss unser Treffen nun leider beenden. Ich erwarte einen wichtigen Anruf. Falls sich noch weitere Fragen ergeben, können Sie sich gern nächste Woche noch einmal melden."

Ein äußerst eleganter Rausschmiss, musste ich zugeben.

42

Tom

Ich holte mir von Opa die Autoschlüssel und seinen Trolley, den er für seine Einkäufe benutzte, und gab vor, dringend wegzumüssen. Ich würde ihm später alles erklären. Dann fuhr ich zu der Brücke, unter der stapelweise die Wochenblättchen lagen, die eigentlich schon gestern hätten verteilt werden sollen. Der Typ, der diesen Job zurzeit innehatte, kam meist erst am Nachmittag des Folgetages und warf die Zeitungen in den Papiermüll, anstatt sie auszuliefern. Auch eine Art, schnell verdientes Geld zu machen, zumindest bis sich genügend Anwohner beschwert hatten und er gekündigt wurde.

Noch schien es nicht so weit zu sein. Die Stapel waren fast vollzählig. Natürlich hatten sich in der Zwischenzeit einige Leute selbst bedient. Trotzdem reichten die Überbleibsel für mein Vorhaben dreimal aus. Die Menge passte so gerade eben in den Kofferraum von Opas Mercedes.

Ich musste mich auf das Navi meines Handys verlassen, um die Straße in Hörde zu finden, denn weiter als bis zum Phoenix-See war ich seit meinem Umzug nach Dortmund noch nicht gekommen. Diesen künstlich angelegten See, der vor zehn Jahren auf den Flächen des ehemaligen Hochofens und Stahlwerkgeländes von Hoesch angelegt wurde, feierte die Stadtspitze im Vorhinein als ein großartiges Vorhaben, die Chancen des Strukturwandels zu nutzen, um dort ein Wohn-, Dienstleistungs- und Freizeit- Paradies zu schaffen.

Anfangs sah alles ziemlich rosig aus. Die Stadt kaufte das Gelände für fünfzehn Millionen an. Der Austausch des schadstoffbelasteten Bodens verschlang jedoch weitere zweihundertdreißig Millionen, wie auf Wikipedia nachzulesen ist – ansonsten findet man über diese Geldverschwendung nur wenig. Die Hälfte der Summe bekam man anschließend über die

Grundstücksverkäufe sowie etwa siebzig Millionen an Fördergeldern wieder herein – macht nach meiner Rechnung einen Verlust von ungefähr hundertdreißig Millionen Euro. Und das initiiert von einer Stadt, die ständig am drohenden Nothaushalt vorbeischrappt!

Natürlich konnte man einwenden, dass sich dadurch die Steuereinnahmen erhöhten, andererseits entstanden auch bleibende Kosten, wie die Reinhaltung des Wassers und seit einiger Zeit die Aufrechterhaltung der bestehenden Ordnung. Denn zum Leidwesen der Anwohner hatten feierwütige Jugendliche das Areal für sich entdeckt, die sich im Sommer dort gern zu nächtlichen Gelagen trafen. Nicht zu vergessen die Tuner- und Poser-Szene, für die der See auch ein Treffpunkt geworden war, besonders seit in der Innenstadt verstärkt kontrolliert wurde. Bis tief in die Nacht hinein sollten die Motoren aufheulen, dazu kamen Vermüllung und Vandalismus.

Dabei war der knapp dreieinhalb Kilometer lange See eigentlich ein netter Ort für Spaziergänger, Jogger, Radfahrer und Skater. Man konnte sich anschließend in der Gastronomie erholen oder sich zu einem Picknick auf die umliegenden grünen Hügel zurückziehen, es bestand sogar die Möglichkeit ein Ruderboot oder ein Tretboot zu mieten. Mir persönlich war es hier allerdings zu voll. Sobald das Wetter einigermaßen erträglich war, zog es die Massen hierhin. Das entsprach nicht unbedingt meiner Vorstellung von einem entspannten Spaziergang.

Heute ließ ich den Bereich um den Phoenix-See links liegen und folgte dem Navi in ein wesentlich älteres Gebiet, das wohl noch aus der Zeit stammte, in der tatsächlich die Arbeiter des Stahlwerkes hier wohnten. Die meisten Häuser sahen aus, als sei seit damals nichts mehr an ihnen getan worden. Und hier sollte Ruben Zimmermann wohnen? Konnte der sich bei seinem Gehalt nichts Besseres leisten?

Ich suchte mir einen Parkplatz in der Nähe meines Einsatzgebietes. Dann musste ich zuerst den kurzen, heftigen Regenguss abwarten, bevor ich mich an die Arbeit machen konnte. Gut, dass ich meine dickere Jacke mit Kapuze angezogen hatte. Das Wetter war dieses Mal im April nicht gerade das Gelbe vom Ei, viel zu kalt und nass, voraussichtlich der kälteste April seit achtzehn Jahren, hieß es – so viel zum ständig fortschreitenden Klimawandel.

Nein, ich bin auch kein Klimawandel-Leugner, aber ein Skeptiker, was die landläufigen Erklärungen und vor allem die angedachten Maßnahmen angeht. Bei meinen Recherchen für meinen YouTube-Kanal war ich vor kurzem auf einen interessanten Artikel aus der „WELT" gestoßen. In den frühen Siebzigerjahren hatte es eine ähnliche Debatte gegeben, damals jedoch warnte die Mehrheit der Wissenschaftler vor einer neuen Eiszeit und beschwor ähnliche Szenarien wie heute herauf: Extremereignisse, Hurrikane, Dürren, Fluten, Hungerkrisen und Ähnliches. Auch damals machte ein Gros der Wissenschaftler die Luftverschmutzung für den sich ankündigenden Klimawandel verantwortlich.

Was sich tatsächlich feststellen ließ, war, dass seit 1940 die globale Temperatur kontinuierlich um eineinhalb Grad gefallen war, dass am Polarkreis die kältesten Wintertemperaturen seit zweihundert Jahren gemessen wurden, dass der Nordatlantik immer weiter abkühlte, dass sich Naturkatastrophen und extreme Wetterveränderungen mehrten.

Nach dem entsprechenden YouTube-Film erhielt ich wie immer sowohl Beifall als auch massive Kritik. Dabei hatte ich mir angewöhnt vor dem Abspann eine Stellungnahme abzugeben, dass ich aufgrund der vielen sich widersprechenden Meinungen und Fakten zu einem Skeptiker geworden sei, was die Aussage einiger Wissenschaftler, man habe bisher längst nicht alle Geheimnisse, die bei der Entstehung des Klimas mit hineinspielen, entschlüsselt, noch verstärke. Ich würde durchaus die Unterschiede zu früher sehen, das Einzige, was ich weiterhin bezweifele, sei, dass die Temperaturerhöhung nur an den Menschen liege. Was ich aber durchaus mit Sorge sähe, sei die von uns ausgelöste immense Belastung der Natur. Zur Verringerung hätte ich durchaus einige Vorschläge. Nur gingen diese eher in die unpopuläre Richtung, zum Beispiel den Flug- und Schiffsverkehr einschränken, den Überkonsum stoppen, den Raubbau an Rohstoffen verhindern, die Müllberge verringern und gleichzeitig dafür sorgen, dass der Rest korrekt entsorgt wird und nicht in den Meeren landet. Es gibt so einiges, was ohne großartige Kosten umzusetzen wäre, anstatt uns Bürgern mit immer neuen Klimaschutzverordnungen das Geld aus der Tasche zu ziehen.

Ein vorwitziger Sonnenstrahl, der mein Gesicht streifte, riss mich aus meinen Gedanken. Der Regen hatte tatsächlich inzwischen aufgehört.

Ich stieg aus dem Auto und öffnete den Kofferraum. Statt meinem ursprünglichen Plan zu folgen und die Zeitungen in den Trolley zu packen, entnahm ich diesen die Werbung: ein Elektronikmarkt-, ein Lebensmittelprospekt und zwei von Möbelhäusern. Das würde völlig reichen, besonders wenn ich jeweils nur einen in den entsprechenden Briefkasten schob.

Selbst damit war mein Trolley gut gefüllt. Mit einem letzten Blick gen Himmel – es zogen schon wieder dicke, graue Wolken auf – marschierte ich los. Zum Glück war die Straße nicht sehr lang, ich schätzte, auf jeder Seite standen circa fünfunddreißig bis vierzig Häuser dicht an dicht.

Gleich bei den ersten Briefkästen hatte ich Glück, oben drüber haftete ein breiter Aufkleber: keine Werbung. Dafür musste ich allerdings bei den nächsten zehn einwerfen. Hoffentlich reichte mein Vorrat.

Ich hatte fast das Ende der Straße erreicht, als mir ein geparkter BMW auffiel, in dem zwei Männer saßen, Ausländer, wenn mich nicht alles täuschte. Das Auto hatte schon dort gestanden, als ich mit meiner Arbeit begann, seitdem war niemand ein- oder ausgestiegen. Ich zockelte an ihnen vorbei und tat weiterhin eifrig beschäftigt. Noch hatte ich den gesuchten Namen nicht entdeckt.

Ich wollte sowieso nicht direkt aufhören, wenn ich fündig geworden war. Nicht dass ich dadurch unnötige Aufmerksamkeit auf mich zog. Solange die Prospekte reichten, würde ich sie verteilen.

So, die eine Seite war abgegrast, ich wechselte auf die andere. Dabei ließ ich meinen Blick wie zufällig zu dem BMW schweifen. Nach wie vor saßen die beiden Männer fast unbeweglich auf den Vordersitzen. Bildete ich es mir nur ein oder starrten sie auf einen der Hauseingänge?

Das war leicht zu überprüfen, da ich ihn kurz darauf erreichte. Die beiden ignorierend machte ich mich an den Briefkästen zu schaffen und überflog dabei die Namen. R. Zimmermann, ich hatte das Domizil des Gesuchten gefunden.

Ohne innezuhalten wandte ich mich nach getaner Arbeit ab und zog meinen Trolley zum nächsten Gebäude. Während des Einwerfens der Prospekte zitterte meine Hand derart, dass ich sie ziemlich zerknitterte. Ich hatte mich nicht getäuscht, die Männer beobachteten das Haus, das auch uns interessierte.

Nur gut, dass ich so gründlich vorgegangen war und so viele Werbeblättchen aus den Zeitungen aussortiert hatte. Ich schaffte es locker, die gesamte Straße damit zu versorgen, und zog, ohne mich umzublicken, von dannen, verstaute den Trolley wieder im Kofferraum und ließ mich aufatmend auf den Fahrersitz fallen. Und jetzt? Mich noch mal dort umzuschauen, wäre zu riskant. Dann würden die beiden Aufpasser merken, dass ich mich ebenfalls für Ruben Zimmermann interessierte.

Zu blöd, dass ich mich nicht mal getraut hatte, das Haus näher in Augenschein zu nehmen! Acht Briefkästen hatte ich gezählt, wenn ich der Anordnung vertrauen konnte, musste Ruben in der zweiten Etage wohnen. Ansonsten war mir nichts Besonderes aufgefallen, das Gebäude unterschied sich nicht von den anderen in der Reihe. Irgendwelche auffälligen Geräusche hatte ich keine vernommen, allerdings aus den umliegenden auch nicht.

Ich zückte mein Handy. Fast zwei Stunden hatte mein Einsatz gedauert. Ob Alex schon mit seinem Gespräch fertig war? Egal, ich drückte auf seine Nummer.

„Ja?" Anscheinend befand er sich auf dem Weg nach Hause.

„Ich habe äußerst seltsame Neuigkeiten", begann ich und gab ihm einen kurzen Bericht. „Was soll ich machen?"

„Kannst du die Männer beschreiben?"

„Es sind Ausländer, vermutlich Araber oder Türken, ziemlich jung, ziemlich finster aussehend."

„Wie Schläger?"

„Definitiv."

„Komm zurück, wir überlegen gemeinsam mit Tim, was da los ist."

Diesem Vorschlag folgte ich nur zu gern. Alles in mir schrie: Bloß weg hier!

43

Alex

Wir trafen fast gleichzeitig zu Hause ein.

Ich nahm Tom mit in meine Wohnung und skypte Tim an, bevor ich ihn aufforderte, jede Kleinigkeit zu erzählen. Anschließend berichtete ich von meinem Gespräch mit Herrn Seidel. „Irgendetwas geht da vor", schloss ich. „Nur habe ich keine Ahnung, um was genau es sich handeln könnte."

„Du denkst, Ruben Zimmermann ist gar nicht wirklich krank", setzte Tom nach.

„Ist schon ziemlich komisch, ausgerechnet, wenn ich Tacheles mit ihm reden will, oder nicht?"

„Und was vermutest du?"

Tja, wenn ich das wüsste! Vielleicht ließ er sich auch nur verleugnen, damit Herr Seidel übernehmen konnte. Der war eindeutig rhetorisch geschult, und zwar vom Feinsten. Er hatte auf jede meiner Fragen eine Antwort gehabt beziehungsweise mir genau so viel Informationen zukommen lassen, wie er für richtig hielt. Allem anderen wich er so geschickt aus, dass es sich anhörte, als wäre er offen und ehrlich, nur ging er eben nicht in die Tiefe. Irgendwie hatte er es geschafft, dass ich, was das Unternehmen betraf, nicht viel schlauer war als zuvor. „Ich denke, die haben irgendein größeres Problem. Erst der Angriff auf Mark, Joey und mich. Jetzt die Überwachung von Rubens Wohnung. Verständlich, dass der Seidel mir nichts davon erzählt hat."

„Ruf deinen Kumpel Olaf an!", schlug Tim vor. „Im Notfall musst du halt in den sauren Apfel beißen und dich selbst mit einem Informanten in der Nordstadt treffen."

„Am besten sofort", drängte Tom.

Olaf war, wie ich wusste, noch zu Hause, sein Dienst im Blücherbunker begann erst im Nachmittagsbereich. Mal sehen, ob ich ihn überhaupt erreichte.

„Alex, tut mir leid", begrüßte er mich. „Es gibt noch nichts Neues. Der Kandidat, den ich im Blick habe, kommt erst heute. Ich melde mich dann anschließend bei dir."

Das Ergebnis von dieser Befragung würde ich noch abwarten. Sonst musste ich mich tatsächlich morgen selbst auf den Weg machen. „Weißt du, wo ich Bilal erwischen könnte?" Mit dem war ich noch am besten klargekommen.

„Das ist nicht so einfach. Wegen Corona sind die normalen Treffpunkte alle wegfallen. Hast du denn nicht seine Handynummer?"

„Nein." Die hatte ich gleich nach der Auflösung des Falles gelöscht.

„Ist es denn so dringend?"

„Irgendetwas läuft da zwischen dem Wachdienst und den Clans", behauptete ich kühn. „Und ich würde gerne wissen, was sich abspielt. Vor allem interessiert mich, ob gestern was Größeres vorgefallen ist, bei dem es Verletzte gab."

„Das lässt sich rauskriegen", sagte Olaf. „Zumindest in dieser Hinsicht ist auf den heutigen Kandidaten Verlass."

„Warum fahren wir beide nicht selbst runter und suchen diesen Bilal?", fragte Tom, nachdem ich das Gespräch beendet hatte.

„Weil er Schiss hat", erklärte Tim an meiner Stelle. „Erinnerst du dich nicht an seine Beschreibungen aus dem ersten Krimi? Dass der Anführer Kemal ihn warnte, sich dort nicht mehr blicken zu lassen?"

„Das hat sich doch längst erledigt." Nein, Tom verstand nicht.

„Wenn ich jetzt wieder da auftauche und anfange Fragen zu stellen, sehen die mich sofort wieder als unliebsamen Schnüffler an", verdeutlichte ich. „Die sind bestimmt ebenfalls alarmiert durch das, was da abläuft. Im Endeffekt bedrohen die Wachleute nicht nur deren berufliche Existenz, sondern auch deren gesamten Lebensstil. Die sehen das als ihr Viertel an, wo ihr Gesetz, ihre Art zu leben gilt. Wenn die beschließen, Krieg gegen diese Eindringlinge zu führen, sollte sich kein Außenstehender einmischen."

„Hm", machte Tom. Überzeugt war er immer noch nicht. „Und wenn wir in die Mallinckrodtstraße fahren, um die allgemeine Lage zu beobachten?"

„Wird euch das nicht viel bringen", wandte Tim ein. „Das Ganze wird sich nicht in der Öffentlichkeit abspielen, sondern im Verborgenen."

Wenn denn überhaupt was an meiner Vermutung dran war, dass irgendetwas Größeres nicht stimmte. Da war nur mein Gefühl. Der Überfall auf uns ließ sich genauso gut damit erklären, dass die Clans jede Gelegenheit ergriffen, gegen das Wachpersonal vorzugehen. Dabei waren bestimmt solche Leute wie Mark, der ja eine Art Vorarbeiter zu sein schien, ihr erklärtes Ziel und wir eher Zufallsopfer. Vielleicht hatten sie sich jetzt Ruben gegriffen, den offiziellen Chef des Unternehmens, sozusagen als Phase zwei der Einschüchterung.

„Weshalb sollten Clanmitglieder dann weiterhin vor seinem Haus stehen?", warf Tim ein, nachdem ich meine Gedanken laut geäußert hatte.

„Wahrscheinlich hat er Lunte gerochen und versteckt sich", mutmaßte Tom.

„Am besten, ich vervollständige meine Notizen und wir gucken drüber, bevor wir uns verspekulieren", beendete ich unser Brainstorming. Dabei würde nicht mehr rumkommen als bisher. Wir hatten einfach zu wenig Anhaltspunkte, um klar zu sehen.

Fast zwei Stunden verbrachte ich über meinen Aufzeichnungen. Viel schlauer war ich anschließend auch nicht. Außer dass ich unbedingt mit Mirko sprechen musste, wie mir klar wurde. Gut, dass er nicht direkt gekündigt hatte. Ich konnte nur hoffen, dass er an diesem Wochenende wieder gemeinsam mit Cevdet unterwegs war. Wir benötigten dringend mehr Informationen über die Arbeit des Wachdienstes, vor allem bezogen auf die Nordstadt.

Ich stand auf und klingelte bei Tom, dem ich genauso wie seinem Bruder meine Unterlagen hatte zukommen lassen.

„Wir müssen abwarten, bis Olaf sich meldet", meinte er, nachdem er die Tür geöffnet hatte. „Und du müsstest diesen Cevdet noch einmal ausführlich befragen. Wenn der von Beginn an bei dem Unternehmen ist, hat er garantiert einige Zeit auf den Straßen der Nordstadt verbracht. Der wäre der richtige Ansprechpartner."

Genau meine Gedanken! „Es ist besser, wenn Mirko ihn ausfragt", wehrte ich ab. „Die beiden scheinen ein gutes Verhältnis zu haben. Bei ihm wird er offener sein. Eigentlich wollte ich dich fragen, ob du noch einmal mit mir zu Rubens Adresse fahren willst."

Tom nickte. „Ich bin dabei. Warte, ich hole schnell meine Jacke. Hast du vor, bei ihm zu klingeln?", fragte er, während wir die Treppe nach unten nahmen.

So weit voraus hatte ich gar nicht gedacht. „Ich hatte geplant, dass du unauffällig Fotos von den beiden und ihrem Auto schießt, wenn wir daran vorbeifahren. Danach sehen wir weiter."

Prompt kamen wir in den einsetzenden Feierabendverkehr. Meine Idee, die Faßstraße, die wichtigste Nord-Süd-Verbindung in Hörde zu umfahren, war auch nicht gerade hilfreich. Wir benötigten von Körne bis zu unserem Ziel eine gute Stunde und stauten uns von Ampel zu Ampel.

„Zu den Stoßzeiten kannst du die Faßstraße nicht benutzen", erklärte ich Tom. „Da ständen wir noch länger."

„Die Baustelle ist schon heftig, ein Riesenprojekt, wie es aussieht", nickte er, da er ja durch seinen Ausflug nach Hörde selbst im Bilde war.

Sie verlangte den Autofahrern, die auf diese Strecke angewiesen waren, einiges an Nerven ab. Ich hatte gelesen, dass es dort nur im Schritttempo vorwärtsging und sich tagaus, tagein endlose Schlagen bildeten, daher meine Idee mit dem Umweg. Ob Anwohner, Geschäftsleute oder Durchfahrende, jeder sehnte das Ende der Baumaßnahme herbei.

Was sich für viele bereits wie eine Ewigkeit anfühlte, hatte im Oktober 2019 begonnen, Bauende sollte nach achtzehn Monaten sein. Nun hieß es, sie sei im Sommer 2021 fertig. So lange hatten Felicitas und ich vorgehabt, den Stadtteil zu meiden, weil wir beide keine Lust verspürten, diese Strecke vor ihrer Fertigstellung zu nutzen. Heute konnte ich am eigenen Leib erfahren, wie recht wir damit getan hatten.

Endlich in Hörde angekommen ließ ich mich von Tom dirigieren. Nein, diese Straße kannte ich nicht, war, weil sie ein wenig abseits lag, nie hindurchgefahren. Hätte sich auch nicht gelohnt, mehr als Häuserzeilen aus der Vorkriegszeit gab es nicht zu sehen. Wieso wohnte Ruben bloß in dieser Ecke?

„Der rote BMW da vorn." Tom, der bereits sein Handy gezückt hatte, versuchte es so unauffällig wie möglich auf den parkenden Wagen zu richten und machte schnell hintereinander mehrere Fotos.

Dann waren wir schon vorbei. Obwohl ich nur dreißig fahren konnte, hatte ich nur einen kurzen Blick auf den Fahrer erhascht. Nein, ich kannte ihn definitiv nicht.

„Sind dieselben wie heute Morgen", sagte Tom und betrachtete prüfend die gerade geschossenen Aufnahmen.

Ich nutzte die nächste Parklücke und warf ebenfalls einen Blick auf das Display. Die Bilder waren ein wenig verschwommen, trotzdem konnte ich mit Sicherheit sagen, dass ich keinen der beiden Männer kannte. „Ich gehe zurück und klingele bei Ruben", beschloss ich. „Du wartest besser im Auto."

Die Beobachter sahen aufmerksam zu, wie ich mehrfach bei Ruben Zimmermann klingelte. Nichts passierte. Doch ich hatte Glück, ein älterer Mann steuerte auf das Haus zu und fummelte umständlich einen Schlüssel aus der Hosentasche, mich völlig ignorierend.

„Entschuldigung, ich wollte Herrn Zimmermann besuchen", sprach ich ihn an. „Ich dachte, er sei krank und läge im Bett." Jetzt erst musterte er mich. „Der ist verreist", sagte er im Brustton der Überzeugung. „Schon seit zwei Tagen."

44

Felicitas

„Fährst du morgen zu deiner Patientin?", empfing mich Alex, als ich gegen acht vom Treffen mit einer Freundin zurückkehrte.

„Nein, erst am Samstag wieder. Der Termin hat sich verschoben, weil morgen ihr Hausarzt kommt. Ab nächste Woche halten wir uns dann an den Rhythmus Montag, Mittwoch, Freitag. Bestimmt auch noch in der nächsten Woche und vielleicht sogar nehme ich noch die übernächste mit", erwiderte ich. „Je nachdem, wie es bei uns läuft."

„Super", freute er sich. „Versuch bitte, sie noch mal auszuquetschen, ob sie irgendwas Besonderes über Rubens Arbeit weiß." Er berichtete mir von der Aussage seines Nachbarn. „Sprich sie aber bloß nicht darauf an. Sie soll nicht wissen, dass ..."

Das Klingeln seines Handys unterbrach ihn. Nach einem Blick darauf nahm er das Gespräch mit einer bedauernden Handbewegung umgehend an. „Und, hast du was rausgefunden?" Mit den Lippen formte er das Wort Olaf.

Das war der Sozialarbeiter aus dem Blücherbunker, wie ich wusste. Wieso hatte er diesen erneut eingeschaltet?

Ich musste mich eine geraume Weile gedulden, denn das Gespräch zog sich in die Länge. Nach knapp fünf Minuten drehte es sich um private Belange. Die beiden hatten sich geraume Zeit nicht mehr gesehen und anscheinend auch nicht telefoniert. Klar, konnte ich verstehen, dass es unhöflich gewesen wäre, es sofort wieder zu beenden. Nur hatte ich aus Alex' Antworten nicht heraushören können, ob die Auskünfte, die er bekommen hatte, wichtig waren und uns weiterhelfen konnten. Deshalb brannte ich darauf, dass er zum Ende kam.

Zuletzt schickte er ihm noch ein paar Fotos, die Olaf sich anschauen sollte. Dabei handelte es sich um die beiden Typen, die vor Rubens Hauseingang standen. Leider kannte er diese nicht.

Dann endlich verabschiedete Alex sich und wandte sich mir zu „Es tut sich tatsächlich was. Olaf hat einen von denen, die er betreut, ausgefragt. Richtig mit der Sprache rausgerückt ist der nicht. Angeblich weiß er nichts von einem kürzlich stattgefundenen Kampf. Immerhin hat er zugegeben, dass die Clans mit dem Wachunternehmen im Clinch liegen. Und", er sah mich bedeutungsvoll an, „er hat die Mitarbeiter als Verbrecher bezeichnet, die darauf aus wären, die Geschäfte zu übernehmen."

Vor Überraschung war ich einen Moment sprachlos. „Du meinst, die agieren da nur, um selbst tätig zu werden?"

„Ich meine gar nichts. Das ist die Aussage von dem Jungen, der selbst ein Clanmitglied ist", verbesserte er mich.

„Und was denkst du?" Für mich klang das absolut unglaubwürdig. Würden die Sicherheitsmitarbeiter sonst alles und jedes bemängeln und damit die Polizei ständig auf sich aufmerksam machen?

Alex hegte ähnliche Gedanken, trotzdem rief er gleich Mirko mit der Bitte an, Cevdet auf den Zahn zu fühlen und so tief wie möglich zu bohren.

Samstag, 24. April

Alex setzte mich gegen elf bei Frau Bramwell ab. Er selbst wollte sich ein weiteres Mal mit dem Reporter treffen, relevante Neuigkeiten austauschen, wie er es nannte. Na, hoffentlich hatte der welche zu bieten. Bei uns sah es damit nicht so rosig aus.

Ich sei wie immer viel zu ungeduldig, hatte er gemeint. Man müsse halt überall herumstochern, bis man schließlich die

Wahrheit herausfinde. Das dauere eben seine Zeit. Und manchmal klappe es auch gar nicht.

Daran wollte ich nicht mal denken! Der Typ, der Alex da reingeritten und vermutlich auch Herrn Stankowski umgebracht hatte, musste gefasst werden!

Ich klingelte um punkt elf und dieselbe Betreuerin wie am Mittwoch öffnete mir die Tür. Dieses Mal wirkte sie schon nicht mehr ganz so zugeknöpft. „Geht besser, ist viel …" Sie suchte offensichtlich nach dem passenden Wort.

„Fröhlicher?", half ich ihr aus.

Sie nickte heftig. „Immer fröhlicher", bestätigte sie.

Frau Bramwell lag schon auf dem Bett, als ich ihr Zimmer betrat. „Wir können gleich loslegen!"

Heute war sie so übermotiviert, dass ich ihr nach der Hälfte eine kleine Pause verordnete. „Sonst machen Sie mir noch schlapp."

„Ganz bestimmt nicht", gab sie sich empört, aber ich spürte, dass sie innerlich mit mir übereinstimmte.

„Und, wie läuft es?", erkundigte ich mich.

Strahlend berichtete sie mir von den zwei Schätzchen, die sich wunderbar um sie kümmerten und ihr jeden Wunsch von den Augen ablasen und von ihrer Tochter, die sich jeden Tag meldete, um sich nach ihrem Befinden zu erkundigen.

„Was ist mit Ihrem Enkel? Geht es ihm wieder besser?"

„Ja, er rief gestern an. Es sei nur ein normaler Infekt. Das Schlimmste habe er überstanden. Trotzdem will er lieber Abstand halten, damit er mich nicht ansteckt."

„Sehr vernünftig", lobte ich. Da ich nicht wusste, wie ich tiefer bohren sollte – bei Alex hörte es sich immer so einfach an, das Gespräch in die entsprechende Richtung zu lenken, mir lag das anscheinend nicht –, begannen wir über ihr wunderschönes Haus zu sprechen.

Es sei ihr Elternhaus, erfuhr ich. Sie und ihr Mann wären gleich nach dem Tod ihres Vaters mit eingezogen und hätten sich um die Mutter gekümmert. Am Stil des Gebäudes sei seitdem nichts geändert worden, die Renovierungsmaßnahmen hätte ein Architekt übernommen, der den Charme des Hauses erhalten wollte, was ihm auch gelungen war. Sie bot mir sogar eine Führung durch die Räume an – natürlich ausgenommen der, in denen die Pflegerinnen wohnten.

Ich sagte mit Begeisterung zu. „Gesichert haben Sie Ihr Eigentum ebenfalls. Das ist in der heutigen Zeit wohl ein Muss."

„Erst seit kurzem", wehrte sie ab. „Der Ruben bestand darauf, besonders, weil er sich unten im Keller ein Büro eingerichtet hat. So kann er mich besuchen und im Anschluss noch einiges für die Firma erledigen."

Ich merkte auf. „Sie meinen die Alarmanlage?"

„Die hat sich schon rentiert", berichtete sie stolz. „As ich im Krankenhaus lag, versuchte tatsächlich ein Einbrecher sein Glück. Der Lärm rief die Nachbarn herbei und er floh."

„Was für ein Glück, dass Ihr Enkel darauf bestand."

„Ja, anfangs war ich nicht begeistert von dem neumodischen Kram", gestand sie. „Schließlich ist bisher nie etwas passiert. Diese Gegend steht normalerweise nicht im Fokus von Einbrecherbanden. Seit ich hier wohne, ist noch nie irgendwo eingebrochen worden."

Wir nahmen unsere Übungen wieder auf und sie verstummte. Kaum waren wir fertig, ergänzte sie: „Sonderliche Werte besitze ich nicht. Wie gesagt, wenn Sie wollen, organisiere ich eine Hausführung für Sie."

Ich kontrollierte mein Handy. Nein, Alex hatte sich bisher nicht gemeldet. „Sehr gern", bedankte ich mich.

Zuerst führte mich die Pflegerin durch die unteren Räume. Die sauber glänzende Küche war wie in früheren Zeiten üblich riesig, größer sogar als das Wohnzimmer, das dafür jedoch einen wunderbaren Ausblick auf den Garten bot, der bestimmt seine fünfhundert Quadratmeter hatte. Sonderlich gepflegt wirkte er nicht, keine Gärtnerhand hatte sich um die Rosenbüsche und die Blumenbeete gekümmert. Die drei

Bäume, Obstbäume, wie mir die Pflegerin erklärte, wurden fast vollständig vom überall wuchernden Efeu bedeckt.

„Erst Haus ordentlich, dann Garten", radebrechte sie.

Ich ließ meinen Blick durch den Raum schweifen: keine Staubflusen, keine Spinnweben, sauber gewischte Fliesen und abgesaugte Teppiche. „Toll", sagte ich ehrlich. „War bestimmt viel Arbeit."

Sie nickte und lächelte verschmitzt. „Frau macht nicht viel Arbeit, wir viel Zeit."

Trotzdem eine enorme Leistung, denn der Raum beherbergte neben einer Sitzgarnitur nebst dazugehörigem Tisch und einer riesigen Schrankwand, die eine Wandseite einnahm, mehrere Sideboards, die mit Nippes vollgestellt waren, allein für das Staubputzen mussten die beiden Pflegerinnen einen Tag benötigt haben. Und die Fenster waren auch frisch geputzt!

„Oben nicht fertig", wandte die Frau ein, als wir wieder in der Diele standen.

Wir verabredeten, dass sie mir die Räumlichkeiten bei meinem nächsten Besuch zeigen würde. „Was ist mit den Kellerräumen?", fragte ich mit klopfendem Herzen. „Die sind in einem alten Haus oft besonders sehenswert." Wenn ich dort vielleicht sogar einen Blick in Rubens Büro werfen konnte ...

Ich bastelte schon an einer passenden Ausrede, wie ich es anstellen sollte, sie kurz wegzuschicken, als sie bedauernd den Kopf schüttelte. „Zu. Keinen Schlüssel für das."

Aha, der Enkel nutzte den Bereich wohl für geheime Dinge!

„Und Frau Bramwell?" Er konnte ihr doch nicht den Zugang zu ihren eigenen Räumen verwehren!

„Ist schon lange nicht ... Treppe steil ... nichts unten, was wichtig."

Mein Tag war schon jetzt ausnehmend erfolgreich verlaufen, wie ich fand.

Leider nahm Alex mir jegliche Freude, indem er erklärte, wir könnten zwar spekulieren, was Ruben aufbewahre, mehr allerdings nicht. „Einbrechen, um uns Klarheit zu verschaffen, werden wir definitiv nicht", erklärte er. „Dafür ist Ruben nicht verdächtig genug. Bisher haben wir nichts wirklich Relevantes gegen ihn finden können."

45

Mirko

Heute fingen wir um zehn Uhr in Aplerbeck an. Das solle Standard werden, erklärte mir Cevdet, der zu meiner nicht geringen Freude bereits an der obligatorischen Stelle auf mich wartete. „Von zehn bis zehn, das andere Team unterstützt uns ab sechzehn Uhr und macht dann bis morgens um vier."

„Du bist schon wieder gesund?"

„Ach, das war nicht der Rede wert", winkte er ab. „War eh nur für die Anzeige. Immerhin habe ich dadurch meine zwei freien Tage noch."

Wir setzten uns in Bewegung und begannen die erste Runde. Obwohl das Wetter laut der Vorhersage heute mal etwas besser würde, befanden sich nur wenige Menschen auf den Straßen. „Mein Freund Alex war schlichtweg begeistert von dir", begann ich das Gespräch gleich in die Richtung zu drehen, die mich am meisten interessierte.

Er grinste. „Ja, die Sache ist super gelaufen. Der Typ ist sofort eingeknickt. War keine wirkliche Herausforderung."

„Trotzdem ist Alex nun ein Fan von dir." Was im Grunde genommen auch stimmte. Er hatte ein wahres Loblied auf meinen Partner gesungen.

Diese Bemerkung ging ihm runter wie Butter. „Wenn ich ihm wieder helfen soll, jederzeit."

„Werde ich ihm ausrichten. Er ist da sowieso gerade an dieser Sache dran – wegen des ermordeten Reporters. Kennst du den? Der soll mehrfach bei euch Wachleuten aufgetaucht sein. Du hast doch bestimmt in der Zeit in der Nordstadt gearbeitet."

Er bestätigte meine Annahme mit einem knappen Nicken. „Ja, da war einer von der Zeitung, der hat uns eine Zeit lang richtig genervt. Kam immer im Abendbereich und beobachtete uns, wollte am liebsten jede Kleinigkeit wissen. Aber das ist mindestens ein, eineinhalb Monate her."

„Der hat einen Artikel über das Unternehmen geschrieben, klang ziemlich positiv." Sollte ich ihn einfach fragen, wie er die Situation auf den Straßen dort empfunden hatte? Nein, besser, mich langsam vorwärtstasten.

Cevdet antwortete nicht, er hatte seinen Fokus auf einige Jugendliche gerichtet, die sich gerade auf dem Marktplatz lautstark begrüßten und dabei nicht im Geringsten auf den einzuhaltenden Abstand achteten. Und die erforderlichen Masken trugen sie ebenfalls nicht.

Er bedeutete mir stehen zu bleiben und starrte zu ihnen hinüber. Es dauerte fast fünf Minuten, bis sie auf uns aufmerksam wurden. Einer aus der Gruppe deutete auf uns und sagte irgendwas, woraufhin die Jugendlichen langsam den Platz verließen.

Cevdet stieß mich an und setzte sich wieder in Bewegung. „Falscher Alarm, die sind harmlos."

„Wie erkennst du das?" Ich hatte eher gedacht, wir stünden kurz vor einem Einsatz.

Er zuckte die Schultern. „Irgendwann kriegst du einen Blick dafür, wer Ärger machen will und wer nicht."

Wir wanderten eine Weile schweigend nebeneinander her. Ich zerbrach mir den Kopf, wie ich wieder auf das Thema überlenken konnte, das mich so brennend interessierte. Zu deutlich wollte ich nicht zeigen, wie sehr ich darauf aus war, entsprechende Informationen einzuholen. Cevdet schien mir ein loyaler Arbeitnehmer zu sein. Ob er mir überhaupt von irgendwelchen Querelen erzählen würde? „Wie geht es deiner Frau?", fragte ich stattdessen. „Wann kommt denn das Baby genau?"

Ein Strahlen glitt über sein Gesicht und er begann mir ausführlich über seine Familie zu berichten.

Bei unserer Mittagspause, die wir dieses Mal auf einer Bank im Freien verbrachten – die Temperaturen waren tatsächlich mittlerweile in einem angenehmen Bereich angekommen -, war meiner Meinung nach genug Zeit verstrichen. „Wie bist du …“, begann ich, dann entdeckte ich eine in meinen Augen verdächtige Gruppe männlicher Jugendlicher, die sich bei unserem Anblick schnell in eine Nebenstraße verkrümelte.

Cevdet, der fast gleichzeitig mit mir aufgemerkt hatte, erhob sich und gab mir ein Zeichen, ihm zu folgen.

Wir waren an der Ecke angekommen und er bedeutete mir, stehen zu bleiben. Er selbst lugte vorsichtig um die hohe Hecke, die das letzte Grundstück begrenzte, herum. „Hab ich mir's doch gedacht!“, frohlockte er. „Nein, bleib stehen, wir warten noch ab.“

„Was siehst du?“ Von meiner Position aus konnte ich nichts erkennen.

„Die suchen eindeutig nach einem Opfer. Vielleicht haben sie sogar schon eins gefunden.“

Nun war ich auch nicht viel schlauer als zuvor. „Fordern wir Verstärkung an?“, fragte ich trotzdem.

„Ist es schon vier?“

„Nein, erst kurz vor drei. Ich …“

„Sie sind abgebogen“, unterbrach er mich. „Los, hinterher!“

Wir rannten die Straße entlang, sodass uns die wenigen Passanten, die unterwegs waren, verblüfft anstarrten. Bis auf einen! „Da entlang!“, rief er und deutete nach rechts.

Cevdet stieß ein unterdrücktes Lachen aus. „Wenigstens einer, der mitkriegt, was um ihn herum passiert!“

Wieder hielt er mich an der Ecke kurz zurück und schaute als Erster nach. Dann riss er mich unsanft mit sich. „Keine Gnade!“, befahl er.

Warum, sah ich nun selbst. Mitten auf dem schmalen Verbindungsweg, eher einem Feldweg gleich, schien ein ungleicher Kampf entbrannt. Fünf Jugendliche bedrängten zwei etwas Jüngere, das heißt, sie schubsten sie grob zwischen sich herum. Einer, vermutlich der Anführer, boxte auf einen der beiden ein. Der taumelte unter den wuchtigen Schlägen, anstatt sich zu wehren, hatte er beide Arme um seinen Kopf gelegt, um diesen zu schützen.

Sie waren derart in ihr Tun vertieft, dass sie uns nicht bemerkten, bis Cevdet rief: „He! Was soll das?"

Da hatten wir uns allerdings schon bis auf wenige Schritte angenähert. Anstatt zu fliehen, stießen sie ihre Opfer zur Seite, in der irrigen Ansicht, uns verscheuchen zu können, wenn sie uns drohten.

„Hierbleiben!", schnauzte Cevdet die Jüngeren an, die ihr Heil in der Flucht suchen wollten, und zückte gleichzeitig sein Handy. „Wir warten alle gemeinsam auf die Polizei."

„Pass auf!", schrie ich gerade noch rechtzeitig, denn der Anführer stürzte sich ansatzlos auf meinen Partner, im letzten Moment hatte ich das Messer in seiner Rechten aufblitzen sehen.

Der reagierte wie in zahllosen Trainingskämpfen eingeübt. In einer schnellen Bewegung drehte er sich zur Seite, hob den Fuß und trat nach der Messerhand. Treffer! In hohem Bogen flog die Waffe durch die Luft und außer Reichweite. Cevdet wartete nicht ab, ob der Angreifer genug hatte, sondern trat nochmals zu, ein harter Bauchtreffer, der diesen zurückschleuderte, sodass er zu Boden ging.

Statt zu flüchten, griffen uns die übrigen vier an. Ein Sprung und ich hatte den Ersten erreicht. Ich drosch ihm meine Faust auf die Nase und schaffte es so eben, dem zweiten auszuweichen, der mit Anlauf hatte zutreten wollen. Er erwischte mich noch knapp am Bein, sodass ich ins Taumeln geriet.

„Mach ihn fertig!", rief eine dünne, helle Stimme.

Aus den Augenwinkeln sah ich, dass die zwei Opfer meinen ersten Gegner zu Boden gerungen hatten und eisern festhielten. Da war der zweite wieder heran und fuchtelte mit einem gefährlich langen Messer herum. Ich wich zurück, lockte ihn von den anderen weg, dabei musste ich aufpassen, dass er mich nicht traf, denn er war verdammt schnell. Allerdings auch wütend, erkannte ich, ein Umstand, den ich mir zunutze machen wollte. Ich sprang hin und her und begann ihn zu beschimpfen, immer darauf lauernd, dass er einen Deckungsfehler beging.

Anfangs sah es nicht so aus, der junge Mann schien einige Kampferfahrung zu haben und war auf der Hut. Jedes Mal, wenn ich mich ihm näherte, wurde er langsamer und vorsichtiger in seinen Bewegungen. Plötzlich stieß jemand einen schrillen Schmerzenslaut aus, der in ein jämmerliches Jaulen überging. Dieser eine Moment der Ablenkung reichte mir. Mein Fuß schoss hoch und trat ihm das Messer aus der Hand. Sogleich setzte ich nach und rammte ihn, dass er zu Boden fiel. Bevor er sich aufrappeln konnte, ließ ich einen Tritt in seinen Magen folgen, der ihm die Luft nahm, dabei immer die Stimme meines Trainers im Ohr: „Wenn du dich auf einen Kampf einlässt, sorge dafür, dass deinem Gegner die Lust vergeht, ihn fortzusetzen. Erst dann bist du sicher."

Schwer atmend hielt ich inne und schaute mich um. Auch Cevdets Angreifer lagen am Boden. Der eine hielt sich jammernd sein Knie, der andere schien bewusstlos zu sein. Mein Partner hatte bereits sein Handy gezückt, um die Polizei zu informieren.

Ich trat zu den beiden Opfern, die drohend über dem mit der blutigen Nase standen. „Super, Jungs. Ihr habt uns sehr geholfen."

Der Jüngere, vielleicht knapp zwölf, strahlte über das Lob, der Ältere, vielleicht vierzehn, fünfzehn, sah eher besorgt aus. „Und wenn die sich rächen?", fragte er mit dünner Stimme.

„Werden die nicht", versicherte ich ihm. „Die haben erst mal genug."

„Außerdem sind wir da, um euch zu beschützen", ergänzte Cevdet, der zu uns trat. „Am besten, ihr besorgt euch so einen Taschenalarm, der laut losheult. Dann können wir rechtzeitig eingreifen." Er blieb halb abgewandt stehen, um die Verletzten im Auge zu behalten.

Doch die hatten eindeutig genug, bis die Polizei eintraf, wagte keiner von ihnen, sich zu rühren.

46

Mirko

„Hoffentlich haben wir heute mal 'nen ruhigen Tag", empfing mich Cevdet.

Ja, der gestrige steckte mir noch in den Knochen. Und die Polizisten wären bestimmt ebenfalls nicht sonderlich erbaut, wenn es schon heute zu einem ähnlichen Vorfall käme. Begeisterung angesichts unserer Aktion sah nämlich anders aus. Die hatten uns doch tatsächlich unnötige Gewaltanwendung vorgeworfen.

„Fünf gegen zwei", lautete Cevdets Antwort. „Wie hätten wir sonst reagieren sollen?"

Die Polizei anrufen und auf deren Eintreffen warten, wurden wir belehrt.

„Und was wäre in der Zwischenzeit mit den beiden Kleineren passiert?", empörte ich mich.

Das war echt lächerlich. Hätten wir zusehen sollen, wie sie die beiden weiter attackierten oder darauf hoffen, dass die fünf die Flucht ergriffen und es den Beamten gelang, sie nachträglich aufzugreifen?

Erst die eintreffenden Krankenwagen inklusive Notarzt beendeten diese Diskussion. Letzterer stellte fest, dass das eine Opfer neben diversen Prellungen wohl eine Gehirnerschütterung davongetragen hatte und zur weiteren Abklärung mit in die Klinik musste. Auch der andere Junge wies reichlich Blessuren auf, die vor Ort behandelt wurden.

Abschließend bat man uns, am Montag unsere Aussage auf dem Revier zu machen. Zwei der Täter kamen ins Krankenhaus, drei wurden in die zwei Streifenwagen – die waren tatsächlich gleich mit sechs Mann angerückt – verfrachtet. Wir begleiteten den Zwölfjährigen nach Hause, um den Eltern von dem Angriff zu berichten.

Im Gegensatz zu den Polizisten waren diese voll des Lobes für uns und bedankten sich ein ums andere Mal, bevor sie sich in die Klinik zu ihrem Sohn aufmachten.

Nach einer erneuten Runde setzten wir uns auf eine Bank und verfassten einen Bericht über das Vorgefallene für die Firma. Danach stand uns beiden nicht mehr der Sinn nach einer ernsthaften Unterhaltung, weshalb ich meine Fragen lieber auf den nächsten Tag verschob.

„Alex ist wegen seiner Recherche selbst zweimal in der Mallinckrodtstraße und in der Borsigstraße gewesen. Die Anwohner scheinen echt dankbar über eure Anwesenheit zu sein", begann ich jetzt, kaum dass wir unseren Rundgang begonnen hatten.

„Die einen ja, die anderen nein", ging er bereitwillig auf das Thema ein. „Das ist eine Multikulti-Gegend und genauso unterschiedlich reagieren die Leute auch auf uns. Die einen sehen in uns einen verlängerten Arm der Polizei und fühlen sich zu sehr beobachtet und gegängelt, die anderen erkennen an, dass wir uns darum bemühen, das Viertel wieder sicher zu machen. Zusätzlich gibt es die, die uns einfach so hinnehmen und gar nicht großartig darüber nachdenken und natürlich die, denen wir ihre lukrativen Geschäfte kaputtmachen. Für die sind wir echte Störenfriede, nein, eher Hassobjekte."

Das ideale Stichwort für mich. „Du meinst die Dealer?"

„Nicht nur, wir achten auf alles, was ungesetzlich ist. Die …"

„Zum Beispiel?", unterbrach ich ihn. Klar, ab und zu las man von den Einsätzen der Polizei gegen die dort herrschenden Clans, die nun öfter durchgeführt wurden. Was genau passierte, blieb meist verborgen. Wobei ich ehrlich gesagt bei meinen selten Besuchen in diesem Stadtteil nicht den Eindruck hatte, dass es sich um eine No-go-Area handelte. Ja, es gab einen hohen Ausländeranteil, der für mich das Bild insgesamt bunter, lebendiger machte. Die Straßen waren wesentlich bevölkerter, das Leben spielte sich vielfach draußen ab. Gefährdet oder bedroht hatte ich mich nie gefühlt - allerdings war ich bisher nur im Hellen dort unterwegs gewesen.

„Hauptsächlich das Offensichtliche wie Drogen, Gewalt, Glücksspiel, Prostitution und ..."

„Moment! Ich dachte, bei euch, das sei Sperrgebiet."

Er lachte. „Ja, und? Das heißt nicht, dass die Huren komplett verschwunden sind. Das ist den Freiern ebenso bekannt. Im Prinzip achten wir auf alles, was uns auffällt", fuhr er fort, bevor ich erneut nachfragen konnte, „egal ob es um falsch geparkte Autos geht oder die Bar, die trotz Corona geöffnet hat. Unser Ziel ist ein Wohnumfeld, in dem es sich zu leben lohnt."

Jetzt klang er fast wie Ruben Zimmermann. Etwas Ähnliches hatte dieser damals im Interview gegenüber Herrn Stankowski gesagt. „Meiner Meinung nach sind sowohl die Null-Toleranz-Strategie als auch die Politik der kleinen Nadelstiche sinnvoll, beides kann jedoch nicht in dem Umfang umgesetzt werden, wie es erforderlich wäre. Dafür haben Polizei und Ordnungsamt einfach zu wenig Personal."

Auf die Erwiderung des Reporters, die Statistik zeige, die Kriminalitätsrate in der Nordstadt sei gesunken, hatte er darauf verwiesen, dass die Fallzahlen dort immer noch höher seien als in anderen Bereichen.

Trotzdem sei sie gesunken, hatte Herr Stankowski beharrt, was sein Gegenüber zu dem Statement veranlasste, das liege wohl eher an dem Rückgang der Wohnungseinbrüche, die einen großen Teil des Erfolges ausmachten. Er und seine Leute erlebten jeden Tag etwas völlig anderes. Außerdem habe selbst die Polizei zugegeben, die guten Zahlen bezögen sich nicht auf den Bereich der Straßenkriminalität. Zudem müssten sich Polizisten immer öfter der gegen sie gerichteten Gewalt erwehren, von Respektlosigkeiten ganz zu schweigen. Dies entspräche nicht der Art von Sicherheit, die er erwarte.

„Meiner Meinung nach agiert die Polizei viel zu oft mit einfachen Platzverweisen – und die tauchen in keiner Polizeistatistik auf", legte Cevdet nach, als hätte er meine Gedanken erraten. „Die kleinen Dealer werden ja oft gar nicht mehr mit zur Wache genommen."

„Und man setzt bei Jugendlichen gern auf Gefährderansprachen und der Warnung vor zukünftigen Konsequenzen", ergänzte ich.

„Was, wie du siehst, nicht bei jedem funktioniert", nickte er. „Ich habe gestern noch mit einem Kumpel gesprochen und ihm von unserem Erlebnis erzählt. Der ist auch hier im Einsatz und meint, zwei von denen seien ihm schon mehrfach unter der Woche aufgefallen. Er hat selbst zweimal die Polizei hinzugerufen und die haben ihm durch die Blume mitgeteilt, dass die lieben Kleinen, sechzehn und siebzehn Jahre alt, zu den Intensivtätern gehören. Die waren selbst reichlich genervt, dass sich nichts tut, um die aus dem Verkehr zu ziehen." Er schnaubte. „Fehlverhalten muss sofort eine entsprechende Strafe nach sich ziehen, damit du daraus lernst. Das sagt dir jeder, der Kinder erzieht."

Ich musste angesichts seines Eifers lachen.

„Nein, im Ernst", beharrte er. „Ich bin mit Sicherheit kein Unschuldsengel gewesen, habe in meiner Kindheit und Jugend reichlich Mist gebaut. Mein Vater hat mich jeden einzelnen ausbaden lassen, da gab es keine Beschönigungen oder Vertuschungen. Wenn du Scheiße baust, hast du dafür gerade zu stehen, hieß es. Ganz ehrlich? So werde ich es bei meinen Kindern auch machen. Das verstehe ich auch unter Liebe und Fürsorge, dass ich sie zu Bürgern erziehe, die sich an Recht und Gesetz halten."

Ich war echt beeindruckt. Cevdets Ansicht konnte ich nur unterstreichen.

„Vor allem sollte man bei solchen Angreifern wie denen von gestern gleich beim ersten Verstoß härter durchgreifen", ergänzte er. „Wehret den Anfängen und lasst unverzüglich Strafen folgen, so sehe ich das."

„Trotzdem ist doch gerade die Nordstadt immer noch das Synonym für Verbrechen", lenkte ich auf unser ursprüngliches Thema zurück. „Ich schätze mal, dort ist es wesentlich heftiger."

„Eigentlich nicht." Er grinste, als er meine verdutzte Miene sah. „Klar, die Probleme sind zahlreich: Die Drogis und Alkis, die Penner, die Leute, die aus den ärmeren europäischen Ländern reinströmen, ohne Chance auf einen Job, die oft prekären Wohnverhältnisse, die heruntergekommenen Häuser, die vielen Asylsuchenden, bei denen schon klar ist, dass die keinen Anspruch haben", zählte er auf.

„Und die Clans, die in euch eine Bedrohung ihrer Aktivitäten sehen", fügte ich hinzu. „Dadurch, dass ihr vierundzwanzig Stunden vor Ort seid, kriegt ihr mit, was abläuft und könnt der Polizei entsprechende Tipps geben."

Cevdet schüttelte bedächtig den Kopf. „Die sind nicht begeistert von unserer Arbeit. Die wollen nicht den kleinen Dealer, sondern an die Hintermänner ran. Wir pfuschen denen mehr ins Handwerk, als dass es ihnen nützt."

„Ach." Mit dieser Antwort hatte ich nicht gerechnet. „Habt ihr euch mit denen irgendwie geeinigt?"

Dieses Mal fiel sein Kopfschütteln energischer aus. „Unsere Bosse sind da anderer Meinung. Entziehen wir den Dealern ihre Geschäftsgrundlage, suchen die sich irgendwann ein anderes Betätigungsfeld. Muss man eben überall sofort hinterher sein, dass die sich nirgendwo festsetzen können."

Das war mit den Möglichkeiten der offiziellen Obrigkeit überhaupt nicht machbar. „Ist der andere Weg nicht besser", wandte ich daher ein.

„Nein", war er sich sicher. „Es gibt genügend Leute im Hintergrund, die die frei gewordenen Bezirke übernehmen. So kriegst du die nicht weg."

Jetzt waren wir völlig von dem, was ich eigentlich wissen wollte, abgedriftet. „Also legt ihr euch mit den Clans an?", fragte ich nach.

„Wir passen in den Bereichen, in denen wir eingesetzt sind, extrem auf und melden jedes noch so kleine Vergehen an die Polizei." Er grinste. „Das verstehen wir unter Null-Toleranz-Politik. Damit das Leben in Dortmund tatsächlich so sicher wird, wie behauptet."

Mit diesem Spruch bezog er sich eindeutig auf die ständig wiederkehrenden Versicherungen der Verantwortlichen bei der Vorstellung der jährlichen Kriminalstatistik, das Leben in Dortmund sei so sicher wie lange nicht mehr. Dagegen hatte ich wie so viele Bürger das Gefühl, es sei genau umgekehrt. Denn die Ruhestörungen und Gelage einschließlich Vermüllung und Vandalismus im öffentlichen Raum hatten eindeutig zugenommen, ebenso derartige Aktivitäten wie die gestrige, dass Jugendliche oder junge Erwachsene Jüngere bedrohten, abzockten und körperlich angingen. Langsam kam auch ich zu der Erkenntnis: Ohne eine mobile Einsatztruppe würden die Zustände bald noch schlimmer.

47

Samstag, 24. April / Sonntag 25. April

Alex

Mein Gespräch mit Herrn Pickard am Samstag war leider ein Reinfall. Im Prinzip hatte er nichts Wichtiges zu berichten, außer dass sich mittlerweile bei den Stadtoberen Widerstand gegen diesen Wachdienst regte, der täglich die Polizei in Atem hielt.

„Schade", hatte er geseufzt. „Ich hätte so gern einen Artikel darüber gebracht, wie die Politik die Einzigen, die sich ernsthaft bemühen, geltendes Recht durchzusetzen, am liebsten am ausgestreckten Arm verhungern lässt. Es wird gemunkelt, dass die ernsthaft darüber nachdenken, denen mit irgendwelchen an den Haaren herbeigezogenen Begründungen die dortigen Aufträge zu entziehen. Leider mahnt der Chef, wir sollten warten, bis sich was Genaueres tut."

Ich konnte seinen Frust nachvollziehen. Wäre es nicht das falsche Signal an die Bevölkerung – und natürlich auch gleichzeitig an die Clans -, wenn man den Versuch, eine gewisse Ordnung wiederherzustellen, von städtischer Seite her verbot?

Großartig auf Herrn Pickards Bericht eingegangen war ich nicht. In spätestens einer Stunde musste ich Felicitas abholen. Ich selbst hatte ihm einen Überblick über unsere Aktivitäten gegeben und dabei betont, dass wir nichts wirklich Relevantes herausgefunden hatten, es eigentlich immer noch ein Stochern im Nebel war, wir jedoch weiterhin am Ball bleiben würden. Allerdings hatte ich ihm sowohl die Aussage von Rubens Nachbarn als auch die vor dem Haus stehenden Ausländer sowie Olafs Nachricht verschwiegen. Demnach verlief unser Gespräch sehr knapp.

Mein kurzer Abstecher zum Supermarkt hatte mich anschließend mehr Zeit gekostet als gedacht, sodass ich etwas nach der vereinbarten Zeit vor Frau Bramwells Haus auftauchte. Meine Verspätung blieb zum Glück unbemerkt, da Felicitas gerade in dem Moment erst vor die Tür trat. Ich fuhr an den Bordstein und entriegelte die Türen.

„Ich hab was Neues rausgekriegt", platzte sie gleich heraus.

„Warte kurz!" Ich musste mich darauf konzentrieren, in der engen Straße zu wenden. Dabei fiel mir ein geparktes Auto drei Häuser weiter auf. Wenn mich nicht alles täuschte, befand sich jemand im Inneren.

Kurz entschlossen fuhr ich doch in die andere Richtung. Tatsächlich, ich konnte zwei Männer erkennen, ähnlich aussehend wie die, die ich vor Rubens Haus gesehen hatte.

„Meinst du, die beobachten, ob Ruben auftaucht?" Felicitas zog dieselbe Verbindung wie ich.

„Anscheinend ist er weiterhin untergetaucht." Das war die einzig vernünftige Erklärung. Das Ganze wurde immer seltsamer. Was wollten die von ihm?

„Ich habe auch Neuigkeiten", begann meine Freundin und berichtete mir von der kleinen Hausbesichtigung, vor allem aber von dem verschlossenen Keller. „Und er hat damals direkt eine Alarmanlage einbauen lassen."

Den Einbruchsversuch fand ich wesentlich interessanter, vor allem, da er offensichtlich in dieser Gegend absolut ungewöhnlich war. Was hatte Ruben, worauf offenbar andere derart scharf waren?

„Vielleicht sollten Tom und ich heute Abend in die Nordstadt fahren und uns selbst vor Ort umsehen", meinte ich zu Felicitas, obwohl sich eigentlich alles in mir dagegen sträubte. Deshalb nahm ich ihren Vorschlag, zuerst einmal Mirko zu bitten, seinen Partner Cevdet auszuhorchen, an. Vielleicht sahen wir ja danach klarer.

Am Samstagabend rief mich Mirko gleich nach Beendigung seines Dienstes an. „Bisher habe ich kaum was rausgefunden, uns ist was anderes dazwischengekommen. Ich versuche morgen mein Glück."

Kaum hatte ich das Gespräch beendet, erschien Tom, um mir mitzuteilen, dass Joey sein Video auf YouTube eingestellt hatte. Klar, dass wir es uns gleich zusammen mit Felicitas anschauten.

Natürlich war es ziemlich reißerisch aufgemacht. Die ersten Sequenzen zeigten einen friedlichen Nachmittag, darauf folgten direkt die mit versteckter Kamera gefilmten Szenen der Drogendeals. Den größten Teil nahm der auf uns erfolgte Überfall ein. Keine Ahnung, ob Joeys Anwalt der Überzeugung war, ihm könne nichts passieren, jedenfalls lief alles genauso ab, wie ich es in Erinnerung hatte. Selbst die verwackelten Einstellungen, als wir längst am Boden in Deckung gegangen waren, hatte Joey drin gelassen. Denn man konnte die Schreie und Schläge deutlich hören.

Felicitas griff unwillkürlich nach meiner Hand und quetschte sie regelrecht. „So heftig war das? Oh, mein Gott! Da hätte sonst was passieren können!"

„Pscht", ging Tom dazwischen, der die nachfolgenden Interviews hören wollte.

Wie Joey schon gesagt hatte, weigerten sich die Informanten, ihr Gesicht zu zeigen. Dafür war das, was sie erzählten, umso aufschlussreicher. Eine Vielzahl von Anwohnern hatte sich unter Leitung des Sicherheitsdienstes zusammengeschlossen, als sogenannte mobile Einsatztruppe, die per Notrufknopf bereitstand, helfend einzuspringen. Zusätzlich unternahmen sie selbst Kontrollgänge durch die umliegenden Straßen und achteten auf gröbere Verstöße, die sie direkt an die Polizei meldeten. Ihre Aussagen glichen sich wie ein Ei dem anderen: Endlich haben wir eine Möglichkeit gefunden, unser Viertel sicherer zu machen. Wir sorgen selbst dafür, dass die Kriminalität nicht überhandnimmt.

Abschließend gab Joey einen Kommentar ab, dass er diese Art einer Bürgerwehr durchaus für nachahmenswert halte. In der Kommentarleiste unter dem Video stimmte ihm eine Vielzahl der Zuschauer zu – der Filmbericht hatte bereits über fünftausend Aufrufe. Einige warnten allerdings vor einer zu strikten Überwachung beziehungsweise die Anwohner unter Generalverdacht zu stellen. Es war ein richtiger Austausch zwischen den Befürwortern und Gegnern entstanden, den wir uns natürlich durchlasen.

„Ich bin trotzdem der Meinung, dass es in einigen Gegenden durchaus sinnvoll ist, auf Überwachung zu setzen", meinte Felicitas, nachdem wir das Fenster wieder geschlossen hatten. „Vor allem in den Stadtteilen mit besonders hoher Kriminalitätsrate."

„Genau davon spricht auch die Polizei", nickte Tom, allerdings blitzte es in seinen Augen spöttisch auf. „Im Mai soll die Video-Überwachung der Münsterstraße beginnen."

„Schon?", heuchelte Felicitas Erstaunen. „War die nicht schon eineinhalb Jahre früher geplant?"

„Es gibt eben eine stattliche Anzahl von Bürgern, die so was als Eingriff in ihr Persönlichkeitsrecht sehen", argumentierte Tom. „Die wollen nicht auf Schritt und Tritt überwacht werden."

„Als wenn es den Polizisten vor dem Monitor interessiert, was ich mache, solange ich mich an geltendes Recht halte", gab Felicitas schnippisch zurück.

„Big Brother is watching you, George Orwell", setzte mich Tom in Erstaunen.

„Sehr lesenswert", nickte Felicitas. „Allerdings geht es in seiner Geschichte, um das Phänomen der Massenüberwachung und der Propaganda gesteuerten Beeinflussung der Menschen. Das ist was völlig anderes."

„Wird aber gerade von den Leuten gern als Argument verwendet, denen der Staatsapparat eh schon zu mächtig ist." Er hielt inne. „Wobei, wenn man mal überlegt, wie es bei uns läuft, war er eigentlich ein Visionär. Die Bevölkerung wird mit irgendwelchen Vorhersagen in Angst und Schrecken versetzt, damit man wirtschaftliche Interessen ohne großes Wenn und Aber durchsetzen kann."

Felicitas, die genau wusste, dass er auf die Klimakrise anspielte – wenn nicht sogar auf die durch Corona -, hob mahnend den Finger. „Wir schweifen ab. Lass dir lieber mal von Alex erzählen, was Mirko heute erlebt hat. Man muss solche Auswüchse viel eher rigoros stoppen."

Damit war die Diskussion beendet, denn Tom war begierig darauf, die heutige Geschichte zu hören. Ich ließ mich nicht lange bitten und begann zu berichten.

„Dann tut sich morgen gar nichts?", fragte er, als er sich verabschiedete.

„Wenn du eine Idee hast, sag, was wir unternehmen sollen!"

Damit konnte er leider nicht dienen, deshalb verabredeten wir, uns am Sonntagabend wiederzutreffen.

„Viel habe ich nicht rausgekriegt", gab Mirko bei unserem nächsten Telefongespräch zu. „Ich bin zu blöd, die richtigen Fragen zu stellen, ohne direkt zu verraten, was ich wissen will."

Ja, die Punkte, die mich so brennend interessierten, waren weiterhin ungeklärt. Dann müsste ich wohl selbst ...

„Deswegen habe ich Cevdet gefragt, ob er bereit wäre, dir noch einmal bei deiner Recherche den Tod von Herrn Stankowski betreffend zu helfen. Ich habe behauptet, keine Ahnung zu haben, worum es genau ginge. Das würdet ihr beiden selbst abklären." Er holte tief Luft. „Er hat morgen und übermorgen seine freien Tage. Wir kommen am Montag gegen fünf bei dir vorbei."

Felicitas war enttäuscht, da sie direkt nach der Arbeit zu Frau Bramwell gehen wollte, Tom dagegen begeistert. Er versprach, auf jeden Fall rechtzeitig zu Hause zu sein.

Eigentlich hatte ich vorgehabt, das Gespräch mit den beiden allein zu führen, weil ich mir sicher war, dass Cevdet dann offener reden würde. Ich beschloss, mir die Sache noch mal zu überlegen. Morgen konnte ich ihm immer noch absagen.

48

Montag, 26. April

Alex

Mehr, als meine Notizen zu vervollständigen, blieb mir nicht. In einem Anfall von Arbeitswut nahm ich mir anschließend unsere Wohnung vor, putzte die Fenster, saugte und wischte die Böden und widmete mich sogar dem Kühlschrankinneren.

Danach gönnte ich mir eine Pizza. Als ich gerade den leeren Teller wegstellen wollte, klingelte es. Überrascht schaute ich auf die Uhr. Erst kurz vor vier! Waren das schon Mirko und Cevdet?

Vorsichtshalber benutzte ich die Gegensprechanlage. Die Beobachter vor Frau Bramwells Haus hatten mich alarmiert. Nicht dass ich auch unliebsamen Besuch bekam.

„Hier ist Ruben", klang es aus dem Hörer. „Ich brauche dringend deine Hilfe. Bitte lass mich rein!"

Ich schaffte es so eben noch, Tom rüber zu holen und ihn ins Schlafzimmer zu schieben, bevor Ruben auf der Matte stand. Er sah furchtbar aus, im Gesicht waren deutliche Spuren von Schlägen zu erkennen, an der Schläfe hatte er einen verschorften langen Riss, auf den Wangen zeugten bläuliche Flecke von der erlittenen Schmach.

Stumm trat ich zur Seite und winke ihn näherzutreten. „Geh gleich durch ins Wohnzimmer." Ich wies in die entsprechende Richtung.

Ohne meine Einladung abzuwarten, ließ er sich auf die Couch fallen und stöhnte dabei leise auf. Sicherlich hatte er nicht nur Verletzungen im Gesicht davongetragen. Ich zog mir meinen Computerstuhl heran und sah ihn auffordernd an. „Was ist passiert?"

„Die Clanleute haben es auf mich abgesehen. Hier, diese Warnung erhielt ich vorab." Er begann in seiner Jackentasche zu kramen. Ich entspannte mich etwas. Mein Misstrauen war wohl fehl am Platz.

Plötzlich hielt er eine Pistole in der Hand. Gleichzeitig wirkte er wesentlich fitter, gar nicht mehr hinfällig. Die Mündung zielte direkt auf meinen Bauch.

„Das gibt hässliche Löcher und tut gemein weh", sagte er mit höhnischer Stimme. „Also bleibst du am besten still sitzen und hörst dir an, was ich von dir will."

„Was soll die Pistole?", fragte ich, darauf hoffend, dass Tom mich hörte und sich weiterhin ruhig verhalten würde. Oder vielleicht sogar gleich die Polizei rief. Hatte er sein Handy mitgebracht? Meins lag neben dem Computer, unerreichbar für ihn. Und wenn er versuchte, sich aus der Wohnung zu schleichen, würde Ruben ihn sehen können, denn dieser hatte sich so gesetzt, dass er die Wohnungstür sehen konnte. So ein Mist, da holte man sich, aus Erfahrung klug geworden, Hilfe und die saß nun fest und war nicht in der Lage einzugreifen.

„Du musst was für mich erledigen. Freiwillig wärst du bestimmt nicht dazu bereit." Sein Gesicht nahm einen hasserfüllten Ausdruck an. „Ja, damit hättest du nicht gerechnet, dass dein ehemaliger Klassenkamerad mal das Sagen hat, oder?"

Trug er mir tatsächlich immer noch diese alte Geschichte nach? Aber was hatte das mit dem aktuellen Angriff zu tun?

„Hättest dich raushalten sollen." Er stieß ein abwertendes Schnauben aus. „Du mit deinem übersteigerten Gerechtigkeitswahn. Kein Wunder, dass du dich immer wieder in die Bredouille bringst."

Was sollte das denn heißen? Hatte er etwa meine Krimis gelesen?

Er hatte, wie seine nächsten Worte bewiesen. „Wenn du brav tust, was ich von dir will, wirst du die Gelegenheit zu einem neuen Krimi bekommen. Wenn nicht", er entsicherte die Pistole, „war's das."

„Was willst du von mir?" Ich versuchte, mir meine Angst nicht anmerken zu lassen. Denn natürlich ging mir der Arsch auf Grundeis. Es war Ruben anzumerken, dass er es ernst meinte.

„Deine Freundin muss mir was aus dem Haus der Oma holen. Die ist am unauffälligsten."

Felicitas? Er wollte Feli da mit reinziehen?

Ihm blieb mein inneres Aufbegehren nicht verborgen. Er veränderte leicht seine Position und stützte die Hand mit der Pistole ab.

„Schießt du, kommst du niemals hier raus", prophezeite ich ihm.

Er grinste. „Wetten? Bis die alten Leutchen reagieren, bin ich längst weit genug weg, um den verschreckten Besucher zu mimen. Selbst eine polizeiliche Befragung würde ich überleben, gegen mich liegt nichts vor."

„Was soll Felicitas für dich machen?" Besser, ich ging zum Schein auf seine Anordnung ein. Noch arbeitete sie, bis sie vor Ort war, musste mir irgendetwas eingefallen sein, wie ich ihn überwältigen konnte.

„Ich brauche ein paar Sachen aus dem Keller. Was genau, sage ich ihr persönlich." Er warf einen schnellen Blick auf seine Armbanduhr, ohne mich dabei wirklich aus den Augen zu lassen. „Wird ein wenig dauern, mein Aufenthalt bei dir. Ich musste halt auf Nummer sicher gehen, dass du nicht vorher das Haus verlässt."

Klar, angesichts meiner Tätigkeiten hatte ich die Fenster geöffnet oder zumindest auf Kippe gelassen. Erst während des Essens war mir kalt geworden, sodass ich zwischendurch auch das letzte in der Küche schloss.

Er muss dich schon eine geraume Zeit lang beobachtet haben, durchfuhr es mich. Sonst wüsste er nicht von Felicitas und dass sie bei seiner Oma als Physiotherapeutin arbeitete und genauso wenig, welches meine Wohnung war.

Er hatte mich genauestens im Auge behalten, während mir diese Gedanken durch den Kopf schossen. „Du denkst bestimmt darüber nach, wann und wie ich auf dich aufmerksam geworden bin. Anfangs war ich eigentlich nur genervt von dir, weil du dich unbedingt einmischen musstest." Er grinste bösartig: „Ich dachte, du hättest nach deinem Ärger mit der Polizei die Schnauze voll."

Also steckte tatsächlich er hinter dem Mord an Herrn Stankowski – oder war zumindest in diesen involviert. „Im Gegenteil, dass du mich mit reingezogen hast, hat mich überhaupt erst angestachelt, den Tod des Reporters aufzuklären", gab ich zurück. „Der war euch wohl zu nahegekommen."

„Hat er sich selbst zuzuschreiben. Und du genauso. Bis dahin hatten wir gar nicht mitgekriegt, dass du mit dem zusammenarbeitest. Dann kam ich auf die geniale Idee mit dem Zettel hinter der Heckscheibe." Sein Grinsen vertiefte sich. „Noch ein Mord wäre ein bisschen zu auffällig gewesen, ein Sündenbock war da besser."

„Vor allem, da ihr ganz andere Probleme hattet, richtig?"

Sein Gesicht verfinsterte sich: „Diese scheiß Clanleute! Die wollen einfach nicht kapieren, dass wir am längeren Hebel sitzen."

Nicht mehr, so wie es aussah! „Der Überfall auf Mark und die beiden YouTuber", warf ich ein. Ruben schien in Redelaune, die wollte ich nicht stoppen.

Er musterte mich erstaunt. „Ach, da hingst du auch mit drin? Hätte ich mir eigentlich denken können. Ansonsten hast du recht. Das war der erste Frontalangriff."

„Gegen das Unternehmen?"

Sein Lachen klang beinahe herzlich. „Du stehst immer noch total auf dem Schlauch, was?"

„Klär mich auf!"

„Nee. Du wirst es ja sowieso bald erfahren." Mit der freien Hand griff er wieder in seine Jackentasche, wobei die Pistole sich leider keinen Zentimeter bewegte. Er förderte mehrere Kabelbinder zutage und warf sie mir vor die Füße. „Binde dir schon mal die Beine fest."

Da die Dinger so leicht waren oder er sie vielleicht auch zu kurz geworfen hatte, landeten sie vor mir auf dem Teppich, sodass ich mich vorbücken musste, um sie aufzusammeln. Wieder keine Chance! Er beobachtete mich dabei mit Argusaugen. Ich nahm zwei von ihnen auf und befestigte meine Knöchel an den Beinen des Drehstuhls.

„Fester anziehen!", kommandierte er.

Zähneknirschend befolgte ich seinen Befehl.

„Jetzt legst du die Arme auf die seitlichen Stützen!"

Ich ahnte, was folgen würde. Trotzdem blieb mir nichts anderes übrig, als mitzuspielen. Vielleicht, wenn er sich direkt vor mir bückte …

Leider tat er mir den Gefallen nicht. Stattdessen schob er die übrigen Kabelbinder mit dem Fuß von mir weg und hob sie so weit von mir entfernt auf, dass ich ihn nicht erwischen konnte. Dann kam er näher, hielt mir eins hin und befahl mir, es um meinen Arm zu legen. Dabei achtete er genau auf meine Körperhaltung, damit ich ihn nicht mit einem Angriff überraschte. Außerdem benutzte er nur eine Hand, als er das Band festzog, die Pistole blieb in der anderen.

Aus den Augenwinkeln sah ich, wie Tom heranschlich.

„Au! Das ist zu extrem!", rief ich laut, um ihn abzulenken.

„Stell dich nicht an wie ein Baby!" Statt den Binder zu lockern, zog er ihn noch eine Nuance mehr an.

Tom war fast heran. Wenn Ruben sich auf meine andere Seite bewegte, würde er ihn bemerken. Deshalb drehte ich freiwillig meinen Sessel, sodass er stehen bleiben konnte.

„Gut mitgedacht", lobte er mich.

Im selben Moment stand Tom schon hinter ihm. Ich riss meine freie Hand hoch und schlug mit aller Kraft, die ich aufbringen konnte, zu. Doch Ruben reagierte mit einer Schnelligkeit, die ich ihm niemals zugetraut hätte. Er sprang zurück, rempelte dabei Tom um, der mit dieser Reaktion nicht gerechnet hatte, und stürzte sich, ohne innezuhalten, auf ihn. Im Nu hatte er ihn kampfunfähig gemacht und saß rittlings auf ihm.

„Ts ts ts", kommentierte er unsere Aktion. „Habt ihr echt gedacht, ich falle auf so einen billigen Trick rein?" Er packte den sich windenden Tom grob am Hals und drückte zu. „Wenn du nicht stillhältst, war's das für dich, kapiert?"

Dem armen Kerl blieb nichts anderes übrig, als zu nicken. Ehe er sich versah, war er wie ein Bündel verschnürt.

Zum Abschluss versetzte ihm Ruben noch einen gemeinen Tritt in den Bauch, worauf dieser sich stöhnend krümmte. „Fresse halten, verstanden?" Anschließend wandte er sich wieder mir zu und zog grob den letzten Kabelbinder fest.

Die Pistole lag vergessen auf dem Teppich, allerdings nicht in Reichweite von Tom oder mir. Was hätte es uns auch genutzt, seine Hände waren auf dem Rücken gefesselt, ich konnte mich nicht mehr bewegen.

Ruben hob sie auf und setzte sich wieder auf die Couch. „Gerade mal halb fünf", stellte er so ruhig fest, als sei der Kampf nur ein kurzes Zwischenspiel für ihn gewesen. „Müssen wir halt noch warten."

Stumm saßen wir uns gegenüber, denn er unterband jeden meiner Redeversuche sofort. Er habe die Schnauze voll, erklärte er mir. Ich solle die Klappe halten, bis er mir die nötigen Anweisungen gebe.

Gleich kommen Mirko und Cevdet, schoss es mir durch den Kopf. Von denen wusste er garantiert nicht. Gab es denn nicht irgendeine Möglichkeit, wie ich sie auf unsere missliche Lage aufmerksam machen konnte?

49

Felicitas

Ich hatte es mit Müh und Not geschafft, pünktlich Feierabend zu machen, jetzt musste ich mich beeilen, die U-Bahn zu erreichen, sonst kam ich zu spät zu Frau Bramwell. Echt blöd, dass ich mich auf dieses Arrangement eingelassen hatte, die alte Dame wusste nichts und würde vermutlich auch nicht erfahren, was mit ihrem Enkel war. Aber die Behandlung einfach abzubrechen, kam nicht infrage.

Noch bevor ich die Treppe zur U-Bahn erreicht hatte, rief Alex an. Ja, klar, Mirko und sein Partner Cevdet waren zu Besuch. Gab es etwa schon wichtige Neuigkeiten? Ich nahm das Gespräch an, während ich weiterhetzte.

„Feli, hör mir bitte genau zu. Wir sind …" Da erklang plötzlich eine andere Stimme. „Wenn du deinen Liebsten lebend wiedersehen willst, machst du genau das, was ich dir sage."

Ich fühlte mich wie von einem Hammer getroffen und blieb abrupt stehen, so abrupt, dass der Hintergehende in mich reinstolperte und mich fast umwarf. „Können Sie nicht aufpassen?", schimpfte er.

Immer noch viel zu perplex, um zu reagieren, trat ich näher ans Geländer und presste das Telefon fester ans Ohr.

„Du gehst ganz normal auf den Bahnsteig", kommandierte die fremde Stimme. „Dort wird dir ein Mann eine große Tasche und einen Schlüssel übergeben. Dann fährst du zu Frau Bramwell und erzählst ihr, der Enkel hätte dich gebeten, ihm ein paar Sachen aus seinem Büro zu holen. Natürlich machst du zuerst ihre Behandlung, allerdings nicht so lange wie sonst, damit du pünktlich das Haus verlassen kannst."

Gehorsam setzte ich mich wieder in Bewegung.

„Feli, bitte handle genau nach seinen Anweisungen." Das war Alex. „Er hält Tom und mich gefangen, bis …"

„… du zurück bist und mir die Tasche übergibst", ergänzte der Mann. „Und wag es ja nicht, irgendwen zu informieren. Mein Helfer begleitet dich bis kurz vor die Tür. Da rufst du Alex an und hältst das Gespräch, bis du das Haus wieder verlässt."

Mittlerweile hatte ich den Bahnsteig erreicht. Das Auskunftsschild wies darauf hin, dass der Zug in einer Minute eintreffen würde. Ein jüngerer Mann löste sich aus der Gruppe der Wartenden und trat auf mich zu. „Frau Nierhoff?"

Kaum hatte ich genickt, drückte er mir eine große Sporttasche und einen Umschlag in die Hand und wandte sich ab. Nach ein paar Schritten blieb er stehen und stellte sich so, dass er mich beobachten konnte.

„Ich habe die Sachen gerade erhalten." Leider konnte ich nicht verhindern, dass meine Stimme zitterte. Alex war in Gefahr! Was hatte der Typ mit ihm vor? Würde er ihn tatsächlich freilassen, wenn ich ihm das Verlangte übergab?

„Gut, du hältst dich an meine Anweisungen: keine Telefonate, keine SMS oder WhatsApp. Du behältst das Handy ab jetzt gut sichtbar in der Hand."

„Was soll ich denn holen?" Eigentlich interessierte mich das nicht. Ich wollte nur die Verbindung nicht abreißen lassen, musste aufpassen, dass er sich an seine Worte hielt und Alex und Tom nichts antat.

„Das erfährst du, wenn es so weit ist." Knack, er hatte den Ausknopf gedrückt.

Im selben Moment fuhr der Zug ein. Ich spürte, dass dieser Helfer mich fixierte, und bemühte mich, normal zu wirken und mich in die Masse der Wartenden einzureihen, die mich in Richtung der sich öffnenden Türen schoben. Mein Gefühl sagte mir, dass er meinem Beispiel folgte und sich dicht hinter mir befand. Unwillkürlich versteifte sich mein Rücken. Wenn er mich jetzt berührte, selbst aus Versehen, würde ich lauthals losschreien.

281

Er hielt genügend Abstand. Ich ließ mich auf einen leeren Sitz fallen und hob die große Tasche auf meine Beine. Was sollte ich bloß aus dem Haus holen? Und wieso war er gerade auf mich verfallen? Nur nicht an den armen Alex denken! Wenn ich mir vorstellte, wie er sich fühlen musste. Hoffentlich hielt der Kerl sich an sein Versprechen, ihn nach der Übergabe freizulassen!

Mein Verfolger hatte so hinter mir Platz genommen, dass ich ihn nicht sehen konnte. Ich nahm mir vor, ihn auf jeden Fall beim Aussteigen genauer zu betrachten, damit ich wenigstens eine vernünftige Beschreibung von ihm hatte. Wenn bloß diese doofen Masken nicht wären! Sie verdeckten das halbe Gesicht und erschwerten dies ungemein. Ich wusste nicht mal, ob der Kerl einen Bart trug oder nicht.

Kurz bevor ich meine Haltestelle erreichte, erhob ich mich. Jetzt müsste mir ein guter Blick gelingen! Pustekuchen, er hatte sich weiter ins Innere zurückgezogen und halb abgewandt. Da er seine Kappe tief ins Gesicht und die Maske bis kurz vor die Augen gezogen hatte, waren keine Einzelheiten zu erkennen. Bekleidet war er mit Jeans und einer schwarzen Windjacke, deren Kragen er hochgeklappt hatte. Nicht mal seine Größe konnte ich vernünftig schätzen, da er sich gegen einen der Pfähle lehnte.

Na, warte! Ich stieg aus und ging energischen Schrittes Richtung Ausgang. Sobald ich diesen erreichte, würde ich mich umdrehen und ihn genauer mustern.

Da klingelte bereits wieder mein Handy. Mit diesem am Ohr fuhr ich herum – der Typ war nirgends zu entdecken.

„Du hältst die Verbindung, bis du zurück an der Haltestelle bist", befahl mir Alex' Gefangenenwärter. „Hast du das Haus erreicht, steckst du es in deine Jackentasche. Bist du bei der alten Frau im Zimmer, legst du es offen hin. Und keine Versuche irgendwelcher Art, die Leute auf dich aufmerksam zu machen!"

Tatsächlich hatte ich während der Bahnfahrt überlegt, ob ich nicht mit einer schriftlichen Nachricht auf meine prekäre Lage aufmerksam machen sollte. Nur ob die beiden Polinnen Deutsch lesen konnten?

Mich Frau Bramwell anzuvertrauen war absolut indiskutabel. Diese würde vermutlich als Erstes nach ihrer Lesebrille verlangen und anschließend ihr Entsetzen deutlich zeigen. Damit setzte ich Alex' und Toms Leben aufs Spiel. Denn ich zweifelte nicht daran, dass der Mann, bei dem es sich aller Wahrscheinlichkeit nach um Ruben Zimmermann handelte, seine Drohung wahr machen würde. Herr Stankowski war das beste Beispiel.

„Ich biege in die Straße ein, in der Frau …" Ich stockte. Direkt vor dem Haus stand ein Krankenwagen, davor der Notarzt. Eine Menschentraube hatte sich auf dem Bürgersteig vor dem Grundstück gebildet, ein Polizist hielt die Menge auf Abstand.

„Was ist los?", drang die Stimme des Mannes an mein Ohr.

„Da … da … muss … was passiert sein", stammelte ich.

„Los, geh näher ran und guck nach. Vielleicht hat die Alte nur wieder einen Schlaganfall oder so."

Was für ein Arschloch! „Es stehen Polizisten vorn auf dem Weg." Die begannen gerade, die Umstehenden zurückzutreiben, damit die Sanitäter mit der Trage durchkamen.

„Scheiße!" Ein unterdrückter Schmerzensschrei war zu hören. Ließ er seine Wut etwa an Alex aus? „Sprich die an. Sag, wer du bist, und dass du zu Frau Bramwell willst."

Wenn diese nicht auf dem Weg ins Krankenhaus war! Glücklicherweise stand der Krankenwagen so, dass ich daran vorbeilaufen musste. In der Patientin erkannte ich die Pflegerin, die mir immer bei meinen Besuchen geöffnet hatte. Sie trug einen dicken Kopfverband und sah ziemlich bleich und mitgenommen aus.

Mehr als einen flüchtigen Blick auf sie erhaschte ich nicht. Die Sanitäter beeilten sich, sie ins Innere des Krankenwagens zu verfrachten. Noch ein paar Schritte und ich stand vor dem Polizisten. „Nierhoff", stellte ich mich vor. „Ich bin die Physiotherapeutin von Frau Bramwell und hätte jetzt einen Termin mit ihr. Daraus wird wohl nichts, oder?" Ich bemühte mich, unbefangen und nur leicht besorgt zu wirken, dabei hämmerte mein Herz wie rasend.

Er musterte mich skeptisch, vermutlich war ihm aufgefallen, dass ich das Handy nach wie vor in der Hand umklammert hielt. „Warten Sie! Ich frage nach."

Kaum hatte er sich umgedreht, gab ich meine gesammelten Informationen an Alex' Gefangenenwärter weiter.

„Sieh zu, dass das klappt!", drohte er.

Als hätte ich irgendeinen Einfluss auf die ermittelnden Beamten!

Wie ich es schon fast erwartet hatte, wurde mir der Eintritt verweigert. Die zweite Pflegerin kümmere sich um Frau Bramwell. Ich könne ja später telefonisch nachfragen.

Mir lief es heiß und kalt über den Rücken. Im Haus schienen mehrere Polizisten im Einsatz zu sein. Irgendetwas Schlimmes war geschehen, sonst würden die nicht einen derartigen Aufwand betreiben.

Statt zurückzugehen, umrundete ich den abgesperrten Bereich und mischte mich unter die Neugierigen.

„... nicht viel zu holen", sagte ein älterer Mann zu zwei etwa gleichaltrigen Frauen.

„So was von dreist!", empörte sich eine von ihnen.

„Entschuldigen Sie", wandte ich mich direkt an sie. „Ich bin die Physiotherapeutin von Frau Bramwell und gerade erst dazugekommen. Der Polizist wollte mich nicht reinlassen. Was ist denn überhaupt passiert?"

„Die Arme ist überfallen worden, am helllichten Tag!"

„Die haben ganz dreist geklingelt und so getan, als würden sie Waren anliefern", mischte sich der ältere Herr ein. „Ich habe im Garten da drüben", er zeigte auf die andere Straßenseite, „gearbeitet und gesehen, wie die gekommen sind und nach ungefähr einer halben Stunde wieder abfuhren. Ich habe noch bei mir gedacht, was brauchen die denn so lange?"

„Wann war das denn?", fragte ich nach.

Er zog seine Armbanduhr zurate „Vor ungefähr einer Viertelstunde kam dieses Riesenaufgebot. Ich schätze, die sind ungefähr zehn Minuten eher weg."

Ich bedankte mich bei den dreien und trat den Rückzug an. Wieder umrundete ich den abgesperrten Bereich großräumig und hob gleichzeitig das Handy ans Ohr. „Haben Sie das mitgekriegt?" Da erst bemerkte ich, dass die Leitung tot war.

50

Alex

Punkt fünf schellte es, Mirko und Cevdet standen vor der Tür.

Ruben fluchte. „Erwartest du Besuch?"

„Nein", behauptete ich. „Ich wüsste nicht, wer das sein könnte."

Er trat seitlich ans Fenster und spähte hinaus. Aber da er direkt auf unsere Abstellplätze blickte, wurde er dadurch auch nicht schlauer. „Wir verhalten uns ruhig! Derjenige wird schon wieder gehen", entschied er.

Es schellte ein weiteres Mal, dann noch einmal. Direkt anschließend klingelte mein Handy. Ruben nahm es auf. Kaum hatte es sich abgeschaltet, scrollte er durch mein Telefonbuch, drückte auf Felicitas Nummer und hielt es mir ans Ohr. „Kein falsches Wort", warnte er mich.

„Hi, was …"

„Feli, hör mir bitte genau zu. Wir sind …"

Ruben riss das Telefon hoch und sagte: „„Wenn du deinen Liebsten lebend wiedersehen willst, machst du genau das, was ich dir sage."

Während er ihr seinen Plan entwickelte, wurde mir eiskalt. Wie es schien, hatte er an alles gedacht, jede Eventualität berücksichtigt. Meine Freundin wurde als Botin für was auch immer benutzt.

„Was soll sie holen?", fragte ich, nachdem er das Gespräch beendet hatte.

„Rate mal!", grinste er.

„Drogen", mischte sich Tom, der bisher geschwiegen hatte, ein.

„Cleveres Kerlchen", grinste Ruben spöttisch.

„Wieso …"

„Habe ich dir erlaubt zu reden?", schnauzte er mich unvermittelt an. „Halt die Klappe! Sei lieber froh, dass dein Schatz für dich die Kastanien aus dem Feuer holt."

Der Typ war vollkommen irre, erkannte ich. Leicht abgedreht war er ja schon damals gewesen, aber längst nicht so sprunghaft in seinen Emotionen. Natürlich stand er unter Spannung, andererseits hatte er bisher rational und überlegt agiert. Auch sein Plan war gut durchdacht. Weswegen flippte er jetzt dermaßen aus?

Er begann mit langen Schritten auf und ab zu laufen, während er sein eigenes Handy zückte und flüsternd mit jemandem sprach. Ich warf einen Blick auf Tom, der mit von mir abgewandtem Gesicht auf dem Boden lag. Nein, genauso wie ich konnte er sich nicht selbst befreien. Wir mussten auf Mirko und Cevdet hoffen. Ich traute dem Kerl nicht. Zum einen würden die niemals Felicitas mitsamt der Tasche zu uns zurückkehren lassen, sondern ihr diese vorher abnehmen - und sie hoffentlich laufen lassen, ich durfte gar nicht darüber nachdenken, sonst würde ich mich nicht mehr auf unsere momentane Situation konzentrieren können. Zum anderen brauchte er Tom und mich dann nicht mehr als Druckmittel. Würde er wirklich einfach so verschwinden?

Ruben wandte sich meinem Handy zu und rief erneut Felicitas an. „Du hältst die Verbindung, bis du zurück an der Haltestelle bist", befahl er ihr.

Er lauschte und nahm seinen Marsch wieder auf. „Was ist los?"

Ich spitzte die Ohren, konnte jedoch nichts verstehen, dafür presste er das Handy viel zu dicht ans Ohr. Irgendetwas schien gewaltig schiefzulaufen, so viel war klar.

„Scheiße!", schrie er plötzlich und trat mir mit Wucht vors Schienbein. Der Schmerz war so heftig, dass ich einen Schmerzenslaut nicht unterdrücken konnte.

„Sprich die an. Sag, wer du bist und dass du zu Frau Bramwell willst", verlangte Ruben.

Einige Minuten vergingen, bis sich Felicitas wieder meldete.

„Sieh zu, dass das klappt", drohte er.

Unmittelbar darauf schellte es erneut an der Tür, ziemlich lange, als ließe der draußen Stehende den Finger auf der Klingel. Gleichzeitig hämmerte er gegen das Holz. „Herr Grahl?", ertönte eine Stimme, die mir nur zu bekannt war. „Machen Sie bitte auf, ich weiß, dass Sie zu Hause sind. Ich höre Ihren Besucher bis nebenan. Es ist wirklich dringend, sonst würde ich nicht stören."

„Wer ist das?", zischte mir Ruben leise zu.

„Mein Nachbar, der ist über achtzig und benötigt ab und zu meine Hilfe." Meine Gedanken ratterten. Wieso stand Herr Bendel wirklich vor der Tür? Hatte Mirko ihn etwa dazugeholt? Nein, das konnte nicht sein, er würde ihn nie einer derartigen Gefahr aussetzen. Oder doch? Normalerweise rief der alte Herr mich an, wenn er mich sprechen wollte. Aber das kam vielleicht zweimal im Jahr vor.

Wieder klopfte es. „Bitte, Herr Grahl! Es ist nur eine Kleinigkeit."

„Sag ihm, du bist krank. Ein Freund kümmert sich um dich", befahl Ruben.

„Ich kann leider nicht, Herr Bendel!", rief ich laut. „Ich bin krank und liege auf der Couch. Ein Freund ist hier bei mir."

Einen Moment war Stille, dann klopfte es erneut, viel leiser dieses Mal. „Könnte der vielleicht mal eben gucken?", erklang seine zaghafte Stimme.

„So ein nerviger Alter!" Ruben überlegte, wie er sich verhalten sollte.

„Bitte! Ich schaffe es nicht allein!", kam es von draußen.

„Ihr beide haltet die Klappe", schärfte Ruben Tom und mir ein. „Ein Laut von euch und der Alte ist dran." Er drehte sich um und ging zur Tür.

Mit angehaltenem Atem wartete ich auf das, was passieren würde. Mittlerweile wusste ich genau, dass Herr Bendel nicht aus eigenem Antrieb gekommen war. Niemals hätte er sich freiwillig so penetrant gezeigt.

Mirko

Cevdet und ich hatten uns an der Straßenbahnhaltestelle in Körne verabredet. Von da aus waren es nur ein paar Schritte bis zu Alex' Wohnung.

Mein Partner schien immer noch leicht verwirrt zu sein über Alex' Ansinnen. „Ich darf keine Firmeninterna ausplaudern", brachte er das gleiche Argument wie gestern vor, als ich ihn darauf angesprochen hatte, ob er meinem Freund ein bisschen über die Zustände in der Nordstadt erzählen könne – gegen Bezahlung, versteht sich!

„Das musst du auch nicht", wiederholte ich geduldig meine gleichlautende Versicherung vom Vortag. „Alex möchte nur einen allgemeinen Eindruck von dir bekommen. Ihn interessiert, wie die Strukturen der Clans aufgebaut sind, wer über welches Viertel herrscht, wie die untereinander klarkommen, wie mit euch. Da bist du eben einfach der beste Ansprechpartner. Fragen, die eventuell zu weit gehen, musst du nicht beantworten." Dabei gab es meiner Meinung nach nichts, was Cevdet an Geheimnissen hätte ausplaudern können.

„Sollte es Unregelmäßigkeiten in dem Unternehmen geben, hat er garantiert nichts damit zu tun", hatte ich Alex gestern Abend bei unserem Telefonat versichert. „Ich verbürge mich für ihn, er ist sauber." Da war ich mir hundertprozentig sicher.

Alex, der im Moment nach jedem Strohhalm griff, weil er in der Ermittlung nicht weiterkam, war schnell zu überzeugen gewesen. Also hatte ich den nächstmöglichen Termin gewählt, direkt heute nach meiner Arbeit.

Cevdet musterte das Haus, vor dem wir mittlerweile angekommen waren. „Nicht schlecht", meinte er. „Ruhige Ecke und trotzdem nah an allem dran."

„Deshalb tun sich Alex und seine Freundin auch so schwer, umzuziehen", gab ich über die Schulter zurück, während ich bereits auf die Klingel drückte. „Groß ist das Appartement nicht gerade. Eigentlich bräuchten die was Größeres." Spätestens wenn das erste Kind unterwegs war.

„Ich kann mich gern bei uns in Brackel umhören", bot Cevdet an. „Das ist auch eine gute Wohngegend."

„Kannst du ihm gleich selbst sagen." Wieso drückte er nicht auf? Ich klingelte erneut, dann noch einmal. Nichts, keine Reaktion. Ich griff zu meinem Handy und drückte auf die eingespeicherte Nummer. Der Ruf ging raus, niemand meldete sich. „Seltsam." Das sah Alex total unähnlich, dass er einen Termin vergaß. „Keine Ahnung, was da los ist." Ich rief Felicitas Nummer auf – besetzt. Ich versuchte es wieder bei Alex – auch besetzt.

„Bist du sicher, dass er uns nicht versetzt hat?" Cevdet wurde es langsam zu bunt.

„Garantiert nicht." Dafür war ihm dieses Treffen zu wichtig. Es sei denn, etwas noch viel Wichtigeres war ihm dazwischengekommen. Hm, andererseits hätte er mich das wissen lassen.

Ich klingelte mehrfach bei Tom und versuchte es auch auf seinem Handy – nichts. Und jetzt? „Wir warten", entschied ich.

„Na, ist Herr Grahl nicht da?" Als wir noch unschlüssig herumstanden, tauchte Herr Bendel hinter uns auf, bepackt mit zwei Einkaufstüten.

Ich sprang herbei und nahm sie ihm ab. „Ich trage sie Ihnen rauf!"

„Ich nehme den Fahrstuhl", protestierte er. „Das ist nicht nötig."

Aber wir kamen ins Haus! Trotz dieser Versicherung schleppte ich die beiden Beutel für ihn bis vor seine Wohnungstür und stellte sie in der Diele ab.

Bevor ich mich verabschieden konnte, packte er mich am Jackenärmel. „Geben Sie mir bitte Bescheid, falls Alex wieder einmal in Not ist. Dieses Mal will ich nicht erst im Nachhinein informiert werden."

Halbherzig versicherte ich ihm, dass alles in Ordnung sei. Doch eigentlich glaubte ich selbst nicht daran.

Cevdet und ich nahmen die Stufen bis in die erste Etage. Auf den ersten Blick sah alles normal aus. Nichts deutete auf einen stattgefundenen Kampf hin, seine und auch Toms Tür waren ordentlich verschlossen. Während Cevdet Wache hielt, presste ich mein Ohr gegen das Holz und horchte. Doch, da unterhielt sich jemand.

Ich trat zurück, um meinen Finger auf die Klingel zu legen. Cevdet schlug meine Hand zur Seite und deutete auf Herrn Bendel, der langsam den Gang entlangkam. „Wir sollten ihn erst mal abwimmeln", flüsterte er.

„Was ist los? Macht er nicht auf?", fragte Herr Bendel so leise, dass ich ihn kaum verstehen konnte.

„Vielleicht hat er einen Besucher, der nicht gesehen werden will", gab ich zurück. „Wir werden es später noch einmal versuchen."

„Waren Sie denn verabredet?"

Mein Gesichtsausdruck sagte wohl alles. „Abwarten ist keine gute Idee!" Herr Bendel schüttelte bedächtig den Kopf. Bevor ich ihn daran hindern konnte, legte er seinen Finger auf die Klingel, klopfte und rief Alex' Namen.

51

Mirko

Ein kurzes Hin und Her entstand, dann wurde die Tür aufgerissen, so unerwartet, dass Herr Bendel erschrocken zusammenzuckte.

„Was haben Sie denn für ein Problem?" Noch blieb der angebliche Freund im Inneren stehen.

Als wenn wir es geahnt hätten, hatten Cevdet und ich uns dicht an die Wand gepresst, sodass wir von dem Standpunkt des Fremden aus nicht zu sehen waren. Mit angehaltenem Atem erwarteten wir Herrn Bendels Antwort. Nun hing alles von ihm ab. Denn dass Alex zu krank war, um sich bei mir zu melden, daran glaubte ich keinen Moment. Außerdem hatte er außer Tom, Tim und mir keinen nahen Freund und die Stimme kam mir auch nicht bekannt vor. Der Typ war mit Sicherheit nicht mit freundlichen Absichten gekommen.

„Ein Stück Stoff hat sich in dem Rad meines Rollators verfangen", Herr Bendel zeigte in Richtung der Nachbarwohnung. „Und ich muss gleich noch zur Fußpflege." Er trat einen Schritt zurück. „Könnten Sie mir vielleicht helfen? Für Sie ist es bestimmt ein Klacks." Er bewegte sich leicht zur Seite und hielt sich an der Wand fest, als benötige er diesen Halt. Mit dem Kopf nickte er zur anderen Seite: „Er steht schon da vorn. Weiter kriege ich ihn leider nicht."

Bevor ich reagieren konnte, stürmte Cevdet, der genau dort Deckung gesucht hatte, vor. Mit einem Hechtsprung warf er sich auf den Gegner, nahm ich wenigstens an, sehen konnte ich aus meiner Position hinter Herrn Bendel nichts. Ich umrundete ihn und blickte auf die beiden am Boden kämpfenden Männer. Gerade gelang es dem Unbekannten, einen gemeinen Handkantenschlag anzubringen. Zwar zuckte Cevdet noch zurück, aber er schaffte es nicht auszuweichen. Trotzdem hielt er den anderen weiter fest.

„Los, Junge, schlag zu!", tönte Herr Bendel hinter mir.

Ich griff mir die erstbeste Waffe, einen Taschenschirm, und schlug kraftvoll zu. Der Kerl stöhnte auf, verdrehte die Augen und erschlaffte.

„Danke!" Keuchend und sich den Hals haltend kam Cevdet wieder auf die Beine.

„Habt ihr ihn ausgeschaltet?", erklang Alex' Stimme aus dem Wohnzimmer.

„Ja, warte kurz. Ich muss ihn eben …"

„Lauf!" Cevdet gab mir einen leichten Schubs. „Ich mach das schon."

Ich sprintete ins Wohnzimmer. Ein kurzer Rundumblick: Alex saß gefesselt in seinem Drehstuhl, Tom lag zusammengekrümmt auf dem Fußboden. Nicht auszudenken, wenn es einen zweiten Täter gegeben hätte, schoss es mir durch den Kopf. Nein, keinen Gedanken daran verschwenden, rief ich mich selbst zur Ordnung und griff nach dem Messer, das auf dem Tisch lag, um die beiden zu befreien.

Während sich Tom zunächst stöhnend reckte und streckte, bevor er sich langsam aufrichtete, schoss Alex hoch und schnappte sich sein Handy. „Feli? Alles in Ordnung mit dir?" Er lauschte kurz. „Ja, mir geht es gut. Mirko und sein Partner haben Ruben außer Gefecht gesetzt." Er schaute zum Türeingang, wo gerade Herr Bendel auftauchte. „Und Toms Opa hat mitgeholfen, den Kerl auszutricksen. Wo bist du?" Wieder hörte er zu. „Super, bis gleich." Er wandte sich deutlich erleichtert an mich. „Sie hat sich ein Taxi genommen und ist fast hier. Danke, ihr habt genau richtig reagiert."

„Bedank dich bei Herrn Bendel", grinste ich. „Der hat uns die Entscheidung abgenommen."

„Er war erstklassig", bestätigte Cevdet, der sich zu uns gesellte, nachdem er die Wohnungstür geschlossen hatte. „Der

Kerl ist verschnürt. Er hatte noch jede Menge Kabelbinder in seiner Jackentasche. Am besten, wir rufen jetzt die Polizei."

„Ruben Zimmermann?", fragte ich, als das geregelt war und wir uns hingesetzt hatten. „Der Chef des Unternehmens?"

„Es hat etwas gedauert, bis es bei mir klick gemacht hat", entschuldigte sich Cevdet. „Ich hätte ihn eigentlich sofort an der Stimme erkennen müssen."

„Nein, du warst toll", widersprach ich, was ja auch stimmte. Keine Ahnung, ob Ruben tatsächlich rausgetreten wäre, um Herrn Bendel zu helfen.

„Das größte Lob geht an Sie", wandte sich mein Partner an den alten Herrn. „Sie haben uns ja praktisch zum Handeln gezwungen. Hatten Sie keine Angst?"

„Nur um Herrn Grahl", strahlte Herr Bendel. „Die Stimme klang derart aggressiv, er war eindeutig in Gefahr."

„Nun erzähl, wie es dazu gekommen ist", wandte ich mich an Alex.

Er hatte kaum geendet, als es klingelte, die Polizei. Gleichzeitig mit den Beamten traf Felicitas ein, sodass diese ihre Aussage gleich mit aufnahmen. Leider konnte sie ihren Aufpasser nicht gut beschreiben. „Es ging so schnell", verteidigte sie sich. „Und nach dem Verlassen der Bahn hielt er sich im Hintergrund."

Wir wurden gebeten, uns morgen auf dem Präsidium zu melden, sogar Herr Bendel musste erscheinen.

„Kein Problem", sagte der und zwinkerte mir zu. „Bis dahin ist mein Rollator wieder in Ordnung."

Wir blieben noch ein paar Stunden zusammen sitzen, bis sich die Aufregung gelegt hatte. „Bis morgen früh", verabschiedete ich mich, denn wir wollten gemeinsam bei der Polizei auftauchen. Und anschließend stand ein neuer Versuch an, Licht ins Dunkel zu bringen. Vielleicht gelang es uns mit Cevdets Hilfe, Rubens Helfer ausfindig zu machen. Dass der freiwillig redete, daran glaubte keiner von uns.

Alex

Felicitas kam nicht zur Ruhe. „Wer hat bei Frau Bramwell eingebrochen", rätselte sie, nachdem wir endlich allein waren. „Und was hatte Ruben bei ihr versteckt?"

„Morgen", sagte ich bestimmt. „Für heute reicht es mir." Dabei hatte ich um sie mehr Angst ausgestanden als um mich. Nein, sie würde von nun an außen vor bleiben, ich wollte sie nicht noch einmal dieser Gefahr aussetzen.

„Insgesamt war das Ganze eher spannend", verkündete sie jedoch beim Frühstück. „Wenn ich nicht solche Angst um dich gehabt hätte."

Jetzt fehlte nur noch ein: Andauernd musst du aus irgendeiner Not gerettet werden! Beim letzten Fall war ich zweimal in die Bredouille geraten, nun schon wieder. Langsam stank es mir echt, dass ich wie ein Obertrottel daherkam. Hoffentlich musste ich mir nicht von Herrn Janzen wieder Ähnliches anhören. Sein: „Halten Sie sich bitte raus, Herr Grahl", klang mir noch in den Ohren.

Wir brachen gemeinsam auf, um unsere Aussage abzugeben. Felicitas hatte auf der Arbeit Bescheid gegeben, dass sie sich verspäten würde. Tom und Herr Bendel warteten bereits vor seinem Mercedes auf uns, wenn schon, fuhren wir standesgemäß!

Am Polizeipräsidium gesellten sich Mirko und Cevdet zu uns, gemeinsam betraten wir das Gebäude. Leider wurden wir auf unterschiedliche Beamte verteilt, jeder von uns musste seine Aussage allein machen.

Wie ich schon erwartet hatte, wurde ich zu Herrn Janzen ins Büro geschickt. „Sie konnten es schon wieder nicht lassen", empfing er mich.

„Ich denke, Sie würden genauso reagieren, wenn jemand Sie mit Absicht als Mörder hinstellen will", gab ich zurück.

„Nein, ich würde im Gegensatz zu Ihnen auf die Polizei vertrauen", behauptete er.

Ich verkniff mir eine Erwiderung. Das konnte man nur beurteilen, wenn man selbst mal in diese Lage kam.

Wie erwartet musste ich einen minutiösen Ablauf der gestrigen Ereignisse geben. Anschließend stellte Herr Janzen mir noch einige Fragen, dann erhob er sich, um mich zur Tür zu begleiten.

Wie jedes Mal, wenn er mich so behandelte, protestierte ich. „Bitte, ich war kooperativ. Beantworten Sie mir wenigstens meine dringendsten Fragen." Und weil er tatsächlich innehielt und mich mit unergründlicher Miene musterte, setzte ich nach: „Hat Herr Zimmermann sich dazu geäußert, was sich in dem Keller befand?"

Er schüttelte den Kopf. „Ohne seinen Anwalt war er zu keiner Aussage bereit. Seitdem er mit diesem gesprochen hat, schweigt er. Immerhin können wir ihm durch das, was gestern passierte, Bedrohung und Erpressung nachweisen. Er bleibt in Haft."

„Wer sind seine Komplizen?" Besser gesagt, wer war der Kopf hinter alldem? Ruben schätzte ich nicht so ein. Er müsste sich schon gewaltig verändert haben seit unserer Schulzeit, wenn ich falsch lag.

„Mein Kollege zeigt Ihrer Freundin die Fotos von sämtlichen Mitarbeitern des Sicherheitsunternehmens." Er grinste. „Der Herr Seidel war sehr kooperativ – und entsetzt über die Vorwürfe gegen seinen Vorgesetzten. Wir hoffen, sie kann uns weiterhelfen."

„Wie sind die Täter ins Haus der Frau Bramwell gelangt? Waren es überhaupt mehrere?"

Der Kommissar seufzte übertrieben auf. „Herr Grahl, es reicht. Halten Sie sich bitte raus."

Musste ich mich eben auf anderem Weg klugmachen!

Bei Felicitas dauerte die Vernehmung am längsten. Bis sie endlich erschien, hatten wir anderen uns schon ausgetauscht. Leider hatte keiner etwas Wichtiges erfahren, nicht mal Herr Bendel, auf den ich insgeheim meine Hoffnung gesetzt hatte.

„Der Typ, der mich bedroht hat, war definitiv nicht dabei."
Man hörte meiner Freundin ihre Enttäuschung deutlich an.
„Sehr mitteilsam war die Frau, die mich befragte, auch nicht.
Wie war es bei euch?"
Ich klärte sie auf dem Weg zum Krankenhaus auf. „Wenn du
Feierabend hast, hole ich dich ab und wir fahren gemeinsam
zu Frau Bramwell. Die wird uns zumindest erzählen können,
was da abgelaufen ist. Und in der Zwischenzeit setze ich mich
mit Cevdet und Mirko zusammen. Wir übersehen irgendet-
was."

52

Alex

Tom und sein Opa bestanden darauf, bei dem Gespräch dabei zu sein. Also saßen wir zu fünft in meinem Wohnzimmer. „Erzähl einfach mal, wie das aus deiner Sicht in der Nordstadt läuft", forderte ich Cevdet auf. „Wie lange hast du dort gearbeitet?"

„Ich bin von Anfang an dabei gewesen, bis sich die anderen Objekte ergaben, die beiden, die ich am Wochenende zusammen mit Mirko gemacht habe." Er hielt inne und überlegte. „Am Anfang war das nur ein Teil der Mallinckrodtstraße. Wir haben in erster Linie als Türsteher angefangen, wegen Corona. Das heißt, es wurde den Leuten so verkauft. Im Endeffekt hatten wir schon den Auftrag, auch auf das zu achten, was sich rundherum tut, und dementsprechend zu agieren. Das war direkt so ausgelegt, dass wir für die Sicherheit auf der Straße sorgen sollten und bei Regelverstößen durchgreifen. Deshalb sind wir immer zu zweit gewesen."

„Und wie waren die Reaktionen der Bewohner?", fragte ich nach.

„Von angepisst bis begeistert", erklärte Cevdet frei heraus. „War schon teilweise heftig, was wir uns anhören mussten."

„Wie reagierten die Drogenverkäufer?"

„Die mieden natürlich bald unseren Einsatzbereich. Gab ja genügend andere Stellen. Nein, halt, einen haben wir auffliegen lassen, der seinen Stoff aus der Wohnung raus verkaufte. War aber kein großer Verlust, der Nächste stand bereits in den Startlöchern."

So ähnlich hatte es Olaf auch beschrieben, damals, als ich ihn während meines ersten Falls dazu befragte. Die unteren Chargen waren austauschbar, außerdem wusste jeder, dass die

Strafen, die das Gericht verhängte, nicht sonderlich abschreckend wirkten.

„Wie ging es weiter?", erkundigte sich Mirko.

„Wir bekamen noch ein Teilstück der Straße dazu und vor kurzem auch die Borsigstraße. Die Erfolge, die wir erzielten, sprachen sich rum. Wenn ich richtig informiert bin, sollen wir demnächst noch zwei oder drei weitere Straßen zum Überwachen kriegen."

„Wieso reagieren die Clans derart extrem auf euch?", übernahm ich wieder.

Cevdet zuckte die Schultern. „Keine Ahnung, wirklich nicht. Ich vermute, die haben einfach Angst, dass wir sie nach und nach aus der Gegend vertreiben. Das ist eine Frage der Ehre. Die können es sich nicht leisten, nachzugeben, uns also ihre Bezirke kampflos zu überlassen."

„Wehret den Anfängen", nickte Herr Bendel. „Am besten man setzt euch sofort Widerstand entgegen."

„Trotzdem, wenn ich an diesen Angriff denke, den Joey und ich zusammen mit Mark erlebten." Ich hielt inne, weil mir der Ausspruch von Ruben in den Sinn kam. „Apropos Mark, wie steht er zu Herrn Zimmermann?"

„Nein, da bist du auf dem falschen Dampfer", schüttelte Cevdet sehr energisch den Kopf. „Der ist über jeden Verdacht erhaben."

„Und wieso?" Eine bessere Ausgangslage gab es nicht, als wenn die eigenen Leute hinter einem standen. Außerdem hatte der Angriff in erster Linie ihm gegolten, Joey und ich waren nur Kollateralschäden.

„Mark ist so was wie das Bindeglied zwischen den Chefs und uns", versuchte Cevdet seine Ansicht darzulegen. „Der ist eindeutig mehr auf unserer Seite. Hast du ein Problem, hilft er dir."

Das war in meinen Augen kein Beweis. „Ein Informant von mir hat Kontakt zu einem aus den Clans. Der behauptet, euer Unternehmen sei darauf aus, die Alteingesessenen abzuziehen und deren Geschäfte zu übernehmen. Das wäre euer wahrer Beweggrund."

Cevdet bekam große Augen. „Auf die Drogen bezogen? Nee, ganz bestimmt nicht. Wir melden jeden, den wir identifizieren können, an die Polizei. Meist kümmert sich Mark darum. Vielleicht haben die deswegen so einen gewaltigen Hass auf den."

Hier kam ich nicht weiter. „Ruben Zimmermann, was weißt du über den?"

„Sehr wenig. Mein Ansprechpartner ist der Herr Seidel. Der hat mich eingestellt, an ihn wende ich mich, wenn was anliegt, er macht die Einsatzpläne. Angeblich war der Zimmermann für die Akquise neuer Kunden zuständig und für die Pressearbeit, wenn es um Interviews ging und so. Ansonsten", wieder zuckte er die Schultern. „Wir hatten mit dem nichts zu tun. Wenn, lief das über Mark oder Herrn Seidel."

„Was wissen Sie über das Gefüge der Firma?", warf Herr Bendel ein. „Dem Herrn Zimmermann gehört die Firma und der Herr Seidel und sein Kollege sind normale Angestellte?"

„Dem Zimmermann und einem stillen Teilhaber", verbesserte Cevdet ihn. „Das war wohl der Geldgeber. Der Zimmermann sah nicht danach aus, als wäre er sonderlich vermögend."

Gute Frage, gute Antwort. Wenn ich bloß rauskriegen könnte, wie Ruben an diesen Posten gekommen war. Aber das klärte vermutlich schon die Polizei ab. „Leute, ich glaube, wir kommen nicht weiter", sagte ich laut. „Hoffentlich klappt das Gespräch mit der Oma. Vielleicht sehen wir dann klarer. Ansonsten", ich hob die Schultern und ließ sie wieder fallen, „sind wir wohl oder übel raus."

Diese Aussage wollte keiner so stehen lassen. Es dauerte fast eine Stunde, bis es mir gelang, meine Besucher hinauszukomplimentieren. Ich nutzte die restlichen Stunden und brachte meine Geschichte auf den neuesten Stand. Anschließend las ich das bisher Geschriebene noch einmal komplett durch. Es gab tatsächlich einen Punkt, den ich abklären musste. Doch zuerst würde ich mit Felicitas zusammen Frau Bramwell besuchen.

„Ich habe sie bereits angerufen", sagte meine Freundin, als sie zu mir ins Auto stieg. „Sie ist begierig darauf, sich mitzuteilen, und hat nichts dagegen, dass du an dem Gespräch teilnimmst. Von Rubens Verhaftung scheint sie bisher nichts erfahren zu haben. Ich denke, wir behalten diesen Punkt für uns."

Das sah ich genauso. Wir würden uns auf den Einbruch beziehungsweise Überfall konzentrieren und alles andere außen vor lassen.

Die Pflegerin öffnete die Tür und musterte uns misstrauisch. „Felicitas, ich bin die Physiotherapeutin von Frau Bramwell", erklärte meine Freundin.

Sie begann über das ganze Gesicht zu strahlen. „Kommen rein!", forderte sie uns auf, um gleich darauf hinzuzufügen: „Frau wartet schon, ist aufgeregt, war sehr schlimm für sie."

„Für Sie bestimmt auch", wandte ich ein, als wir in die Diele traten. „Ihre Kollegin wurde verletzt und ins Krankenhaus gebracht. Wie geht es ihr?"

„Nicht schlimm, kommt morgen wieder."

„Haben die Täter sie geschlagen?" Felicitas schien zu begreifen, dass ich mir von ihr mehr Informationen erhoffte als von der alten Dame, die, an ihr Zimmer gefesselt, wohl kaum viel mitbekommen hatte.

Sie nickte heftig. „Auf den Kopf. Hat schlimm geblutet, war bewusstlos. Ich wach geworden durch laute Stimmen und einen Knall. Bin runter und sie lag vor Tür. Alte Frau hat geschrien, weil auch gehört."

„Also haben Sie nichts von dem Überfall mitbekommen?", vergewisserte ich mich enttäuscht.

„Nein, nix gesehen, nur gehört. Magda geschrien, davon ich wach geworden."

„Trotzdem ein abscheuliches Erlebnis." Felicitas war wesentlich feinfühliger als ich und fand die richtigen Worte. Sie drehte sich einmal um die eigene Achse. „Was haben die denn geklaut?"

„Waren nur in Keller, dann Magda sie gestört."

„Evelina?", brachte sich Frau Bramwell in Erinnerung. „Sind meine Gäste eingetroffen?"

„Wir sind auf dem Weg!", rief Felicitas und ging voran, nachdem sie der Pflegerin zum Abschied mitfühlend den Arm getätschelt hatte.

Frau Bramwell, ein kleines, schmales Persönchen mit noch erstaunlich vielen grauen Locken, saß in einem breiten Sessel, in dem sie regelrecht versank, und strahlte uns entgegen. „Das ist nett, dass sie mich besuchen kommen."

Ihrem Gesicht und ihrer Sprache hörte und sah man den überstandenen Schlaganfall nicht an. Ihre rechte Seite allerdings war deutlich eingefallener als die linke, der eine Arm hing schlaff herunter, das Bein stand in einer unmöglichen Lage ab. Felicitas beugte sich sofort zu ihr hinunter und korrigierte diese. „Sie müssen darauf achten, wenn Sie sich hinsetzen", rügte sie.

„Ach, Kindchen", seufzte ihr Gegenüber. „Nach all der Aufregung! Am helllichten Tag überfallen, stellen Sie sich das mal vor!"

Leider erfuhren wir dann, dass sie ihr übliches Nachmittagsschläfchen gehalten hatte und erst durch einen lauten Schrei geweckt wurde. „Evelina kam rein und war völlig aufgelöst. Sie brachte kaum ein Wort auf Deutsch heraus. Das Einzige, was ich verstand: Magda ist bewusstlos und blutet heftig am Kopf. Da dachte ich, sie wäre nur gefallen, und trug Evelina auf, einen Krankenwagen und den Notarzt zu rufen. Dann kam kurz darauf die Polizei und die sagte mir, dass sich zwei Täter Einlass verschafft hatten und Magda niederschlugen, als sie im Keller nach dem Rechten schaute."

Wie sich herausstellte, hatten sich die zwei Männer als Möbellieferanten ausgegeben, die im Auftrag des Enkels drei große Regale anliefern und aufbauen sollten. Als sie feststellten, dass die Kellertür verschlossen war, reagierten sie äußerst kaltblütig und fakten einen Telefonanruf an Ruben, der ihnen angeblich erlaubte, das Schloss auf unkonventionelle Art zu öffnen, genauer gesagt mit einem Dietrich. Dann verschwanden sie mit ihren Paketen im entsprechenden Raum. Irgendwann hatte Magda nach ihnen geschaut und dabei entdeckt, dass die Männer, statt etwas aufzubauen, Dinge in einen der leeren Kartons packten. Sie schaffte es noch, die Treppe hinaufzurennen, bevor sie niedergeschlagen wurde. Den Tätern gelang es, unerkannt zu entkommen.

Diese Informationen erhielt Frau Bramwell von dem Ermittler, der sie aufsuchte. Magda war nach der Behandlung durch den Notarzt kurz zu sich gekommen und hatte eine erste Aussage gemacht. Später war der Ermittler erneut aufgetaucht, um sie zu fragen, ob sie wisse, was ihr Enkel im Keller lagerte, was sie leider verneinen musste.

„Furchtbar, das alles", schloss sie. „Der arme Ruben. Wenn er erfährt, was passiert ist, wird er sich bestimmt aufregen. Ausgerechnet, wenn er krank ist, passiert so was."

53

Alex

Da Felicitas kurzerhand beschloss, Frau Bramwell wenigstens eine leichte Behandlung angedeihen zu lassen, verabschiedete ich mich, um draußen zu warten. Ich konnte die Zeit nutzen und den Nachbarn von gegenüber befragen, ob er eine Beschreibung der Männer abgeben konnte.

Zum Glück war er im Vorgarten und sah mich aus dem Haus treten, was ihn sofort zugänglicher machte.

„Schlimme Geschichte", begann er von sich aus, als ich auf ihn zutrat. „Sind Sie ein Freund des Enkels?"

„Ja, Ruben ist krank und kann nicht selbst vorbeikommen", schwindelte ich. Diese Ausrede hörte sich logisch an.

Er nickte. „Hat mir die Evelina schon erzählt. Nett, dass Sie sich kümmern." Er beugte sich näher zu mir. „Was haben die denn geklaut?"

„Alles, was sich in dem Raum befand", log ich. „Dabei gab es kaum etwas Wertvolles, sagt Ruben. Sieht fast aus wie ein Racheakt."

Er runzelte verwirrt die Stirn. „Warum sind die Polizisten dann mit einem Hund da rein?"

„Mit einem Hund?", tat ich erstaunt, obwohl mich Frau Bramwell bereits aufgeklärt hatte. Leider wusste sie nicht, warum die Ermittler ihn einsetzten. Da dachte ich mir bereits meinen Teil. Also ging es doch um Drogen, in dem Punkt hatte Ruben die Wahrheit gesagt.

„Die sind mit einem Transporter gekommen und auch wieder weggefahren, was soll da der Hund?", ließ der Nachbar nicht locker.

„Keine Ahnung", behauptete ich. „Wie sahen die beiden Männer denn aus?"

„Der eine war ungefähr so groß wie Sie und schlank, der andere war etwas kleiner und bulliger, nicht dick, eher muskulös, der hätte die Pakete vermutlich auch allein tragen können. Die hatten beide Kappen auf und Masken vor dem Gesicht, schon beim Aussteigen. Deshalb habe ich von den Gesichtern auf die Entfernung nichts erkennen können."

„Und der Wagen?"

„Das war ein weißer Transporter. Hat mich schon ein bisschen gewundert, dass es keinen Firmenaufdruck gab. Na ja, die Paketzusteller von diesen anderen Firmen nutzen oft auch welche ohne", schwächte er seine Aussage ab.

„Sagen Sie, ist Ihnen in den letzten Tagen ein geparktes Auto aufgefallen, in dem zwei Männer untätig herumsaßen?"

„Ja, tatsächlich. Ich habe sogar bei der Polizei angerufen, weil die mir verdächtig vorkamen: Jeden Tag ein anderer Wagen und andere Insassen, aber immer handelte es sich um Ausländer."

„Waren die gestern auch da?"

Er kratzte sich am Kopf und überlegte. „Ich hab nicht mehr drauf geachtet, weil die Polizisten sagten, sie hätten die überprüft und es sei alles in Ordnung." Er schloss die Augen und rief sich die gestrige Szene noch einmal in Erinnerung. „Doch, ein roter BMW, stand zwei Häuser weiter. Die müssen das auch mitgekriegt haben!", rief er aufgeregt.

„Darum wird sich die Polizei gekümmert haben", wiegelte ich ab und bemühte mich, meine Aufregung nicht zu zeigen. „Ich gebe alle Informationen an Ruben weiter, dann kann er sich selbst mit den Ermittlern in Verbindung setzen. Vielen Dank." Ich wandte mich ab und zog im Gehen das Handy aus der Jackentasche. Nachdem ich mich auf den Fahrersitz meines Fiats gesetzt hatte, führte ich ein kurzes Telefongespräch mit dem Chefredakteur. Anschließend rief ich Tim an, um ihm zu berichten. „Mein nächstes Gespräch ist mit Herrn Pickard, siehst du das ähnlich?", schloss ich.

„Wenn du denn die richtigen Schlüsse gezogen hast", zweifelte er.

„Der weiß mehr, als er zugibt", war ich mir sicher. Hatte mir Tim nicht zugehört? Herr Stankowski war vor seinem Gespräch mit dem Chef im Büro gewesen, um sich die dort deponierten Unterlagen zu holen. Ich schätzte seinen Kollegen Pickard als ausnehmend neugierig ein. Jeder in der Redaktion wusste, dass Herr Stankowski an irgendeinem großen Fall arbeitete und dabei äußerst geheimnisvoll tat, sprich: niemanden einweihte. Wenn man nun ein eher kleiner Reporter war, mit einem befristeten Vertrag, wie ich von Herrn Brenner erfahren hatte, und sich die Möglichkeit ergab, Einsicht in die Unterlagen des Top-Mannes zu nehmen, wer würde da widerstehen können? Vielleicht erfuhr man ja eine wichtige Einzelheit, die zur Grundlage eines eigenen Artikels werden konnte.

„Was ist mit dem Chefredakteur selbst?", wandte Tim ein. „Schließlich hat er zugegeben, dass der Bericht über das Sicherheitsunternehmen aufgrund der Bitte eines Freundes verfasst wurde. Vielleicht ist er sogar selbst beteiligt an dem, was da läuft. Kannst du das wirklich ausschließen?"

„Ja", sagte ich im Brustton der Überzeugung. Die Ausführungen von Herrn Brenner bei unserem ersten Gespräch hatten sich glaubhaft angehört. Sobald er erfuhr, das Sicherheitsunternehmen Z&K stehe im Fokus von Herrn Stankowskis Recherchen, habe er diesen gebeten, ihm die Unterlagen zu überlassen, damit er einen Freund, der an der Firma beteiligt sei, informieren könne. Denn die Hintermänner seien über jeden Verdacht erhaben, dafür würde er seine Hand ins Feuer legen. Daraufhin habe der Reporter sich zurückgenommen und behauptet, echte Beweise gebe es bisher nicht, nur kleinere Hinweise auf Unregelmäßigkeiten. Dann habe er das Thema gewechselt und auf mich übergelenkt, dass er gleich einen Informanten träfe, der ihm Unterlagen zu meinem Betrug mit den Rezensionen übergeben wolle. Diese Geschichte habe erst mal Vorrang. Wenn der Chef meine, könnten sie sich ja morgen noch einmal zusammensetzen. Die gesamte Unterredung habe vielleicht zehn Minuten gedauert, seine Sekretärin habe ihn noch darauf angesprochen, weil so etwas nur selten vorkam. Normalerweise dauerten derartige Gespräche zwischen einer halben und einer Stunde. Ich könne gern bei seiner Sekretärin nachfragen, wenn ich wolle.

Natürlich bestand durchaus die Möglichkeit, dass er log. Aber ich glaubte nicht daran. Nein, in meinen Augen war Herr Pickard derjenige, der hinter dem Rücken seines Chefs Nachforschungen betrieb, um sich seinen Platz in der Redaktion zu sichern, indem er mit einem Artikel à la Stankowski pfundete. Mich hatte er anscheinend nicht mit ins Boot nehmen, sondern mich nur aushorchen wollen.

„Ich rufe ihn an und fühle ihm auf den Zahn", sagte ich zu Tim, da ich Felicitas aus dem Haus treten sah. „Ich gebe dir anschließend Bescheid."

Bevor ich losfuhr, versuchte ich gleich, den Reporter zu erreichen. Leider landete ich direkt auf seiner Mailbox.

„Was hast du vor?", fragte meine Freundin.

Ich hatte die ganze Rückfahrt lang Zeit, ihr meine Überlegungen darzulegen.

„Bist du dir sicher?" Auch sie klang ziemlich skeptisch.

Das Klingeln meines Handys enthob mich einer Antwort: Herr Pickard.

„Hallo, Alex. Nett, dass du dich wie versprochen meldest. Ich habe interessante Neuigkeiten. Hättest du jetzt sofort Zeit, dich mit mir zu treffen?"

Automatisch versteifte ich mich. „Klar, wo genau?"

„Da, wo alles angefangen hat, am Rombergpark, auf der oberen Parkebene."

„Ich bin gerade auf dem Weg nach Hause", schwindelte ich, „muss eben noch meine Freundin absetzen. Bis ich da sein kann, wird es mindestens eine Dreiviertelstunde dauern, bei dem Verkehr auf den Straßen."

„Kein Problem", tönte er. „Ich bin selbst noch unterwegs."

Felicitas hatte mich verwirrt beobachtet. „Was ist los?", fragte sie, kaum dass ich das Gespräch beendet hatte.

„Herr Pickard ist in Gefahr", stieß ich ohne zu überlegen hervor.

„Und du willst zu ihm? Untersteh dich! Ruf die Polizei und schick die an deiner Stelle."

„Nein, nicht so direkt", ruderte ich zurück. „Er meint, jemand sei hinter ihm her, weil er was Wichtiges herausgefunden hat. Deshalb will er mich mit ins Boot nehmen."

Begeistert war sie eindeutig nicht.

„Ich tauche mit Mirko und Cevdet als Rückendeckung dort auf", beruhigte ich sie.

„Warum informierst du nicht lieber Herrn Janzen", beharrte sie.

„Im Moment droht keine Gefahr", wiederholte ich. „Herr Pickard möchte sein Wissen an mich weitergeben, weil er Angst hat, es könne ihm was passieren. Wir treffen uns auf dem Parkplatz vom Rombergpark. Dort sind wir sozusagen in der Öffentlichkeit und haben sich Nähernde im Blick."

Irgendwie spürte sie wohl, dass ich sie anlog, denn das Misstrauen in ihrem Blick blieb und sie zögerte auszusteigen. „Willst du Mirko und Cevdet direkt dorthin bestellen?"

„Nein, ich dachte, wir treffen uns an einer anderen Stelle und fahren gemeinsam in meinem Auto vor."

Endlich wirkte sie ein wenig beruhigter. Statt ihr ins Haus zu folgen, blieb ich im Auto sitzen, drückte auf Mirkos Nummer und bat ihn um seine und Cevdets Unterstützung.

„Wie kommst du darauf, dass er in Gefahr ist?", fragte er, nachdem ich ihm das Gespräch wiederholt hatte.

„Erstens sind wir nicht per Du, zweitens hatte ich keineswegs versprochen, mich zu melden, und drittens denke ich, das mit dem: Wo alles begann, war eine Anspielung auf den Mord an Herrn Stankowski. Oder ich sehe Gespenster." Was ich ehrlich gesagt nicht glaubte. „Es ist zu dünn, als dass ich die

Polizei hinzuziehen möchte. Andererseits will ich nicht ohne Unterstützung da auftauchen."

Er überlegte nicht einen Moment lang. „Klar, helfen wir dir!"

54

Alex

Wir hatten verabredet, uns in der Nähe des Polizeipräsidiums zu treffen und uns dort kurz zu beratschlagen. Cevdet wartete bereits, Mirko kam direkt nach mir. Wir parkten und stiegen aus.

„Ich bin dafür, dass wir getrennt fahren", begann Cevdet. „Und zwar würde ich Mirko vorschicken, damit er sich einen ersten Eindruck verschafft. Kurz darauf komme ich und du als Letzter. Wir bleiben telefonisch in Verbindung."

Mirko nickte zu seinen Ausführungen: „Genau so sollten wir es machen. Du wartest, bis wir dir unser Okay geben."

„Falls uns die Situation als zu brenzlig erscheint, rufen wir die Polizei", fügte Cevdet hinzu.

„Nur, falls Herr Pickard in unmittelbarer Gefahr schwebt", verbesserte ihn Mirko.

Mir blieb nichts anderes mehr, als ihren Vorschlag abzunicken.

Mirko sprang in sein Auto und fuhr los.

„Was vermutest du?", fragte Cevdet.

„Dass Herr Pickard die richtigen Schlüsse zog und ihnen zu nahe kam." Das war die einzige logische Erklärung. „Und wie es aussieht, möchten die mich gleich mit hineinziehen, entweder als Mörder des Reporters oder als zweites Opfer."

„Und wer sind die?"

„Keine Ahnung", musste ich zugeben. „Der Boss von Ruben vermutlich." Denn es war die gleiche Vorgehensweise wie bei dem Mord an Herrn Stankowski. Andererseits, konnte ich ausschließen, dass es sich nicht um Clanangehörige handelte? Der Reporter und wir standen zwischen den Fronten. Sowohl die eine als auch die andere Seite wollte uns vermutlich aus dem Weg haben. „Die Gruppe um Ruben wäre mir ehrlich gesagt lieber", sagte ich, nachdem ich ihm meine Überlegungen dargelegt hatte. „Dann wüssten wir wenigstens, wer noch dahintersteckt."

Cevdet schien etwas erwidern zu wollen, schüttelte jedoch den Kopf und warf einen Blick auf seine Armbanduhr. „Ich werde besser losfahren. Allzu viel Abstand sollten wir nicht zueinander haben."

Auch ich setzte mich in meinen Fiat und befestigte das Handy in der Halterung der Freisprecheinrichtung. Nicht mehr lange und der erste Anruf würde eingehen.

Stattdessen saß ich wie auf glühenden Kohlen, keiner der Freunde meldete sich und es wurde später und später. Schließlich beschloss ich loszufahren. Sonst würden die Täter bestimmt Verdacht schöpfen. Vor allem aber, je länger ich hier saß und nachdachte, desto mulmiger wurde mir. Hätten wir uns nicht doch lieber an die Polizei wenden sollen?

Wider Erwarten waren die Straßen relativ frei. Länger als zehn Minuten benötigte ich nicht, um den Rombergpark zu erreichen. Da es heute endlich einmal nicht ganz so kalt war und dazu regenfrei, hatten sich etliche Besucher eingefunden, um einen Spaziergang zu machen. Die untere Ebene war bis auf wenige freie Plätze zugeparkt, die zweite wies mehr Lücken auf, in der dritten hatte ich die freie Auswahl, wo ich mein Auto hinstellen wollte.

Ich nahm gleich den ersten Parkplatz, stieg aus und setzte mich in Richtung auf Herrn Pickards Auto in Bewegung. Im selben Moment öffnete sich die hintere Tür des weißen Transporters und der Reporter sprang heraus. Bildete ich es mir nur ein oder zeigten seine Züge bei meinem Anblick grenzenlose Erleichterung?

Mirko

Ich kam gut durch und stellte mein Auto in die erste freie Parklücke auf der unteren Ebene. Als sei ich ein normaler Besucher schlenderte ich Richtung Park, wählte dann aber den

Weg, der mich auf die höher gelegenen Parkebenen führte. Vereinzelt kamen mir Spaziergänger entgegen, meist zu zweit oder zu dritt, hauptsächlich Ältere.

Ich musterte die Büsche links und rechts der Auffahrt. Nein, darin konnte sich niemand verstecken. Und ein längere Zeit Wartender wäre viel zu auffällig gewesen. Wenn es einen Beobachtungsposten gab, musste der geschickter vorgehen.

Kaum hatte ich den Gedanken zu Ende gebracht, entdeckte ich ihn. Er befand sich in einem Auto, die Beifahrertür war halb geöffnet, er kniete auf dem Sitz und hantierte an irgendetwas, das ich aufgrund der Entfernung nicht erkennen konnte. Allerdings war es schon ziemlich seltsam, dass er andauernd aufmerksam die Umgebung scannte.

Sofort zuckte ich zurück und ging in Deckung. Dieser Weg war mir versperrt.

Er hatte seinen Beobachtungsposten strategisch gut gewählt, wurde mir klar. Sein Auto stand so, dass er auch die dritte Parkebene im Blick hatte. Mir blieb nichts, als umzukehren und es von der anderen Seite her zu versuchen.

Während ich mich zügig Richtung Ausfahrt bewegte, zückte ich mein Handy, um Cevdet zu informieren. „Ich versuche, hinter die dritte Ebene zu kommen und mir von da aus einen Eindruck zu verschaffen. Bis jetzt habe ich weder Herrn Pickard noch sein Auto", das Alex mir beschrieben hatte, „entdeckt."

„Hoffentlich gehören die Männer nicht zum Wachdienst", unkte er.

Das wäre ein Desaster! Denn wenn die meinen Kumpel entdeckten, wären sie vorgewarnt. „Parke vorsichtshalber gleich unten und bleib im Auto sitzen, bis ich mich melde", trug ich ihm auf.

Ich wandte mich zu dem direkt neben der Ausfahrt liegenden Sträßchen, das nach meiner Erinnerung zumindest auf dem ersten Stück parallel zu der Auffahrt mit den Parkplätzen verlief und zum Betriebsgelände des Rombergpark führte –

sogar bis zur dritten Ebene stellte ich dann fest. Und es gab sogar einen schmalen Trampelpfad hinüber auf die andere Seite.

Weiter geradeaus kam ich nicht, ab hier war das Gelände mit einer Schranke gesichert. Rechts davon führte offensichtlich ein weiterer Weg in den Rombergpark, links war der Betriebshof mit einem hohen Zaun gesichert, selbst wenn ich denn hätte überwinden können, hätte ich mich durch das Unterholz kämpfen müssen und wäre trotzdem gut von einem Aufpasser zu sehen gewesen.

„Entschuldigung!" Ein älterer Mann mit einem Setter stand hinter mir und wollte offensichtlich den Trampelpfad nutzen, um zu seinem Auto zu gelangen.

Besser hätte es nicht laufen können. Ich trat zur Seite, ließ ihn vorbei und trabte direkt hinter ihm her. Kaum hatten wir die Enge passiert, schloss ich zu ihm auf und sprach ihn direkt an. „Führt dieser Weg da oben auch in den Rombergpark? Ich muss gestehen, obwohl ich Dortmunder bin, kannte ich den gar nicht."

Er lachte amüsiert und wandte sich nach rechts. „Das wissen anscheinend die wenigsten. Ist angenehmer, als unten rum zu gehen."

„Wo genau kommt man denn raus?"

„In der Dünenlandschaft. Die wurde 2018 angelegt. Seitdem gibt es diesen neuen Eingang."

Entsprechende Zeitungsartikel hatte ich wohl verpasst.

Der Mann blieb an einem Kombi stehen und zog seinen Autoschlüssel hervor.

„Vielen Dank für die Auskunft", ich hob grüßend die Hand, wandte mich ab und ging zügig weiter, sodass ein Beobachter den Eindruck gewinnen musste, mein Bekannter und ich seien zusammen unterwegs gewesen und ich sei nun auf dem Weg zu meinem eigenen Wagen.

Ich hielt nicht eher inne, bis ich die untere Parkebene erreicht hatte, blieb am ersten abgestellten Auto stehen und zückte wieder mein Handy. „Der Typ auf der zweiten Ebene hat einen guten Überblick über die dritte", teilte ich Cevdet mit. „Das Fahrzeug von Herrn Pickard parkt in der Reihe am Zaun, ziemlich mittig. Daneben steht ein weißer Transporter, scheinbar auch verlassen. Zumindest habe ich auf die Schnelle keinen drin sehen können. Am Ende, also auf der linken Seite, wenn du von unten kommst, befindet sich der Eingang vom Bogenschützenverein. Davor hat es sich ein Mann gemütlich gemacht, der den Eindruck erweckt, er warte darauf, dass geöffnet wird. Sieht allerdings nicht so aus, als sei da was los."

„Also ein zweiter Aufpasser."

„Einen übernimmst du, einen ich. Ansonsten ist auf der dritten Parkebene nicht viel los. Es gibt noch genau vier weitere abgestellte Fahrzeuge."

„Nicht gerade der ideale Treffpunkt, um so was Extremes durchzuziehen", befand Cevdet. „Die gehen ein ganz schönes Risiko ein."

Darüber konnten wir später nachdenken. Jetzt mussten wir handeln. „Pass auf, ich habe mir Folgendes überlegt." Ich setzte ihm meinen Plan auseinander und informierte anschließend Alex über die Gegebenheiten. „Notfalls schalten wir die beiden Beobachter aus. Es bleibt aber mindestens einer, um den du dich selbst kümmern musst", warnte ich ihn. „Wenn nicht sogar zwei."

„Hört sich nicht gerade toll an", seufzte er.

„Wir sind in der Nähe und können rechtzeitig eingreifen", beruhigte ich ihn, dabei wussten er und ich genau, dass er den schwierigsten Part übernahm.

„Okay, bis später!"

Ich setzte mich in Bewegung, um meine Position einzunehmen, und stellte mein Handy auf Vibrationsalarm. Nicht dass ein unvorhergesehener Anruf meinen schönen Plan zunichtemachte!

55

Cevdet

Wie mit Mirko verabredet fuhr ich zur dritten Parkebene hoch und stellte mich auf den letzten Parkplatz in der unteren Reihe. Ich sprang aus dem Wagen und ließ meinen Blick umherschweifen. Der weiße Transporter wirkte immer noch verlassen, genauso wie das Auto des Reporters. Eigentlich war ich allein auf weiter Flur, bis auf den am Tor lehnenden Mann, von dem Mirko gesprochen hatte. Erleichterung pur, ich hatte den Wartenden noch nie gesehen, er mich also vermutlich auch nicht. Und es sah auch nicht so aus, als sähe er in mir eine Bedrohung. Er nahm keinerlei Notiz von mir, sondern konzentrierte sich auf sein Handy, das er in der Hand hielt, trotzdem war ich mir sicher, dass er mich und meine Bewegungen genau registrierte.

Ich drehte mich einmal um die eigene Achse, zog mein Handy aus der Jackentasche und wählte Mirkos Nummer. „Wo bleibst du?", legte ich gleich los, ziemlich laut und ärgerlich, so als hätte er mich versetzt.

„Bin auf Position", teilte er mir mit.

„Ah gut, bis gleich!"

Ich begann unruhig auf und ab zu laufen, und bemühte mich, den Wartenden nicht weiter zu beachten. Stattdessen spähte ich in Richtung Auffahrt und blieb jedes Mal stehen, wenn sich ein Auto näherte. Perfektes Timing! Als ich Alex' Fiat erkannte, verließ ich eilig die Parkebene über dieselbe Ausfahrt, die er benutzte, also die von dem Beobachter abgewandte.

Alex rollte an mir vorbei und ich bog in die zweite Parkebene ab. Ah, der Typ hier war auch schon aufmerksam geworden und aus seinem Fahrzeug geklettert. Ich kramte umständlich in meiner Hosentasche, als suche ich den passenden Schlüssel, während ich mich ihm langsam näherte.

Er setzte sich bereits in Bewegung und kam auf mich zu getrabt. Ich fackelte nicht lange, sprang ihm in den Weg und hebelte ihn um. Sofort setzte ich nach und schlug zu, genau an die Stelle, die der Trainer uns gezeigt hatte. Er gab noch ein leises Geräusch von sich, bevor er erschlaffte.

Ein schneller Rundumblick. Nein, niemand war auf uns aufmerksam geworden. Ich packte den Bewusstlosen und zog ihn hinter sein Auto, wo ich ihn mit Kabelbindern fesselte. Der würde nicht mehr in das Kampfgeschehen eingreifen.

Mit diesem Handeln hatte ich gegen unsere Absprache mit Alex verstoßen, die lautete: keine unnötige Gewalt. Doch wie hätte ich den Mann sonst daran hindern sollen einzugreifen? Mirko hatte es ähnlich wie ich gesehen, deshalb ging ich davon aus, dass er es mit seinem Kandidaten ähnlich halten würde. Unnötige Skrupel konnten wir uns nicht leisten. Besser, es kam gar nicht erst zu einem richtigen Kampf.

Ein weiterer Rundumblick, immer noch war ich allein auf weiter Flur. Geduckt, damit man von der oberen Parkebene nicht auf mich aufmerksam wurde, rannte ich die Auffahrt hoch, dieses Mal direkt auf der Seite, die mich zum Eingang des Bogenschützenvereins brachte.

Der Wartende saß bewegungslos in der Ecke, sein Kopf hing herab, als wäre er eingeschlafen. Mirko sprintete gerade auf den weißen Transporter zu, von Alex keine Spur. Ich wollte ihm schon folgen, als mich ein Gedanke stoppte. Was, wenn es doch noch einen weiteren Beobachter gab? Ich jedenfalls wäre so vorgegangen, und hätte meine Schergen aus der Entfernung im Auge behalten.

Was für meine Theorie sprach, war der Kopfhörer seines Handys, den der Mann, den ich niedergeschlagen hatte, im Ohr trug, so, als bekäme er von jemandem Anweisungen oder stände mit diesem die ganze Zeit über in Verbindung. Natürlich konnten das auch seine Kumpel sein, die Alex einkassieren sollten, trotzdem wollte ich meine Idee lieber überprüfen. Mirko und Alex würden allein klarkommen, hoffte ich.

Dieser jemand konnte sich nur in der untersten Parkebene befinden, vermutlich ein Mann, der wartend in seinem Auto saß oder ein längeres Telefongespräch mimte. Nein, Letzteres eher nicht, das wäre über diesen langen Zeitraum zu auffällig. Die beiden Bewusstlosen waren vom Aussehen her eindeutig Europäer gewesen, ich hatte keinen von beiden gekannt, da war ich mir sicher. Also wer steckte hinter diesem Angriff, fragte ich mich, während ich mich langsam an den geparkten Autos vorbeischob und dabei jeweils prüfend einen Blick ins Innere warf. Wahrscheinlich würde ich den Typ so weit vorn an der Ein- und Ausfahrt wie möglich finden.

Kaum hatte ich den Gedanken zu Ende gebracht, wurde weiter vorn ein Motor angelassen und ein Auto rollte aus der Parkbox heraus. Ich erhaschte einen kurzen Blick auf den Fahrer und kam vor Überraschung ins Stolpern. Den Mann kannte ich nur zu gut!

Alex

Herr Pickard winkte mir aufgeregt, zu ihm zu kommen. „Mensch, Alex! Ich habe tolle Neuigkeiten!", rief er laut.

Seine Nervosität konnte er mit seinen Worten nicht überdecken, auch sein Blick sprach eine andere Sprache. Ein flehender Ausdruck lag darin. Hilf mir, schienen seine Augen zu sagen.

Kaum hatte er ausgesprochen, tauchte ein junger Mann hinter ihm auf, stellte sich neben ihn und scannte schweigend die Umgebung.

„Dann leg mal los", forderte ich ihn auf, als ich vor ihm stand.

„Nein, zu gefährlich", kam es wie aus der Pistole geschossen von dem Unbekannten. „Wenn uns jemand zusammen sieht …"

Seinem Akzent nach schien er aus dem osteuropäischen Raum zu kommen. Was hatte das nun wieder zu bedeuten? „Das ist mein Informant", übernahm Herr Pickard. „Er hat fürchterliche Angst, dass die seinen Verrat bemerkt haben könnten. Wir reden besser hinter geschlossenen Türen im Transporter."

„Zu recht", setzte dieser hinzu und sah sich erneut nach allen Seiten um. „Wenn die uns auf die Schliche kommen …" Wieder beendete er seinen Satz nicht, sondern hob nur bedeutungsvoll die Augenbrauen.

Er drehte sich um, öffnete die hintere Tür und winkte uns einzusteigen. Herr Pickard gehorchte und verschwand mit einem Satz im Inneren. Bevor ich es ihm nachtun konnte, erhielt ich einen heftigen Stoß in den Rücken, der mich nach vorn katapultierte. Ich knallte mit dem Hüftknochen auf, knickte ein und hing halb drinnen, halb draußen. Grobe Hände packten mich und schoben mich komplett hinein.

Herr Pickard half mir, mich wieder aufzurichten. „Tut mir leid", flüsterte er mir zu. „Die haben mich gezwungen, dich anzurufen. Sonst hätten die meine Frau und mein Kind mit reingezogen."

Nicht einer, sondern zwei Männer folgten uns. Der eine schloss die Tür, der andere trieb uns auseinander.

„He, was soll das?", versuchte ich Zeit zu schinden. Keine Ahnung, wie schnell es Mirko oder Cevdet schafften, zu unserer Rettung herbeizueilen.

„Hast du wem erzählt, dass du dich mit ihm triffst?" Er nickte in Richtung des Reporters.

Ich zögerte, war das jetzt gut oder schlecht, wenn ich Felicitas erwähnte?

„Seine Freundin saß neben ihm, als ich ihn anrief", sagte Herr Pickard schnell. „Sie hat mitgekriegt, dass wir uns verabredet hatten."

Ich nickte, weil ich verstand, dass dies wohl eher positiv ausgelegt wurde.

„Okay", der eine blickte grinsend zu seinem Kollegen. „Dann …"

Ich konnte nicht länger abwarten, holte in einer fließenden Bewegung das Pfeffergel aus meiner Jackentasche und sprühte in die Richtung der beiden, ließ den Knopf nicht eher los, bis die Dose leer war.

Sie schafften es nicht mehr, uns zu erreichen. Hustend und spuckend krümmten sie sich zusammen, waren praktisch blind.

Natürlich hatten wir auch unseren Teil abbekommen, obwohl ich, wissend was passierte, die Luft angehalten hatte. Nun musste ich leider durchatmen und spürte sofort das Brennen von den Augen auf den Hals übergehen. Mehr tastend als sehend mühte ich mich zur Tür und fingerte verzweifelt an dem Riegel herum.

In dem Moment wurde sie von außen aufgerissen. Starke Arme umfingen mich und zogen mich ins Freie. „Mensch, Alex, es hat geklappt!", juchzte Mirko. Er riss auch den anderen Türflügel auf, schob Herrn Pickard, der taumelnd auf uns zukam, zur Seite und jumpte hinein, die Kabelbinder schon in der Hand.

Der Reporter landete unsanft neben mir. „Tut mir leid", brachte er zwischen zwei Atemstößen hervor. „Ich wusste mir nicht zu helfen und hoffte, dass Sie die Situation begreifen und Hilfe mitbringen würden", setzte er nach einem Hustenanfall hinzu.

Ich nickte nur, denn ich hatte schon das Handy am Ohr, um die Polizei anzurufen. Wo blieb eigentlich Cevdet?

56

Cevdet

Was sollte ich tun? Ich durfte ihn nicht entkommen lassen. Nur seine Anwesenheit hier bewies noch nicht, dass er in diese Geschichte involviert war. Der würde sich garantiert irgendwie herausreden, wenn die Polizei ihn später vernahm. Und das Handy, das er für die Kommunikation mit seinen Kumpanen benutzt hatte, wäre längst entsorgt.

Verdammt ärgerlich, dass ich nicht einen Tick eher auf ihn aufmerksam geworden war!

Glücklicherweise hatten wir verabredet, unsere Autos offen zu lassen und den jeweiligen Schlüssel unter der hinteren Fußmatte zu deponieren, eben genau für den Fall, der jetzt eingetreten war, wenn wir einen der Beteiligten motorisiert verfolgen mussten. Hier in der unteren Reihe ziemlich mittig stand Mirkos Wagen. Ich rannte hin und sah im Umdrehen gerade noch, dass der Mann, den ich verfolgen wollte, rechts abbog. Ich musste mich sputen, damit er nicht entkam.

Die Ampel vor ihm war auf Rot gesprungen, sein Audi stand an erster Position. Ich reihte mich in die Reihe der Wartenden ein und bemühte mich, als er wie erwartet auf die B54 Richtung Stadtmitte abbog, immer mehrere Fahrzeuge zwischen uns zu lassen, damit er mich nicht entdeckte. Nur gut, dass ich mit Mirkos Auto unterwegs war!

Du musst ihn informieren, schoss es mir durch den Kopf. War es den beiden überhaupt gelungen, den Angriff abzuwehren? Nein, lieber noch abwarten. Ich legte das Handy griffbereit neben mich. Sobald wir vor einer roten Ampel stehen, rufe ich ihn an, nahm ich mir vor. Aber wie es immer ist, wenn man dringend anhalten will, erwischten wir eine grüne Welle und rauschten mit dem nötigen Abstand Richtung Stadt.

Der will doch wohl nicht zurück zur Arbeit? Dann könnte ich ihm nie was nachweisen. Nein, er bog von der B54 auf die B1 ab, und zwar in Richtung Dorstfeld. Er hatte ein anderes Ziel. Ich griff nach dem Handy und drückte auf Mirkos Nummer. Länger konnte ich mich nicht zurückhalten, ich musste erfahren, was passiert war.

„Wo bist du?", rief Mirko so laut, dass ich beinahe das Lenkrad verrissen hätte.

„Hat es geklappt? Ist einer von euch verletzt?" Das war erst mal wichtiger.

„Alles paletti! Die Polizei ist gerade eingetroffen und sammelt die Verletzten ein. Hat genauso funktioniert, wie wir es geplant hatten."

„Super!" Ein Felsbrocken fiel mir vom Herzen. „Ich folge dem vermutlichen Kopf der Bande. Der hat unten gewartet und ist plötzlich weggefahren. Hat einer von denen ihn noch telefonisch warnen können?"

„Moment."

Sein Moment dauerte fast fünf Minuten. Der Wagen weiter vorn nahm die Ausfahrt und ich musste darauf achten, einen genügenden Abstand einzuhalten. Natürlich meldete sich ausgerechnet da Mirko zurück. Aber wir blieben auf der Planetenfeldstraße, die im Prinzip immer geradeaus führte, sodass ich mich wieder auf das Gespräch konzentrieren konnte.

„Einer von denen, die Alex ausschalten sollte, hatte eine offene Chatverbindung. Das haben die jetzt erst entdeckt."

„Also ist er abgehauen, weil er mitgekriegt hat, dass ihr Plan gescheitert ist", mutmaßte ich. Wollte der sich jetzt etwa absetzen? „Wie hast du deinen Beobachter eigentlich ausgeschaltet?", fragte ich, ohne meine Befürchtung laut zu äußern.

„Wo bist du?", wiederholte Mirko seine Frage.

„Wir nähern uns dem Gewerbegebiet in Dorstfeld."

„Ich sage den Polizisten Bescheid, dass sie Kollegen zu dir schicken. Am besten bleibst du dran und gibst ständig deinen genauen Standort durch. Warte kurz!"

Stattdessen übernahm wohl Alex das Handy, denn direkt darauf erklang seine Stimme: „Wer ist es?"

Unwillkürlich grinste ich. Der würde Augen machen. „Du kennst ihn", spannte ich ihn auf die Folter.

„Nun sag schon!"

„Herr Seidel."

Das warf ihn völlig aus dem Konzept. Es blieb verdächtig lange still in der Leitung.

Mittlerweile hatten wir das große Gewerbegebiet erreicht. Ich ahnte, dass sich hier irgendwo unser Ziel befinden musste, und ließ mich noch weiter zurückfallen. Wahrscheinlich war er auf dem Weg zu einem geheimen Unterschlupf irgendwo in einer Nebenstraße, weit ab vom Schuss, sodass niemand auf das Kommen und Gehen und die vor allem nächtliche Betriebsamkeit aufmerksam wurde. Denn das Handy hätte er genauso gut auf dem erstbesten Parkplatz entsorgen können. Ich hatte den Gedanken kaum zu Ende gebracht, als der Wagen weiter vor mir, ohne zu blinken, abbog.

„He, Cevdet", meldete sich Mirko zurück. „Ich habe den Polizisten Bescheid gesagt. Du sollst dich zurückhalten und den Verdächtigen nur im Auge behalten. Mach um Gottes willen nicht auf dich aufmerksam!"

Das verstand sich ja wohl von selbst! Ich gab meine Position durch und rollte an die Seitenstraße heran. Mist! Von Herrn Seidels Audi war nichts mehr zu sehen. „Ich fahre die Straße entlang und gucke, wo er abgeblieben ist."

„Sei bloß vorsichtig!"

Kein anderes Auto in Sicht, aber zu langsam durfte ich auch nicht werden. Ich passierte eine Werkstatt, anschließend einen Gartenbaubetrieb, als Nächstes eine Lackiererei – nichts. Außerdem wurde hier tatsächlich gearbeitet, genauso wie in sämtlichen anderen Betrieben, die dicht an dicht folgten.

Die Straße war eine Sackgasse, ich erreichte ihr Ende, ohne fündig zu werden. Also wenden und zurück! Es durfte einfach nicht sein, dass der Seidel mir entwischt war!

„Bleib einfach in der Nähe und warte, bis die Polizei eintrifft", beschwor mich Mirko.

Im selben Moment entdeckte ich den schmalen Weg, der sich zwischen der Gärtnerei und der Lackiererei hindurchschlängelte. Wenn ich es im Vorbeifahren richtig gesehen hatte, gab es weiter hinten noch eine kleine Halle. Kurz rang ich mit mir. Am liebsten wäre ich ausgestiegen und hätte das Gebäude selbst überprüft.

Nein, es war wirklich besser, den Rest der Polizei zu überlassen. Ich informierte Mirko, wo diese auf mich treffen würde.

Alex

So erlebten wir das Ende direkt am Telefon mit. Natürlich durfte Cevdet die Beamten nicht begleiten, als sie gleich mit mehreren Einsatzwagen eintrafen. Aber er gesellte sich zu den Angestellten der Gärtnerei, die ebenso neugierig wie er dem Geschehen folgten.

„Ich stehe auf dem hinteren Gelände", berichtete er aufgeregt, „und habe eine gute Sicht auf die Halle. Die Polizisten sind von allen Seiten drauf zu und haben sie umstellt. Jetzt kommt gerade die Ansage über Megafon, dass die rauskommen sollen."

Was diese nicht taten, sodass die Einsatzkräfte das Gebäude stürmen mussten. Gespannt warteten wir auf die Fortsetzung.

Es dauerte eine geraume Weile, dann zählte Cevdet fünf Männer, die abgeführt wurden. Allerdings war Herr Seidel nicht darunter.

„Was ist das für eine Scheiße!", schimpfte Cevdet. „Der muss hier irgendwo sein. Der Audi steht noch da."

Er war drauf und dran, zur Halle zu stürmen und die Polizisten selbst zu befragen. Nur mühsam gelang es uns, ihn von seinem Plan abzubringen. Die hätten ihm sowieso keine Auskunft gegeben. „Warte ab, was noch passiert", versuchte ihn Mirko zu beruhigen.

Fast gemeinsam mit zwei Zivilbeamten traf ein Krankenwagen ein. Kurz darauf wurde Herr Seidel auf einer Trage herausgebracht. Wie schwer er verletzt war, konnte Cevdet leider nicht erkennen.

„Ich geh hin und frag nach!"

Dieses Mal konnten wir ihn nicht stoppen.

Netterweise ließ er sein Handy an, sodass wir mithören konnten, wie er sich als der Tippgeber vorstellte. „Hat sich unser Verdacht bestätigt?", fragte er.

Die Beamten, die das Gelände sicherten, wollten ihm keine Auskunft geben, einer der Zivilermittler erbarmte sich schließlich doch und sagte rundheraus, dass dieser Hinweis Gold wert gewesen sei. Er solle sich gleich morgen im Präsidium melden, dann könne man ihm Einzelheiten mitteilen.

„Gib dich damit zufrieden", entgegnete Mirko, als Cevdet sich beschwerte, weil er nichts über Herrn Seidels Zustand erfuhr. „Vielleicht treffen wir morgen wieder auf Alex' netten Kommissar, der erzählt uns bestimmt Genaueres."

Alex

Herr Pickard hatte mit uns gemeinsam das Ende am Telefon verfolgt. „Jetzt schafft es mein Artikel noch in die morgige Zeitung!", frohlockte er.

Ich hielt ihn zurück. „Erst sind Sie mir eine Erklärung schuldig. Sie hatten diese Gruppe schon die ganze Zeit im Visier, oder?"

Er wurde über und über rot und zuckte verlegen die Schultern. „Ich hatte einen vagen Verdacht, mehr nicht."

„Nein, Sie haben heimlich Herrn Stankowskis Notizen gelesen, die er im Büro aufbewahrte", hielt ich dagegen. „Hatte dieser schon Herrn Seidel als Kopf der Bande erkannt?"

Er schüttelte wild den Kopf. „Nein, er wusste nur, dass das Sicherheitsunternehmen nicht ganz koscher war. Ein Informant hatte ihm gesteckt, die würden die Clans observieren und hätten denen schon zwei größere Drogendeals versaut."

„Denen den Stoff geklaut, oder was?", hakte Mirko nach.

„Genau, und zwar, ohne diesen Raub anschließend der Polizei zu melden. Den Rest habe ich selbst rausgekriegt", erklärte er stolz.

„Indem Sie den Informanten übernahmen?"

Obwohl Herr Pickard schon rot wie eine Tomate war, verfärbten sich seine Wangen noch stärker. „Ja, er war sozusagen mein Ohr in der Nordstadt. Er ist gut vernetzt und … äh … der dealt selbst", gab er zu, „und sah sein Geschäft in Gefahr. Nur zu gern hätte der dem gesamten Sicherheitsdienst was angehängt."

„Aber die Wachmänner waren nicht involviert?"

„Nein, die Typen, die die Überfälle durchführten, hatte keiner je zuvor gesehen."

„Wie wurden Sie auf Herrn Seidel aufmerksam?"

Statt zu antworten, sah der Reporter auf die Uhr. „Können wir uns nicht auf morgen vertagen. Ich muss unbedingt den Artikel schreiben."

„Nein", blieb ich hart. „Ohne uns wären Sie tot. Sie sollten froh sein, dass Ihr Abenteuer so glimpflich ausgegangen ist." Meine Worte wirkten, er nickte folgsam. „Dass Herr Seidel der Boss ist, wusste ich nicht. Ich hatte mich auf Herrn Zimmermann versteift, weil die Clans hinter ihm her waren. Sie stellten der Bande eine Falle, indem sie was von einem größeren Drogendeal durchsickern ließen. Leider witterten diese die Gefahr rechtzeitig, sie setzten sich zur Wehr und ihnen gelang die Flucht. Den Zimmermann, der mit dabei war, haben die Clanmitglieder eindeutig identifiziert, deshalb versuchten sie, den zu erwischen. Sie überwachten seine Wohnung, die seiner Freundin und sogar das Haus der Oma. Nur ließ er sich nirgendwo blicken, auch in der Firma nicht."

Also gab es tatsächlich eine Freundin. Ob die von seinem Tun wusste?

„Heute Morgen rief mich ein neuer Informant an und behauptete zu wissen, wo sich der Zimmermann versteckte. Er schlug vor, sich mit mir zu treffen, um …"

„Und Sie sind drauf reingefallen?" Mirko starrte ihn ungläubig an.

„Ich hatte durch den alten Informanten verbreiten lassen, dass ich mich für Herrn Zimmermann interessiere und gern wüsste, wo er sich aufhielt", rechtfertigte sich Herr Pickard. „Er klang durchaus glaubhaft, behauptete, er wolle zuerst die Kohle, bevor er mir seinen Aufenthaltsort verriet."

Anscheinend wusste er nicht, dass dieser bereits inhaftiert war. Ich klärte ihn auf und konnte mir ein: „Tja, hätten wir vernünftig zusammengearbeitet, wären wir gar nicht erst in diese Bredouille gekommen", nicht verkneifen. Dabei hatte ich im Prinzip meine eigenen Informationen genauso vor ihm zurückgehalten.

Sofort verfärbte sich sein Gesicht, das in der Zwischenzeit eine normale Farbe angenommen hatte, erneut. „Tut mir leid, dass ich Sie da mit reingezogen habe", versicherte er erneut.

„Ende gut, alles gut", winkte Mirko großzügig ab. „Bin schon gespannt, ob wir morgen den Rest erfahren."

Zuerst musste ich allerdings meiner Freundin Rede und Antwort stehen, aber Mirko und Cevdet stießen ebenfalls dazu, ebenso Tom, sodass sie relativ ruhig blieb, obwohl ja deutlich wurde, dass ich sie im Bezug auf unsere Unternehmung angelogen hatte.

„Das nächste Mal spielst du mit offenen Karten", sagte sie, nachdem sich unser Besuch verabschiedet hatte. „Abhalten von dieser Detektivsache kann ich dich nicht, aber sei wenigstens ehrlich zu mir." Was ich ihr hoch und heilig versprach.

Mittwoch, 28. April

Netterweise empfing uns tatsächlich Herr Janzen, als Cevdet, Mirko und ich am nächsten Morgen im Präsidium auftauchten. „Wir nehmen den großen Besprechungsraum", lotste er uns gleich weiter.

Natürlich waren die Fenster geöffnet und wir konnten uns so um den großen, ovalen Tisch versammeln, dass ausreichend Abstand zum Nachbarn blieb.

Nacheinander schilderten wir unsere Erlebnisse. Zwischenzeitlich verdrehte Herr Janzen mehrfach die Augen, hörte sich unsere Schilderungen jedoch ohne Kommentar an. Als Cevdet zum Ende gekommen war, wandte er sich an mich: „Ihre Gedankengänge sind eines Schriftstellers würdig, Herr Grahl. Ihre Kombinationsgabe ist beachtlich."

Angesichts seines sarkastischen Tonfalls konnte ich diese Bemerkung nicht auf mir sitzen lassen. „Es war die einzig logische Erklärung", stellte ich klar. „Herr Zimmermann ist nicht klug genug, ein derartiges Unternehmen aufziehen. Es musste jemand anders der Drahtzieher sein. Und der sah in Herrn Pickard und mir eine Gefahr und versuchte deshalb, uns auszuschalten."

„Und wenn die Clans hinter dieser Falle gesteckt hätten?"

„Wären wir in Deckung geblieben und hätten sofort die Polizei informiert."

Er zog skeptisch die Augenbrauen hoch und ließ meine Aussage so stehen. „Apropos Herr Zimmermann! Die Waffe, mit der er Sie bedrohte, ist die Tatwaffe im Fall Stankowski. Es wurden nur seine Fingerabdrücke darauf gefunden, wir haben die Ermittlungen bereits ausgeweitet."

„Sehen Sie, wie blöd der ist!", platzte ich heraus. „Benutzt dieselbe Pistole zweimal."

„Wieso ist er der Chef des Unternehmens in Dortmund geworden?", fragte Mirko. „Oder steckt der ganze Verein da mit drin?"

„Nein, wie es aussieht, war das eine Privatangelegenheit zwischen Herrn Zimmermann und Herrn Seidel, der übrigens ebenfalls schweigt. Eigentlich sollte Herr Seidel der Chef werden, dieser schlug vor, lieber seinen Kollegen an diese Stelle zu setzen. Genaueres wissen wir bisher nicht, wir sind noch dran."

„Was haben Sie gestern in dem Lager sichergestellt?", übernahm Cevdet, der sich nicht länger zurückhalten konnte. „Drogen?"

Herr Janzen nickte. „Mit einem Wiederverkaufswert von mehreren Millionen Euro. Die waren dabei, ihre Zelte abzubrechen. Wir sind im letzten Moment dazwischengegangen. Ein paar Stunden später und die Bande wäre ausgeflogen gewesen."

„Also steckte der Seidel hinter dem Überfall bei Frau Bramwell", stellte ich fest.

„Herr Zimmermann lagerte das Diebesgut im Keller, eine an sich ausgezeichnete Idee, da das Haus über besondere Einbruchssicherungen und eine Alarmanlage verfügte. Nur war er definitiv durch den missglückten Überfall aufgeflogen, wahrscheinlich sogar schon eher, wenn man an den versuchten Einbruch bei seiner Oma denkt, und stand nun im Fokus der Clans. Für Herrn Seidel war er damit zum Sicherheitsrisiko geworden. Der war von Anfang an bemüht, selbst nicht aufzufallen, sodass niemand ihn mit den Raubüberfällen in Verbindung brachte. Herrn Zimmermann betrachtete er als Bauernopfer, deshalb ließ er ihn seinen Plan ausführen." Herr Janzen machte eine Pause und sah mich auffordernd an.

„Ich sehe es ähnlich wie Sie", stimmte ich ihm zu. „Im Endeffekt hätte der Seidel dieses Ding mit den Möbelpackern auch mit Rubens Einverständnis durchziehen können – wenn es tatsächlich nur darum gegangen wäre, die Beobachter vor dem Haus auszutricksen und die Drogen an einen sicheren Ort zu bringen. Ich vermute, er war von dessen Plan, mich ins Spiel zu bringen, nicht angetan, es gelang ihm aber nicht, ihm diesen auszureden. Deshalb kam er ihm zuvor und wartete in aller Ruhe ab, was passieren würde. Gelang es mir, Ruben zu stoppen, hatte er trotzdem den Stoff. Schaffte es dieser, mich zu töten, konnte er sich in Ruhe zurücklehnen, während die Polizei ihn jagte."

„Damit blieben nur noch Herr Pickard und Sie", übernahm wieder der Kommissar, „von denen er annahm, dass Sie eng zusammenarbeiteten. Seiner Meinung nach ging von Ihnen beiden eine nicht zu unterschätzende Gefahr aus. Sie waren die Einzigen, denen er es zutraute, ihn zu entlarven." Er grinste breit. „Herr Seidel hat als Jugendlicher in der Verwaltung des Rombergparks ausgeholfen. Der kannte dort jeden Tritt. Normalerweise sollten seine Helfer die Dunkelheit abwarten und Ihre Leichen anschließend im Teich versenken. Nur gut, dass Sie skeptisch wurden, Herr Grahl."

Von diesem Ausspruch durfte Felicitas nie erfahren, sonst zog sie ihre Erlaubnis, dass ich mich weiterhin als Detektiv betätigen konnte, sofort wieder zurück.

Epilog

Gestern, ein paar Wochen nach diesem Gespräch mit dem Hauptkommissar, hat sich unverhofft Herr Pickard bei mir gemeldet. „Ich habe jetzt alle Einzelheiten zusammen und dachte, Sie wären interessiert."

Selbstverständlich war ich das. In den Artikeln, die er schrieb, hatte er nur die wichtigsten Tatsachen gebracht, dass Ruben Z. als Mörder seines Reporter-Kollegen Stankowski verhaftet worden war und dass sein Untergebener gemeinsam mit ihm mehrere Überfälle auf Drogenlieferungen der Clans organisiert hatte. Jedes Mal erwähnte er, dass im Unternehmen selbst niemand von diesen Aktivitäten der beiden ahnte und keiner der Wachmänner involviert war. Meist folgten ein, zwei Sätze, wie gut sich die Lage in der Nordstadt entwickelte und wie dankbar die Bewohner für den Einsatz des Sicherheitsunternehmens seien, dessen Arbeit unter neuer Leitung fortgeführt wurde. Dass er und ich selbst überfallen wurden, hatte er ausgelassen, jedoch meine und seine Hilfe bei der Aufklärung der Verbrechen betont – immerhin mehr, als Herr Stankowski je geschrieben hatte.

Der erste Artikel war direkt am nächsten Tag erschienen, danach folgten noch zwei weitere. Anschließend wandte sich die Zeitung dem nächsten Drama zu. Das Interesse des Lesers ist schnell erloschen und es passiert so viel Schlimmes in der Welt, worauf man dann seinen Fokus richten kann!

„Der Seidel war derjenige, der diesen guten Kontakt zu den Hintermännern der Wachunternehmen hatte." Er prustete los. „Sie werden es nicht glauben! Er hat zwischenzeitlich als Bodyguard gearbeitet und dabei eins der Kinder eines Unternehmers gerettet, nicht etwa vor einem Entführer, nein, der wäre beinahe abgesoffen. Und aus lauter Dankbarkeit bot der liebe Daddy ihm kurz darauf den Job in Dortmund an."

„Woher kannte er Ruben Zimmermann?" Oh ja, ich hatte jede Menge Fragen.

„Die beiden waren zuvor in einem anderen Betrieb angestellt, der Seidel als Personalsachbearbeiter, der Zimmermann als Wachmann. Ja, und dann sind beide fast gleichzeitig rausgeschmissen worden. Warum, konnte ich leider nicht in Erfahrung bringen. Vielleicht haben die schon damals irgendwas Illegales durchgezogen, was aber vertuscht wurde."

„Und warum hat der Ruben die Chefposition bekommen?"

„Da muss ich raten: Vermutlich, weil er keine Ahnung von Personalführung hatte, sein Partner allerdings schon. Ich habe nur rausgekriegt, dass beide im Vorfeld mehrfach an Seminaren teilnehmen mussten, zu Deeskalation und zu Öffentlichkeitsarbeit, lustige Verquickung, nicht wahr?"

„Wieso konnten die so lange agieren, ohne dass es der Polizei auffiel?"

„Na, weil die Clans so was lieber selbst regeln." Sein Tonfall sagte eindeutig: Was für eine dumme Frage! „Die Bande, die unter Herrn Zimmermanns Anleitung arbeitete, hielt sich in dieser Halle in Dorstfeld auf und kam nur zu den Überfällen in die Nordstadt. Der Zimmermann selbst baldowerte die Gegebenheiten aus. Der war viel im Viertel unterwegs, angeblich um die Lage zu sondieren und neue Kunden zu gewinnen." Herr Pickard holte tief Luft. „Tja, das war alles, was ich rausgekriegt habe."

„Dieses Attentat auf uns, wollte der Seidel denn weiterarbeiten, als wenn nichts geschehen sei?"

„Wieder kann ich nur vermuten, dass er genau so dachte. Eine Kündigung direkt nach der Festnahme von dem Zimmermann wäre äußerst verdächtig gewesen. Der wollte seinen Reichtum später unbehelligt genießen können. Genau deshalb dachte er, er müsse uns unbedingt ausschalten. Er sah in uns die Einzigen, die ihm gefährlich werden konnten."

Ähnlich hatte ich auch kombiniert. „Werden Sie Ihre Recherche denn noch verwenden können?"

Er lachte triumphierend. „Da ich über die Gerichtsverfahren berichte, kann ich das ein oder andere einfließen lassen."

„Sie haben Herrn Stankowskis Job übernommen?" Als er bejahte, gratulierte ich ihm aus tiefstem Herzen. Den hatte er sich redlich verdient.

„Ich habe auch noch eine Frage? Wie sind Sie so schnell an das Pfeffergel gekommen?"

Ich grinste. Genau das hatten alle anderen auch wissen wollen. „Das war ein Geschenk von Joey, dem YouTuber, mit dem ich in diese heftige Auseinandersetzung geriet. Er hat sich nach dem Angriff gleich selbst eine große Dose besorgt und eine weitere für mich, die er mir bei unserem nächsten Treffen überreichte. Ich bewahrte sie im Auto auf, der beste Ort, wie ich fand. So hatte ich sie immer griffbereit." Ich würde mir auf jeden Fall so schnell wie möglich gleich zwei neue kaufen, eine, die wieder ins Handschuhfach kam, und eine für die Wohnung. Wie ich gerade erst gelernt hatte, war es sinnvoll, mich auch dort zu schützen.

„Demnach werden wir noch öfter miteinander zu tun haben", stellte Herr Pickard befriedigt fest, als ich ihm diese Überlegung mitteilte.

„Eher wohl nicht", wehrte ich ab.

„Abwarten." Aber er klang nicht sonderlich überzeugt.

Vielleicht lag es daran, dass ich selbst vage blieb. Zwar hatte mir Felicitas im Prinzip einen Freifahrtschein ausgestellt, dass ich, wenn ich meinte, ermitteln zu müssen, es halt tun solle. Andererseits hatte sie sich ausgebeten, zumindest am Rande beteiligt zu sein und über jeden meiner Schritte informiert zu werden, nicht so, wie ich es bisher gehandhabt hatte, sondern dass ich offen und ehrlich jedes meiner Vorhaben mit ihr besprach. Ich stimmte ihr zu: Geheimnisse sollten in einer Beziehung eigentlich tabu sein. Trotzdem war ich mir überhaupt nicht sicher, ob ich auf die Wiederholung eines solchen Abenteuers wirklich wert legte. Für die nächsten Wochen und Monate lechzte ich ganz bestimmt nicht nach einem neuen.

Zum Abschluss fragte ich Herrn Pickard, ob er denn vorhabe, intensiver über das Sicherheitsunternehmen zu berichten. Ich sah deren Tun immer noch mit Skepsis. Ich bin nun mal kein Fan von der totalen Überwachung. Und unser gerade überstandenes Abenteuer hatte ja gezeigt, dass, wenn jemand in einem derart sensiblen Bereich sich mit unlauteren Absichten trug, damit das gesamte Erreichte infrage gestellt wurde.

„Ich werde den Wachbetrieb und seine Arbeit im Auge behalten", versicherte er mir. „Aber nicht offiziell. Mein Chef ist ein Verfechter dieser Maßnahmen und sieht zurzeit nur die Erfolge."

Bei Mirko und Cevdet war es ähnlich. Man könne nicht wegen der Verfehlung einiger das ganze Unternehmen verteufeln, meinten sie. Als Außenstehender, aus der Entfernung des Normalbürgers zu der Szene, käme einem vieles bedenklich vor, was vor Ort jedoch die einzige Möglichkeit sei, sich durchzusetzen. Dass die Bürger auf Einhaltung der geltenden Regeln vertrauen könnten, sollte oberstes Ziel sein.

In diesem Punkt gab ich ihnen recht. Es musste sich etwas Grundlegendes ändern in unserem Staate, damit sich in jedem Stadtteil die Menschen sicher fühlen konnten. Ob dies aber der richtige Weg war, würde sich vermutlich bald zeigen.

Persönliche Anmerkung:
Vieles, was in dieser Geschichte geschah, habe ich nicht selbst erlebt. Deshalb kam ich auf die Idee, die Akteure selbst erzählen zu lassen, aus ihrer Sicht und mit ihren eigenen Worten. Natürlich stimme ich nicht mit jeder Handlung, jedem Gedanken überein. Trotzdem wollte ich einen möglichst authentischen Bericht geben.

Es ist ein gewisses Risiko damit verbunden, besonders wenn es um Tom geht – ich erinnere mich nur zu gut an das, was mir einer seiner „Gegner" angetan hat. Andererseits stehe ich auf dem Standpunkt, dass jeder weiterhin seine Meinung äußern darf, egal ob sie nun dem Mainstream entspricht oder nicht, egal ob er an Verschwörungstheorien glaubt oder nur seine Skepsis zu einem bestimmten Thema äußern möchte, solange es sich nicht um beweisbare Lügen handelt und derjenige nicht zu strafbaren Handlungen aufruft.

Ich persönlich finde, wir sollten alle wieder zu einer angemessenen Diskussionskultur zurückkehren und gegensätzliche Meinungen als das sehen, was sie sind: der Ausdruck einer Freiheit, wie es sie nur in einer Demokratie geben kann.

Nachwort

Die beschriebenen Schauplätze, soweit sie sich auf Dortmund beziehen, sind real, die Geschichte und die handelnden Personen dagegen frei erfunden und der Fantasie des Autors geschuldet. Ähnlichkeiten mit lebenden Personen sind nicht beabsichtigt.

Liebe Leser,

können Sie sich vorstellen, dass die Zukunft tatsächlich so aussieht, dass Wachdienste für die persönliche Sicherheit der Bevölkerung sorgen?

Ich muss gestehen, ich gehöre auch zu denjenigen, die zwischen objektivem und subjektivem Sicherheitsgefühl unterscheiden.

Hier ein paar interessante Ergebnisse der polizeilichen Kriminalstatistik 2020, die einen Rückgang der Straftaten um 2,3 % im Vergleich zum Vorjahr aufzeigt:

„Die Gewaltkriminalität nahm zwar insgesamt um 2,4 Prozent ab auf 176.672 Straftaten. Bei den Unterkategorien Mord, Totschlag, Vergewaltigung und anderen Sexualdelikten verzeichnete die Polizei allerdings eine Zunahme von jeweils mehr als drei Prozent."

„Die Zahl der körperlichen Attacken auf Polizeibeamte und andere Ordnungskräfte stieg im vergangenen Jahr um 5,9 Prozent auf fast 15.800 Fälle."

Tagesschau: Zahl der Straftaten weiter gesunken - Stand: 15.04.2021 16:45 Uhr

https://www.tagesschau.de/inland/innenpolitik/kriminalstatistik-seehofer-103.html

Zudem nehmen die einfachen Regelverstöße gefühlt immer mehr zu, egal um welchen Bereich es sich dabei handelt.

Auch die Diskussionskultur hat nicht erst durch, aber deutlich erkennbar seit Corona gelitten. Es scheint tatsächlich so, als sei es mittlerweile normal, den anderen als Gegner zu sehen und daraus das Recht abzuleiten, ihn ungestraft zu beleidigen und zu diskreditieren – eigentlich ein No-Go im sozialen Miteinander. Deshalb kann ich mich Alex' persönlichen Anmerkungen nur anschließen.

Wen es interessiert: Es hat tatsächlich bereits in den siebziger Jahren eine intensive Klimadebatte gegeben. Damals befürchteten die Forscher, es komme eine neue Eiszeit auf uns zu – ausgelöst durch unser Handeln. Einen guten Bericht dazu findet sich in der WELT, Wissen, Natur und Umwelt vom 10.12.2009:

https://www.welt.de/wissenschaft/umwelt/article5489379/Als-uns-vor-30-Jahren-eine-neue-Eiszeit-drohte.html

KJ Weiss – Karin Franke, zwei Namen, zwei unterschiedliche Genre, eine Autorin. Auf der nächsten Seite finden Sie eine Liste mit sämtlichen bisher erschienenen Büchern.

Herzliche Grüße

Karin Franke – Pseudonym KJ Weiss

KJ Weiss - Romane

Nur ein schmaler Pfad
Erbarmungsloses Spiel
Gedanken eines Mörders
tollkühn
namenlose Angst
Opferleid
Im Schatten des Vergessens
In ohnmächtiger Wut
Albtraum: Tod eines Kindes
Liebe - Trennung - Mord
Flickenteppich: Diagnose: Schizophrenie
Lukas: Irrwege eines Hochbegabten

Karin Franke - Krimis

Dortmund-Krimis
Getäuscht und belogen
Gepokert und geblufft
Verschleiert und versteckt

Die Richie-Reihe
Am eigenen Leib: Richies erster Fall
Je tiefer du gräbst: Richies zweiter Fall
Zwischen Lüge und Wahrheit: Richies dritter Fall
Jeder Tod hat seinen Preis: Richies vierter Fall
Inmitten der Krise: Richies fünfter Fall
Kinderseelen-Hölle: Richies sechster Fall
Schwarze Teufelin: Richies siebter Fall
Verkalkuliert: Richies achter Fall
In den Fängen eines Loverboys: Richies neunter Fall
Tote Sünder: Richies zehnter Fall